A PÁGINA EM CHAMAS

A PÁGINA EM CHAMAS

GENEVIEVE COGMAN

Tradução
Ana Death Duarte

Copyright © Genevieve Cogman, 2016
Publicado pela primeira vez em 2016 pela Pan Books, um selo da Pan Macmillan, uma divisão da Macmillan Publishers International Limited.

Título original em inglês: THE BURNING PAGE

Direção editorial: VICTOR GOMES
Acompanhamento editorial: GIOVANA BOMENTRE
Tradução: ANA DEATH DUARTE
Preparação: ANA CRISTINA RODRIGUES
Revisão: MELLORY FERRAZ
Adaptação de capa: LUANA BOTELHO
Imagens de capa: © SHUTTERSTOCK
Diagramação: DESENHO EDITORIAL

ESTA É UMA OBRA DE FICÇÃO. NOMES, PERSONAGENS, LUGARES, ORGANIZAÇÕES E SITUAÇÕES SÃO PRODUTOS DA IMAGINAÇÃO DO AUTOR OU USADOS COMO FICÇÃO. QUALQUER SEMELHANÇA COM FATOS REAIS É MERA COINCIDÊNCIA.

TODOS OS DIREITOS RESERVADOS. PROIBIDA A REPRODUÇÃO, NO TODO OU EM PARTES, ATRAVÉS DE QUAISQUER MEIOS. OS DIREITOS MORAIS DO AUTOR FORAM CONTEMPLADOS.

DADOS INTERNACIONAIS DE CATALOGAÇÃO NA PUBLICAÇÃO (CIP)

C676c Cogman, Genevieve

A Página em Chamas / Genevieve Cogman; Tradução Ana Death Duarte. – São Paulo: Editora Morro Branco, 2018.
p. 416; 14x21cm.

ISBN: 978-85-92795-36-8

1. Literatura inglesa – Romance. 2. Ficção Young Adult.
I. Duarte, Ana Death. II. Título.
CDD 823

TODOS OS DIREITOS DESTA EDIÇÃO RESERVADOS À:
EDITORA MORRO BRANCO
Alameda Santos, 1357, 8º andar
01419-908 – São Paulo, SP – Brasil
Telefone (11) 3373-8168
www.editoramorrobranco.com.br

Impresso no Brasil
2019

AGRADECIMENTOS

Não consigo acreditar que cheguei tão longe. Obrigada a todo mundo que me ajudou com este livro e com os anteriores.

Obrigada à minha agente, Lucienne Diver, que se arriscou comigo e que sempre me apoiou e me aconselhou. Obrigada à minha editora no Reino Unido, Bella Pagan, e às minhas editoras nos Estados Unidos, Diana Gill e Rebecca Brewer, que melhoraram bastante este livro. Vocês todas são muito queridas.

Obrigada a meus amigos e leitores beta: Beth, Jeanne, Anne, Unni, Phyllis, April, Nora e os demais. Obrigada à equipe de classificação e a todos os meus outros amigos no trabalho, que me dão apoio, amizade e café. Obrigada a todos os meus leitores e amigos on-line que gostaram dos livros anteriores – espero que vocês gostem deste aqui também.

Obrigada à minha família: à minha mãe, ao meu pai, ao meu irmão e à minha irmã, à minha tia, ao meu tio e a todos meus familiares. Foram o apoio de vocês e os livros em suas estantes que me ajudaram a fazer deste livro o que ele é.

E obrigada a todas as boas bibliotecas e a todos os bons bibliotecários por toda parte. Vocês são muito necessários e apreciados, e sempre serão.

AVISO OFICIAL DA BIBLIOTECA SOBRE VIAGENS

ALERTAS DE STATUS ATUAIS

Os seguintes portais ou travessias entre a Biblioteca e outros mundos devem ser considerados proibidos até novo aviso. Exceções aplicam-se somente quando o Bibliotecário que deseja fazer a viagem tenha permissão escrita de um Bibliotecário Sênior.

MUNDO A-215: STATUS – EM GUERRA
Este mundo alternativo está atualmente em guerra termonuclear global e já teve várias trocas ativas de armamentos nucleares. Considerando a segurança de pessoal, recomendamos que nenhum Bibliotecário entre neste mundo pelo menos pelos próximos dois anos. Qualquer um que precisar de mais informações deve entrar em contato com Vasilisa pelo sistema de e-mails da Biblioteca.

MUNDO A-594: STATUS – INFESTAÇÃO DE CAOS
O caos neste mundo alcançou alto nível de infestação e se encontra em um status assuntivo, beirando o conglomerativo. Para aqueles que não conseguem se lembrar do treinamento básico, isso significa que o mundo inteiro está correndo o risco de ser totalmente absorvido pelo caos, o que é um perigo

real e imediato para qualquer Bibliotecário que tentar visitá-lo. A Travessia para este mundo arrisca a exposição da própria Biblioteca à contaminação. Não façam nenhuma tentativa de resgatar livros deste mundo. Não será permitido entrar novamente na Biblioteca depois. (NB: a declaração sobre a permissão por escrito de um Bibliotecário sênior não se aplica a este mundo, visto que permissão alguma será concedida.)

MUNDO B-12: STATUS – LUTA DE PODER
Este mundo alternativo é atualmente alvo de uma luta de poder entre dragões e feéricos. Os fatos são incertos, mas agentes de ambos os lados vêm tentando obter o controle do Império Otomano, que governa a maior parte deste mundo. Considerando preservar a nossa neutralidade, estamos atualmente fora do conflito neste mundo. Qualquer um que já esteve nele e tenha informações sobre a situação política (por mais desatualizada que possa ser), favor entrar em contato com Chandidas pelo sistema de e-mails da Biblioteca.

MUNDO B-474: STATUS – VINGANÇA PESSOAL
Parabenizamos Alastor por ter recuperado um exemplar manuscrito da continuação inédita de Frankenstein, de Mary Shelley. Este exemplar foi descoberto na biblioteca particular de um feérico conhecido como Lorde Judge. Infelizmente, isso fez com que ele emitisse uma proclamação: disse que matará qualquer Bibliotecário que cruzar o seu caminho pelos próximos cinco anos. Visto que o roubo aconteceu no mundo B-474, todos os Bibliotecários são fortemente intimados a evitarem-no até nova ordem. Alastor ficará na Biblioteca pelos próximos cinco anos. Portanto, está atualmente disponível para quaisquer novatos ou artífices que precisem de aulas sobre *Alvos sensíveis e avaliação racional de ameaça*.

MUNDO G-133: STATUS – DE INTERESSE POLICIAL
A Travessia para este mundo está proibida pelo menos até o próximo mês. Isso se deve ao fato de que a força policial do Império Franco-Prussiano está interessada demais no lugar onde se encontra o portal. Desejamos também deixar claro que Bibliotecários não deveriam tentar usar a Biblioteca para transportar ovos de dinossauro. E, se desconsiderarem esta regra, de modo algum deveriam chamar atenção oficial no mundo em que se encontram. Na verdade, queremos lembrar a todos os Bibliotecários que estamos aqui para coletar livros, não dinossauros. Aqueles que tiverem problemas em distinguir entre os dois deveriam fazer um curso de reciclagem sobre o básico da Biblioteca.

MUNDO G-522: STATUS – MAU FUNCIONAMENTO DO PORTAL
Esta Travessia vem demonstrando um comportamento estranho, e apresentou mau funcionamento quando Ekake estava prestes a usá-la. A situação está sendo atualmente investigada, e viajar para este alternativo não é recomendado até nova ordem. Ekake está atualmente sob cuidados médicos da Biblioteca, e mais informações sobre a situação serão liberadas assim que ele estiver consciente e capaz de provê-las.

PRÓLOGO

De: Peregrine Vale, 221b Baker Street
Para: Inspetor Singh, Nova Scotland Yard
Singh,

Pelo amor de Deus, você não pode me dar nada desafiador? Londres é uma poça estagnada, e seus criminosos são insignificantes, desprovidos de imaginação e desinteressantes. As últimas semanas quase me enlouqueceram de tédio. Nada parece valer meu tempo ou minha atenção. Até mesmo minha pesquisa parece um desperdício de esforço. Eu preciso de um caso decente para me ocupar, senão a máquina que é o meu cérebro girará descontroladamente.

Em resposta a seus questionamentos sobre o assassinato de Rotherham e as aparentes assombrações na estação de bombeamento do Tâmisa, eu pensei que estaria claro que as duas coisas estão ligadas.

Considero ser óbvio que a vítima foi atraída para baixo, para as novas membranas de ultrafiltração na estação de bombeamento do Tâmisa e assassinada lá. O corpo dele passou pelo sistema para permear seus pulmões com água fresca, de modo a dar credibilidade à declaração de que havia se afogado no Serpentine no Hyde Park, onde seu corpo foi encontrado. Verifique os investimentos financeiros da sobrinha de Rotherham, assim como a biblioteca particular dela; acredito que você encontrará evidências dos estudos científicos dela lá. O álibi que o esposo dessa sobrinha deu a ela também é muito dúbio, e provavelmente cederá sob pressão.

Winters e Strongrock encontram-se fora de Londres no momento, em uma missão para um de seus mundos paralelos. Pelo que Strongrock me confidenciou, Winters está sofrendo desaprovação oficial por deixar seu posto de modo a resgatá-lo. Típico absurdo burocrático. Os superiores de Irene podem não ter sancionado seus métodos, mas ela obteve os resultados que queriam de qualquer forma. E me atrevo a dizer que poderia ter sido pior.

Dê-me um caso, Singh. Isso me manterá ocupado, e Deus sabe como preciso ficar ocupado. O pensamento lógico e a razão são os melhores remédios para minha atual inércia, e me impedirão de recorrer a alternativas piores.

Vale

CAPÍTULO 1

Na praça central, as janelas de vidro e as lâminas da guilhotina reluziam sob a luz matinal. Pombos disputavam comida ruidosamente nas sarjetas, sendo ouvidos apenas por causa do silêncio. Somente os rangidos das rodas de carroças e o som abafado de passos perturbavam a tranquilidade.

Irene conseguia sentir uma zona de silêncio cheio de terror ainda maior cercando Kai e ela. Os passantes desviavam os olhos, desesperados, tentando não atrair sua atenção. Claro, isso era por causa dos uniformes que eles pegaram "emprestado": todos temiam o dia em que a Guarda Nacional pudesse vir atrás *deles,* levando-os embora por atividades contrarrevolucionárias. Aí viriam as prisões, e julgamentos, e então, a guilhotina...

Isso tornava aqueles trajes o disfarce perfeito para andar despercebido. Ninguém olharia duas vezes para a Guarda Nacional. Para evitar que a Guarda Nacional olhasse de volta.

Com um giro, viraram na esquina e desceram a rua marchando juntos, seus passos em uníssono, fora do campo de visão das guilhotinas. Irene sentiu um alívio ilógico. Mesmo que ainda não estivessem fora de perigo, fora poupada de olhar para o aparelho que poderia cortar sua cabeça.

— Quanto falta? — murmurou Kai pelo canto da boca.

Mesmo no uniforme sem graça da Guarda Nacional – um casaco e uma calça grossos de lã e uma faixa tricolor como cinto –, o assistente de Irene parecia bonito demais para ser verdade. O sol fulgurava em seus cabelos pretos e deixava seu rosto com o brilho de saúde e força. Quando caminhava, Kai dava passos de aristocrata, ou de predador, em vez de arrastar-se como um homem comum em seu trabalho cotidiano. Não havia muito o que fazer para disfarçar isso. Manchas de lama ficariam deslocadas em um sentinela, e disfarçá-lo como um cidadão comum sendo levado para interrogatório seria arriscado demais.

— A próxima rua — Irene murmurou em resposta.

Comparada a Kai, ela era sem graça, o que às vezes a entristecia, mas a fazia melhor em passar despercebida. Seus cabelos castanhos e suas feições comuns precisavam de trabalho para ficarem interessantes, ou pelo menos mais atraente do que "limpos e arrumados". Porém, como ela *queria* passar despercebida na maior parte do tempo, era um benefício em sua linha de trabalho.

Felizmente, mulheres serviam na Guarda Nacional, e ela não precisou enfaixar os seios nem nada do gênero para se mesclar. A República Europeia que havia se disseminado desde a Revolução Francesa neste mundo alternativo era opressora, cruel, linha-dura e altamente perigosa, mas pelo menos permitia que as mulheres morressem nas forças armadas. Provavelmente porque, do jeito que as coisas estavam por causa das guerras, precisavam da mão de obra, mas este era outro problema.

Eles viraram na próxima esquina, e Irene olhou de relance em direção ao prédio velho e gasto que era o alvo deles. Estava praticamente aos pedaços: tijolos deteriorados cobertos com linhas de hera e rachaduras, persianas fechadas, trancadas e cheias de pichações, e telhas faltantes. Marcharam até a porta da frente do edifício, como se tivessem todo o direito de estarem ali. Kai bateu com força na porta, esperou por uma resposta, e depois abriu-a com um chute. Entraram pisando forte.

Kai espreitou na escuridão. Feixes de luz infiltravam-se pelas beiradas das persianas, iluminando o bastante para permitir que vissem a ruína interior do edifício. A escadaria que subia, para o primeiro e o segundo andar, parecia passável, mas não havia mais móveis lá, e as paredes estavam cobertas com dogmas revolucionários. Ali poderia já ter sido uma biblioteca, mas agora era um prédio decrépito parecendo um celeiro, e que provavelmente teria sido dispensado até por vacas por ser desconfortável demais.

— Eu não entendo como ainda pode ter uma ligação desse lugar com a Biblioteca — disse Kai.

— Nem nós. Mas se nos levar de volta à base, é bom o bastante para mim. — Irene chutou a porta e fechou-a atrás deles. Sem a luz que entrava pela passagem, o lugar estava ainda mais escuro. — Às vezes pode levar anos para que a entrada de um mundo para a Biblioteca mude. Às vezes, leva séculos. Porém, com todas as bibliotecas e livrarias locais fechadas ou sob guarda armada, esta é nossa melhor aposta.

— Seria inapropriado se eu dissesse que não gosto deste alternativo? — Kai perguntou. Ele desabotoou o casaco e enfiou a mão dentro dele, tirando o livro que tinham ido buscar e oferecendo-o a Irene.

Ela pegou o livro, consciente de que estava quente por causa do calor corporal dele.

— De jeito nenhum. Eu também não gosto.

— Então, quanto tempo vai demorar até você deixar de...?

Ele estava procurando uma forma não ofensiva de falar, mas Irene estava irritada o bastante com a situação, então não sentia nenhuma necessidade de dourar a pílula.

15

— Até que eu pare de pegar todos os trabalhos ruins, certo? Só Deus sabe. Afinal de contas, estou em condicional. Não existe tempo estabelecido para a duração disso.

Ela sentiu-se culpada pela forma como os olhos de Kai moveram-se rápida e abruptamente para longe dela, e pelo rubor nas bochechas dele. Afinal de contas, ele era indiretamente culpado por sua condicional. Ela havia abandonado seus deveres como Bibliotecária em Residência em um outro mundo sem avisar porque saíra correndo para salvá-lo do sequestro e da escravidão... e também havia evitado uma guerra no processo. Estava com sorte por ter mantido seu posto, mas esses tipos de missões eram o preço a ser pago. Não era justo lembrá-lo disso. E não ajudava se ficasse remoendo: ao remoer as coisas tendia a desenvolver uma raiva corrosiva, ou fantasias do tipo *"eles se darão conta de que estão errados e pedirão desculpas"*, mas nada daquilo ajudava.

— Vamos andando — disse ela. — Se os guardas verificarem seus registros, vão perceber que somos impostores e poderão nos rastrear até aqui.

Kai espreitou nas sombras.

— Eu não sei se há alguma porta não danificada neste andar. Nós precisamos de uma porta intacta com um batente também intacto para chegarmos à Biblioteca?

Irene assentiu. E ele estava certo: o lugar havia sido completamente detonado. Ela gostaria de tê-lo visto quando ainda era uma coleção funcional de livros, antes que a Revolução o tivesse estripado.

— Precisamos, o que pode ser um inconveniente. É melhor tentarmos lá em cima.

— Eu vou primeiro — disse Kai, chegando às escadas antes que ela pudesse apresentar alguma objeção. — Sou mais pesado do que você, então vai estar segura ao pisar em um degrau se ele aguentar o meu peso.

Este não era o momento nem o lugar para entrar em outra discussão do tipo *"Você quer parar de ser tão protetor?".*

Irene permitiu que ele fosse primeiro e o acompanhou com cautela, subindo pelos degraus que rangiam, pisando apenas onde ele pisava e segurando-se na balaustrada lascada, caso sofresse alguma queda repentina.

Lá em cima, o primeiro andar estava quase tão arruinado quanto o térreo, mas havia uma porta perto do grande patamar central que ainda pendia solta em suas dobradiças. Irene inspirou, aliviada, quando viu.

— Isso deve servir. Dê-me um momento.

Ela focou-se em sua natureza como Bibliotecária juramentada, empertigando-se e inspirando fundo. Depois deu um passo à frente para colocar a mão junto à porta, que estava fechada, empurrando-a.

— **Abra-se para a Biblioteca** — disse ela na Linguagem.

O maior bem de um Bibliotecário era seu poder de remodelar a realidade. Sendo assim, logo estariam fora deste lugar, de volta à coleção interdimensional de livros para a qual trabalhavam, prontos para entregar mais um volume aos seus imensos arquivos.

O que aconteceu em seguida *definitivamente não deveria ter acontecido.* A porta e seu batente irromperam em chamas. Irene ficou parada sem acreditar no que via, mal conseguindo afastar a mão do calor, a concussão de poder ressoando em sua cabeça como uma batida de carro. Kai teve que agarrá-la pelos ombros e arrastá-la para trás, puxando-a para longe das chamas. Estas ardiam quentes e brancas, pegando na madeira mais rápido do que seria natural e espalhando-se pela parede.

— **Fogo, apague-se!** — ordenou Irene, mas não funcionou. Geralmente, a Linguagem interagia com o mundo ao redor dela como engrenagens encaixando-se umas nas outras e movendo-se em uníssono, no entanto, desta vez, os dentes metafóricos da roda dentada não se encaixaram e a Linguagem falhou em se prender à realidade. As chamas ergueram-se ainda mais altas, e ela afastou-se.

— O que aconteceu? — gritou Kai, erguendo a voz para ser ouvido acima do crepitar do fogo. — Havia uma armadilha no portal?

Irene chacoalhou-se mentalmente e recompôs-se, afastando-se do fogo que se espalhava. Esperava sentir a costumeira drenagem de poder, mas aquilo que havia tocado parecia mais um condutor energizado, uma onda de energia antitética, que havia explodido quando tentara tocá-la com sua própria energia. Felizmente, isso não parecia ter afetado *a ela*, apenas a porta que poderia ter sido a rota deles de volta para a Biblioteca.

— Não faço a mínima ideia — gritou ela em resposta. — Rápido, precisamos encontrar uma outra entrada! E antes que esse lugar vá pelos ares!

Ela apertou o livro junto a seu peito com força: se o deixasse cair e ele pegasse fogo, só Deus saberia quanto tempo demorariam para encontrar outro exemplar.

Foram aos tropeços até a escada, a fumaça já espiralando na direção deles e começando a passar pelas persianas e a sair. Irene foi na frente dessa vez, incitada pelo crescente crepitar do fogo. Ouviu um ruído de algo estalando atrás dela quando um dos degraus cedeu sob Kai, mas ele grunhiu para que ela continuasse subindo, e, um instante depois, os passos dele estavam atrás dela novamente.

Irene chegou cambaleando no segundo andar e olhou ao redor. O lugar estava tão destruído quanto o andar térreo. Não havia nenhuma porta, apenas passagens vazias e paredes quebradas. Havia mais luz, mas apenas por causa dos grandes buracos no teto, e o chão estava manchado onde a chuva entrava.

Talvez você devesse ter usado a Linguagem com mais eficiência e conseguido apagar o fogo no primeiro andar. Em vez de simplesmente sair gritando "Fogo!" e correr em pânico, ressaltou a voz da autocrítica lá no fundo de sua mente. *Será que não poderia ter funcionado se você tivesse tentado com mais vontade? E não pise nesses pedaços manchados do piso*, ressaltou a voz, petulante, *provavelmente estão apodrecendo e não são seguros.*

Kai foi andando até uma janela de persianas fechadas, espiando a rua abaixo pelas rachaduras entre a cortina e a parede. Ele ficou imóvel e, até mesmo na luz fraca, Irene podia ver a tensão nos ombros dele.

— Irene, tenho más notícias.

Entrar em pânico seria desperdício de tempo e energia vitais, por mais tentador que pudesse ser. E o fogo tornava o pânico algo extremamente tentador.

— Deixe-me adivinhar — disse Irene. — A Guarda Nacional nos rastreou até aqui.

— Sim — disse Kai. — Posso ver uma dúzia deles. Estão apontando para a fumaça.

— Imagino que seria esperar demais que não notassem a fumaça. — Irene tentou pensar em alternativas. — Se eu conseguir acabar com o fogo...

— É possível... a menos que tenha alguma coisa a ver com a Biblioteca ou com o Caos — ressaltou Kai. — Isso já a impediu de usar a Linguagem antes. Você sabe qual a causa?

— Não. — Irene juntou-se a ele perto da persiana. Havia um esquadrão de vinte homens e mulheres lá fora, e o fato de a casa estar pegando fogo era provavelmente a única coisa que os im-

pedia de entrar naquele momento. Ela forçou-se a falar com uma calma deliberada, ignorando o medo que apertava sua barriga. — Nossa, devemos tê-los deixado irritados lá atrás. Mas estou surpresa de que tenham nos seguido tão rápido.
— Eu acho que reconheço aquela lá. — Kai apontou para uma das soldadas. — Não é aquela que você convenceu com a Linguagem que éramos oficiais de Paris?

Irene apertou os olhos para enxergá-la melhor e assentiu.
— Acho que você está certo. O efeito da Linguagem deve ter passado mais rápido do que o normal. Ah, bem...

Por dentro, Irene se sentia muito mais perturbada do que se permitia demonstrar. Mas não tinha a ver com o esquadrão de vinte soldados lá fora. Podia lidar com isso. Bem, ela e Kai, juntos, poderiam. Era o fato de que o portal pelo qual pretendiam passar para a Biblioteca havia sido fechado, e de uma forma que ela não reconhecia nem entendia. Seu atual status significava pegar trabalhos sujos e perigosos, tais como essa valsinha por uma república totalitária, entrando em seus cofres particulares para conseguir um exemplar único de *A filha de Porthos*, de Dumas. Porém, deveria ter sido *avisada* se houvesse problemas para acessar a Biblioteca a partir deste mundo. Era uma simples questão de segurança. Se alguém a houvesse deliberadamente enviado para lá sem dizer isso a ela...

Haveria tempo para resolver este problema depois. Naquele momento, estavam em uma casa pegando fogo, com soldados enraivecidos do lado de fora.

Nada demais.

— Vamos pela porta dos fundos, antes que fique impossível passar pelo primeiro andar — disse ela.

Ouviram o som de algo caindo atrás deles.

— Foi a escada — disse Kai, sem nenhuma emoção na voz.

CAPÍTULO 2

— Certo. — Era impressionante como ter sua rota de fuga cortada por chamas que avançavam focava a mente. Não apenas do jeito como a primeira xícara de café pela manhã ajuda a se concentrar, e mais como uma lupa direcionaria todos os medos menores para um único feixe de laser de puro terror. Irene nunca gostara de fogo. Mais do que isso, a ideia de fogo se espalhando entre seus livros era um pesadelo particular. Ser pega em um incêndio estava perto do topo em sua lista de Dez Modos Como Eu Não Quero Morrer. — Nós quebramos as persianas neste andar, saímos, nos rendemos, e escapamos depois.

— Simples assim?

Irene ergueu uma sobrancelha.

— A menos que você tenha uma ideia melhor...

— Para falar a verdade, eu tenho. — Kai soava meio orgulhoso, meio desafiador, mas completamente determinado. — Não precisamos voltar para cá, de modo que não importa o *que* eles fiquem sabendo. Eu vou mudar de forma e levarei nós dois para fora deste mundo.

Aquilo desequilibrou Irene. Ela não estava esperando por isso. Kai não se dera ao trabalho de esconder sua origem como dragão dela, não depois que Irene descobrira, mas raramente

se oferecia para fazer alguma coisa que envolvesse seu uso. E ela nunca o vira em sua forma dragoniana completa antes.
— Eles têm rifles — ressaltou ela, sendo prática.
Kai soltou uma bufada. Ou talvez fosse a fumaça. Que estava ficando mais densa. Graças aos Céus que não havia nenhum livro ali dentro para ser queimado. Afinal de contas, ela era uma Bibliotecária: destruição de livros era algo odioso.
— Rifles não são ameaça para mim, não na minha forma verdadeira.
Irene quase disse *Mas e quanto a mim?*, embora tenha conseguido ficar de boca fechada antes que a pergunta saísse. Afinal de contas, era a única esperança que eles tinham.
— Certo — disse ela, depois de um instante. — Temos espaço suficiente aqui dentro?
— Lá fora seria mais fácil — disse Kai. Mais fumaça subia entre as tábuas do assoalho, e o crepitar das chamas estava ficando mais alto. — Mas há espaço o bastante aqui dentro. Por favor, fique para trás, encostada na parede.
Irene jogou o livro dentro de seu casaco e ficou ao lado da janela, com as costas pressionadas contra a parede, enquanto Kai andava na direção do meio do andar. Ela chegou a se perguntar se a transformação em um dragão envolveria uma perda de roupas, e deu-se uma reprimenda mental por se distrair em um momento de crise. Mas não desviou o olhar.
Kai parou e ergueu os braços, arqueando as costas enquanto ficava nas pontas dos pés. Mas o movimento não acabou ali. O ar pareceu ficar mais espesso na sala, cada vez mais denso e mais *real* de um modo que sobrepujava a fumaça. A luz que vazava para dentro pelos buracos no telhado ficou mais pesada, fulgurando em volta dele enquanto sua forma mudava. Uma luz ofuscante fez os olhos de Irene arderem, e ela teve que piscar por um instante, por mais que tentasse continuar olhando.

Quando conseguiu enxergar com clareza novamente, Kai não era mais humano. De todas as representações de dragões que Irene já tinha visto, ele se aproximava mais das imagens contidas em algumas obras chinesas antigas. Ele estava deitado como uma serpente de espirais de um azul escuro, com as asas juntas à lateral de seu corpo. Onde a luz o atingia, suas escamas eram da límpida cor de safira do oceano profundo à luz do dia, e os ornamentos de escamas ao longo de seu corpo eram como ondas na superfície de um rio. Ela achava que ele poderia ter uns dez metros ou mais de comprimento, totalmente esticado, mas era difícil avaliar com ele enrolado dentro da sala e na fumaça. Os olhos estavam vermelhos como rubis, com uma luz que não precisava do sol para arder, e quando ele abriu a boca, ela viu muitos dentes brancos, carnívoros e afiados.

— Irene? — ele disse. Sua voz soava grave, o tom lembrando o de um órgão, e embora ainda fosse a voz de Kai, ressoava em seus ossos. O chão parecia estremecer em resposta. Ela se recompôs.

— Sim... — disse ela. — Está... tudo bem com você?

Uma pergunta idiota, e ela sabia disso, mas era difícil saber o que dizer. *Etiqueta sobre como lidar com aprendizes depois que se transformam em dragões: outro item que está faltando no Grande Livro de Procedimentos da Biblioteca.*

— Certamente — ele retumbou. — Este lugar é agradável para mim. Fique para trás enquanto eu derrubo o teto.

Bem, o mundo estava no lado da ordem, e não na extremidade caótica do universo. O regime despótico regente era um infeliz efeito colateral disso. Assim como os guardas e as guilhotinas. Isso explicava por que Kai não tinha problemas em ficar na forma completa de dragão. Em um mundo alternativo mais caótico, como o que eles haviam visitado sem querer, ele mal havia ficado consciente em forma humana, e teria sido muito pior se estivesse na forma dragoniana.

Kai elevou-se, esticando suas asas até estarem curvadas junto às paredes, e encostou as costas no teto. O chão rangeu ameaçadoramente debaixo dele, mas o som foi abafado pelo ranger do telhado quando o empurrou. Telhas soltaram-se, caindo e estilhaçando-se no chão, e, em meio à poeira e à crescente fumaça, Irene podia ver o que havia restado do gesso rachar e cair, e as vigas centrais curvarem-se.

— Tem alguém aí em cima? — veio um grito em francês do andar de baixo.

A resposta humana instintiva seria gritar "Não!", o que revelava alguma coisa sobre a humanidade. Porém, Irene estava ocupada demais observando Kai e tentando ficar para trás, enquanto cada vez mais partes do teto e do telhado caíam.

Com um estalo mais alto, o chão começou a ceder. Kai flexionou seu corpo, mexendo-se para proteger-se nas paredes do edifício, e abaixou sua grande cabeça.

— Irene, suba em mim, entre os meus ombros... agora!

Seria falta de educação discutir com o motorista. Irene soltou seu rifle e deixou-o cair, depois se arrastou para subir na parte das costas de Kai que estava mais perto, avançando para ficar entre os ombros dele. Estar rastejando de quatro assim ao longo das costas de um dragão era impróprio e um insulto horrível à sua majestade. A pele dele era como aço quente e flexível, ondeando-se sob as mãos dela enquanto seu corpo se flexionava para mantê-lo em posição. E, agora que estava em cima dele, Irene podia sentir o cheiro de mar, mais forte do que o fedor de poeira, mofo e fogo.

Um outro pedaço do piso caiu. O fogo veio fluindo de baixo, saltando em uma repentina rajada de ar, e Irene jogou-se contra as costas de Kai, suas mãos afundando-se nele da melhor forma possível. Ele era largo demais para que montasse como em um cavalo, de modo que ela se colou nele e rezou.

— Vai, vai, vai! — gritou. — Só vai!

Kai jogou-se para cima em uma curva serpenteante, passando de raspão pelo buraco escancarado no telhado, a cauda chicoteando atrás enquanto se erguia no ar. Irene prendeu-se a suas costas, o rosto pressionado na pele dele, e sentiu o corpo flexionar-se sob o seu em uma forma de S que deveria ter sido impossível... que *teria* sido impossível para uma criatura natural que estivesse voando naturalmente.

Mas Kai era um dragão. Ele erguia-se pelo ar como se estivesse se movendo do ponto A para o ponto B igual uma pintura em pergaminho, e, embora suas asas se esticassem em grandes arcos azuis, como se captassem o vento, voava contra ele. Irene podia ouvir os clamores e os gritos vindos de baixo, e os estampidos dos tiros de rifles, mas o ritmo de Kai não vacilou enquanto subia cada vez mais, até a cidade estar estirada debaixo dele como uma fotografia, e a casa incendiada ser uma distante mancha laranja.

— Irene? — ele não virou a cabeça para olhar para ela. O curso de seu voo foi alterado para um pairar em curva, traçando um amplo círculo no ar. — Se eu me mantiver estável, você consegue chegar mais perto dos meus ombros? Será mais seguro para você quando passarmos entre mundos.

— Dê-me um instante — disse Irene entre os dentes.

Ajudaria se ela fixasse os olhos nas costas de Kai em vez de ficar olhando o chão distante. Ela não gostava de altura mesmo em condições favoráveis, e estar sentada nas costas de um dragão a centenas de metros no ar tornava difícil ignorar o quão no alto se encontrava. Contudo, havia o consolo de não estar sendo soprada pelo vento como havia esperado. Alguma coisa estava embotando o efeito da velocidade e das correntes de ar sobre ela... e, aparentemente, sobre Kai também. Deve ter a ver com o lance de voo mágico de dragão. Ela acrescentou isso à lista de perguntas a serem feitas depois, conforme puxava-se lentamente ao longo das costas de Kai para ficar entre as asas dele.

— Agora, sente-se direito — ela podia ouvir o quanto ele estava se divertindo.

— De jeito nenhum — disse Irene. Era um longo caminho até o chão.

— Você ficará segura. Nós carregamos pessoas antes, Irene. Sábios, visitantes, humanos amados... Confie em mim. Não vou derrubar você.

Não é uma questão de confiar em você. É uma questão de ser ou não fisicamente capaz de soltar você. Um dedo depois do outro, Irene soltou-se da pele de Kai e empurrou-se para ficar sentada nele. Kai era largo demais para que se sentasse com as pernas separadas, então as curvou debaixo de si mesma. Mechas de crina iam para trás da cabeça dele, e ela, hesitante, segurou-se em algumas. Não era lógico, mas se sentia melhor por estar segurando *alguma coisa*.

— E agora? — ela perguntou.

— Agora eu viajo de volta para o mundo de Vale. — Kai flexionou as asas, esticando-as ao máximo. A luz cintilava nelas como a água na superfície de ondas. — Eu conheço seu lugar em meio ao fluxo dos mundos, e poderia ir voando até o próprio Vale, se assim o desejasse. Mas ele provavelmente não ia gostar disso — disse Kai, perdendo abruptamente a formalidade. — Aonde deveríamos ir?

— À Biblioteca Britânica — disse Irene com um tom firme. — Você pode aterrissar no telhado e eu lido com os guardas enquanto você muda de forma novamente. Então poderemos usar o portal para a Biblioteca a partir dali.

— Parece razoável — Kai ficou hesitante, o gesto mais

normal para um humano do que para um dragão. — Irene, o que foi que aconteceu?

— Eu não sei. — Era fácil admitir ignorância, mas era mais preocupante quando se tratava de especular a respeito. — Se há algum problema com o acesso daquele mundo, eu não fui avisada. Se este for um problema recente, então preciso avisar outras pessoas sobre ele. Com urgência. Nunca ouvi falar sobre algo assim acontecendo antes, e outros Bibliotecários podem estar correndo perigo. — Ela se segurou com mais força em Kai.

— Leve-nos para casa, Kai. Antes que as pessoas daqui inventem um foguete para virem atrás de nós.

Kai ribombou uma risada e ela sentiu o estremecimento no corpo dele sob ela. *Bem, fico feliz que um de nós esteja gostando disso.*

Ele mergulhou, perdendo altitude, o corpo se curvando no ar, mas sem a perturbar, deixando-a tão equilibrada quanto se estivesse sentada em uma cadeira em seu próprio estúdio. O vento estava apenas moderado, bagunçando os cabelos dela ao redor do rosto, mas os dois se moviam mais rápido agora — rápido o bastante para o ar guinchar quando os cortava.

O ar escancarou-se à frente deles, luminoso e cintilante, um rasgo na realidade. O vento que rugia soava como vozes entoando um cântico de palavras indecifráveis, mas com o tom ameaçador de um presságio. O estômago de Irene contorcia-se de pânico suprimido. Sempre era ela quem controlava as viagens entre mundos. Claro que confiava em Kai, claro que tinha certeza de que ele podia lidar com isso se dizia conseguir, e é claro que ela não *admitiria* que estava com medo, mas o terror do desconhecido era uma sombra fria em seu coração. Ainda assim, a curiosidade a mantinha de olhos abertos. Afinal de contas, era algo que ela nunca havia feito antes...

Kai voou para a frente, direto para a fenda.

CAPÍTULO 3

Eles mergulharam em uma atmosfera tão espessa e densa quanto xarope. Irene conseguia respirar, depois do primeiro momento de pânico, mas o ar fluía ao redor deles como se fosse água, e mechas de cabelos mexiam-se em volta de seu rosto como se estivesse submersa. Não havia sol, lua ou estrelas, nenhuma fonte de luz óbvia, mas podia ver a si mesma e a Kai em uma claridade sutil como a da alvorada.

Planavam por um oceano de ar em mil tons de azul e verde. Não havia começo ou fim visíveis, nenhum objeto sólido ou coisas reais além deles. A única variação que Irene podia ver estava nos tons e nas temperaturas das correntes que se moviam constantemente, mexendo-se pelo ar como vastos fluxos de fumaça ou rios entrando no oceano. E talvez Kai fosse capaz de perceber mais do que ela.

— Onde nós estamos? — ela perguntou.

— Atrás — disse Kai. Ele não mudou seu ritmo constante, deslizando pelo fluxo de ar aquoso. — Do lado de fora. Viajando.

— Você não pode explicar.... ou não deve explicar? — perguntou Irene. Ambos fariam sentido.

— Está mais para o primeiro caso — moveu-se rapidamente fazendo uma longa curva de forma casual. — Estou procurando o rio que leva ao mundo de Vale. Não consigo explicar melhor do que você é capaz de explicar a Linguagem para alguém que não tem a marca da Biblioteca.

— Justo — deu tapinhas reconfortantes nas costas dele, e esperou que dragões não se objetassem a esse tipo de coisa vinda dos passageiros. — Você não vai se meter em nenhuma encrenca por causa disso com seus parentes, vai?

— Por protegê-la? Dificilmente. Eles ainda estão pensando sobre a melhor forma de recompensá-la por suas ações louváveis — Kai soava orgulhoso, mas Irene não tinha uma visão tão cor-de-rosa das coisas. Sim, havia ajudado a resgatar Kai, mas, ao seguir os sequestradores, ela deixara seu posto como Bibliotecária em Residência, tornando-se uma desertora, e provocando um grande número de feéricos. Isso poderia ter levantado o moral dela junto aos dragões, ou pelo menos junto aos parentes de Kai, que eram, afinal, reis entre os seus, mas isso a havia deixado sob condicional na Biblioteca. Ela teve sorte de não ser exilada. Não valia a pena discutir se isso havia sido justo ou injusto, e só ficaria marcada como encrenqueira se tentasse. Irene não sabia se queria levantar seu moral junto aos dragões à custa da Biblioteca. Ela era uma Bibliotecária, com um juramento à Biblioteca, e isso tinha de vir em primeiro lugar.

— Isso me lembra... — Kai continuou, um pouco casualmente demais. — Você pensou na sugestão de Li Ming?

— Kai — Irene inspirou fundo antes de falar asperamente com ele. Essa era a terceira vez em que trouxera o assunto à tona nos últimos três dias. — Estou grata por você não ter pedido para que seu tio enviasse Li Ming ao mundo de Vale. E entendo que Li Ming está só sendo cortês ao oferecer-se para providenciar acomodação para você e sua família. Mas eu não posso... *não posso*... me mudar e viver sob a proteção dele.

— Você não ficará sob a proteção dele — protestou Kai. — Você ficaria sob a minha proteção! — Ele pareceu se dar conta

de que havia dito a coisa errada. — Além disso, nem seria exatamente uma proteção. Ele só pagaria por ela, e você ainda estaria cumprindo com seus deveres como Bibliotecária em Residência.
— Não — disse Irene. Ela olhou para os fluxos e padrões de cores infinitos. Era o bastante para fazer qualquer um se sentir insignificante. Contudo, dragões deviam ser imunes a isso, o que provavelmente dizia muito sobre eles e seus sentimentos inatos a respeito de sua extrema importância. — Não posso comprometer os interesses da Biblioteca morando em uma acomodação que estaria sendo paga por um empregado de seu tio.
Esta era a maneira diplomática de colocar as coisas. A Biblioteca era neutra e ficava fora do caminho tanto dos dragões quanto dos feéricos, a menos que seus interesses entrassem diretamente em conflito, geralmente envolvendo a propriedade de um livro, ou uma situação de vida ou morte. Certamente não se aliariam formalmente com nenhum dos dois lados. Seria altamente inapropriado uma Bibliotecária viver como dependente de um dos reis dragões.
A reação imediata de Irene foi um pouco mais visceral. Ela não tinha objeções a Li Ming como pessoa. Ele sempre era cortês e diplomático, e, embora estivesse lá para tomar conta de Kai, fazia isso com muita discrição e não o impedia de fazer trabalhos como o atual. Mas Irene tinha certeza absoluta de que, a longo prazo, Li Ming queria Kai longe da Biblioteca, voltando ao seu papel anterior de príncipe dragão, com Irene instalada como uma criada favorecida ou fora do quadro. O que era bem justo. Mas, no fim das contas, cabia a Kai escolher.
Ele ficou em silêncio durante dez minutos, provavelmente revendo sua estratégia.
— E se eu estivesse pagando? — Kai sugeriu.
— Com dinheiro que você recebeu de Li Ming? Sinto muito, não vai dar certo.

— Você está tratando isso como se fosse um grande problema. — Kai curvou-se para baixo: havia gravidade o suficiente para tornar perceptível que ele se inclinava "para baixo" em vez de "para cima", e Irene estava grata por isso, visto que ela já tinha problemas suficientes em reconciliar suas percepções com a realidade. — Eu só quero proteger você. E Li Ming também. Meu tio quer a mesma coisa. Ele a vê como uma amiga apropriada para mim. Por que você não consegue entender?

— Como sua amiga, sou grata por isso — seria uma patada óbvia demais dizer *"Eu não preciso da sua proteção"* ou *"Da última vez, era eu que estava protegendo você"*. Além do mais, havia o fato de que Kai acabara de resgatá-la, há menos de uma hora. — Mas, como Bibliotecária, não posso aceitar isso. Não dessa forma.

Kai rosnou e Irene sentiu a vibração passar debaixo dela, descendo o corpo dele.

— Você não está facilitando as coisas!

— Com certeza não — disse Irene. — Você perguntou a Vale sobre isso?

O silêncio mortal em resposta era indicativo. Vale era muitas coisas: o maior detetive de Londres neste mundo alternativo onde estavam vivendo, além de um bom amigo de Kai, e – Irene pensou – não totalmente sem conexão com a própria Irene. Ele também era muito similar a certo Grande Detetive fictício, mas Irene não gostava de trazer isso à tona.

— Isso é um "Sim, e ele disse não"? — quis saber Irene. — Ou simplesmente um "Não"?

— Desde quando você se envolve tanto nos meus relacionamentos? — Kai ribombou, com um tom raivoso se aprofundando na voz.

— Ele também é meu amigo — disse Irene.

Por um momento, Kai ficou em silêncio. Irene estava se parabenizando por ter encontrado algo para encerrar a conversa quando ele sugeriu:

— Eu *não me incomodo* que você tenha um relacionamento com Vale.

— Que mente aberta a sua — murmurou Irene.

— Isso não atrapalharia nossa amizade, claro — Kai continuou dizendo, alegremente. — Nem haveria problema se você fosse para a cama comigo também. Sei que você diz que isso seria inapropriado, de mentora para estudante, mas entre a minha espécie seria considerado bem normal. E se você quiser algumas sugestões sobre como abordar Vale...

— Kai — disse Irene entredentes. — Pare de falar nisso. Por favor.

— De qualquer forma, já estamos quase em casa — O ar em volta deles era em um tom de azul-esverdeado que escurecia e estava mais espesso nos pulmões de Irene, quase difícil de respirar. — Prepare-se.

Irene segurou-se com mais força nas mechas da crina dele.

— Aonde nós vamos sair? — ela perguntou.

— Oras, onde eu escolher — Kai parecia quase surpreso por ela ter precisado perguntar. — Mas farei com que seja alto o bastante para não termos que nos preocupar com zepelins.

— Bem pensado — disse Irene em voz baixa.

Ela nem havia considerado a possibilidade até ele a mencionar. Não estava acostumada a pensar em termos de tráfego aéreo. Estava pensando na luta em andamento entre os feéricos e os dragões. Essa habilidade de escolher exatamente onde apareceriam em um mundo alternativo significava que todos os dragões poderiam aparecer onde desejassem — se não fosse pelo fato dos mundos com altos níveis de caos serem contrários a eles. Kai estivera semiconsciente durante a maior parte do tempo que passaram em uma Veneza desse tipo, e ele havia deixado implícito que teria ficado em condições piores se estivesse em sua forma dragônica. Provavelmente algo parecido aplicava-se a feéricos poderosos com ambições de invadir mundos de altos níveis de ordem. Isso explicava por que a maioria das lutas ocorria em áreas medianas, em mundos que se encontravam entre os dois opostos.

Kai colocou suas asas junto ao corpo, mexendo bruscamente a cabeça e os ombros como se estivesse lutando contra uma maré. Porém, antes que Irene pudesse ficar mais do que levemente em pânico, ele rugiu, o som reverberando pelo espaço vazio ao redor como uma câmara de eco. Enquanto o barulho estremecia pelo ar, uma fenda abriu-se na frente deles, estilhaçando a luz em todas as direções, e Kai mergulhou por ela.

Eles saíram acima das nuvens. Era um longo caminho até o chão, e o frio estava de amargar. Por algum motivo, o medo de Irene de cair daquela altura era muito maior do que o de cair no espaço entre mundos, onde a queda poderia continuar acontecendo até o infinito. Ela pressionou-se com força contra as costas de Kai. *Talvez seja porque sei que ele me pegaria se eu caísse lá, enquanto aqui... eu poderia simplesmente atingir o chão.*

Kai fluiu para baixo: como antes, a velocidade e o vento não atingiam Irene nem faziam mais do que bagunçar de leve seus cabelos, e ela podia desfrutar a vista das nuvens e da mistura de fumaça com neblina. Tempo típico para este mundo, ou pelo menos, para esta Londres.

— Você consegue ir para qualquer mundo? — ela perguntou, curiosa.

— Qualquer mundo que eu conheça, ou até qualquer pessoa que eu conheça. — Kai soou orgulhoso de novo, o que não era surpresa: a capacidade de viajar de Irene através da

Biblioteca era bem mais específica e limitada. — Eu conseguiria encontrá-la onde quer que você estivesse.

— Até mesmo na Biblioteca?

Seguiu-se uma pausa.

— Bem, não. Não consigo chegar até a Biblioteca. Ninguém da minha espécie consegue. Ela é bloqueada para nosso modo costumeiro de viagem. A única forma que consigo acessar a Biblioteca é ser levado por uma Bibliotecária. Como você.

Bem, isso explica por que os dragões não nos dominaram para o nosso próprio bem. Irene emitiu alguns ruídos reconfortantes, concordando com ele, e se perguntava exatamente por que dragões não conseguiam chegar até a Biblioteca, e se ela teria alguma maldita esperança de descobrir isso enquanto estivesse na função de mentora de um aprendiz dragão. Seus superiores podiam ser muito paranóicos, e isso faria com que ganhasse prestígio muito necessário.

Kai serpenteava pelo ar.

— Preparada para descer? — disse.

Teria sido agradável ficar sentada acima das nuvens por mais um tempinho, discutindo metafísica e dragões e outros assuntos interessantes, mas havia simplesmente coisa demais a ser feita na sua agenda.

— Vamos — disse Irene.

Eles desceram rapidamente, cortando entre as nuvens e deixando fitas de névoa atrás deles, com uma velocidade que teria deixado Irene prostrada se fosse um voo natural – até onde qualquer voo nas costas de um gigantesco pseudo-réptil místico pudesse ser chamado de natural. Ela se deu conta, na parte técnica de sua mente que não estava ocupada com *Ah, meu Deus, por favor, devagar,* de que Kai deveria estar indo o mais rápido possível para que fosse mais difícil de ser visto pelas pessoas. Até mesmo em Londres, um dragão poderia atrair a atenção e seria difícil confundi-lo com um dirigível.

Ela podia ver a Biblioteca Britânica lá embaixo, e a pirâmide de vidro em cima dela. Havia um pequeno zepelim preso a seu telhado, flutuando lá, preparado para agir, e Kai teve que ajustar seu curso para evitá-lo. Dois guardas haviam visto Kai se aproximando e saíram correndo para interceptá-lo, com as mãos nos cassetetes.

Ganham vários pontos pelo senso de dever, perdem muito mais em inteligência, por saírem correndo na direção de um dragão que se aproxima em vez de fugirem dele. Irene esperou até que Kai houvesse se acomodado no chão, e depois deslizou de suas costas. O ideal seria que ela tivesse andado na direção dos guardas, porém, por algum motivo, suas pernas não queriam funcionar, e, em vez disso, encostou-se em Kai.

— Boa tarde — disse ela, tentando soar charmosa.

Os guardas olharam para ela de cima a baixo. Sem dúvida, seus trajes da Guarda Nacional, seus cabelos em uma trança malfeita e o fato de que havia ficado suavemente marcada pela fumaça (ou levemente defumada) não faziam com que parecesse a pessoa mais confiável do mundo. Estava na hora de usar a outra opção.

Ela empurrou-se para longe de Kai, ficando em pé, ereta, e inspirou fundo. Luz ardeu atrás dela. Devia ser Kai transformando-se de volta em humano. Que bom, isso tornaria a formulação da frase mais fácil.

— **Vocês notam que eu e a pessoa atrás de mim somos pessoas normais, porém desimportantes, e temos o direito de estar aqui no telhado, mas que não valemos seu tempo e seu interesse.**

O uso da Linguagem para afetar as percepções de alguém sempre demandava energia. Ela oscilou enquanto sentia suas reservas sendo drenadas. Mas funcionou. Os guardas mostravam expressões vagamente confusas de quem estava tentando se lembrar exatamente o que era tão importante assim. Um deles acenou para que ela e Kai seguissem em direção à porta e entrassem no prédio.

— Por favor, aproveitem sua visita à Biblioteca Britânica — murmurou.

Claro que o problema com o uso da Linguagem dessa forma era que o efeito poderia passar a qualquer momento. Era útil apenas até certo ponto. Kai sabia disso tão bem quanto Irene, então, no instante em que entraram no prédio, ele foi na frente em um rápido trote pelo corredor ladeado de livros do depósito e não parou até que estivessem a algumas viradas de distância.

— Você vai abrir um portal direto para a Biblioteca de uma dessas salas ou quer ir até a entrada fixa? — perguntou ele.

Irene passou as mãos pelo cabelo e fez uma careta com a quantidade de cinzas que saiu dali.

— Acho que vamos usar a entrada fixa — disse ela. — Sei que provavelmente encontraremos pessoas no caminho, mas, pelo menos, sabemos onde vamos sair na Biblioteca. Além do mais, depois da última vez, deixei alguns sobretudos na sala ao lado. Vai servir para cobrir esses trajes até que consigamos voltar a nossos alojamentos.

— Poderíamos simplesmente trocar de roupa na Biblioteca — disse Kai, em um tom esperançoso. Ele tinha um gosto muito melhor para roupas do que Irene, e o exercia com frequência.

— Tempo — disse Irene. — Prefiro voltar para cá o mais cedo possível. Podemos coletar a correspondência na Biblioteca, mas, além disso... — Deu de ombros. — Ficamos longe por quase duas semanas. Como Bibliotecária em Residência, é meu dever me certificar de que nada tenha acontecido em nossa ausência.

— Li Ming e Vale também ficarão felizes em saber que voltamos — concordou Kai. — Vamos fazer assim, então.

Irene foi na frente pelas escadas e pelos corredores em um passo rápido, ignorando os olhares de surpresa, choque e puro horror. Damas neste mundo não usavam calças. Pilotas de zepelins e engenheiras sim, mas geralmente não eram damas, e não costumavam vagar pela Biblioteca Britânica com elas.

A sala que continha a entrada permanente para a Biblioteca ficava isolada com cordas e placas, declarando REPAROS EM ANDAMENTO. Irene admitia certa responsabilidade nisso, envolvendo um pequeno incêndio e um bando de lobisomens, mas o lado positivo é que facilitava que entrassem ali parecendo operários.

Uma vez dentro da sala e com a porta fechada em segurança, Irene olhou ao redor, sentindo-se culpada. Este já fora um escritório organizado, com vitrines cheias de coisas interessantes, ou no mínimo antigas, e armários e estantes devidamente cheios de livros. Agora – depois da infestação de traças, de seu duelo com Alberich e do incêndio –, o lugar estava em ruínas. As poucas vitrines remanescentes ficaram vazias e dilapidadas, e o chão chamuscado e as paredes tostadas estavam nuas e feias.

Não era culpa dela. Não diretamente, pelo menos. Mas, ainda assim, ela se sentia culpada.

Balançando a cabeça, ela deu um passo à frente para colocar a mão na porta do lado oposto. Em termos práticos, tratava-se de um simples armário de depósito. Porém, em termos metafísicos, era a ligação permanente com a Biblioteca, exatamente como aquela que tinha pegado fogo, e precisava somente do uso da Linguagem por parte de um Bibliotecário para ser ativada.

— **Abra-se para a Biblioteca** — disse. Um lampejo nauseante de nervosismo contorceu-se na barriga dela com a imagem indesejada, porém, inescapável, da mesma coisa acontecendo ali.

Como se para aquietar suas preocupações, a porta oscilou e abriu-se imediatamente, sem a menor hesitação. Ela inspirou fundo, não querendo soltar um suspiro de alívio *alto demais*, e conduziu Kai pela passagem, antes de ela mesma cruzá-la e fechar a porta atrás de si.

A sala na Biblioteca já era familiar para eles: uma das conveniências de se usar um ponto de transferência fixo de um mundo alternativo para a Biblioteca, em vez de forçar uma passagem e ir parar em qualquer lugar dela. As paredes estavam repletas de livros, tanto que os pôsteres de letras pretas com avisos "Nível de Caos Moderado, entre com cuidado" tiveram que ser pendurados na frente deles, por falta de espaço. O mesmo ocorrera com os prometidos sobretudos. Alguém havia instalado um computador na mesa central.

— Isso é novidade — disse Kai, apontando para o computador.

— Mas conveniente — disse Irene. Ela sentou-se na frente da máquina enquanto a ligava, e tirou o livro do casaco. — Você poderia dar uma olhada no corredor? Há um ponto de entrega lá, e você pode levar isso e tirá-lo de nossas mãos enquanto envio uma notificação urgente a respeito do portal. Coppelia ou um dos outros anciões pode querer falar conosco pessoalmente.

Kai assentiu, pegando o livro.

— É claro. Irene...

— Sim?

— O que você acha que foi aquela reação?

— Eu não sei — Irene teve que admitir. — Não foi nenhum tipo de armadilha ligada ao caos. Pelo menos, eu não vejo como possa ter sido. Não havia nada ligado a ele que eu tenha percebido... Você viu alguma coisa?

Kai balançou a cabeça em negativa. Ele andou de um lado para o outro, pensativo, de um jeito que Irene suspeitava que havia, inconscientemente, copiado de Vale.

— Eu não vi nem senti nada de extraordinário. Se tivesse, teria avisado você. Eu nem mesmo senti como se houvesse uma intrusão normal de caos naquele mundo... Perdoe meu vocabulário, por favor, é a melhor forma que eu tenho de descrever. Se eu tivesse que adivinhar...

— O que é um hábito chocante e destrutivo para a capacidade lógica... Sim, eu sei — Irene não conseguiu se impedir de dizer.

O canto da boca de Kai contorceu-se. Nele, as faixas de cinzas pareciam meramente uma desarrumação artística, o tipo de coisa que um modelo usaria em um desfile particularmente ousado. E, nele, o uniforme da Guarda Nacional poderia ter começado uma moda.

— Se eu fosse criar uma *hipótese*, diria que o problema estava em algum lugar na Biblioteca, ou entre os dois pontos, mas não sei se isso é possível.

Irene assentiu, efetuando login no computador e começando a rascunhar um relatório por e-mail à sua mentora, Coppelia.

— Nós não entramos por *aquele* portal porque significaria nos largar no meio de território hostil e em uma situação desconhecida. Foi por isso que Baudolino nos levou até lá via Sicília, e então seguimos por via terrestre. — Baudolino era o Bibliotecário em Residência daquele mundo, um homem frágil com seus setenta e tantos anos e que definitivamente não

estava disposto a esquivar-se de informantes revolucionários nem de lidar com um estado militar. Pessoalmente, Irene achava que já havia passado da hora de ele se aposentar da Biblioteca, mas teria sido indelicado dizer isso. — E o próprio Baudolino não tem como ter checado aquilo recentemente, ou teria caído na mesma armadilha... Se é que podemos chamar assim. Então... não sei. Eu apenas terei que reportar isso e ver o que acontece. E quanto à entrega do livro em si...
— Tô indo, indo e fui — disse Kai, e a porta fechou-se atrás dele.
Foi necessário um pouco de edição para que Irene transformasse sua primeira reação. Que seguia nas linhas de: *Nós quase viramos churrasco, então estou acionando o alarme e, se mais alguém sabia disso, por que* diabos *nós não fomos avisados? Essa avaria colocou vidas em risco!* Ela acabou conseguindo elaborar algo um pouco mais diplomático: *Preciso reportar que, quando tentamos ativar o portal, fomos vítimas de efeitos colaterais de alta energia, e não sei ao certo se ele ainda existe.* No entanto, ela terminou com... *A falta de informações sobre o status do portal poderia facilmente ter causado um fracasso total da missão. Se Kai e eu não fomos completamente informados devido a alguma questão de comunicação, então devo pontuar que é um problema sério para eficiência e segurança futuras. Bibliotecários são recursos finitos. E, se este for um problema novo, então outros Bibliotecários precisam ser avisados o mais rápido possível.*
Estava em um estilo mais corporativo do que ela gostaria, mas iria transmitir a mensagem. Irene soltou um suspiro, colocando o queixo nas mãos. A paranoia sugeria que ela já havia sido colocada em condicional, e havia uma ligação direta entre isso e ser enviada em missões perigosas com informações incompletas. O bom senso ditava que ela não deveria

40

atribuir à maldade o que poderia perfeitamente ser explicado por idiotice, ou pelo menos por erros organizacionais. Porém, não havia nada nos e-mails que esperavam por ela nem no boletim de Eventos Atuais sobre outros portais pegando fogo. Então, o que poderia ter acontecido?

Poderia ser sabotagem? Seria possível que alguém estivesse atacando a Biblioteca? Esta era uma linha de questionamento perigosa, e não uma que ela gostava de considerar.

Irene lembrou-se de que paranoia alimenta paranoia. Erros, ou até mesmo eventos coincidentes, eram mais plausíveis. Mas a preocupação não seria banida com tanta facilidade.

A porta abriu-se com um rangido.

— Pronto? — perguntou Kai.

Irene assentiu.

— E nada urgente. Livro postado com segurança?

— A caminho. — Kai inspecionou os sobretudos de reserva, franzindo os lábios. — Comprar mercadorias de segunda mão mais baratas é uma falsa economia — disse ele por fim.

— Eu não vou pensar nisso agora — disse Irene em tom firme, vestindo rapidamente seu sobretudo. — Estou pensando em voltar a nossos alojamentos e tomar um banho quente.

— Nesse ponto você tem razão. — Kai girou e colocou o sobretudo sobre seus ombros. — Como quiser, madame.

A saída deles de volta para o mundo de Vale, e para fora da Biblioteca Britânica, correu sem que fossem notados. Quase anoitecia, e aquelas pessoas que ainda permaneciam na Biblioteca Britânica estavam mais preocupadas com o trabalho ou com o estudo do que em observar quem passava. Irene começava a nutrir esperanças de uma noite calma e sem mais problemas. Água quente primeiro, claro, e depois um vestido limpo. Então, talvez comer, ou fazer uma visita para Vale e ver se ele estava disponível para jantar e depois...

Kai agarrou-a pelo braço, arrastando-a de volta para a realidade.

— Quem é aquela? — disse ele, sibilante.

Eles tinham acabado de sair da Biblioteca Britânica. Havia uma mulher parada no lado oposto da rua, observando as portas principais. Tudo em relação a ela era totalmente inapropriado para a época e o local. Os cachos escuros dela estavam torcidos e presos em um nó, caindo rentes a seu ombro direito desnudo. Ela vestia um capa de pele preta que se estendia de um pulso ao outro, pendendo em espessas dobras atrás dela. Embaixo, um vestido de seda preta colava-se a seu corpo e a suas pernas, tão apertado que parecia ter sido costurado nela. A luz do pôr-do-sol mesclada com neblina e fumaça fazia a pele dela ficar em um tom ainda mais escuro de dourado do que o normal, e seus olhos eram vívidos como uma obsidiana lapidada. Ela segurava uma coleira em sua mão direta, que prendia um galgo preto. Quando Irene e Kai estacaram, o animal parou de cheirar o chão e ergueu a cabeça para dar um pequeno latido, como para dizer "Aqui está, eu os encontrei".

— Zayanna — disse Irene. Se a voz dela estava entorpecida de surpresa, Irene esperava que passasse por uma avaliação controlada da situação. A outra mulher não era exatamente uma inimiga. Bem, provavelmente não. Tinha sido um tipo de aliada da última vez em que se encontraram. E era feérica, mas esse era um problema diferente.

A mulher estendeu os braços em um gesto de deleite. O galgo soltou um gritinho quando a coleira puxou seu pescoço, e ela rapidamente abaixou a mão direita. Cruzou a rua na direção deles às pressas, delicada em seus saltos altos.

— Irene! Querida! Faz ideia de como é difícil encontrar você?

— Não sabia que você estava procurando por mim — disse Irene, com seus circuitos sociais entrando em ação de forma automática. Ignorando o sibilar de Kai de "Isto é uma feérica?", ela estendeu a mão em um gesto de boas-vindas.

— Se eu soubesse...

— Ah, não tinha como você saber, querida — disse Zayanna. Ignorando a mão de Irene, ela a abraçou, envolvendo seus braços ao redor dela e aninhando a cabeça em seu ombro. — Eu vim apelar a você por asilo, querida. Você não se incomoda, não é?

CAPÍTULO 4

Irene estava consciente de ter ficado dura e inerte no abraço de Zayanna. Um de seus braços ergueu-se por reflexo e ela deu leves tapinhas no ombro da outra mulher.

— Calma, calma — disse. Irene sabia que faltava algo ali. — Talvez devêssemos discutir o assunto fora da rua principal, não?

— Talvez não — disse Kai, em um tom perigoso. — Mulher, largue Irene e pare de tentar seduzi-la.

Zayanna ergueu a cabeça para olhar para Kai, e o cachorro rosnou, aparentemente ecoando os sentimentos de sua senhora.

— Isso não é sedução. Isso é só...

— Você se jogando em cima de mim no meio da rua — disse Irene, consciente do número de pessoas que estavam claramente observando a cena, e o número ainda maior de pessoas que fingiam não observá-la, mas que o faziam.

— Ela é tão boa com palavras — disse Zayanna a Kai, em um tom de confidência. — E ela é tão *popular*. Você deveria mantê-la trancada, docinho. Na verdade, não, não é uma boa ideia, porque ela não pode ter aventuras ousadas se você a mantiver trancada. Mas, sabe, o que vale é a intenção.

— Isso já passou pela minha cabeça algumas vezes — murmurou Kai. — Irene, quem é esta mulher e tem algo que você gostaria que eu fizesse? — As entrelinhas "tirá-la de cima de você, por exemplo" foram transmitidas muito claramente. *Nós precisamos ter uma conversa em particular. Mas não vou levá-la para dentro da minha casa. Mesmo que eu deva algo a ela por sua não interferência em Veneza.* Ela havia precisado de toda a ajuda que pudesse conseguir quando Kai foi sequestrado.

— Chá — disse Irene rapidamente. — Restaurante. Quer dizer, vamos até um restaurante aqui perto tomar chá e Zayanna poderá nos contar qual é o problema.

— Você tornou-se tão terrivelmente nativa — disse Zayanna com um suspiro, misericordiosamente soltando o pescoço de Irene. — Imagino que nenhum lugar aqui sirva mescal?

— Eu não sei — disse Irene. Vale saberia, mas ele conhecia Londres de trás para a frente, e do avesso. Poderia recitar as gangues de Londres de cor ou identificar um borrifo de lama com um único olhar de relance. — Por que não vamos até lá e descobrimos?

A expressão de Kai por cima do ombro de Zayanna sugeria toda uma variedade de motivos pelos quais não deveriam ir, mas Irene não estava a fim de discutir.

Quinze minutos depois, estavam sentados em volta de uma mesa em uma casa de chá de qualidade duvidosa, cuja parede dos fundos era cheia de caixas metálicas com chás exóticos cobertas de teias, e cujas luzes ardiam preocupantemente fracas. A neblina havia se cerrado do lado de fora. O cachorro de Zayanna estava deitado ao lado da cadeira dela, farejando pensativo e observando os três com olhos avermelhados.

— Você disse que queria asilo — Irene falou, indo direto ao ponto. Seu chá tinha cheiro de bolor, com uma nota de fundo de metal. Ela teria preferido uma casa de chá melhor, mas, da forma como estavam vestidos, eles teriam sido barrados na porta. — Você poderia dar mais detalhes, por favor?

Zayanna soprou a superfície de sua xícara de chá, erguendo uma pequena nuvem de vapor.

— Querida — ela começou a falar. — Você se lembra de que não tentei impedi-la de resgatar seus amigos no trem lá em Veneza?

— Vividamente — disse Irene. Algo que a vinha incomodando lá no fundo ficou claro. — Como você soube que meu nome era Irene? — Até onde ela se lembrava, estivera usando um nome falso o tempo todo em que esteve com Zayanna. Era um pouco preocupante pensar em como ela poderia ter descoberto isso.

— Foi Sterrington — disse Zayanna. — Depois que você saiu do trem, Atrox Ferox e eu conseguimos trocar uma palavrinha com ela. Lorde e Lady Guantes haviam contado seu verdadeiro nome a Sterrington. Eles foram seus arqui-inimigos durante toda aquela sua excursão, afinal de contas. Também disseram que você era uma Bibliotecária... que trabalhava aqui e tudo o mais. Querida, fiquei pasma! Uma agente secreta de verdade comigo o tempo todo e eu não fazia a mínima ideia!

— Eu não sou agente secreta — disse Irene, sabendo que não ia funcionar. — Apenas coleto livros.

— É claro. — Zayanna assentiu, solene. — Seu segredo está a salvo comigo, querida.

— E com toda essa casa de chá — disse Kai.

Havia uma rigidez na postura dele que deixou Irene preocupada. Embora ela tivesse conseguido resgatá-lo do que Zayanna tão casualmente chamou de "excursão", para Kai havia sido sequestro, aprisionamento e a ameaça de ser vendido para os piores inimigos de sua espécie. Sempre pronto para correr riscos, ele não estava dormindo bem à noite, e não gostava nem um pouco de falar sobre nada disso. Esse tipo de conversa era como esfregar sal nas feridas dele.

— Ah, *eles* — Zayanna deu de ombros. — Eles são apenas pessoas.

Irene ficou perdida por um instante, tentando decifrar se aquela declaração adivinha de uma falta de preocupação sublime, de uma genuína falta de interesse em humanos comuns, ou se era uma tática deliberada para fazer com que ela subestimasse Zayanna. Não, de modo geral, achou que era simplesmente Zayanna sendo Zayanna, e sendo feérica. Para um feérico, toda a humanidade era composta por atores, na melhor das hipóteses. Eram o elenco de apoio e os cenaristas nos bastidores. Eles estavam convencidos de que eram os heróis de suas próprias histórias. O perigo residia no fato de que, nos mundos alternativos mais caóticos, o universo conspirava para concordar com eles.

— Mas você *é* uma agente secreta? — perguntou Irene.

— Não exatamente, querida. — Zayanna sorveu um gole de seu chá. — Veja bem, as coisas deram errado. Depois de Veneza, tive que voltar e me reportar ao meu patrono. Ele disse que mesmo que Lorde e Lady Guantes *houvessem mesmo* bagunçado o sequestro do dragão, eu não deveria ter permitido que vocês três escapassem como fiz. Ele foi realmente incisivo em relação a isso.

Ela estremeceu de forma artística.

Não é como se você tivesse tanta chance assim de nos impedir. Irene ignorou o clima polar de Kai ao seu lado e esticou a mão para dar tapinhas de leve na de Zayanna.

— Sinto muito por você ter se encrencado — disse ela.

Zayanna olhou para baixo com discrição, se é que a palavra "discrição" algum dia poderia ser usada em relação ao seu decote.

— Eu sabia que você entenderia — ela murmurou. — Então, naturalmente, quando tive que desfazer os laços com meu patrono, pensei em você.

— Eu não sei o que dizer — mentiu Irene. Ela podia pensar em um bocado de coisas a dizer, mas nenhuma faria a conversa avançar de verdade, mesmo que pudessem fazer com que ela se sentisse melhor. — Zayanna, você sabe que eu não tenho... — O que Zayanna disse que costumava fazer para seu chefe anterior? — Nenhuma cobra que precise de cuidados.

— Nós podemos arrumar cobras, querida — disse Zayanna, em um tom reconfortante. — Você prefere najas ou víboras? Ou mambas?

— Você consegue coletar livros? — foi a resposta de Irene.

— Nunca tentei — disse Zayanna. — Mas existe uma primeira vez para tudo, não?

Irene tinha bastante certeza de que não havia nenhum regulamento da Biblioteca sobre Terceirizar Serviços para Feéricos, provavelmente porque o assunto era coberto por Não se Associe com Feéricos para Começo de Conversa. Porém, ela tranquilizou sua consciência, serviria no momento, enquanto tentava encontrar uma solução melhor a longo prazo.

— Silver sabe que você está aqui? — ela quis saber.

Lorde Silver era provavelmente o feérico mais poderoso em Londres. Ele era o embaixador de Liechtenstein (Liechtenstein era um manancial de feéricos, neste mundo alternativo em particular) e um libertino e depravado, frequentemente retratado nas primeiras páginas dos jornais mais escandalosos. Ele também havia sido, tecnicamente, um aliado durante todo o sequestro de Kai, ajudando Irene a chegar ao mundo onde ele estava sendo mantido prisioneiro para que pudesse resgatá-lo. Porém, isso só acontecera porque Silver se sentira ameaçado pelos sequestradores de Kai. Ele era outra pessoa que Irene gostaria que a terra engolisse. No entanto, se pudesse tirar Zayanna de suas mãos, ela até *enviaria flores* a ele.

Zayanna fez um biquinho.

— Eu venho tentando evitar Lorde Silver, querida. Não quero mesmo ficar em dívida com ele. Pensei em perguntar a ele onde você mora. Mas então tive uma ideia melhor e consegui esse belo cachorrinho para me ajudar a encontrá-la, e venho te rastreando desde então! Eu acho que vou chamá-lo de Dedinhos. — Ela bebeu todo o conteúdo de sua xícara e pousou-a com um tinido. — Mas também preciso falar sério, querida. Há alguém por aí querendo matar você.

Era um tanto triste que a primeira reação de Irene não fosse tanto de choque e mais de resignação. Ela se perguntou se haveria uma fila, e se alguém estaria vendendo ingressos. Afinal de contas, em menos de um ano, havia conseguido irritar seriamente muitas pessoas: os lobisomens locais, várias sociedades secretas, um dos dois maquinadores que orquestraram o sequestro de Kai (ela havia matado o outro), o Bibliotecário Alberich, notório traidor, e provavelmente diversos outros tipos de pessoas que ela nem mesmo conhecia. E Silver também não gostava muito dela.

— Quem? — ela perguntou.

— Eu não sei — Zayanna inclinou-se para a frente, tentando pegar a mão de Irene nas dela. Quando Kai interpôs sua mão, ela agarrou a mão dele. — Querida... queridos... — Parecia que Kai estava mordendo alho cru. — Vocês têm que acreditar que quero mantê-los a salvo. O que eu faria sem vocês?

Esse era outro problema frequente com os feéricos. Queriam os demais atores estrelando em seus melodramas privados, tanto amigos quanto inimigos. Irene tinha que descobrir uma maneira de se desemaranhar de Zayanna, e rápido, ou ela seria varrida para dentro de uma narrativa nova e impossível.

— Acredito no que diz — disse ele. *Na maior parte, pelo menos*. — Mas se você não pode nos dizer de quem se trata ou quando vão tentar...

Zayanna soltou um suspiro, e Kai aproveitou a oportunidade para soltar sua mão da dela.

— Trata-se apenas de um rumor sussurrado, querida. Tentarei descobrir mais. Porém, está ficando tarde. Você vai querer sair em missões altamente delicadas e dançar o tango, não? Posso ir junto?

— Não — disse Irene com firmeza. — Sinto muito. É altamente confidencial. Onde podemos contatá-la amanhã?

Zayanna aceitou a dispensa surpreendentemente bem.

— No hotel Carlton, querida. Estarei esperando. No entanto, por ora vou ficar por aqui. Este lugar tem uma atmosfera tão charmosa. — Ela fez um gesto apontando para as prateleiras sombrias e as vigas com suas lâmpadas de éter penduradas sem lustres, e depois apontou para seu cachorro embaixo. — Não se preocupe comigo. Dedinhos me manterá em segurança.

Kai esperou até que estivessem na rua e a algumas centenas de metros longe dela para dizer:

— Nós deveríamos matá-la?

— Zayanna *me ajudou a resgatar você* — murmurou Irene. Não tornava as coisas mais fáceis o fato de que também estava considerando aquela opção. Porém, a simples inconveniência não era um motivo bom o bastante para assassinato. Mesmo que parecesse uma inconveniência muito, muito grande.

— Sim, mas a mulher é uma feérica — foi a resposta de Kai. Havia frieza nos olhos dele, e o modo como caminhava havia mudado de passadas casuais para um andar muito mais perigoso e objetivo.

Irene tentou pensar em alguma declaração inteligente, lógica e útil que o convenceria a ficar calmo. Nada veio à sua cabeça. O que ela *poderia* dizer a um dragão que havia sido sequestrado pelos feéricos para dar início a uma guerra? O já existente preconceito pessoal estava sendo inflamado pelo choque pós-traumático, e ele certamente não teria uma epifania repentina no meio da rua.

— Mas *eu* estou dizendo que você não vai simplesmente removê-la — ela sibilou, recorrendo ao fato de ser a superior dele, e sabendo o quão temporária e tapa-buraco aquela resposta era. — *Entendido?*

Kai piscou, e a luz inumana — será que estivera lá por mais do que apenas um momento? — desapareceu de seus olhos.

— Entendido — disse ele, a voz gutural, sombria e baixa. *Vou ter que explicar isso para ele depois. E se eu não conseguir fazer com que ele veja sentido nisso...* Irene tinha um dever com seu trabalho neste mundo. Ela também tinha responsabilidade com Kai. Algo se contorcia em seu estômago só de pensar que talvez o melhor que poderia fazer por ele seria garantir que fosse designado a outro Bibliotecário. Ou ele poderia ser devolvido à corte de seu pai, em segurança no meio de outros dragões...

— Também não tenho certeza se confio nela — disse Irene.

— Não temos provas de que esteja dizendo a verdade. Mas acho que é melhor observá-la de perto por enquanto, até que possamos entender o que está acontecendo. Mantenha seus amigos por perto e seus inimigos ainda mais perto, e esse tipo de coisa. Além do mais, se Zayanna estiver falando a verdade, poderíamos conseguir informações úteis com ela.

— Talvez fosse mais simples esperar e ver quem está tentando nos matar — disse Kai.

Irene olhou para a rua à sua frente. No crepúsculo nebuloso, placas de periódicos agigantavam-se nas esquinas das ruas onde vendedores anunciavam os jornais vespertinos com manchetes em letras maiúsculas quase invisíveis olhando feio para ela como se fossem mensagens secretas. *TRAIÇÃO. ASSASSINATO. GUERRA.*

— É verdade — concordou. — Mas eles poderiam dar sorte e conseguir.

— E se disfarçássemos alguém como nós e ficássemos observando de longe? — sugeriu Kai.

— Hum. Não, melhor não. — Uma vaga lembrança do treinamento de administração incomodava Irene. — Não é que eu esteja tentando derrubar todas as suas ideias. É mais por não ver como conseguiríamos isso sem que a preparação seja notada. Também pode ser uma questão de há quanto tempo eles vêm planejando nos matar. Ficamos fora de Londres por algumas semanas. Embora, nesse caso...

— Sim? — Kai indagou prontamente quando ela hesitou.

— Bem, a menos que quem queira nos matar esteja obtendo informações da Biblioteca, ou de Vale, e ambas as opções são muito improváveis, então não teria como *saber* que ficamos fora de Londres pelas últimas duas semanas. Pode ter ficado sentado roendo as unhas e se perguntando aonde é que nós fomos.

Eles conversavam baixinho enquanto caminhavam pela rua enevoada, apenas outra dupla de londrinos em sobretudos pesados com cachecóis enrolados em volta do rosto para se proteger da neblina e da poluição da noite. Teria sido difícil ser mais anônimo do que isso. Irene podia olhar de relance pela rua e ver outras duplas e outros grupos de pessoas passeando juntas, as cabeças próximas umas das outras, enquanto murmuravam uns com os outros. Conspiradores? Famílias? Amigos? Conjuradores do apocalipse? Como alguém poderia saber?

— Nós deveríamos ir até Vale — disse Kai.

Irene assentiu.

— Depois que dermos uma olhada em nossos alojamentos. Com cuidado, claro. E não sei se você considerou essa possibilidade, mas Zayanna também pode ser útil para obtermos informações sobre uma outra coisa.

— Que outra coisa?

— Se houver alguém na Biblioteca ou entre os dragões que esteja vendendo informações sobre nós, então precisamos descobrir quem é.

— Aparentemente dragões eram um bloco monolítico que jamais trairiam uns aos outros para os feéricos. De modo algum. Ou assim diziam os dragões. Isso podia querer dizer apenas que eram muito eficientes ao se livrarem de traidores. — Se Zayanna ainda tiver ligações com as redes de fofocas feéricas, ou seja lá como for que eles compartilham as notícias e conspirações, talvez ela possa descobrir alguma coisa.

— Ou ela mesma poderia me vender — disse Kai, friamente. — Ou a você. Tenho certeza de que existem feéricos por aí que adorariam ter uma escrava Bibliotecária.

— Tenho certeza que sim — concordou Irene, baixinho. Ela ainda tinha pesadelos sobre alguns aspectos de sua viagem para aquela Veneza. — Mas a verdade é que, quando chegou a hora, Zayanna realmente me ajudou. Então, por ora, vamos parar de andar em círculos e brincar de "de quem nós suspeitamos?". Alojamentos, banho, roupas, depois Vale e esperar pela próxima missão.

Quando chegaram a seus alojamentos, os edifícios ao redor estavam com as luzes acesas, mas seus próprios aposentos apresentavam janelas escuras e ameaçadoras. É claro que foi assim que os haviam deixado, mas era difícil não imaginar possíveis assassinos esperando atrás das cortinas fechadas.

— Deixe-me verificar a porta — disse Kai, dando um passo na frente de Irene.

Ela sabia que ele tinha um passado levemente criminoso, pelo tempo em que passara em um mundo alternativo mais tecnológico, então deixou que ele fosse em frente. Ele saberia melhor que ela como verificar se havia cabos de detonação, interruptores escondidos ou arranhões na tranca. Ela olhou de relance para os dois lados da rua. Nada de perseguidores óbvios, nenhum lacaio do mal à espreita, nenhuma sombra visível nos telhados. Depois de alguns minutos inspecionando porta, tranca, degrau, capacho e a área ao redor, Kai, que estava de joelhos, levantou-se.

— Parece limpo — disse ele. — Nada de fios. Nada conectado a isso. Nenhum resíduo caótico.

— Que bom — disse Irene. — Embora eu não tenha pensado em uma bomba, de qualquer forma. Você conhece os feéricos. Uma bomba não teria aquele toque pessoal. E acabaria cedo demais.

Kai foi para trás, afastando-se da porta, de modo que Irene pudesse destrancá-la.

— Mas você falou que Lady Guantes era do tipo *eficiente*. E você matou o marido dela.

— Sim, bem... — murmurou Irene. — Vamos esperar que ela me odeie o bastante a ponto de querer tomar muito tempo para fazer isso, e fazê-lo pessoalmente.

A chave girou suavemente na fechadura. Nada de ruim aconteceu de imediato. Ela esperou por um instante, só para o caso de haver algo escondido para pular em cima dela, e depois abriu a porta com tudo.

Pela entrada, iluminada pelos postes de éter da rua, ela e Kai podiam ver um corredor perfeitamente normal. Havia correspondências espalhadas pelo carpete, onde tinham sido enfiadas pela caixa de correios, mas nenhuma delas parecia grande o bastante a ponto de apresentar algum perigo.

Certo, talvez eu esteja sendo paranoica.

Kai assentiu para ela. Ambos deram um passo para dentro, e Irene ergueu a mão para acender o interruptor de luz.

Algo peludo tocou nos dedos dela.

CAPÍTULO 5

Irene ficou paralisada. Não foi uma escolha deliberada feita a partir de uma análise cuidadosa da situação. Tratava-se de uma reação instintiva ao toque macio de alguma coisa fina e peluda em seus dedos, algo se movendo, e recordações de sua infância vieram, de pessoas lhe dizendo "Não tire a mão bruscamente, você só vai alarmá-lo". Definitivamente era algo vivo.

— Kai — disse ela, e engoliu em seco para limpar a garganta. — Há alguma coisa aqui conosco.

— Você acha que é sensível à luz? — perguntou Kai.

Como diabos ela deveria saber disso?

— Esperemos que sim — foi a resposta dela. Ela não queria mexer os dedos. Podia ver vagamente a coisa agora, uma grande mancha de criatura com monstruosos vinte centímetros de largura, corpo espalhado pelo interruptor de luz. Mas havia mais de uma maneira de lidar com aquilo.

— **Luzes do corredor, acendam-se!** — ela ordenou na Linguagem.

As luzes do teto arderam com um brilho repentino enquanto Kai batia a porta, e Irene teve tempo suficiente para ver a criatura antes que ela corresse na direção do cabide de casacos, deixando seus dedos livres e o coração martelando seu peito.

Era uma aranha. Irene não tinha nada em específico contra aranhas, e havia sido a pessoa que as tirava da sala para soltá-las ao ar livre quando estava na escola. Porém, ela tinha uma reação muito incisiva a aranhas com vinte centímetros de largura e cobertas de pelos. Ela limpou ilogicamente a mão na saia, com força.

— É uma aranha — observou Kai, o que foi desnecessário.

— Parecia com uma. — Irene estava indo para trás, na direção dele. Os dois ficaram parados juntos no meio do corredor, o mais longe possível de cabides de casacos, fotos, estantes de livros ou outros objetos atrás dos quais aranhas poderiam estar se escondendo.

— Você acha que é venenosa?

Irene bufou.

— Você acha que existe a mais remota possibilidade de que não seja?

— Certo. Pergunta imbecil. Você acha que podemos fumigar a casa toda?

— Eu não vou dormir se houver a mais ínfima chance de que alguma delas ainda esteja aqui — disse Irene com firmeza. — O que significa que temos que limpar o lugar. Especialmente se houver a mais remota possibilidade de elas procurarem ou entrarem em outras casas.

— Como vamos limpar o lugar? — quis saber Kai, apontando para o "x" da questão.

Irene franziu o cenho, pensando.

— Qual é o maior recipiente razoavelmente hermético que temos?

— Provavelmente uma de nossas malas — sugeriu Kai. — Não são totalmente herméticas, mas não têm fendas grandes o bastante para que as aranhas saiam, se estiverem lá dentro.

— Certo. E as malas estão no sótão, não estão?

Kai inspirou fundo.

— Fique bem aqui — disse ele, correndo em direção à escada antes que ela pudesse dizer para parar.

Tecnicamente ela estava um tanto aliviada por não correr por ali, com aranhas à espreita, prontas para pular em cima dela — ou caírem em cima dela? — à mais leve provocação. Mesmo assim se sentiu um pouco culpada por ele ter corrido esse risco. Talvez estivesse sendo superprotetora.

Ela ouviu os passos dele no andar de cima, e o som oco do alçapão do sótão abrindo no teto, seguido pelo estrondo de malas e baús sendo mudados de lugar. Era fácil demais imaginar imensos ninhos pulsantes cheios de teias de aranhas gigantescas no sótão. Ela se forçou a focar em seus arredores imediatos — e, olhe!, a aranha que estava rastejando em volta do interruptor de luz apareceu de novo, e estava descendo pela parede. Havia contorções sutis e movimentos quase invisíveis vindos dos cantos mais escuros do corredor. A luz tinha sido tão brilhante e tão bem-vinda um instante atrás. Mas agora dava contraste aos possíveis esconderijos das aranhas. E havia muitos ali. Irene ficou muito grata por estar de botas e calça.

— Eu quase preferiria estar de volta em um prédio em chamas com tropas do lado de fora — murmurou para si mesma.

— Como? — Kai vinha retumbante descendo as escadas, batendo a mala que ele estava carregando nas balaustradas com a pressa. Irene encolheu-se quando viu outra massa de sombra que se contorcia debaixo do corrimão da escada sair correndo para se esconder. — Algum problema?

— Agora, não — disse ela, aliviada. Ela pegou a mala e abriu-a, colocando-a no chão na frente deles. — Prepare-se para me segurar.

Kai simplesmente assentiu.

Irene inspirou fundo, enchendo os pulmões, e depois gritou na Linguagem, a voz alta o bastante a ponto de ser ouvida por todo o alojamento:

— **Aranhas, venham até aqui e entrem nessa mala que está no chão!**

A estrutura solta do comando da sentença e o fato de que estava tentando exercer sua vontade sobre seres vivos – mesmo que não humanos – fizeram com que ela balançasse com a repentina drenagem de energia. Kai, com a habilidade advinda do aviso e da experiência, segurou-a com um dos braços em volta dos ombros dela, e deixou em pé junto a si enquanto os cantos cheios de sombras de seus alojamentos ganhavam vida.

Aranhas, tão grandes quanto a primeira, vieram correndo das dobras de casacos que estavam pendurados no cabide, caindo dos cantos superiores do teto, e saindo de trás das fotos gastas que estavam penduradas no corredor. Algumas dezenas desceram as escadas em uma onda, pulsando e se arrastando pelo caminho em um andar afetado de oito pernas rápido demais para sua paz de espírito. Irene ficou observando enquanto elas entravam na mala, formando um capacho fervilhante no seu interior, subindo umas nas outras e sacudindo as pernas no ar. Umas poucas aranhas normais haviam se juntado à confusão e corriam pela mala de forma um tanto patética, minúsculas em comparação com suas primas maiores.

Ela deixou passar dez segundos depois que a última aranha havia entrado e deu um chute na tampa, fechando-a. Sentou-se firmemente em cima dela, fechando as fivelas.

— Nós podíamos jogá-la em uma fogueira — sugeriu Kai.

— Não, espere, elas poderiam sair quando ela pegasse fogo. Talvez se a jogássemos no Tâmisa?

— Kai — disse Irene em um tom firme. — Estou surpresa com você. Esta é uma rota válida de investigação. Nós não queremos simplesmente destruir as aranhas; primeiro, queremos descobrir tudo que pudermos sobre elas. Porém, antes, vou conferir este lugar com outra mala. Vou usar a Linguagem para eclodir qualquer ovo ainda escondido e me certificar de que encontramos tudo mesmo.

Era evidente que Kai não havia pensado na possibilidade de ovos. Ele estremeceu e olhou feio para a mala.

— Criaturas repulsivas. Como você acha que elas entraram na casa?

— Não saberemos até verificarmos — disse Irene, passando as mãos em si para limpar-se. — Poderia ser uma janela quebrada, ou um buraco no telhado. Poderia ser... — Ela olhou para a porta da frente. — Bem, seria incrivelmente descarado, mas alguém poderia apenas tê-las empurrado pela caixa de correios, se elas cooperassem.

— Pelo menos Vale achará isso interessante — disse Kai, resignado, enquanto iam atrás de outra mala.

A loja de produtos para animais 24 horas mais próxima era de alta classe, cintilando com cromo moderníssimo e lâmpadas de alta potência, e pequenos sistemas de climatização a vapor sibilavam ao longo das fileiras de tanques e gaiolas. Ela estava repleta de filhotinhos de cachorros com *pedigree,* filhotes de gatos persas, tanques de vidro cheios de peixes de cores brilhantes e provavelmente incompatíveis, e uma proprietária que não queria atendê-los. Ela era magra igual a um palito, com cabelos claros como palha do mesmo tom de louro do *ferret* que estava dilacerando brinquedos em uma gaiola atrás dela, e usava um vestido azul-marinho imaculado com pesadas proteções de couro em seus antebraços.

— Não é que eu não queira ser útil — ela protestou, em um tom gélido —, mas receio que realmente não entenda o que poderiam querer de um humilde estabelecimento como o meu, que atende apenas aos mais refinados clientes.

— Temos duas malas cheias de aranhas gigantes — disse Irene, em um tom agradável. Ela gastou dez minutos para trocar de roupa e vestir trajes adequados a este mundo alternativo e livrar-se da maior parte das cinzas, portanto sabia que parecia uma mulher respeitável, ainda que não podre de rica. — Nós precisamos da opinião de um especialista.

A proprietária ergueu as sobrancelhas quase invisíveis.

— Madame, entendo que muitas aranhas possam parecer grandes para a senhora...

— De vinte a trinta centímetros de comprimento — Kai deu um passo à frente, desferindo para a mulher seu olhar mais charmoso e comprometido. Irene normalmente não apoiava a escola de pensamento "vá persuadir as pessoas com sua boa aparência", em grande parte por não ter o tipo de aparência necessário para que isso funcionasse, mas ela podia apreciar quando era usada para ajudá-la.

A proprietária hesitou. Talvez porque Kai era belo, bem vestido e charmoso. Ou poderia ter sido porque, por mais que ele tentasse abafar, inevitavelmente parecia alguém com um histórico aristocrático, com mais dinheiro do que saberia usar bem.

— Bem, acho que eu posso dar uma olhada nelas. Talvez por uma taxa de consulta...

— É claro — disse Kai, com um desdém casual por quantias precisas. — A senhora tem um tanque de vidro ou algo do gênero onde possamos soltá-las?

A proprietária fez sinal para seu assistente ir buscar um grande tanque de vidro. Kai pegou a mala menor e a colocou dentro dele. Ali estavam as retardatárias que eles encontraram, mais alguns espécimes minúsculos que Irene havia forçado a saírem antes da hora dos ovos, e para as quais ela ainda olhara desconfiada, mesmo sendo pequenas.

Kai abriu as fivelas da mala com um estalo, mas deixou a tampa abaixada.

— Quando eu abrir — disse ele — por favor, fique em prontidão para fechar a tampa do tanque, e certifique-se de que nada tenha a possibilidade de escapar.

Para o alívio de Irene, a proprietária assentiu, profissionalmente.

— Vamos dar uma olhada nelas — disse a mulher.

Kai virou a tampa da mala para trás, puxando sua mão e seu braço para fora do tanque no mesmo movimento. Aranhas derramaram-se de dentro da mala em uma onda de pernas e corpos pulsantes como balões do tamanho de bolas de tênis. Com um xingamento espantado, apressadamente cortado, o assistente abaixou a tampa do tanque com firmeza e o trancou.

A proprietária franziu os lábios.

— Olha, eu acho... Será possível? — Ela inclinou-se mais para perto do tanque, quase esmagando seu nariz fino no vidro.

As aranhas moviam-se como um enxame dentro do tanque, correndo pelo fundo cheio de areia e subindo pelas paredes internas de vidro. Irene sentiu algo mole bater em sua perna, e quase deu um pulo em uma reação automática, antes de perceber que era uma observadora aproximando-se mais do tanque para espiar, fascinado.

— Que esplêndido! — exclamou a proprietária. — *Pelinobius muticus*! Uma tarântula-babuíno! Dezenas delas, uma colônia inteira dando cria! — Irene não precisava saber ler mentes para ver os sinaizinhos sobre a cabeça da mulher que apontavam para FORNECEDORA EXCLUSIVA e *LUCRO GIGANTESCO*. — Vocês mesmos pretendem colocá-las no mercado, senhor?

Kai olhou de relance para Irene, que deu um passo à frente.

— Não exatamente, madame.

— Senhorita Chester — disse a mulher, com um sorriso de lábios estreitos que tentou parecer amigável, mas falhou.
— Senhorita Chester — disse Irene —, nós recebemos recentemente um engradado de bananas, presente de um amigo no Brasil. — Será que cultivavam bananas no Brasil? Ela havia se esquecido de sua geografia básica da escola e dos produtos nacionais, ainda mais quais seriam neste alternativo. — Nós honestamente não esperávamos nos deparar com estas, hum...
— *Pelinobius muticus* — disse a senhorita Chester, pronunciando as palavras muito claramente para certificar-se de que Irene havia entendido.
Irene gostava de ser subestimada. Isso diminuía as possibilidades de que as pessoas suspeitassem de que estava mentindo.
— Nós simplesmente não temos os recursos para cuidarmos delas — disse Irene. Tentou parecer uma mulher que poderia mesmo gostar de aranhas, em vez de uma que preferia a opção de jogá-las dentro de um barril de ácido. — Se você sente que pode dar a elas um bom lar, então, talvez...
— Tenho certeza de que podemos chegar a um acordo — disse a senhorita Chester, cujo sorriso ficava cada vez mais cheio de dentes.

— Teria parecido suspeito se nós não tivéssemos barganhado — disse Irene posteriormente.
Eles entraram em um táxi que estava finalmente a caminho dos aposentos de Vale.
— Você não acha que pareceu suspeito de qualquer forma? — perguntou Kai em um tom seco. — Duas pessoas aparecendo com malas cheias de aranhas assassinas gigantes...
— *Pelinobius muticus* — disse Irene. — Eu anotei os detalhes. Nós podemos perguntar a Vale sobre elas.

Kai ficou taciturno, reclinando-se e cruzando os braços.

— Irene...

— Sim?

— Estou preocupado.

— É bem compreensível. Alguém provavelmente acabou de tentar nos matar, sem falar no portal pegando fogo. Mas será que os dois eventos estavam conectados?

— E embora nós tenhamos sobrevivido...

Dragões mais uma vez se provavam os mestres do óbvio. Irene assentiu, esperando que ele continuasse.

Kai parecia estar procurando as palavras certas para terminar sua frase. Por fim, ele disse:

— Será que nós deveríamos reconsiderar nossa missão aqui?

— De que forma?

— Bem, poderíamos nos mudar para um entorno mais protegido.

Ah. Mais uma tentativa de levá-la para debaixo das asas dragônicas. Contudo, ele tinha razão quanto às pessoas que estavam tentando matá-los. Depois de dois eventos quase fatais em um único dia, não se tratava de paranoia, era simples cautela.

— Admito que as evidências mostram que eles, seja lá quem forem, sabem onde moramos — disse Irene. — E também admito que isso não me deixa particularmente confortável. Contudo, não diria que sejam assassinos muito eficientes.

— Você *quer* um assassino eficiente?

— Pelos céus, não — disse Irene. — Dê-me um assassino ineficiente a qualquer momento. Prefiro alguém tentando me matar enfiando aranhas pela minha caixa de correio a alguém que contrate um atirador com um rifle de mira a laser ou que ateie fogo em nossos alojamentos.

Na verdade, verbalizar o pensamento animou-a. Mas não estava, de jeito nenhum, tão indiferente quanto suas palavras sugeriam. Morto ainda era morto, independentemente se o assassino fosse exótico, profissional ou amador. Ser morto era incrivelmente fácil. Qualquer um poderia fazer isso. Permanecer em segurança e vivo era muito mais difícil.

A boca de Kai se contorceu e ele começou a sorrir, relaxando por fim.

— Você tem razão nisso. Eu não tinha pensado nas coisas dessa forma.

— Não que eu *queira* que alguém esteja tentando me matar — Irene apressou-se a acrescentar. — Mas, sabe, dada a opção...

O táxi foi diminuindo a velocidade até parar e o motorista falou:

— Chegamos, madame, senhor. Vocês querem que eu os espere?

— Não, obrigado — disse Kai.

Ele pagou ao motorista enquanto Irene saía com dificuldade, já lamentando pelo retorno às saias longas. Não se aprecia de verdade uma calça até não a estar vestindo.

Olharam para as janelas de Vale, enquanto o táxi saía ruidosamente em meio à neblina, suas lâmpadas de éter como olhos que desapareciam na escuridão. Uma luz fraca aparecia pelas beiradas das cortinas de Vale.

— Pelo menos ele está em casa — disse Irene. De vez em quando ela lamentava pela falta da conveniente comunicação em massa neste mundo. — Seria irritante se tivesse saído para cuidar de um caso.

Ninguém atendeu à batida na porta de Kai, mas Irene não teve que usar a Linguagem para coagir a porta a abrir-se. Kai já tinha uma chave. Ele subiu as escadas na frente. Irene foi atrás dele. Ela tranquilizou seus leves toques de nervosismo –

por que ninguém atendeu? Havia algo errado? — lembrando-se de que estava perto das oito horas da noite. A governanta de Vale poderia muito bem ter saído. O próprio Vale reconheceria os passos deles e poderia, em todo caso, estar profundamente imerso em experimentos ou pesquisas.

— Vale... — começou a dizer Kai, abrindo a porta no patamar das escadas. Então parou bruscamente.

— O que foi? — Irene perguntou em um tom exigente, abaixando-se sob o braço de Kai para ver o que acontecia.

Os aposentos de Vale estavam em seu costumeiro estado de bagunça controlado. Seus *scrapbooks* e arquivos eram bem organizados, escrupulosamente arrumados e em ordem alfabética, porém, tirando isso, o lugar estava cheio de *coisas*. Havia equipamentos de laboratório espalhados pela mesa principal, com várias placas cobertas de migalhas empoleiradas ao lado de tubos de ensaio. Os cantos da sala estavam cheios de caixas empilhadas uma em cima da outra em uma tentativa desesperada de fazer uso de todo o pouco espaço disponível. Várias relíquias de casos passados ou atuais se espalhavam ao longo do consolo da lareira, ou lutavam por espaço nas prateleiras de livros. As lâmpadas de éter funcionavam com a metade da potência, deixando a iluminação da sala em uma luz trêmula e fraca, e o fogo se reduziu a brasas. Havia muitos jornais entulhados nas cadeiras e no chão, como se tivessem sido folheados freneticamente e descartados página por página.

Vale estava deitado no sofá. Ele era um homem alto, mas, estirado como estava, havia perdido toda sua costumeira graça e parecia um emaranhado ossudo de braços e pernas. Um de seus braços estava jogado sobre seu rosto. Não usava trajes completos, um *robe de chambre* por cima da camisa e calça, e aparentava não estar planejando sair.

Ele não reagiu às palavras deles. Nem sequer se mexeu.

65

Era surpreendente como o puro pesadelo poderia quase literalmente colocar gelo nas veias de uma pessoa. *Um ataque a nós, agora um ataque a Vale...* Tanto Irene quanto Kai estavam cruzando a sala no mesmo momento, sem sequer terem que dizer algo. O único motivo pelo qual Kai chegou até Vale antes foi porque ele havia sido o primeiro a entrar no aposento.

Kai agarrou o pulso de Vale, com seus dedos apertando-o, e soltou um suspiro, aliviado.

— Ele tem pulsação — reportou Kai. — Mas está lenta.

A onda de alívio que atingiu Irene era tão forte que ela podia sentir seu gosto.

— Graças a Deus — disse ela. — Mas por quê...?

Uma resposta veio a sua mente. Não era bonita. Ela pegou o pulso de Vale da mão de Kai e puxou para trás a manga da camisa, conferindo seu antebraço. Ela não ficou totalmente surpresa com o que encontrou ali. Afinal de contas, vinha com os ossos do ofício de ser o maior detetive de Londres, em um mundo onde histórias poderiam se tornar realidade e no qual a vida com muita frequência seguia a narrativa.

— Veja — disse, apontando para as marcas de agulha.

Kai conteve um xingamento.

— Mas ele disse... — ele começou a falar, e então parou bruscamente.

— O que foi que ele disse? — perguntou Irene baixinho. Ela mesma verificou a pulsação de Vale, que estava lenta, mas constante.

Kai virou-se e cruzou o aposento para acender as luzes.

— Ele disse que não usava mais isso — ele não olhou para Irene.

— Quando ele disse isso?

— Alguns meses atrás. Não foi muito tempo depois que nos conhecemos. Eu, veja bem... — Kai estava quase gaguejando em suas tentativas de encontrar uma explicação. Ela não havia ouvido esse padrão de discurso nele antes. — Encontrei a seringa e a droga...

— Que droga?

— Morfina — Kai voltou-se novamente para ela. — Irene, eu juro que ele disse que só a usava ocasionalmente, e que não a usava de jeito nenhum agora que a prática tinha se tornado mais interessante. Não sei por que ele estaria usando morfina *agora*. — O rosto de Kai tinha um pouco do pânico de uma criança que havia descoberto que um pilar fundamental de seu mundo não era mais sólido. — Será possível que alguém o forçou a tomar?

Certamente era possível, só não era muito provável.

— Imagino que não saberemos até que possamos perguntar a ele. — Irene colocou o braço de Vale de volta sobre seu corpo e tirou os cabelos escuros de seu rosto. Sua pele estava quente sob os dedos de Irene. Tão humano. Tão frágil. E se alguém estava tentando matá-la, ele também seria um alvo?

Irene tinha que encontrar uma maneira de protegê-los – todos eles. E tinha que falar com seus superiores, *urgentemente*. A hora para o desligamento profissional já tinha passado.

Teria sido uma armadilha perfeita, a voz fria e desagradável em seu inconsciente ressaltou. Deixar Vale incapacitado, arranjar uma bomba ou algo do gênero, e esperar que Irene e Kai fossem correndo para a zona de perigo assim que o vissem deitado ali. Melhor quem quer que tivesse cometido a tentativa de assassinato não ter a imaginação da própria Irene.

Ela tinha que dizer alguma coisa a Kai.

— É claro que nós vamos ficar aqui essa noite.

— Não seria mais seguro levá-lo para nossos alojamentos? — perguntou Kai. — Ou para algum outro lugar defensável?

Ela lhe deu alguns pontos mentais por não dizer "Como o estabelecimento de Li Ming" em voz alta.

— Eu posso estabelecer defesas aqui — disse ela. — Proteções da Biblioteca. Podemos nos sentar e ficar de vigia juntos para ver se aranhas aparecem. — Ela também precisava descobrir o que havia levado Vale de volta às drogas. Naquelas circunstâncias, informações eram a melhor arma que poderia ter.

Kai olhou para o aposento com ar de dúvida, obviamente imaginando em quantos lugares uma aranha poderia se esconder.

— Acho que pode ser melhor — disse, sem entusiasmo.

— Vou colocá-lo na cama. Será melhor do que o deixar aqui no sofá. Ele poderia pegar um resfriado. *O que, é claro, é um problema muito profundo comparado a injetar morfina.* Porém, Irene assentiu.

— Dê uma olhada na cama primeiro. Devemos ser cautelosos.

— Não podemos continuar assim! — gritou Kai.

— Não. — Irene lutou contra o redemoinho de fúria em sua barriga. *Uma vez é uma ocorrência casual, duas vezes é coincidência, três vezes é ação de inimigos...* — Não, não podemos. Não temos que ficar sentados como patinhos na lagoa, só esperando para levar um tiro. Não estamos nos acomodando com isso, Kai... Nós estamos colocando defesas em ação e investigando o que diabos está acontecendo. Nós também precisamos de mais informações... — Ela não sabia ao certo de que sentia mais raiva: do misterioso assassino, de Vale, por causa das drogas, ou do dia todo por ser uma montanha-russa de quase fracasso. — E nós não sabemos se isso — ela fez um gesto apontando para Vale, que estava inconsciente — é por nossa causa.

— É muita coincidência, não é? — disse Kai, mas ele estava um pouco menos tenso. Curvou-se para baixo e pegou Vale em seus braços, carregando o homem com facilidade. Ele não se mexeu, tão mole quanto uma marionete, os olhos fechados em um torpor profundíssimo.

Gostaria de saber mais sobre os efeitos da morfina, pensou Irene. Ah, bem, provavelmente tinha em um dos livros de referência de Vale. Ela poderia procurar enquanto esperava.

O quarto ficou frio, agora que não se distraía com Vale. Kai estava certo. Ela ficou de joelhos ao lado da lareira para acender o fogo. Em sua distração, quase não notou a folha de papel embolada, que havia ficado presa na grade e caído a uns poucos centímetros das brasas.

Provavelmente era uma carta particular. Olhar seria se meter na vida pessoal de Vale. Era seu amigo, e merecia mais do que essa curiosidade mórbida.

Por outro lado, eles o haviam encontrado apagado com morfina.

Ela pegou a carta e desdobrou-a, alisando-a para que ficasse legível.

Tratava-se de um papel caro, isso ela sabia dizer, mesmo que não tivesse o conhecimento de especialista de Vale sobre papéis, fabricantes e marcas-d'água. E era a letra dele, naquela caligrafia descuidada e desordenada, rabiscada com a sublime falta de preocupação de alguém que acha ser obrigação da outra pessoa entender a mensagem:

Singh,
Pare de me fazer perder tempo com esses casos patéticos. Não estou interessado nestes problemas insignificantes. Eu não ficaria com peso na consciência em passar estes casos até mesmo para o mais lento dentre seus colegas na Yard. Achei que você tivesse entendido. Minha mente é uma máquina que está sendo esticada até o ponto de ruptura, sem nenhum problema para exercitá-la. E se você não pode me ajudar, então...

A escrita interrompia-se ali em um traçado manchado de tinta.

Irene hesitou por um instante, depois amassou a carta e jogou-a nas brasas. Suas mãos faziam os movimentos para aumentar o fogo, mas sua mente estava em outro lugar. As tentativas de assassinato. Zayanna. Agora, Vale. Havia coisas demais a se fazer e muito a se monitorar. E o que ela faria se a Biblioteca ordenasse que saísse em uma outra missão amanhã?

Com cuidado, afastou-se de tal pensamento. Porque, se isso realmente acontecesse, então, de uma forma ou de outra, ela acabaria traindo *alguém*.

CAPÍTULO 6

Kai também já havia adormecido, enrolado no sofá onde Vale estivera deitado mais cedo. Depois dos eventos do dia, nenhum deles havia se sentido em segurança, mesmo com Irene protegendo o lugar. Vale tinha livros o bastante para que ela criasse uma empatia temporária das salas com a Biblioteca, o que deveria impedir qualquer ataque iminente de feéricos.

Sentada com um livro no colo perto do fogo, com as luzes viradas de modo que Kai pudesse cochilar melhor, Irene quase desejava que *tivessem mesmo* um ataque imediato com que lidar. Isso poderia dar a eles um pouco mais de informações. No momento, sabiam de muito pouco: estavam reagindo em vez de serem proativos, correndo para não ficar para trás.

Ouviu um fraco murmúrio vindo do quarto de Vale. Ela colocou o livro sobre narcóticos de lado e foi investigar.

Ele estava deitado, com a roupa de cama meio jogada para trás, de olhos fechados, porém murmurando alguma coisa para si mesmo. Era um avanço em relação ao torpor drogado de antes, mas ainda não estava totalmente acordado. A luz que vinha da porta aberta entrava em uma faixa pelo quarto, deixando seu rosto em uma dolorosa definição: seus olhos estavam fundos, e suas maçãs do rosto destacavam-se de um jeito agudo. *Com certeza*, pensou Irene, *ele não estava com essa aparência tão des-*

truída, tão desesperada, quando eles o haviam visto pela última vez duas semanas antes. Com certeza ela teria *notado...* não teria? Fechou a porta sem fazer barulho, para que o ruído não acordasse Kai, acendeu a luz e foi andando Vale. Sentou-se ao lado dele e tocou em seu ombro, chacoalhando-o com gentileza.

— Vale? — murmurou ela.

Ele abriu os olhos. Era o tipo de homem que ficava consciente em um estalo, em vez de se arrastar de forma mais gradual (e patética) do sono ao acordar, como a própria Irene. Avaliou seus arredores com um olhar de relance, e então se focou nela.

— Winters.

— Não estou impressionada.

Ela havia repassado dezenas de versões da conversa em sua cabeça. Nenhuma delas tinha um final feliz. Pelo menos ele estava chamando-a por *Winters,* mais informal, em vez de recorrer ao mais apropriado *Senhorita Winters.*

Vale desviou o olhar.

— Nem todos nós temos a sua força.

— Eu não entendo.

Ele soltou um suspiro.

— Uma única noite de indulgência e por isso a senhorita e Strongrock estão aqui, ocupando meus aposentos e pregando abstinência. Isso me parece um tanto injusto.

Deixando de lado os aspectos morais, havia uma falácia lógica maior naquela declaração.

— A indulgência de uma única noite não resulta na quantidade de marcas de injeções de uma semana — ressaltou Irene, que havia inspecionado o braço dele enquanto estava inconsciente.

Vale bufou.

— E agora vai tentar bancar a detetive para cima de mim, Winters? Não é um jogo que você possa ganhar.

— Não é nenhum jogo — disse Irene. — Só estou... surpresa.

— Não, não está — disse Vale. Ele rolou na cama para olhar para ela, apoiando-se em um dos cotovelos. — Você está infeliz, mas não está surpresa. Eu me pergunto por quê...

Por menos bem-vinda que fosse a pergunta, Irene teria gostado de tomá-la como um sinal de melhora. Mas ele falava com languidez, em vez de usar seu costumeiro tom interrogativo e pungente, e ela podia ver que suas pupilas ainda estavam muito largas e desfocadas.

— Você está sendo forçado a fazer isso? — ela quis saber.

Vale fitou-a.

— Você honestamente acredita nisso?

— Não — ela admitiu. — Mas Kai achou que fosse possível.

— Strongrock é um bom homem e se recusa a aceitar algumas coisas como prováveis. Ele não entenderia por que alguém precisaria de drogas para dormir.

— E o motivo seria...?

Vale caiu de volta no travesseiro.

— Ah, vamos, Winters. Se eu escolher tomar morfina, é problema meu, e não seu. E você está cerrando o maxilar agora, daquele jeito irritante que sugere que você vai fazer disso uma questão pessoal.

Tenha certeza de que vou mesmo.

— Você sabe perfeitamente bem que a morfina é uma droga viciante.

— Claro — disse Vale. — Quer dizer, naturalmente que estou ciente deste fato. Aonde você quer chegar?

— Tenho certeza de que as classes criminosas de Londres ficarão muito felizes de saber... não, de ver os *resultados* de... você caindo no vício e na autodestruição dessa maneira. — Ela manteve a voz baixa, mas não tentou tirar o tom de raiva dela.

— Além dos sentimentos de seus amigos sobre o assunto.

— Você tem uma vantagem sobre mim, Winters — Vale soava genuinamente cansado, em vez de simplesmente confuso devido aos efeitos colaterais da droga.

— Qual seria...?

— A habilidade de admitir seus próprios fracassos — encarou o teto. — É claro que as mulheres são mais propensas a discutirem suas emoções do que os homens. Mas mesmo assim, você sempre esteve disposta a reconhecer quando cometeu um erro, ou quando sua competência reside em outras áreas que não são a situação atual. Quase pronta demais até. Sua opinião sobre suas próprias habilidades é com frequência mais baixa do que deveria. As virtudes da humildade foram marteladas em você no internato do qual se lembra com tanto carinho?

Irene enraiveceu-se, tentando discernir se aquele pequeno discurso pretendia ser um insulto ou se era a mais honesta verdade.

— Se está tentando me irritar de modo que eu saia deste quarto, então devo lhe dizer que isso não vai funcionar.

Vale suspirou.

— Que pena. Mas meu ponto permanece o mesmo. Você parece achar bem simples confessar um erro.

— Na verdade, não — admitiu Irene. — Eu não gosto de estar errada mais do que ninguém. Está mais para o fato de que não posso permitir que meu orgulho atrapalhe minhas funções como Bibliotecária. Tenho um trabalho a fazer, Vale. Se isso significa permitir que alguma outra pessoa assuma o controle, alguém que consegue fazer as coisas melhor, bem...

Um táxi passou ruidosamente do lado de fora na escuridão, as rodas rangendo na estrada.

— Se você realmente acreditasse nisso — disse Vale —, teria permitido que sua colega Bradamant assumisse o comando da sua missão anterior para... encontrar o livro dos irmãos Grimm. Pelo que Strongrock me disse, você foi bem firme ao recusar a ajuda dela.

Irene ficou ruborizada. Ela ainda não se sentia confortável em discutir sobre a outra Bibliotecária. Embora houvessem concordado com uma trégua em seu último encontro – pelo menos Irene havia proposto uma trégua, e Bradamant não negou – não tinham visto uma à outra desde então. E havia anos de sentimentos ruins a serem sobrepujados. Então se deu conta do propósito por trás das palavras de Vale.

— Você está tentando me distrair. Quanto mais cedo você for honesto comigo, mais cedo posso deixar que volte a dormir.

— Ah, aí é que está o problema. Desde aquela sua viagenzinha a Veneza, eu tenho tido problemas para dormir.

Se Vale estava admitindo que tinha algum tipo de problema, então a situação em questão já estava grande demais para que lidasse com isso.

— E por isso a morfina? — perguntou Irene.

— E por isso, como você diz, a morfina. Embora... deva admitir que eu aumentei o nível da dose nos últimos dias. — Vale ergueu o olhar para o teto. — E agora vai me dizer que usou aquela sua Linguagem para remover a droga do meu corpo?

— Francamente, eu não me atreveria a fazer isso — disse Irene. — Eu poderia tentar dizer para a morfina sair de seu corpo, mas só Deus sabe como isso aconteceria ou que danos causaria aos tecidos de seu corpo. É o tipo de coisa que se reserva para emergências. Por favor, nunca me dê motivos para tentar.

— Gostaria de poder fazer essa promessa, Winters — disse Vale devagar. — Porém, se eu tiver que estar funcional, então preciso dormir. E se eu tiver que dormir, então devo tomar morfina.

— Por que você não consegue dormir? — perguntou Irene sem meias-palavras.

Vale ficou em silêncio por um bom tempo. Por fim, ele disse:
— Eu sonho.

A próxima pergunta lógica teria sido: *Sobre o que você sonha?* Irene nunca havia sido treinada como psicóloga. Nem como psiquiatra. Na verdade, ela não sabia qual era a diferença entre um e outro, ou qual deles tinha mais títulos antes do nome. O mais próximo que ela chegou foi o treinamento em campo de como persuadir as pessoas a conversarem com ela. Geralmente para fazer com que dissessem onde livros estavam. Ela não era nenhuma terapeuta. Se Vale tinha ficado traumatizado por causa de sua visita àquela outra Veneza sombria, como Kai com seu compreensível estresse pós-traumático do sequestro, então por onde ela começaria?

Silêncio parecia ser o rumo certo de ação. Por fim, Vale pronunciou-se novamente.

— Sonho que estou me movendo em meio a um mundo de máscaras, em que todos nós somos atores, Winters, e estamos presos nas cordas de titereiros maiores. Eu sonho com mil mundos, milhares de mundos, todos eles girando em descompasso uns com os outros, todos ficando gradualmente perdidos em um oceano aleatório de ilógica suprema e aleatoriedade, como destroços flutuantes de um naufrágio em um redemoinho. Sonho que nada faz *sentido*.

— Sonhos podem ser caóticos... — Irene começou a dizer.

— Claro que podem — disse Vale, com a paciência exaurida. — Mas estes não são apenas sonhos onde as coisas da minha vida diária ficam amontoadas de forma aleatória. Ouso dizer que estes sonhos são bem comuns. Os meus são sonhos que exaltam a desordem e a falta de lógica, Winters. Nada faz sentido. A única coisa que me dá alívio depois deles é me jogar no trabalho, e até mesmo isso está escasso: não há problemas grandes o bastante para me desafiar, nenhum mistério complexo o suficiente para me intrigar — estava sentado direito agora, segurando o pulso dela com tanta força, que machucava. — Você tem que me entender, Winters. Não consigo *suportar* esses sonhos.

Irene olhou significativamente para seu pulso. Vale acompanhou seu olhar e soltou-a, abrindo a mão com cuidado.

— Perdoe-me — disse ele. — Eu não deveria ter feito isso.

— Eu perguntei — disse Irene.

E a resposta fazia sentido demais. Eles haviam visitado um mundo de caos alto. Vale tinha sido *avisado* a não ir àquela versão de Veneza – Lorde Silver fora bem claro em relação a riscos, mesmo que não tivesse esclarecido quais eram. E agora havia essa ameaça... Não ao corpo de Vale, que teria sido menor em comparação, na própria estimativa dele, mas uma ameaça a sua mente...

— Não é preciso ser um grande lógico para ligar isso aos eventos recentes — disse Vale, ecoando os pensamentos dela. — Mas eu me amaldiçoaria se fosse até Lorde Silver para obter ajuda. Se eu conseguir aguentar esses sonhos até que a influência daquele mundo se enfraqueça, poderei reduzir a morfina depois.

Havia tantos furos lógicos possíveis naquela declaração que Irene conseguiria usá-la para peneirar folhas de chá. Mas via no rosto de Vale que ele estava ciente destes furos e que só seria crueldade apontá-los, sem algo melhor a oferecer. Por fim, ela disse:

— Eu poderia levá-lo até a Biblioteca.

Vale piscou. Apenas uma vez. Suas pálpebras tremeluziram, mas o olhar dele estava fixo no rosto dela.

— No passado, você nunca mostrou interesse em me levar até lá.

— Na verdade, você sempre evitou sugerir isso. — *Provavelmente porque sabia que eu diria que não. Não é um ponto turístico.*

— Você acha mesmo que isso vai ajudar? — Ele deixou de fora a pergunta "O que seus superiores diriam?", o que foi um alívio, visto que Irene estava tentando não pensar nisso.
— Não sei — ela admitiu. — Mas o que nós realmente sabemos é que feéricos não podem entrar na Biblioteca. Se eu acompanhar você até lá, isso poderia purificar seu corpo... Presumo que iremos adotar a explicação de que você foi afetado por uma exposição excessiva a altos níveis de caos, certo?

Vale desferiu a ela um de seus melhores olhares *nem eu nem você somos idiotas, então não vamos bancar os idiotas.*

— Seria a explicação mais óbvia. Embora, pelo que eu me lembre, quando você foi infectada com o caos, sequer conseguiu entrar. Você acha que eu conseguirei?

Irene franziu os lábios.

— Bem, se tentarmos e descobrirmos que você não consegue entrar na Biblioteca, então pelo menos estaremos um passo mais perto de identificar o problema.

— E de localizar uma solução?

— Vamos dar um passo de cada vez — disse ela em um tom firme.

— Você poderia usar sua Linguagem para expulsar essa infestação de mim? — sugeriu Vale. — Você fez isso consigo mesma, pelo que me lembro, quando foi vítima de exposição ao caos.

— Hm. Poderia haver consequências. — Irene conseguia pensar em várias formas indefinidas, porém vagamente desagradáveis, de como aquilo poderia dar errado. E seria pior, tanto para a alma quanto para o corpo, do que extrair a morfina dele, e essa era apenas a *primeira* coisa que ela imaginava. Só Deus sabe de que outras formas daria errado. — A informação oficial é de que a infecção pelo caos acabaria, em algum momento, sendo expurgada de nossos corpos naturalmente. E é sabido que, quando um mundo passa do caos para a ordem ou de volta, o mesmo acontece com as pessoas daquele mundo. Então, se conseguirmos manter você estável por tempo suficiente a ponto de equalizar-se com seu equilíbrio natural... — Irene tinha consciência de que isso não estava sendo muito específico, nem remotamente reconfortante. Poderia nem mesmo ser preciso. Com certeza ela não gostaria de ter ouvido essas coisas. — Podemos deixar isso para último caso — disse ela.

— Diga-me, Winters, você acha...? — Vale interrompeu sua pergunta por um instante. — Você acha que eu sou particularmente vulnerável a esse contágio?

Irene hesitou. Ela esperava que essa hesitação fosse confundida com consideração cautelosa. *O caos gosta de transformar as pessoas em arquétipos ambulantes, personagens principais em busca de um papel. Você é um grande detetive. E já atende a todos os critérios de um certo Grande Detetive fictício.* Ela podia ver Vale sendo arrastado cada vez mais a fundo no estereótipo e virando vítima do caos. Porém, realmente ajudaria dizer isso? Ele tinha repulsa aos feéricos, tanto como indivíduos quanto como uma raça. Compará-lo a eles não ajudaria seu humor e não o faria dormir nada melhor.

Aparentemente, Vale tomou o silêncio dela como uma resposta afirmativa a sua pergunta.

— Sim — disse ele baixinho. — Eu não falo sobre isso, Winters, mas você e eu sabemos que minha família não é... confiável. Rompi ligações com eles por causa de suas práticas mais dúbias. Magia negra. Envenenamento. Mas existem coisas piores. Winters, há uma... — engoliu em seco. — Há uma insanidade hereditária na minha família. Eu achei que tivesse escapado dela, mas agora...

— Bobagem! — Irene ficou surpresa com a firmeza na sua voz. — Isso provavelmente teria acontecido a qualquer humano desprotegido que fosse até lá. Você viu como os locais reagiam. — *Eles eram marionetes com cordinhas, brinquedos a serem movidos de um lado para o outro segundo os caprichos dos mestres feéricos de Veneza, objetos cênicos e coros para o drama em andamento.* — Eu e Kai tivemos sorte o bastante de estarmos protegidos. É simples assim.

— Ah, sim. Sua proteção. — Vale não parecia totalmente tranquilizado, mas levemente menos desesperado do que um instante atrás. — Como foi que você a conseguiu?

— Eu fiz um juramento para com a Biblioteca — disse Irene brevemente. — Uma marca foi colocada em mim.

— Detalhes, Winters — Vale disse. — Detalhes.

— Nós não falamos sobre isso. — Ela encurvou os ombros, na defensiva. Agora era sua vez de desviar o olhar. Ela lembrava-se de partes e pedaços da noite em que fizera seus votos para com a Biblioteca. O questionamento por parte de um painel de Bibliotecários mais velhos. O pânico destruidor, que lhe apertava o estômago, de que não fosse ser considerada digna. E então uma sala escura, em algum lugar nas entranhas da Biblioteca, em algum lugar que ela nunca encontrara de novo. Havia ficado sozinha no silêncio lá, e um repentino e estrondoso clarão de luz a fizera se ajoelhar e entalhara um desenho em suas escápulas...

— Isso me distrairia... — disse Vale. Lá fora, outro táxi passava rangendo.

— Posso lhe mostrar a marca, se você quiser. — Foi mais difícil dizer essas palavras do que havia esperado. Ela não era tímida em relação a seu corpo, mas a marca da Biblioteca era algo que automaticamente mantinha oculto e privado. Ainda assim, seria mais fácil mostrá-la do que falar sobre aquela noite.

Com o rabo do olho, captou o lampejo de interesse no rosto de Vale.

— Se não for inconveniente demais — disse ele, em um tom encorajador.

Irene virou para o lado e esticou a mão para suas costas a fim de desabotoar o vestido. Seus pensamentos estavam complicados. Parte de sua mente gritava, dizendo que estava sozinha em um quarto com Vale e prestes a deixar suas costas nuas para ele. Será que era realmente uma boa ideia? O que isso faria com a cuidadosa e bem manejada amizade deles? Outra parte de sua mente achava que era uma ideia excelente, e, baixinho, sugeria direções que poderiam tomar a partir dali. O resto de sua mente tentava convencê-la de que realmente só tinha o propósito de distrair Vale de seus pesadelos, e que, se ignorasse os outros pensamentos e as outras emoções, eles simplesmente evaporariam.

Ela soltou os botões na nuca, grata por estar usando um vestido que se desabotoava nas costas e não na frente. E não seria necessário ficar nua até a cintura para mostrar seus ombros a Vale, o que poderia acelerar demais as coisas.

Porém, ela ainda tinha total consciência da presença dele, deitado na cama atrás dela no silencioso e mal iluminado quarto, e de seus olhos fixos nela. Quando ela era mais jovem, havia idolatrado grandes detetives e sonhara seus próprios sonhos. Tinha sido parte do motivo pelo qual havia escolhido seu nome. Ela sabia – ela aceitava – que o homem atrás dela era uma pessoa, e não algum tipo de falso-Holmes, mas isso não a impedia de gostar dele por quem era. Se ela tivesse que levá-lo até a Biblioteca, então o faria. Já estava bem encrencada mesmo. O que seria mais uma violação das regras?

E se tudo desse errado e ela recebesse ordens de ir para longe deste mundo, como seria?

Irene deslizou o vestido para baixo, segurando-o com modéstia junto a seus seios, deixando os ombros e as costas expostos. Ela estava ciente de que as tiras do sutiã obscureciam em parte a marca em suas costas, porém, a maior parte deveria estar visível.

— Consegue vê-la? — perguntou.

— Sim — Vale sentou-se atrás dela. Irene não olhou ao redor, mas podia ouvir o rangido da cama e o farfalhar das cobertas empurradas para o lado. — Parece-me de fato uma tatuagem relativamente normal, composta de ornamentos em forma de arabescos ou caracteres chineses... Por que eu não consigo entendê-la? Eu achei que Strongrock tivesse dito que tudo na Linguagem pareceria o idioma nativo de alguém que tentasse ler o que estivesse escrito.

— Marcas da Biblioteca são uma exceção a essa regra — disse Irene.

Ela tentou relaxar e manter a respiração equilibrada, e não pensar no quão perto ele deveria estar, no quão fácil seria virar-se e beijá-lo.

— É perigosa ao toque?

— Acho que não. Ninguém morreu por encostar nela — percebeu que isso poderia lançar uma luz dúbia sobre seu comportamento e rapidamente acrescentou: — Que eu saiba.

— Posso...?

Ela sentiu um aperto na garganta.

— Claro — disse ela.

Ela sentiu o leve roçar dos dedos dele em sua pele, deslizando ao longo das linhas de sua tatuagem. Os dedos estavam quentes de um jeito febril... Ou seria ela? E enquanto ele se inclinava mais para perto, podia ouvir a respiração dele ficando mais acelerada.

— Parece pele e tecido cicatrizado normais — disse ele.

Este era o mais superficial dos comentários possíveis. E não batia com a forma como os dedos dele trilharam suas costas. Talvez Kai realmente tivesse razão quando sugeriu que ela deveria abordar Vale. Sempre pensara que qualquer atração por parte dela fosse unilateral. Poderia estar errada em relação a isso. O que significava...

Irene inspirou fundo. Era agora ou nunca. Girou, segurando com a mão esquerda seu vestido no lugar. Vale estava a apenas poucos centímetros, com a mão ainda levantada. As bochechas dele estavam ruborizadas, e, não, ela não estava imaginando coisas... Havia o calor do desejo nos olhos dele, na forma como seus lábios estavam abertos como se fosse falar alguma coisa.

Ela não lhe deu a chance de lhe pedir para se virar novamente. Deslizou seu braço livre em volta do pescoço dele, puxando-o para junto dela, e lançou-se em um beijo. Parte dela tentou comparar isso às táticas de Zayanna, mas colocou o pensamento de lado antes que pudesse atrapalhá-la. Ela estava seminua no quarto de Vale. Neste local e nesta hora, não se tratava de uma situação inocente, e ambos sabiam disso.

E Vale correspondeu. Os lábios dele abriram-se junto aos dela, e seus braços vieram abraçá-la com tanta firmeza quanto ela estava abraçando-o. Ele soltou um som no fundo da garganta, deslizando mais a fundo no beijo com a confiança de um homem que tinha seu quinhão de experiência, tão faminto por ela quanto ela por ele, tão cansado, tão desesperado...

Lentamente, o beijo foi ficando mais solto. Ele levou as mãos em concha para segurar o rosto dela.

— Winters — disse ele. — Irene, eu...

— Não *diga* nada — pediu Irene. — Por favor, eu também quero.

— Você não sabe o que está dizendo. — Seria apenas a reação de um homem que sempre acharia que as mulheres eram menos competentes, menos capazes de conhecer seus próprios desejos? Irene achara que ele fosse melhor que isso.

— Eu não deveria...

— *Eu* beijei *você* — tentou colocar um sentimento genuíno em sua voz, em vez de voltar à sua costumeira superfí-

83

cie calma de sarcasmo e distância. — Vale... eu deveria chamar você de Peregrine?

— Santo Deus, não! — disse ele. — Irene, não posso permitir que você tome essa decisão assim. Sua pena por mim não deveria levá-la a se degradar...

— Eu não estaria me degradando — disse Irene entredentes. O calor daquele beijo estava se esvaindo sob o repentino banho frio de indecisão e autodepreciação. — Há meses que eu te respeito e admiro. Acho você um homem muito bonito. Se eu optar por insistir em relação a você, então me diga não, mas, por favor, não queira implicar que eu, de alguma forma, estou me doando a você por caridade. Não é *nada* disso.

— Você é uma mulher atraente demais e merecedora demais para se jogar fora com um homem como eu. — Vale estava começando a ser grosso. Talvez fosse sinal de um crescente incômodo por ela não estar simplesmente saindo dali e deixando-o em sua amargura autoindulgente.

— Eu sou uma aventureira sem princípios trabalhando como ladra de livros — disse Irene, irritada, em resposta a ele.

— Você mal tem vinte e cinco anos.

— Tenho trinta e poucos.

Vale deixou suas mãos caírem até os ombros dela, segurando-a como se quisesse chacoalhá-la.

— Você não tem nenhuma *noção*, Irene? Estou ficando louco. Não sou um parceiro de cama adequado para mulher nenhuma.

— E eu acabei de dizer que não pretendo deixar que isso aconteça! — sibilou Irene, mantendo a voz baixa para não trazer Kai para cima deles. Mas teria sido um prazer gritar. — Se você considera que meu julgamento vale tão pouco, então me coloque para fora de seu quarto, mas me permita ressaltar que eu gostaria muito de ficar! O que eu tenho que fazer para convencê-lo de que sou adulta e sei o que quero?

Vale inspirou fundo, tremendo, e então a empurrou para longe dele, soltando seus ombros.

— Saia daqui, Winters. Eu não a culpo. Eu não posso culpá-la. Isso é responsabilidade minha, por bancar o bobo, por deixar que você...

Irene não confiava em si para falar de imediato. Ela se afastou e virou-se de costas para ele, abotoando seu vestido com movimentos rápidos e raivosos.

— Eu certamente não vou tentar forçar você — disse ela. — Somos ambos adultos maduros, afinal de contas. E se você quer chafurdar em autocomiseração, longe de mim impedi-lo!

Vale não respondeu. A cama rangeu quando ele voltou a deitar-se nela.

Irene ficou em pé.

— Durma um pouco — disse ela, com frieza. Ela ainda o queria. Mesmo ter perdido a calma não mudava isso. E, naquele instante, soube que Vale a quisera também. Seus olhos ardiam com lágrimas furiosas. *O imbecil, irritante, autoindulgente, excessivamente nobre*, idiota... — Nós podemos conversar depois. Quando você não estiver tão cansado.

— Minha decisão não vai mudar, Winters — disse Vale, com frieza na voz.

Ele rolou na cama, afastando-se dela e arrastando as cobertas por cima de seu corpo enrolado.

Irene fechou a porta atrás de si, deixando-o sozinho em seu quarto, e ficou satisfeita consigo mesma por não ter batido a porta.

CAPÍTULO 7

Na manhã seguinte, a neblina se fora, e o dia estava o mais claro que ficava nesta Londres e neste mundo alternativo. Zepelins passando desenhavam finos rastros pelo céu da manhã, que esvaneciam em padrões emplumados de nuvens, e vendedores de jornais anunciavam suas mercadorias nas esquinas das ruas. Eles formavam pequenas ilhas de imobilidade temporária em meio às multidões que se apressavam. Até mesmo neste tempo agradável, toda Londres tinha que ir a outro lugar, que estar em algum lugar, e ninguém tinha tempo a perder.

A própria Irene estava andando apressada. Ela precisava descobrir se havia alguma resposta ao seu relatório sobre a Travessia quebrada. Ela também queria acrescentar material suplementar, possivelmente em letras maiúsculas, sobre o assunto das aranhas e demais tentativas de assassinato. Se ela e Kai fossem precisar se abrigar na Biblioteca, queria fazer isso o mais rápido possível. Ela se recusava a arriscar a vida deles.

Havia deixado Kai com Vale, com a desculpa da viagem até a Biblioteca não precisar dos dois, e que alguém deveria ficar com Vale para o caso de ele ser alvo de quem tivesse enviado as aranhas. A verdade mesmo era que ela queria algum tempo a sós. O pouco que conseguira dormir não tinha sido um bom sono, e não estava se sentindo muito propensa a ser caridosa com nenhum dos dois, mesmo que Kai não tivesse feito nada para merecer isso. Eles poderiam manter um ao outro em segurança.

Irene estava se dirigindo à Biblioteca Britânica de novo, a despeito de suas apreensões de que poderia ser um movimento muito óbvio para olhares não amigáveis. Tratava-se de um dilema: ela poderia forçar uma passagem para a Biblioteca a partir de outra grande coleção de livros. Porém, não teria como controlar onde sairia, além de só conseguir manter a ligação por um curto período de tempo. Havia muitas coisas urgentes acontecendo para que se arriscasse a ir parar em um canto distante da Biblioteca. Era melhor fazer uso da entrada fixa e correr o risco de que outros soubessem onde ela se localizava. Irene esperava que ninguém estivesse planejando matá-la de manhã tão cedo.

— Leiam tudo sobre isso! — gritava o vendedor de jornais mais próximo dela.

Ela olhou de relance para a placa de exibição dele. ESCÂNDALO DE BRUXARIA NA BASSE DE ZEPELINS DE GUERNSEY, era o que dizia. Não, provavelmente não estava relacionado a seus problemas atuais. Nem tudo estava relacionado a ela.

Então a onda de choque a atingiu. Era um surto de força que parecia ser a Biblioteca a princípio, mas não era – *ah, meu Deus, não era mesmo!* Parecia familiar de um jeito reconfortante, mas tinha um gosto residual de caos que agitava suas entranhas e fazia com que se engasgasse. *Doce na boca, mas amargo para o estômago,* uma escritura se autocitou em sua mente enquanto lutava para se equilibrar. Aquilo estava caçando Irene, ou qualquer Bibliotecário, como um morcego gritando ondas de um sonar na escuridão, à espera de uma resposta. A marca da Biblioteca nas costas de Irene ardia de modo que era capaz de sentir cada linha separada, e a força de seu peso fez com que seus passos vacilassem.

Ninguém ao seu redor estava reagindo a isso. Por que deveriam? Eles não eram Bibliotecários. Algumas pessoas olharam de relance quando ela pisou em falso, mas ninguém parou, nem fez mais do que ajustar sua própria trajetória de modo a não pisarem nela caso caísse.

Então, como uma onda oceânica, o golpe martelou em volta dela, deixou sua impressão nas maleáveis areias da realidade e depois foi drenado, retirando-se para onde quer que tenha vindo. Ela havia sentido algo assim antes, quando a Biblioteca (ou, mais precisamente, um Bibliotecário sênior) estivera enviando a ela mensagens urgentes, só que não havia envolvido essa sensação de caos. A mensagem da Biblioteca tinha sido uma clássica técnica de tiro disperso, tendo como alvo qualquer Bibliotecário que estivesse na vizinhança, e depois imprimindo a mensagem no material escrito mais próximo. Ela olhou automaticamente para a placa do jornal novamente.

— Terrível escândalo... — O vendedor interrompeu sua fala quando olhou para os jornais e viu que o que estava impresso neles havia mudado. Irene sabia que seria a mesma mensagem exibida na placa e em qualquer outra coisa impressa a poucos metros dela. Estava escrito na Linguagem, e qualquer um que a lesse veria aquilo em seu idioma nativo, mesmo que as palavras não fizessem sentido para eles.

A BIBLIOTECA SERÁ DESTRUÍDA, dizia. **E VOCÊ SERÁ DESTRUÍDA COM ELA. ALBERICH ESTÁ VINDO.**

Irene sufocou a voz interna em pânico que queria se retirar para um canto e começar a choramingar. Não havia tempo para isso. Seus pés levaram-na em frente automaticamente, para longe da mensagem em preto e branco estampada em todos os jornais.

O que havia acabado de ver aumentava a urgência para que chegasse à Biblioteca e reportasse isso.

A mensagem tinha sido enviada na Linguagem. Havia apenas uma pessoa fora da Biblioteca que estava maculada pelo caos e que poderia ter usado a Linguagem. Fora Alberich quem a havia transmitido, e a deixara ali para que *ela* a visse.

Ele sabia que ela estava neste mundo. Ele se lembrava dela. E estava a caminho.

Irene soltou um suspiro de alívio quando chegou à Biblioteca Britânica sem ser acossada por Zayanna de novo. Ela queria mesmo saber o que estava acontecendo com a outra mulher. Poderia ser relevante. Mas a Biblioteca e seus próprios interesses tinham que ser prioridade, e precisava reportar a ameaça de Alberich. Afinal de contas, não se tratava apenas de uma ameaça a ela. Era uma ameaça à Biblioteca como um todo. E se tivesse a ver com o que aconteceu ontem com o portal da Biblioteca...

Ela entrou na Biblioteca Britânica discretamente, adotando o ar preocupado de uma estudante, e chegou até a porta da Biblioteca. Quando a fechou atrás de si, Irene se sentiu relaxar. Aqui estava a salvo. A salvo dos perigos físicos de aranhas e armas, das rugas emocionais de se importar com as pessoas que a cercavam e, acima de tudo, a salvo das ameaças do maior traidor da Biblioteca de todos os tempos. De todos os lugares, ali era onde Alberich nunca poderia chegar até ela.

Mas hoje até mesmo este santuário parecia cheio de sombras. As luzes pareciam mais fracas, e os cantos, mais escuros. O próprio ar parecia sussurrar ao longe... como um fantasma respirando, ou o eco fraco do tique-taque de um relógio.

O terminal do computador já havia sido inicializado. Alguém deveria tê-lo usado recentemente e o deixara ligado. Irene deixou o nervosismo de lado e acessou seu e-mail, já começando a formular seu relatório sobre o aviso de Alberich.
A mensagem que piscava no topo da tela chamou sua atenção: **LEIA ISSO AGORA.**
Não podia ser spam. Ninguém tinha como enviar spam na rede da Biblioteca. Ela clicou na mensagem.

Uma reunião de emergência foi convocada. Todos os Bibliotecários estarão presentes nela. Postos de transferência foram estabelecidos em todos os cruzamentos dentro da Biblioteca para permitir que todos estejam presentes. A palavra de comando é necessidade. Sua presença é exigida imediatamente.

— Bem, isso é novidade — disse Irene em voz alta.
Sua voz ecoou na sala silenciosa. Ela já estava fazendo o logout e empurrando sua cadeira para trás, sem se dar ao trabalho de verificar o resto de seus e-mails. O que quer que fosse isso, era urgente, e ela amaldiçoava o fato de ter se distraído e se atrasado por Vale, pelo jornal e toda aquela confusão.
Ela não conseguia se lembrar de alguma vez ter sido convocada para uma reunião de emergência como essa. Não conseguia se lembrar de em algum momento ter *ouvido falar* sobre uma reunião de emergência como essa antes.
Na terminologia da Biblioteca, "cruzamento" referia-se a uma intersecção de passagens onde também havia um canal de entrega para a área central de distribuição. Havia muitas delas por toda a Biblioteca, facilitando jogar ali livros novos e voltar ao mundo ao qual o Bibliotecário tivesse sido designado. Postos de transferência eram mais raros. Tratavam-se

de criações temporárias arranjadas por um Bibliotecário sênior, que transportavam quase instantaneamente de um ponto para outro na Biblioteca. Eles também eram um tanto desconfortáveis. Se postos de transferência tinham sido estabelecidos por toda a Biblioteca até um ponto central, isso sugeria um imenso dispêndio de energia.

O cruzamento mais próximo ficava a uns poucos corredores dali. Uma luz agourenta entrava pelas janelas com painéis em losangos, e no céu lá fora havia nuvens espalhadas acima de um oceano vazio de telhados de picos altos. O piso nesta seção da Biblioteca era de mármore preto, liso, com reflexos cheios de sombras das prateleiras apinhadas, das altas janelas e da própria Irene enquanto ela se movia, apressada.

Um armário do posto de transferência estava à espera dela no cruzamento. Parecia um armário surrado normal, com aproximadamente 1,80 m de altura e largo o bastante para conter apenas duas pessoas — ou, mais frequentemente, uma pessoa e uma pilha de livros. A parte da frente havia sido entalhada com um padrão de corvos e escrivaninhas, e quando Irene tocou na madeira, ela murmurou com energia contida.

Ela entrou e fechou a porta do armário.

— **Necessidade** — disse ela no escuro.

O armário deu um solavanco de lado e Irene foi jogada contra a parede antes que pudesse se preparar para isso. Ela havia viajado por meio de postos de transferência algumas vezes antes, mas esse foi mais bruto do que o de costume. A pressão a mantinha grudada na parede como se fosse uma passageira de um aeroplano durante uma decolagem particularmente vertical. Ventos invisíveis puxavam seus cabelos e o ar cheirava a ozônio e poeira.

Com um som oco, ele parou.

Irene precisou de um instante para recuperar o equilíbrio, e então abriu a porta do armário para sair dali.

A sala em que estava era toda de plástico polido e corrimões de metal. Ela não parecia genuinamente de alta tecnologia, estava mais para uma imagem fictícia do futuro baseada em informações inadequadas, com rampas e varandas demais. O teto ficava muitos andares acima da cabeça dela, e o telhado era de painéis de vidro concêntricos que davam para o mesmo céu agourento de antes. Ao longo das paredes, havia outros gabinetes de madeira que lembravam aquele de onde ela havia saído, inconsistentes no ambiente pseudo-futurista.

Uma aglomeração de pessoas havia se reunido na frente da grande porta de metal na parede oposta. A porta estava fechada. As pessoas estavam discutindo. Claramente eram Bibliotecários. (Não que qualquer outra pessoa pudesse estar ali, mas a discussão deixou isso óbvio.)

Irene aproximou-se do grupo, cujas vestimentas variavam tanto quanto suas idades, raças e gêneros. A única constante real era alguma coisa que alguém só veria se estivesse avaliando uma ampla variedade de Bibliotecários para compará-los. Era uma certa qualidade de idade e experiência nos olhos, que ia além do meramente físico, e o motivo pelo qual Irene nunca olhava para os seus próprios com atenção em um espelho.

— Esta é a reunião de emergência? — ela perguntou à pessoa mais próxima dela, uma mulher de meia-idade que trajava um vestido de renda de cintura alta, com os braços cobertos por luvas que iam de seus dedos até sua axila. — Ou estamos apenas esperando por ela?

— Apenas esperando — disse a mulher, cujo sotaque era vagamente alemão. — Pelo que parece, estão fazendo em sessões de meia hora. A próxima é dentro de cinco minutos.

— *Você* sabe o que está acontecendo?

A mulher balançou a cabeça em negativa.

— Não, nem ninguém que está aqui fora sabe, embora Gwydion ali... — ela apontou para um homem pálido com cabelos grisalhos e robes pretos. — Ele disse que houve um problema com o portal permanente da Biblioteca em um mundo que ele visitou.

Irene sentiu algo gelar em seu estômago.

— Sim — disse ela, mantendo seu tom de voz casual. — Eu mesma tive um problema com uma Travessia ontem.

Outros Bibliotecários viraram para lhe olhar.

— Compartilhe — disse uma mulher de aparência jovem com cabelos curtos cor-de-rosa, vestindo couros fluorescentes que enfatizavam sua silhueta. — Você sabe algo sobre isso?

— Eu estava tentando cruzar por um portal de volta para a Biblioteca — disse Irene. — Quando eu o abri, o que fiz como de costume, houve alguma espécie de interferência de caos e o portal pegou fogo. Eu não consegui apagar com a Linguagem, e tive de sair por outra rota.

Gwydion havia se aproximado de onde ela estava e assentiu.

— Minha história é muito similar à sua, exceto que eu me deparei com o portal em chamas, sem saber de onde vinha o fogo ou como havia se estabelecido no portal. Sombria era a mácula do caos sobre ele, extrema a repulsa que ele tinha em relação à natureza da Biblioteca. Se algo pode ser dito para esclarecer esta questão, que nossos anciões possam fazê-lo.

— Bem, estava tudo bem com meu portal — disse a mulher de cabelos cor-de-rosa. — Embora fosse em um mundo voltado para a ordem. Vocês dois... aqueles mundos eram mundos de caos? Vocês acham que poderia ser algum novo tipo de infestação?

Gwydion estava assentindo devagar, mas Irene teve que balançar a cabeça em negativa.

— Não, o mundo de onde eu vim estava mais para a ordem. Mas o portal onde fico geralmente estacionada estava funcionando direito. E aquele lugar é mais voltado para o caos.

— Nenhuma prova então — disse a mulher de cabelos coloridos.

— Mal temos evidências pelas quais podemos julgar algo — disse outro homem, alisando as mangas de seu longo robe de seda azul, nervoso. — Se nossos superiores tiverem mais...

— Com licença — disse uma mulher baixinha enquanto ele falava, abordando Irene. — Você não se chama Irene, sim? Bibliotecária em Residência do B-395? Acho que ouvi falar de você.

— Nada ruim demais, espero — foi a resposta de Irene. Ela não reconhecia a mulher nem o homem que estava parado ao lado dela. — Não creio que tenhamos nos encontrado, não?

— Meu nome é Penemue — disse a mulher, apresentando-se. Ela era de meia idade ao primeiro olhar, com cabelos cor de palha que estavam ficando grisalhos e eram usados soltos, uma camisa azul bordada e uma calça meio social bem larga. Ela acenou com a cabeça para o homem ao lado dela, que mexia em seus óculos enquanto olhava pelo aposento. — Este é meu amigo Kallimachos. Ouvi dizer que você lutou com Alberich e repeliu um ataque dele a seu mundo um tempo atrás?

— Isso é um exagero dramático — disse Irene. — Alberich estava atrás de um livro, mas foi mais um caso de tentar evitá-lo em vez de repelir mesmo um ataque. E foi apenas alguns meses atrás. Posso lhe perguntar quem lhe contou sobre isso?

Penemue deu de ombros.

— Rumores se espalham. Faz um tempo que eu estava querendo entrar em contato com você. Será que poderíamos tomar um café depois de nossa misteriosa reunião?

Isso tudo soava perfeitamente inocente e razoável, exceto pelo elefante metafórico na sala. Irene sabia que só havia conseguido bloquear Alberich do mundo de Vale porque tivera a ajuda de Kai, que usara suas habilidades naturais de dragão. Mas quase ninguém na Biblioteca sabia que Kai era um dragão, ou, pelo menos, ninguém na Biblioteca *deveria* saber disso. Uma cautela inata fez com que Irene escolhesse suas palavras com cuidado.

— É claro. Embora não possa ficar muito tempo. Minha presença é esperada em breve e eu não ia querer deixar meu assistente em pânico.

Penemue assentiu.

— Não se preocupe, só quero estabelecer alguns canais de comunicação. Eu venho organizando as pessoas que trabalham em campo, como nós, e queria você nisso. Ouvi falar tanto de você, que é uma das melhores agentes em campo. — Ela ofereceu sua mão para ser apertada por Irene. — Eu tenho certeza de que poderemos trabalhar juntas.

Isso estava soando como um compromisso definitivo, e Irene não gostava de se comprometer com alguma coisa até que soubesse o que estava acontecendo.

— Somos ambas Bibliotecárias — disse ela, forçando um sorriso e apertando a mão de Penemue.

Queria ter alguma ideia de quem a outra mulher realmente era, e de como era o registro dela. Em momentos como esse é que ela lamentava por não se manter atualizada com as fofocas da Biblioteca.

— Vão nos deixar entrar agora! — alguém falou perto da grande porta. A conversa foi se desfazendo conforme todo mundo se apressava para cruzá-la.

A sala de reuniões era o que os auditórios nas universidades sonham em ser quando crescerem. Bancadas de assentos iam do chão até o teto, o bastante para acomodarem centenas de pessoas em vez das várias dezenas que estavam esperando para entrar. As mesas eram de ferro pesado, decoradas com camadas laqueadas de vinhas e folhas verdes, e o teto alto de vidro acima estava cheio de holofotes cujos focos se voltavam para a mesa no centro. Os pés das pessoas soavam alto no chão de metal enquanto desciam pelas rampas para se espremerem e lutarem por assentos na primeira fileira.

Bradamant localizava-se no final da primeira fileira. Ela não estava com o grupo que havia acabado de entrar, pois já se encontrava dentro da sala. Fazia meses desde que ela e Irene tinham se encontrado pela última vez, mas ela ainda usava os cabelos em um corte sofisticado à navalha, e seu elegante vestido drapeado era de seda verde-jade escuro. Possuía um laptop aberto e digitava anotações rápidas, olhando de relance, de tempos em tempos, para as pessoas que chegavam. O olhar dela encontrou-se com o de Irene por um instante e ela cuidadosamente desviou os olhos, não tão rápido para ser um insulto, mas preciso o bastante para deixar claro que não estava interessada em interagir com ela. Irene se perguntava por que Bradamant não havia ido embora com os outros no *briefing* anterior.

— Por aqui — disse Penemue, fazendo um sinal e chamando Irene para sentar-se ao lado dela e de Kallimachos.

— Esperemos que eles sejam rápidos com isso. E, já que está aqui, o que realmente aconteceu entre você e Alberich?

— Na verdade, foi mais uma fuga controlada do que de fato impedi-lo — disse Irene, olhando a seu redor.

No epicentro do salão, um grupo que era claramente formado por Bibliotecários seniores sentava-se atrás de uma longa mesa de carvalho, que parecia dolorosamente deslocada em contraste com todo o vidro e metal do lugar. Irene viu sua própria mentora, Coppelia, entre eles, batendo com os dedos mecânicos de sua mão esquerda na mesa enquanto esperava que os Bibliotecários se assentassem. Dos demais, Irene apenas reconheceu um: outro Bibliotecário sênior, Kostchei. Ela nunca lidou pessoalmente com ele, mas haviam sido apresentados em um seminário, e ele tinha uma reputação — ou possivelmente era notório por isso — de fria competência. Ele estava sentado no centro da mesa, com caneta e papel à sua frente. Sua cabeça era careca e ele mal tinha sobrancelhas, mas sua barba era uma espessa massa trançada que roçava a mesa. E seu rosto tinha linhas de exasperação e mau humor embrenhadas em volta de sua boca. Os outros Bibliotecários, estranhos para ela, eram todos visivelmente velhos — com apenas uma exceção, a mulher de meia-idade na extremidade da mesa em uma grande cadeira de rodas. Isso explicaria por que ela estava precocemente aposentada na Biblioteca, e não em campo.

— Se eu puder ter a atenção de vocês... — a sala ficou em silêncio quando Kostchei se pronunciou. Ele inclinou-se para a frente, cruzando as mãos diante de si. Irene não pôde deixar de notar que os nós de seus dedos estavam inchados por causa da artrite. — Haverá uma breve apresentação sobre a crise atual, durante a qual todos vocês ficarão em silêncio. Depois poderão fazer perguntas.

Ele esperou um instante, mas ninguém foi idiota o bastante para se pronunciar, então finalmente assentiu.

— Na manhã de ontem, pelo horário do mundo local, recebemos uma mensagem do traidor Alberich. Ele exigiu que a Biblioteca se rendesse a ele, que o aceitasse como seu líder e que sua entrada aqui fosse permitida. Se recusássemos, ele ameaçou nos destruir. Naturalmente, nós recusamos.

Ele fez uma pausa.

— Desde então, estamos recebendo relatórios de que vários portais permanentes para a Biblioteca foram destruídos. Nós também recebemos relatórios sobre ataques a Bibliotecários que estavam estacionados nestes mundos, ou em outros. Houve várias mortes. Mortes confirmadas, quero dizer. Nós ainda não verificamos todos os Bibliotecários que não entram em contato com a Biblioteca há um tempo.

Uma Bibliotecária começou a erguer a mão para fazer uma pergunta. Kostchei encarou-a até ela abaixar a mão.

No silêncio, a situação como um todo se rearranjava na mente de Irene. Não era algo dirigido apenas a ela e a Kai: tratava-se de uma ameaça à Biblioteca como um todo. Ela sentia-se como Kai quando ele confrontou as drogas de Vale: encarando algo que não poderia estar acontecendo, que era um desafio para a própria forma como via o universo. Ela não havia achado possível que a Biblioteca fosse ameaçada. Sempre pensou que poderia não sobreviver, que Bibliotecários poderiam morrer, mas que, com certeza, a Biblioteca continuaria existindo...

No entanto, Coppelia estava, de alguma forma, lá embaixo, com outros Bibliotecários seniores, confirmando que tudo isso era verdade.

Irene não sabia ao certo se as aranhas estavam conectadas a Alberich. Seria melhor ou pior se não estivessem? Se *fossem* obra dele, isso queria dizer que ele tinha alguma forma de chegar ao mundo de Vale, talvez por meio de um agente. E se *não fossem*, então havia outra pessoa lá fora querendo matá-la. Ou matar Kai. Ou os dois juntos.

Ela lembrou-se de uma conversa com o tio de Kai, Ao Shun, quando aconteceu o sequestro. Ele havia dito, em tons pesados: "Isso não é para ser tolerado. Isso não *será* tolerado".

A raiva cristalizou-se no estômago de Irene. De fato. Ela se recusava a tolerar isso.

Kostchei esperou outros cinco segundos antes de prosseguir.

— Nós ainda não determinamos se os defeitos nos portais são acionados por tentativas de usá-los ou se eles já estão destruídos e só ficamos sabendo quando tentamos utilizá-los. A Segurança da Biblioteca não tem nada a reportar, e não acreditamos que se trate de uma questão interna. — Em outras palavras, não havia nenhum traidor dentro das paredes da Biblioteca. Então o problema estava do lado de fora. — Nós fizemos investigações em várias fontes e não parece que os dragões estejam envolvidos nisso. Não temos certeza em relação aos feéricos. Sob nenhuma circunstância aceitaremos os termos de Alberich. Agora vocês podem fazer perguntas.

Mãos foram levantadas. A mulher de cabelos cor-de-rosa recebeu o primeiro assentimento por parte de Kostchei e disparou sua pergunta.

— Quantos portais foram atingidos até agora? E os mundos em que eles ficam têm inclinação para a lei ou para o caos?

— A mesa reconhece Ananke. Até agora, sabe-se que vinte e cinco portais foram afetados. As proporções de mundos de caos e de ordem são mais ou menos iguais, e não há nenhuma evidência clara de mais transtornos em um ou outro lado do equilíbrio teórico.

O homem vestido de seda azul foi o próximo.

— Houve alguma ocorrência como essa no passado? De alguma forma poderia ser cíclico?

— Vai se iludindo... — murmurou Penemue, mas Kallimachos levantou um dedo e levou-o aos lábios para fazer com que se calasse.

— A mesa reconhece Sotunde — Kostchei puxava sua barba, que parecia sólida o bastante para ser usada como arma. — Embora haja registros da Biblioteca de que portais possam mudar suas posições dentro de um mundo, não temos relatos anteriores sobre algum pegando fogo. Nos demos conta de que isso não prova que eles não possam ser incendiados a cada poucos milhares de anos. Seu comentário está sendo levado em consideração. Próximo!

— Alberich nos deu algum modo de localizá-lo? — a pergunta veio de uma mulher de meia-idade que trajava um belo quimono de linho cinza e calçados geta, com o rosto pintado a ponto de uma imobilidade insossa. Proteções de metal para os braços com circuitos em alto relevo circundavam os pulsos e os antebraços dela.

— A mesa reconhece Murasaki — Irene piscou. Este era o nome da mulher que havia recrutado Kai como aprendiz de Bibliotecário, mas que não notou que ele era um dragão. Seria interessante falar com ela depois, se houvesse oportunidade. — Alberich disse que se nos rendêssemos, deveríamos anunciar isso publicamente na mídia em diversos alternativos específicos, e depois fazer com que alguns dos anciões deixassem a Biblioteca e esperassem seu contato. Embora tenhamos agentes verificando esses mundos, até o momento eles não têm nada a reportar.

Interessante quão poucos detalhes ele está cedendo em relação a onde, como ou quando Alberich fez este anúncio, pensou Irene. *Seria possível que Kostchei quisesse se certificar de que ninguém seguiria essas instruções? Eles estão com medo de que algumas pessoas tentem se render se souberem como?*

— Breve foi a menção de fontes de investigação — Gwydion havia aberto caminho em uma pausa no diálogo, sem esperar que Kostchei lhe fizesse um sinal, e estava franzindo o cenho. — Embora nenhum de nós fosse flertar com nossos inimigos, nossos ouvidos não deveriam permanecer abertos a serviço da Biblioteca? Se pudéssemos aprender algo, então certamente deveríamos fazer perguntas para obtermos informações onde quer que pudéssemos encontrá-las.

Kostchei começou a falar, e fez uma pausa quando a mulher que estava na cadeira de rodas ergueu a mão.

— A mesa reconhece Gwydion. Cedo a palavra a Melusine.

Melusine tinha cabelos de um louro sujo, cortados rentes a sua cabeça, e ela vestia uma simples camisa xadrez e calça jeans, em vez dos robes ou vestidos mais dramáticos que alguns dos outros Bibliotecários anciões trajavam. Sua voz era leve e fresca: Irene não conseguia identificar nela nenhum traço de um sotaque nacional.

— Deixando de lado os rodeios: sim, temos alguns contatos em meio aos dragões e em meio aos feéricos. Sim, falamos com eles. Não, aqueles com quem nós falamos não têm conhecimento algum sobre isso. Contudo, as informações a que temos acesso são mais do que completas. Se vocês têm algum amigo inapropriado por aí, não fiquem tímidos. Façam com que falem. Apenas tomem cuidado. Houve rumores de que Alberich tem contatos feéricos.

Não era rumor, era fato. Irene tinha entrado em contato com um feérico ou dois que haviam se gabado de conhecê-lo.

—... Então tomem cuidado para não serem enganados e levados a perder tempo.

Gwydion assentiu, abaixando a mão e parecendo aliviado. Ninguém mais fez sinal de concordar com o comentário de Melusine, porém, vários outros Bibliotecários presentes pareciam estar levemente pensativos, de forma que sugeria que reviam mentalmente as listas de seus conhecidos.

— Eu sofri algumas interferências de feéricos no meu trabalho na semana passada — disse, tímido, um homem em um casaco de veludo e calça. Seus cachos loiros tinham sido cuidadosamente penteados para que ficassem como estavam, e ele segurava seu chapéu de penas em seu colo. — Nada que ameaçasse a vida de ninguém, mas interferiu na minha missão atual. Será que poderia haver alguma ligação nisso?

— A mesa reconhece Gervase. A essa altura, não podemos eliminar nenhuma hipótese. Por favor, queira deixar suas informações com minha assistente, Bradamant, que o levará até a saída. — Ah, isso explicava a presença de Bradamant, notou Irene. — Nós faremos correlações e veremos se surge algum padrão.

Penemue levantou a mão.

— Houve alguma consulta a Bibliotecários em campo em relação a isso ou o gerenciamento sênior simplesmente tomou a iniciativa?

— Esse é o trabalho do gerenciamento sênior — disse Coppelia, a voz seca como areia.

— Eu sinto que precisamos de um quadro mais completo do que está acontecendo, antes de fazermos movimentos definitivos — disse Penemue. — Eu tenho certeza de que falo por todos quando digo que precisamos de mais informações, se formos dar uma resposta devidamente direcionada à situação. E com certeza isso inclui plenos detalhes sobre essas ameaças, não?

— O prazer é todo meu — grunhiu Kostchei. — Expandirei minha declaração sobre as ameaças dele. Alberich disse que ele destruiria a Biblioteca *completamente*. Ele não deu nenhuma informação útil sobre como. Mais alguma pergunta?

— Sim — disse Kallimachos, seguindo Penemue tão bem como se tivessem ensaiado. E talvez tivessem. — Acho que nossa reação talvez esteja sendo exagerada. Aparentemente Alberich existe há séculos. Ele é usado como uma ameaça para assustar novos Bibliotecários. Mas sabemos que não é invencível nem invulnerável. Nós temos até mesmo alguém aqui que já lidou com ele antes. — Ele apontou para Irene. — Estamos seriamente sugerindo que seja assim tão perigoso?

Irene desejou desesperadamente que pudesse sumir do mapa, ou pelo menos se esconder debaixo da mesa. Todo mundo estava olhando para ela. Pior, agora presumiam que era aliada desses dois. Irene não fazia objeções à teoria de que Bibliotecários juniores deveriam ter um pouco mais de influência em relação a como as coisas eram administradas, mas tinha fortes objeções quanto a uma tentativa de segurar na roda metafórica no meio de uma metafórica colisão de carros em várias pistas. Ainda mais quando tentavam envolvê-la em sua jogada de poder.

— Obviamente que o homem é louco — disse Kostchei.
— Além disso, também é megalomaníaco.
— Isso não conta como parte da loucura? — murmurou alguém nos assentos atrás de Irene, que ficou em silêncio quando Kostchei fixou o olhar em sua direção.
— Ele acredita que a Biblioteca deveria ter um papel mais ativo em influenciar e controlar outros mundos — Kostchei continuou falando. — Vocês todos sabem que nosso papel não é esse. Não estamos aqui para fazer julgamentos sobre os feéricos, os dragões e nem nada entre eles. Existimos para manter o equilíbrio e permitir que os mundos no meio permaneçam livres. O que Alberich quer vai completamente contra os nossos princípios. — A voz dele ficou baixa, na altura de um grunhido, e ele puxava sua barba como se fosse a corda do enforcado. — Nós somos um símbolo de preservação. Não somos regentes. Somos Bibliotecários.

— Sim, mas certamente somos capazes de lidar com isso de uma forma mais equilibrada — disse Penemue com firmeza. Suas palavras saíram com a calma de um discurso preparado. — Este é apenas mais um caso de falta de comunicação, o que tem se tornado comum demais. Não é funcional que os supostos administradores da Biblioteca ignorem as informações de um grande número de pessoas que, na verdade, fazem o trabalho. Já houve muitos casos como esse. Eu sei que não sou a única pessoa aqui a...

Novamente Irene desejou estar sentada no outro lado da sala. Ela não queria ser associada a essa facção. Que, sem dúvida, era o motivo pelo qual Penemue havia arranjado para que se sentassem juntas. Irene *odiava* política interna. Conversas em voz baixa irromperam em meio aos ouvintes. Kostchei abaixava a cabeça como um touro prestes a atacar. A situação como um todo estava prestes a degenerar-se em uma lista de reclamações... e uma discussão entre os Bibliotecários anciões e qualquer um que achasse que Penemue tinha razão. Não havia tempo para isso. Tratava-se de uma emergência.

Irene lançou desesperadamente a mão no ar.

— A mesa reconhece Irene — disse Coppelia.

CAPÍTULO 8

— Tenho informações novas, que não tive a oportunidade de contar a ninguém ainda — disse Irene. — Hoje de manhã, recebi uma mensagem urgente dentro do mundo onde estava, do modo costumeiro da Biblioteca, mas maculada pelo caos. Ela dizia, na Linguagem, que a Biblioteca seria destruída e que eu seria destruída com ela. Que Alberich estava vindo. Estou achando que essa mensagem era do próprio Alberich.

Os ofegos e as exclamações abafadas sem sombra de dúvida teriam agradado imensamente a Zayanna. Irene cerrou os dentes e focou-se em parecer profissional.

— Estava prestes a relatar isso quando vi a mensagem para vir a essa reunião.

Kostchei repuxou a barba novamente.

— A mesa reconhece Irene, Bibliotecária em Residência sob condicional no alternativo B-395. Você tem certeza de que essa mensagem foi entregue na Linguagem?

— Sim — disse Irene. — Embora ela tivesse um gosto residual de caos.

Irene estava consciente de que as palavras *sob condicional* haviam afetado o resto da sala. Agora ela era oficialmente *não confiável*.

— A mensagem citou seu nome pessoalmente?

Irene balançou a cabeça em negativa.

— Dizia apenas "você".

— Então poderia ter sido direcionada a qualquer Bibliotecário que estivesse na área?

— Poderia — concordou Irene, que tentou adivinhar o que Kostchei estava sugerindo. Será que ele queria dizer que qualquer Bibliotecário estava correndo perigo vindo de Alberich? Ela deixou que seus olhos se voltassem de esguelha para Coppelia, e viu que ela pressionava os lábios de modo firme, franzindo o cenho. *Vou entender isso como uma dica.*
— Eu realmente tenho motivos para acreditar também que Alberich tenha contatos com os feéricos. Isso está em um relatório anterior meu, referente a uma reivindicação feita por um dos feéricos. Data de alguns meses atrás.

Kostchei assentiu. O rosto dele estava impenetrável, uma máscara de pedra com barba e sobrancelhas.

— Este parece ser um outro exemplo das ameaças de Alberich. Se houver mais alguma mensagem direta para outros Bibliotecários, elas serão examinadas para uma possível triangulação da localização dele. Por favor, tenha a bondade de falar com sua supervisora depois desta reunião — olhou de relance para onde estava Coppelia, que assentiu.

— E alguém tentou me matar na noite passada — disse Irene ainda, ciente de que isso soava um pouco fraco, quando dito assim no final. — Embora possa ter sido uma coincidência.

Kostchei olhou para ela, com olhos de gelo líquido, e Irene se viu gaguejando e fechando a boca. Ele tinha mais presença naquele olhar do que alguns lordes feéricos com quem havia se deparado. Não se tratava de poder psíquico, como algumas pessoas o teriam descrito. Tratava-se simplesmente do Professor Alfa, canalizado uma porção extra de desprezo e humilhação pública, e que funcionava bem demais.

Ninguém mais fez perguntas. Os impulsos de Penemue pareciam ter sido apagados com aquela interrupção, e agora ela, intencionalmente, não olhava para Irene. *Estou achando que aquele café pós-reunião foi cancelado, agora que não sou tão útil.*

Kostchei fez uma varredura com o olhar no grupo de Bibliotecários.

— Por ora, a política é de reforçar as ligações da Biblioteca com os mundos alternativos. Como de costume, isso será realizado coletando livros que são importantes para estes mundos e trazendo-os para cá. Isso significa que vocês todos receberão missões urgentes, agora ou em um futuro próximo. Façam o trabalho, peguem o livro e tragam-no de volta o mais rápido possível.

— E quanto a nossas missões mais prolongadas? — quis saber Gwydion. — Vários livros que venho procurando há anos, e não gostaria de colocar essas tarefas de lado e desperdiçar meus esforços.

Irene resistiu à vontade premente de cobrir os olhos e soltar um suspiro. Será que em algum momento ela havia sido idiota assim? Possivelmente, mas gostava de pensar que até mesmo quando mais nova teria sabido que era melhor não fazer uma pergunta como aquela.

Kostchei olhou feio para Gwydion.

— Reveja suas prioridades, rapaz — ele grunhiu. — Essa não é nenhuma distração casual. Trata-se de uma emergência. A Biblioteca está em perigo. Esqueça os malditos projetos a longo prazo. O que estamos fazendo, nesse exato minuto, é melhorando as defesas e nos certificando de que nossos portais e nossas ligações permaneçam sólidos.

Irene olhou de relance para os outros Bibliotecários. Ninguém, na verdade, estava levantando a mão para fazer a per-

gunta de dez milhões de dólares, isto é: *Esta não é uma abordagem de muito curto prazo? Não estamos apenas tratando os sintomas em vez do problema subjacente? Não deveríamos pensar em uma estratégia a longo prazo, ou em ataque, e não simplesmente em defesa? E se isso não der certo?*
Kostchei inspirou fundo, visivelmente se recompondo.
— Quaisquer novos desdobramentos ou novas informações devem ser reportados de imediato. Tomem todas as precauções devidas. Tenham em mente que vocês são recursos valiosos; a Biblioteca prefere que permaneçam vivos. Saiam daqui e façam seu trabalho. — Ele bateu na mesa com os nós dos dedos. — Vocês estão dispensados.

Irene teve que abrir caminho aos empurrões para passar por alguns Bibliotecários em seu caminho em direção a Coppelia. Alguns deles voltaram para ela movimentos de assentimento de cabeça quase amigáveis ou olhares de relance cheios de empatia, e tanto Gwydion quanto Ananke murmuraram alguma coisa sobre manterem contato.

Irene fez uma nota mental de que provavelmente deveria fazer esse esforço. Presumindo que todos sobrevivessem a isso. Penemue e Kallimachos olharam através dela, aquele tipo de ignorar deliberado de sua presença que teria sido chamado de "o corte direto" em certos tempos e lugares. *Bem, que seja,* pensou ela. *Obrigada por deixarem tão claro por que vocês estavam interessados em mim e por que não estão mais. Isso me poupa tempo.* Um murmúrio de debates ao fundo ergueu-se atrás dela, bem mais tenso do que a conversa anterior antes da reunião.

Deixou que Coppelia a conduzisse para dentro de seu pequeno escritório. Ela trajava seu costumeiro azul escuro, com um xale de renda branca em volta dos ombros, e sua mão de madeira estava recém polida até quase reluzir. Mas parecia cansada. Seus olhos estavam fundos e havia uma sensação de esforço na forma como se movia. Irene foi lembrada de que os Bibliotecários seniores ficavam assim porque trabalhavam em campo até estarem velhos, e então, por fim, eles se retiravam para a Biblioteca, onde ninguém envelhecia e o tempo não passava sobre o corpo, para tornarem-se anciões. Neste exato momento, Coppelia também *parecia* uma anciã, e cansada.

O escritório tinha poucos móveis. Coppelia acomodou-se em uma das cadeiras de vidro de aparência frágil, soltando um suspiro, e fez um gesto para que Irene se sentasse na outra.

— Sendo breve, quem está tentando matar você e por quê?

Irene fez uma revisão rápida dos eventos dos últimos dias, tentando não imaginar sua cadeira quebrando embaixo dela.

— Eu não sei *quem* é responsável — finalizou. — Mas Lady Guantes tem um motivo óbvio. Assim como Alberich, mas não acho que ele possa chegar até mim em meu posto atual. Não depois de ter sido banido de lá — só o mero pensamento que ele poderia ser capaz de fazer isso deixava um gosto amargo em sua boca. — E, mesmo que pudesse fazer uma coisa dessas, ele não deixaria apenas aranhas venenosas no meu quarto.

— Peçonhenta — Coppelia corrigiu-a, distraída. — Uma aranha é peçonhenta: cria o veneno e o passa adiante através da picada. Menos um ponto pela terminologia incorreta.

— Agora realmente é a hora de...? — começou a dizer Irene, com raiva.

— Sim — disse Coppelia, irritada. — Sim, é hora e sempre *será*. Você usa a Linguagem, criança. Você tem que ser totalmente precisa ou será *ferida*. Eu não investi tanto tempo e esforço para perdê-la agora.

Irene inspirou fundo.

— Que bom que você se importa comigo.

— Não seja tola, Irene. Não tenho tempo para que você seja infantil. Você consegue se comportar como adulta, ou devo fazer com que você espere lá fora enquanto realizamos o próximo *briefing*?

Essa foi a segunda vez em meia hora que levava uma bronca como se fosse ainda uma adolescente, o que abalava seus nervos já fragilizados com as tentativas de assassinato e com as ameaças de Alberich.

— Pessoas estão tentando me matar — disse ela, controlando-se com esforço. — A Biblioteca foi ameaçada por Alberich. Portais estão sendo destruídos. Alberich me enviou uma mensagem pessoal. Não tenho tempo para que você me trate como se eu fosse uma criança. Este é mesmo o momento para jogos de poder?

Coppelia bateu com um dedo de madeira na mesa.

— Só porque ficou fora de jogos de poder da Biblioteca no passado, isso não quer dizer que conseguirá fazer isso sempre. Você tem alguma pergunta relevante a fazer?

— Sim. O que eu devo fazer se Alberich tentar entrar em contato comigo de novo?

Coppelia hesitou.

— Gostaria de dizer para não se dar ao trabalho de responder, mas precisamos desesperadamente de mais informações. Se você achar que consegue obter alguma coisa dele, tente.

— Responder? — Irene não achava que era possível responder àquele tipo de mensagem. Mais uma coisa que Bibliotecários juniores "não precisavam saber". O pensamento deu-lhe raiva, mais um tijolo em cima de uma construção crescente de irritação. Só de pensar que, se ela tivesse podido responder antes, depois de receber outras mensagens urgentes... — Como?

Coppelia franziu os lábios como se estivesse considerando reprovar Irene por seu tom, mas sua resposta foi calma.

— Você precisa sobrescrever o material escrito com sua própria mensagem usando a Linguagem. A pessoa que enviou a primeira mensagem ainda deve estar focada na ligação com sua área e perceberá sua resposta. O elo não dura por muito tempo, de modo que você terá apenas uma chance de trocar umas poucas linhas.

— O quão seguro é isso? — quis saber Irene.

— Nada é totalmente seguro. Que tipo de garantia você está procurando?

Irene esticou as mãos.

— Bem, estamos falando de inseguro em termos de eu ser levada à sedição pelas mensagens hipnóticas dele, ou inseguro em termos de Alberich usar esta ligação para jogar uma chuva de fogo em cima da minha cabeça?

— A Biblioteca não poderia jogar uma chuva de fogo sobre a sua cabeça por meio desse tipo de ligação — disse Coppelia. — Sendo assim, provavelmente Alberich também não tem como fazer isso. É intrigante que ele consiga sequer fazer a conexão.

— Surpreende-me que ele se dê ao trabalho de fazer isso, considerando nosso confronto anterior na Biblioteca Britânica — disse Irene. Ela não se sentiu muito reconfortada com o uso do *provavelmente*. — Outros Bibliotecários devem ter conseguido esquivar-se dele antes. Não posso ser a primeira.

Coppelia esticou a mão sobre a mesa e deu uns tapinhas na testa de Irene com o dedo... *Um dos de verdade, ainda bem.*

— Use a cabeça, criança. Você leu aquele livro que ele estava caçando. Ele sabe disso... e foi apenas há uns poucos meses, então ele não terá se esquecido disso.

Irene franziu o cenho.

— Mas só fiquei sabendo que a irmã dele teve uma criança que foi criada na Biblioteca. Ele não... Ah. — Entendeu o que Coppelia estava querendo dizer. — Mas talvez ele não saiba disso. Ou pelo menos talvez não saiba o quanto eu sei, nem o que dizia o livro.

— Estou tentada a ordenar que você permaneça aqui — ponderou Coppelia em voz alta. — Poderia ser mais seguro para você.

Irene piscou.

— Você está brincando, não está?

— Estou falando muito sério. Como disse Kostchei, não queremos desperdiçar você — suspirou. — Aquele homem nunca gostou de presidir reuniões. Dá para ver o nível de paciência dele cair como um termômetro atingido por uma nevasca.

— Bem, eu estou falando sério também. Eu não vou ficar aqui sentada quando tem trabalho a ser feito. — Inclinou-se para a frente, tentando impressionar Coppelia com sua determinação e com seu foco, mas ficou rígida ao ouvir o rangido da cadeira embaixo dela, o que estragou o efeito pretendido. — E por que estamos fazendo reuniões, de qualquer forma? Por que não estão simplesmente transmitindo as notícias para todos os Bibliotecários o mais rápido possível?

— Isso requer energia. — Coppelia deu de ombros. — Os recursos da Biblioteca não são infinitos. Nós estamos informando as pessoas que chegam aqui primeiro, e transmitiremos avisos para qualquer um que não aparecer ou que não tenha entrado em contato conosco dentro de vinte e quatro horas. E quanto ao trabalho a ser feito, tenho um para você. É em um mundo diferente do seu posto em Residência, mas, considerando que Alberich não saberá que deveria procurá-la por lá, você pode ficar tão a salvo quanto estaria aqui. A salvo de Alberich, pelo menos — ela se corrigiu.

— Que tipo de trabalho? — O próprio conceito de uma simples recuperação de livro trouxe uma normalidade bem-vinda para a conversa, e Irene relaxou.

— O de sempre — disse Coppelia. — Porém, considerando as circunstâncias atuais, nós precisamos do livro o mais rápido possível. Você não terá seu tempo costumeiro para preparações. Nós sabemos onde você conseguirá encontrar um exemplar deste livro, mas ele pode ser um pouco difícil de extrair.

O que queria dizer que provavelmente seria hediondamente difícil e perigoso. Ainda assim, pelo menos Irene estaria fazendo *alguma coisa* para ajudar.

Coppelia esticou lentamente a mão para baixo e abriu a maleta de couro que estava ao lado de sua cadeira. Ela tirou dali uma fina pasta com papéis, oferecendo-os a Irene.

— O livro que nós queremos é *Manuscrito encontrado em Saragoça*, de Jan Potocki. Ele era polonês, mas o manuscrito foi redigido em francês. Em muitos alternativos, o livro foi publicado sem nenhum problema, mas havia alguma coisa de diferente neste mundo, B-1165. O livro foi quase que completamente perdido. Uns poucos exemplares apareceram em coleções particulares. Há uma pista sobre uma delas, e, considerando que temos pouco tempo, seria melhor que você tentasse pegar essa. Não ache que está recebendo um trabalho fácil para mantê-la ocupada. Será difícil adquirir este livro. É um que gostaríamos de ter pego há um tempo, mas a missão foi considerada difícil demais. Porém, nas atuais circunstâncias...

Irene pegou os papéis.

— Se é um mundo beta, isso quer dizer que a magia domina?

Coppelia assentiu.

— O maior poder está na Rússia czarista. O livro se encontra na coleção restrita do Hermitage em São Petersburgo. Não há nenhum Bibliotecário em Residência naquele mundo, então você terá que operar sem apoio.

A sensação de relaxamento de Irene estava se desvanecendo rápido.

— O que eu faço em relação a Kai? — perguntou. — Já fiquei bem nervosa por deixá-lo no mundo de Vale enquanto vim aqui me reportar. Devo deixá-lo aqui na Biblioteca enquanto estiver coletando este manuscrito de Potocki?

Coppelia pareceu considerar a possibilidade, mas estava com uma expressão particularmente rígida nos lábios. Irene reconheceu que isso significava que a Bibliotecária mais velha já havia se decidido.

— É melhor que você o leve consigo. O mundo é disputado, nem de alto caos, nem de alta ordem, mas pende mais para a ordem do que para o caos, de modo que não deve ser muito arriscado para ele. E pode ser que você ache a ajuda dele útil.

Irene assentiu.

— Tudo bem. Com certeza isso o deixará mais feliz, mas, por favor, seja franca comigo, Coppelia. Não fiz essa pergunta lá fora, na reunião, mas o que acontecerá se esta abordagem de estabilização *não* funcionar?

— Pensaremos em outra — disse Coppelia. Ela estalou os nós de seus dedos de madeira. — Melusine está correlacionando relatórios de Bibliotecários por todos os alternativos, conforme chegam. Uma vez que tenhamos uma pista em relação ao esconderijo de Alberich, poderemos movimentar uma força de ataque.

— É incrível como a ameaça de Alberich de destruir a Biblioteca de repente fez com que todo mundo fique interessado em localizá-lo e destruí-lo — disse Irene. Ela não conseguiu impedir que um pouco de sarcasmo transparecesse em sua voz. — Bem mais sério do que apenas matar Bibliotecários individualmente.

— Em particular, não há problemas em ter opiniões influenciadas por coisas pessoais — disse Coppelia em um tom gentil. — Mas tome cuidado com o que você diz em público.

— Ah, não se preocupe. Farei meu trabalho. — Irene deu-

-se conta de que estava ecoando Kostchei, e foi lembrada de outra pergunta. — Kostchei minimizou a importância do meu relatório de propósito?

— Ele deu a seu relatório o que considerou o nível apropriado de relevância — Coppelia mexeu os ombros finos. — Ele pode fazer o acompanhamento posteriormente, mas, no momento, estamos classificando a destruição dos portais da Biblioteca e as mortes de Bibliotecários como sendo mais significativas do que uma ameaça à sua vida.

Irene não queria perguntar isso, mas não conseguiu mais se forçar a deixar o pensamento de lado.

— Isso afetou alguém que eu conheça? Meus pais...

— Não seus pais. — O olhar de Coppelia encontrou-se com o de Irene. — Ninguém que você conheça. Alguns Bibliotecários apenas não entraram em contato conosco ainda. Nós estamos tentando nos comunicar com eles. Sabe-se que pelo menos alguns morreram. Até agora estavam em mundos nos quais os portais foram destruídos. Achamos que pelo menos um deles foi pego em um portal incendiado.

Irene pensou em como quase a mesma coisa havia acontecido com ela.

— Eu entendo que você não queira começar uma onda de pânico — disse ela. — Mas estou me perguntando se essa notícia talvez não *justifique* um pouco de pânico.

— Pânico é a última coisa que podemos nos dar ao luxo de ter — disse Coppelia. — Pânico fará com que todo mundo saia correndo em direções diferentes para tentar "salvar a Biblioteca". Pânico é a antítese da boa organização. Pânico é bagunça. Eu sou contra o pânico em termos de princípios.

— Ela deu uma olhada em seu relógio de pulso. — Você tem alguma pergunta a fazer? O próximo *briefing* é dentro de poucos minutos e é minha vez de presidi-lo.

Irene vinha cuidadosamente colocando seu outro problema de lado, equilibrando-o com suas responsabilidades profissionais e com seu dever para com a Biblioteca. Mas o conflito não desapareceu. E Coppelia, uma anciã da Biblioteca, poderia ter uma resposta.

— Como você recomendaria limpar a contaminação de caos do sistema de um ser humano? — ela questionou.

— Minha nossa — Coppelia franziu o cenho, pensativa. — Imagino que se trate de Vale, não? Sim, estava mesmo imaginando como ele havia lidado com aquela versão de Veneza... Não me olhe desse jeito, Irene; a contaminação por caos não era uma certeza e, de qualquer forma, ele não é Bibliotecário. Para começo de conversa, você não conseguirá trazê-lo até aqui.

Irene soltou um xingamento mental.

— Por que não? — ela quis saber.

— Pelo motivo óbvio... Se ele chegou a um nível tão alto de caos intrínseco, o portal não permitirá que ele o atravesse, exatamente como não teria permitido que você passasse enquanto estava contaminada. Mas você sabe disso, por que se dar ao trabalho de me perguntar?

— Estava com esperanças de estar errada — admitiu Irene. — E quanto a movê-lo para um mundo de alta ordem?

— Por meio de outros métodos de transporte, presumo — Coppelia fez um gesto sinuoso no ar, como se quisesse se referir ao voo de um dragão. — Sim, isso funcionaria a longo prazo, presumindo que ele sobrevivesse. Se o caos estiver muito embrenhado no sistema dele, ele pode simplesmente se calcificar, da forma como acontece com os altos feéricos nesse tipo de mundo. Você precisaria de algum lugar com um nível de ordem médio, e teria que encarar uma convalescença a longo prazo. Ou você poderia levá-lo para outro mundo de alto caos.

— Como isso ajudaria?

— Estabilizaria a natureza dele. — Coppelia deu de ombros. — Novamente, se sobrevivesse. Ele se aclimatizaria a estar no mesmo nível de caos dos demais cidadãos daquele mundo. É claro que provavelmente teria algumas mudanças de personalidade, e ele ficaria mais vulnerável à influência feérica, mas sobreviveria. Talvez fosse melhor que cuidasse dele como as coisas estão, e esperasse que ele conseguisse tirar isso de seu sistema. Em algum momento, o corpo vai voltar a um nível mais normal para o mundo dele.

É claro que sua marca da Biblioteca havia protegido Irene. Mas essa não era uma opção para Vale. Ele havia ido para aquela Veneza de alto nível de caos por livre e espontânea vontade, apesar de todos os avisos, para salvar Kai. Mesmo sabendo que estaria arriscando sua vida. Mesmo suspeitando que estaria arriscando sua sanidade. Irene se viu ficando gelada só de pensar que poderia perdê-lo. Vale não era simplesmente uma baixa civil. Era alguém de quem ela gostava, alguém que tinha um lugar em sua vida.

Tinha de haver uma forma de salvá-lo. Ela não aceitaria nada que não fosse isso. Irene ficou de pé, assentindo.

— Obrigada pelas informações — disse ela. — Voltarei com o livro o mais rápido possível.

— Irene... — Coppelia procurou por palavras para dizer, e então esticou as mãos novamente. — Tome cuidado, menina.

— Você também — disse Irene. — Afinal de contas, se nenhum lugar é seguro... — Ela fez um gesto para as paredes, para a Biblioteca em volta delas. — Então isso daqui também não é.

A boca de Coppelia torceu-se em um sorriso. Ela assentiu, e Irene partiu, abrindo caminho em meio a um novo grupo de Bibliotecários que esperava para receberem o *briefing*.

Ela ficou se corroendo durante toda a transferência e a volta ao portal do mundo de Vale, pensando em como seria melhor lidar com as coisas. Presumindo que este portal permanecesse estável – será que deveria estabelecer algum sistema de aviso para o caso desse portal pegar fogo? – precisava perguntar aos feéricos que conhecia sobre Alberich. Zayanna. Silver. Qualquer outro que ela conseguisse encontrar. Talvez Vale pudesse sugerir outros nomes, mesmo que fosse de sua lista local de *Malfeitores feéricos perigosos*. Era necessário ficar alerta em relação a qualquer mensagem futura de Alberich. Ela também precisava conversar com Kai sobre Vale, e discutir aonde haveriam de levá-lo, e se ele concordaria em ir. Ah, e devia descobrir quem tinha deixado aquelas aranhas. Embora, em comparação com todo o resto, alguém que estivesse tentando matá-la de forma tão ineficiente fosse uma preocupação menor.

E ela tinha que roubar um livro.

Irene deixou a Biblioteca Britânica no meio de um grupo de jovens estudantes que se acotovelavam, preparando-se mentalmente um discurso para Silver. Ele tinha que acreditar que cooperar fazia parte dos seus interesses. Porém, sua concentração foi quebrada com a dor repentina de uma agulha perfurando sua mão. Ergueu o olhar em choque e deparou-se com um homem deslizando a seringa hipodérmica de volta para dentro de seu casaco, enquanto outro passava o braço em volta da sua cintura, pegando-a junto a si quando ela começou a cair. Abriu a boca, tentando falar, mas não conseguia se focar e sua visão estava ficando escurecida. Ela engasgou com o cheiro de suor, cabelos e cachorros.

Ah, sim. E eu ia ser mais cuidadosa ao viajar por um portal conhecido pelos meus inimigos, não ia?

Ops!

Ela caiu no sono.

CAPÍTULO 9

Quando Irene acordou, estava no escuro.
Deitada, imóvel e de olhos cerrados, esperava por qualquer reação, tentando entender onde estava. Em um chão duro, de tijolo ou pedra, mas que estava quente e seco, ao invés de frio e sugando seu calor. Não estava amarrada nem contida, mas a pasta que Coppelia havia lhe dado tinha sido tomada.

Não havia sons de mais ninguém respirando. Cautelosamente, foi abrindo um dos olhos aos poucos.

Escuridão quase total, com luzes fracas ao longe. Irene sentou-se, a cabeça girando. Sua mão doía por causa da agulha, mas não o bastante a ponto de impedi-la de usá-la. O lugar parecia uma cavidade arqueada dentro da parede de um longo túnel de tijolos. As luzes que ardiam ao longe dos dois lados eram lâmpadas. O corredor estava cheio de poeira também: não precisava vê-la, pois conseguia senti-la onde seus dedos tocavam o chão, e teve que se esforçar para não tossir.

Que diabos estava acontecendo? Se alguém ia sequestrá-la, por que a deixariam jogada como um saco de batatas, sem nem mesmo tentar amarrá-la ou tirar a faca que mantinha na bota?

A paranoia sussurrava lembretes sobre Alberich e os outros Bibliotecários desaparecidos, no entanto Kai era uma preocupação mais imediata e prática. Irene mesmo poderia ter sido apagada e jogada simplesmente para tirá-la do caminho enquanto algo pior acontecia com ele.

Ela forçou-se a ficar em pé e sacudiu um pouco do pó de sua saia. Agora que seus olhos estavam ficando acostumados com a semiescuridão, podia ver que havia uma trilha quase apagada no centro da passagem, que estava menos carregado de pó do que nas beiradas. Havia pegadas ocasionais; algumas pareciam ser de botas pesadas, mas outras, de pés descalços. Vale com certeza seria capaz de identificar o sapato; ou, no caso dos pés descalços, comentar sobre a altura do dono das pegadas, seu peso e sua postura. Tudo que Irene era capaz de deduzir: se tratava de uma rota frequente para quem quer que viesse até ali embaixo.

E a próxima grande pergunta: quem seria esse alguém?

O túnel estremeceu. Um estremecimento profundo, um rugido de algo sendo moído vibrava pelas paredes, fazendo com que Irene desse um pulo e se preparasse. Por um momento só quis sair correndo, em qualquer direção, contanto que fosse *para longe dali*.

Ela controlou-se. O pânico não ajudaria. O estrondo estava esvanecendo-se em um longo ruído de movimento que lhe parecia familiar. Começou a dirigir-se para a direita, escolhendo a direção aleatoriamente, mantendo suas passadas tão silenciosas quanto possível enquanto tentava ouvir se alguém a estava perseguindo.

O silêncio era total novamente e a poeira tinha começado a assentar-se, quando o uivo de um lobo ecoou pela passagem. Teria sido assustador o bastante nas charnecas à luz do luar. Neste espaço confinado, na quase escuridão, considerando a total falta de conhecimento de Irene sobre onde estava, fez com que sua espinha congelasse e suas pernas bambeassem enquanto ela se continha para não sair correndo. Não se tratava nem mesmo de um uivo de lobo normal, se é que alguém poderia usar tal termo. O uivo tinha o peso encorpado e o impacto que vinham de um par de pulmões maiores do que o comum.

Havia um lobisomem ali embaixo com ela. Não, corrigiu-se para *havia pelo menos um* lobisomem. Ela conseguia muito bem presumir o pior. E seus sequestradores também poderiam estar à espreita por ali. Ou possivelmente seus sequestradores eram lobisomens. Como em um daqueles diagramas de Venn onde todas as possíveis Coisas Ruins cruzavam-se para originar a Pior Coisa Possível no centro. Porém, o cheiro que ela havia sentido quando eles a sequestraram era sugestivo.

Irene acelerou seus passos enquanto se dirigia até a luz. Embora não se tratasse de uma corrida aterrorizada, era mais rápida do que seu andar investigativo de antes.

A luz era de uma lâmpada de éter fraca montada fora do alcance de Irene na parede. Quando se aproximou, lhe deu iluminação suficiente para que visse o que estava escrito na parede embaixo da lâmpada:

TÚNEL DE SEGURANÇA DO METRÔ DE LONDRES N-112.

Um rugido trêmulo passou pelas paredes de novo, mas dessa vez Irene sabia do que se tratava. Era um trem de metrô, passando por fora de seu campo de visão e de seu alcance, enquanto ela estava trancafiada nestes túneis com os lobisomens que faziam ali seus covis.

Tinha ouvido falar desta parte de Londres. Vale a havia avisado para que ela e Kai não ficassem vagando por ali se tivessem opção. Os tabloides publicavam com regularidade manchetes como: *INOCENTES CRIANÇAS DE RUA MACHUCADAS POR FERAS SEDENTAS POR SANGUE...*

Não, espera. Esse tinha sido o incidente com as ratazanas gigantescas importadas, e não com os lobisomens.

Ela se deu conta de que seu cérebro estava agindo como de costume em uma situação de pânico, que era pensar em qualquer outra coisa, na esperança de que isso fosse distraí-la do perigo imediato. Ela precisava ser prática. Tinha que encontrar uma arma. Uma arma maior e mais eficaz do que a faca que tinha em sua bota.

Irene não fazia a mínima ideia de onde poderiam estar em relação à Londres acima deles. Seguir em frente presumivelmente a levaria até uma porta, ou uma escada, ou a outra forma de sair desses túneis. Tinha que haver algum tipo de saída de manutenção, não? O bom senso ditava que era para ter uma saída. Assim como uma *entrada*, já que ela estava ali para começo de conversa.

Era tentador usar a Linguagem para trazer abaixo um pedaço do teto ou da parede e bloquear o túnel, ou até mesmo esmagar alguns lobisomens. Porém, isso poderia ser ruim qualquer que fosse a parte de Londres acima deles. Além disso, uma vez que a queda de um teto tivesse sido iniciada, seria muito difícil, até mesmo impossível, fazer com que parasse. Ela sabia disso por experiência pessoal.

Permanecer ali não a ajudaria. Ela pôs-se a andar pelo corredor novamente, a luz jogando sua sombra à frente. Adiante estava a escuridão, mas achava que podia ver mais um tremeluzir ao longe: talvez fosse outra lâmpada de éter.

Outro uivo fez estremecer o ar atrás dela: ele estava perto, e a imaginação adicionava um quê de malícia ao som. *Olhe para a pobrezinha da presa que foge,* parecia dizer, *segurando suas saias e correndo em busca de proteção. Mas não há para onde correr nesses corredores, ratinha... não há nenhuma forma de escapar...*

Irene sorria de um jeito desagradável. Ela não estava se divertindo. Esperava muito em breve ser capaz de explicar para esses lobisomens como não achava nada daquilo engraçado.

A passagem, completamente escura agora, chegou a uma encruzilhada, e Irene parou. Podia ver fracos pontinhos de luz em cada uma das direções possíveis, o que não ajudava em nada.

Cheirando o ar, ela captou um fedor muito fraco de esgoto vindo da abertura do lado direito. O Metrô de Londres não deveria ter nenhuma ligação aberta com os esgotos, mesmo em seus túneis de manutenção. O que significava alguma espécie de reconstrução em progresso ou paredes danificadas. Ou seja... uma possibilidade.

Ela dirigiu-se para a direita em ritmo acelerado, torcendo o nariz conforme o cheiro do esgoto foi ficando mais forte. A próxima luz ainda estava a uma boa distância, um incompleto piscar nas sombras. Presumivelmente operários da manutenção, se é que algum deles *vinha* até ali, traziam suas próprias lanternas.

O túnel estremeceu acima dela, e poeira caiu do teto, formando crostas nos ombros de seu casaco arruinado. Deveria ser outro trem de metrô, em um ângulo reto em relação ao anterior. Tentou imaginar um mapa mental do Metrô de Londres para adivinhar sua posição atual, mas havia possibilidades demais.

Mais dois uivos, um respondendo ao outro, e ambos por perto, atrás dela. O cheiro penetrante do esgoto era um fedor que passava por seu nariz e furava todo o caminho até seus pulmões, mas isso não parecia estar fazendo com que os lobisomens ficassem mais lentos.

Na quase escuridão, Irene não viu a pilha de tijolos encostada na parede. Ela tropeçou em uma das discrepâncias, batendo com o dedo do pé e caindo com tudo no chão. Irene xingou com o nariz na poeira. Rolando acima, apertou os olhos para olhar a pilha. Várias dezenas de tijolos soltos e de alguns meio-tijolos também, usados para tapar o agora óbvio buraco na parede, que ia até o teto. Perfeito.

Em vez de levantar-se, ela agarrou seu tornozelo melodramaticamente. Seria muito mais fácil se eles ficassem a seu alcance.

— Não! — choramingou, tentando colocar alguma dor genuína nisso. — Meu tornozelo!

Um outro uivo foi se transformando em uma risada grave e gutural. Movimentos sussurravam na junção escura que Irene tinha acabado de deixar. Ela forçou os olhos, mas não conseguia ver nenhuma forma claramente.

Lição um de Práticas de Interrogatório: As pessoas irão se gabar e lhe darão informações se acharem que você está indefesa.

— Quem está aí? — Irene suplicou. — Por que estão fazendo isso comigo?

Formas obscuras diferenciavam-se da maior escuridão atrás delas, e olhos reluziam vermelhos na luz de éter. Havia quatro deles: dois do quais estavam na forma completa de lobos, movendo-se com a calma de animais naturais ao vagar na direção de Irene, enquanto os outros dois eram metade homens, metade lobos. Mantinham-se arqueados e com as garras de fora, as patas imensas raspando o chão de tijolo, e mandíbulas que pendiam abertas e arfantes.

Nenhum deles respondeu.

E a menos de vinte metros de distância agora. E lobisomens podiam se mover muito rápido.

Lição dois de Práticas de Interrogatório: Saiba quando sair de uma situação perdida.

— **Tijolos soltos** — ordenou Irene na Linguagem —, **atinjam aqueles lobisomens.**

Os tijolos zuniram pelo ar como se fossem bolas de críquete jogadas rapidamente, batendo com tudo nas criaturas que vinham em sua direção, ao som nítido de estalos e quebras. Irene encolheu-se com os gritos e os choramingos, apesar de estar ciente ser bem provável que os lobisomens *estivessem* prestes a matá-la. Aquilo provavelmente não os mataria. Era necessário prata, fogo, decapitação ou quase fazer picadinho de um lobisomem para matá-lo.

Mas os machucaria.

Ela lutou para ficar em pé, pegando um meio tijolo solto no caminho, e foi andando em direção aos quatro lobisomens derrubados. Estavam deitados no chão, em poças de seu próprio sangue. Um dos lobisomens em forma lupina claramente inconsciente. O outro se encontrava enrolado no chão, lambendo freneticamente uma das patas estilhaçadas, e foi se encolhendo enquanto Irene se aproximava. Os dois com forma mais humana estavam conscientes: um estirado no chão, com buracos visíveis em sua caixa torácica, enquanto o outro cuidava de um braço e de um ombro esmigalhados.

— Falem comigo — disse Irene, mantendo sua voz calma e prática. — Digam-me o que está acontecendo, e por que vocês me sequestraram.

O lobisomem com o braço quebrado tentou rosnar. Lascas de tijolo entraram em um dos lados de seu rosto, mas os talhos já estavam quase se fechando, deixando seus pelos e seus dentes sujos de sangue.

— É melhor você começar a correr, mulher, enquanto ainda tem chance...

— Dez de dez pela falsa valentia — disse Irene, e então se deu conta do quanto soava como Coppelia. Só pensar nisso fez com que franzisse o cenho. — Olha, vocês *querem* que eu os mate? Nós dois sabemos que se eu jogar tijolos o bastante em cima de vocês...

O lobisomem semitransformado lançou-se para cima dela. Irene havia se preparado e deu um passo para trás, evitando ser vítima de um talho da mão esquerda cheia de garras dele.

— Tudo bem — disse ela. — **Lobisomens, assumam forma humana.**

Usar a Linguagem em seres vivos era sempre estranho. Eles tendiam a resistir, era necessário usar uma terminologia incrivelmente precisa, ser algo fisicamente possível e tomar cuidado para não se incluir sem querer em nenhum imperativo. Bibliotecários juniores eram encorajados a evitar, a menos que realmente soubessem o que estavam fazendo... ou, é claro, pelo clássico motivo *de outra forma, eu morreria*. Aqui, Irene podia ter certeza de que, visto que não era um lobisomem, não seria afetada. O que tornava a vida mais simples. Pelo menos para ela.

O lobisomem que a havia atacado afastou-se abruptamente, com suas garras retraindo-se para dentro da mão enquanto ela se encurtava para voltar ao tamanho de uma humana normal. O focinho dele cheio de dentes transformou-se em um rosto não barbeado, e sua pele nua era pálida na escuridão. Sangue fresco escorria das feridas em seu ombro e em seu braço. Os outros também foram tomados pela Linguagem, com seus corpos contorcendo-se dolorosamente enquanto as palavras de Irene os forçavam a voltarem à forma humana. Os três conscientes gritavam; aquele que estava inconsciente e caído no chão, seu corpo se debatia e se contorcia enquanto ele se transformava em um homem jovem.

Até mesmo na quase escuridão, tinham algo óbvio em comum: eram *jovens*, não mais do que a idade de estudantes, e, embora fossem musculosos e tivessem boas constituições físicas, e nenhum possuía o poder e os músculos que ela havia visto em outros lobisomens adultos. Irene reconheceu os rostos deles e lembrava-se de ter pensado que fossem estudantes quando eles a encontraram na Biblioteca Britânica.

Talvez fosse hora de acessar a Coppelia que Irene tinha dentro de si, ou até mesmo seu lado Kostchei.

— Com que *diabos* vocês acham que estão brincando? — ela perguntou em um tom exigente, dando um passo à frente.

Um lobisomem encolheu-se para trás, os olhos ainda captando a luz mais do que os olhos de um humano normal fariam, mas arregalados e desconcertados.

— O que você acabou de fazer? — perguntou ele em um tom exigente, sua voz se elevando com o pânico. — O que foi que você *fez* conosco?

— Não se preocupe — disse Irene, ríspida. — Não é permanente. Mas eu quero que você pense, por um momentinho, sobre o quanto vocês se machucariam se fossem atingidos por mais tijolos enquanto estiverem nessas formas. Use sua mente, pensando nas coisas como elas estão, para imaginar como seria ter um tijolo esmagando seus crânios e transformando seus cérebros em uma gosma cinza — deu mais um passo à frente. — Agora vocês vão se comportar? Ou eu preciso esclarecer meu ponto novamente?

O lobisomem acovardou-se e recuou, virando a cabeça para um lado e expondo seu pescoço.

— Eu me rendo!

Irene estava tentada a jogar o meio tijolo para cima e para baixo em sua mão, mas o bom senso dizia que era pesado e que, ou ela machucaria a mão, ou o deixaria cair, estragando o efeito intimidante.

— Algumas respostas, então. Quem contratou vocês? O que pode me dizer sobre eles? E onde está a pasta que eu estava carregando?

Sua vítima foi se arrastando para trás de modo a juntar-se aos outros lobisomens ainda conscientes, que se amontoavam, as mãos passando pelos corpos de seus camaradas como se pudessem restaurar suas formas normalmente peludas por meio de pura força de vontade. *Eu não sei por quanto tempo mais a Linguagem os manterá dessa forma, então não vamos dar a eles tempo para pensarem...*

— Foi uma mulher — disse o primeiro lobisomem, gaguejando.

— Sim? — disse Irene, encorajando-o a falar mais. — E...?

— Bem, era uma mulher — disse ele, dando uma descrição perfeita de aproximadamente cinquenta por cento da população mundial. — Bem vestida.

— Eu não estou procurando por meias-respostas — disse Irene, irritada. — Como ela soava? Alta classe? Sotaque? Que *tipo* de belas roupas estava usando? — Uma ideia sobre algo que os lobisomens poderiam notar passou pela cabeça dela. — E qual era o cheiro dela?

— Ela estava usando véus demais para que fosse de bom gosto — disse um dos outros lobisomens, cansado. Ele aninhava a mão quebrada junto ao peito. Livre do focinho e dos pelos de sua forma de lobo, era bem barbeado e magérrimo, e um sotaque de classe média londrina. — Bom cheiro. Picante. Obviamente não queria ser reconhecida. Véus no rosto e nos cabelos, casaco caro, luvas...

— Luvas? — disse Irene. Uma corrente fria sussurrava no ar.

Recentemente, durante o sequestro de Kai, Irene havia matado um feérico, e a esposa dele fizera uma promessa definitiva de vingança. Os dois usavam um design único de luvas.

É claro que poderia ser pura coincidência: qualquer mulher em Londres usaria luvas.

Mas o caso talvez não fosse esse.

— Ela deu instruções concretas em relação ao que fazer comigo? — Irene perguntou.

Todos eles balançaram as cabeças em negativa.

— Ela só disse: peguem-na quando estiver saindo da Biblioteca Britânica, aqui está uma descrição dela, cutuquem-na com essa agulha e isso vai derrubá-la. Então vocês devem levá-la até lá embaixo, nos túneis, e correr atrás dela por um tempinho antes de, hum... — O primeiro deles parou no meio da narrativa. — Assustá-la e deixar que ela se vá — ele sugeriu, com um tom esperançoso.

Irene suspirou.

— Por favor, não me tratem como se eu fosse uma imbecil. O dia foi longo e ficará ainda maior não estou de bom humor. Onde está a agulha envenenada?

Vale poderia analisá-la.

— Com o Davey — disse o terceiro lobisomem, elevando a voz.

— E Davey é...?

— Ele não está aqui — disse o lobisomem de número três, claramente desejando não estar também. Quando o olhar de ódio de Irene ficou mais intenso, ele apressou-se a acrescentar: — Davey foi até a sala do trono. E levou sua pasta também.

Irene considerou suas opções. O fato de que havia sido deixada ali embaixo inconsciente, para ser perseguida e machucada até morrer, era um forte argumento *contra* a possibilidade de que tivesse sido obra de Lady Guantes. Poderia não ser uma feérica poderosa, mas era prática. (Os dois fatos estavam conectados.) Do tipo de inimigo que contrataria um atirador com um rifle potente para esperar do lado de fora de

129

seu local de trabalho, e você nem mesmo saberia que havia uma bala vindo em sua direção. Mesmo se ela quisesse que Irene fosse sequestrada e morta por lobisomens, teria dado a eles algum tipo de aviso sobre não permitir que ela falasse nada. Então, se era obra de Lady Guantes, então a intenção não seria um *assassinato*.

Mas e se o propósito fosse uma distração? Para mantê-la ali embaixo enquanto alguma coisa acontecia com Kai ou Vale? O pensamento parou na mente de Irene como um pedaço de sombra congelada, sugerindo uma centena de possibilidades piores. Irene tinha que sair dali e verificar se estavam a salvo.

Mas tinha também que pegar a pasta de volta.

— Tudo bem — disse, baixando o tom de voz para uma calma gentil. Por algum motivo, os lobisomens acovardaram-se ainda mais com isso. — Todos nós vamos para a sala do trono. Vocês me levarão até lá.

— Não podemos fazer isso... — começou a dizer o primeiro deles. As palavras ficaram presas em sua garganta quando Irene ergueu o meio tijolo. — Tom está inconsciente! Não podemos simplesmente deixá-lo aqui!

— Vocês podem carregá-lo — disse Irene, com paciência.

— Há três de vocês e ele é um só. Não vai matá-los. — *Mas eu poderia*, as palavras não foram ditas.

— Não deveríamos levar forasteiros para lá — tentou argumentar o segundo, não muito convincente.

— Então vocês só terão que pedir desculpas quando chegarmos lá — disse Irene. Talvez estivesse na hora de bancar a tira boazinha em vez da malvada. — Vejam bem, cavalheiros. Vocês foram clara e drasticamente mal informados em relação a mim. Não estou com raiva de *vocês* em particular. Estou com raiva da pessoa que contratou vocês — Era quase uma verdade completa. Estava com *mais* raiva da pessoa que os havia contratado. Ficar com raiva de capangas mercenários era um desperdício de tempo e energia. — Levem-me para a sala do trono, deixem que eu pegue a minha pasta e a agulha, e não terão que se preocupar comigo nunca mais. Esse não é o melhor resultado possível para todos nós? — Um trem ribombava no fundo, provendo uma trovejada ecoante para sustentar as palavras dela.

Tentava ser paciente e projetar uma aura de superioridade desprovida de pressa, mas sua ansiedade a cutucava. Seria seguro correr ainda mais para dentro das profundezas do território dos lobisomens assim, enquanto qualquer coisa acontecia com Vale e Kai? Era verdade que Kai andava um pouco mais cauteloso ultimamente, mesmo que não tivesse o nível de paranoia sensata de Irene. Além disso, Vale estava com ele, e eles *deveriam* ficar mais seguros juntos... Mas qualquer coisa poderia dar errado.

Ela travou olhares com sua primeira vítima, e, novamente, ele recuou.

— Certo. Senhorita. Madame. Nós vamos lhe mostrar o caminho e então você cai fora daqui, certo?

— Estou ansiosa por isso — disse Irene, em um tom melancólico.

Meia hora depois, Irene lutava para não pensar *E se aconteceu alguma coisa com Kai ou Vale?*, entre um passo e outro. Ela havia considerado mandar um dos lobisomens de sua pseudomatilha avisá-los para que trancassem as portas e tomassem cuidado, mas não sabia se confiava nos lobisomens fora de sua vista. Pelo menos eles não haviam tentado fugir, o que dizia alguma coisa em relação ao quanto ela os havia assustado.

Achava difícil sentir-se aterrorizada de verdade em relação a sua situação atual. Devia estar ficando cansada de coisas assim depois dos últimos meses. Em comparação com todo o resto, e, especialmente em comparação com Alberich, um bando de lobisomens parecia um passeio agradável no parque. Parte dela sabia que não era uma atitude inteligente: só porque um perigo não estava no nível de ameaça mundial, não significava que não poderia matá-la. A outra parte dela estava só irritada: com esses capangas idiotas, com quem quer que os tivesse contratado, com o calor e com a escuridão e com a secura e com a poeira, com essa perda de tempo... com *tudo*.

Por um instante, pensou que estivesse imaginando coisas e esfregou os olhos, mas então se deu conta de que ficava mesmo mais claro na frente deles.

— Nós já chegamos? — ela perguntou ao lobisomem mais próximo.

Na luz crescente, podia ver a incerteza estampada no rosto dele.

— Não tenho certeza... — ele murmurou. — Talvez você devesse nos deixar entrar lá e encontrar a tal pasta para você?

— Não — disse Irene com firmeza. — Acho que não. Tente de novo.

— Talvez eu devesse ir e dizer a eles que você está vindo... pedir uma audiência? — ele se aventurou a dizer.

— Isso é melhor — Irene aprovou a ideia. — Não se preocupe. Não vou demorar.

Ele engoliu em seco e foi seguindo em frente com um passo relaxado. Seu andar estava se tornando visivelmente mais animalesco nos últimos minutos. Ou o poder da Linguagem estava passando, ou já tinha passado fazia um tempo e ele só se dava conta disso agora.

— Você poderia simplesmente sair andando, madame — disse um dos lobisomens remanescentes. Ele e seu amigo ainda carregavam o camarada inconsciente entre eles. — Se você virasse direto a partir daqui, tem uma escada ao norte...

Irene arrumou seu chapéu, que estava detonado, sujo de poeira e provavelmente arruinado, assim como seu casaco; qualquer limpador profissional teria queimado ambos logo de cara.

— Cavalheiros, parece-me que vocês acham que eu sou uma dama da moda — disse ela. — Não sou. Sou uma profissional, e o tipo de profissional que acabou de derrubar vocês quatro juntos. Então permiti que vocês vivessem, porque não são uma ameaça para mim e não tenho nenhuma rixa com vocês.

Irene havia passado a maior parte de sua vida bancando a subordinada invisível em segundo plano, andando pelos arredores de fininho e nas sombras, evitando chamar atenção. Nos últimos meses, começou a perceber que tomar a iniciativa e agir como alguém que *merecia* respeito também poderia ser uma estratégia válida. Ela não era uma pessoa que entraria ali e pediria desculpas pela intrusão. Era profissional, uma Bibliotecária, e muito perigosa. Exigiria um pedido de desculpas por seu sequestro e pelo roubo. E, se isso falhasse, que inferno, derrubaria o teto em cima deles.

Eles *iam* dar ouvidos a ela. Senão...

A luz à frente deles ficava mais forte. Era um tom embotado de laranja-avermelhado, porém, em comparação com os túneis, parecia praticamente o meio-dia. Bem, meio-dia nublado de meados de outono, com uma boa quantidade de nuvens no céu, mas, ainda assim, era uma melhoria. A luz estava acompanhada de um crescente cheiro de animal, de cachorro molhado, o que fez com que Irene respirasse com cuidado, para não torcer o nariz.

A entrada arqueada com que eles se depararam era flanqueada por duas pilhas de roupas, em cima de cada uma das quais havia um grande lobo aninhado. Eles olharam para cima e deixaram suas mandíbulas caírem em um grunhido, mas não tentaram impedir Irene enquanto ela seguia em frente.

A sala adiante dela era uma espécie de anfiteatro: grande e circular, com uma base em declive. O piso estava coberto por emaranhados de lobisomens. Alguns deles em sua forma humana, nus ou vestidos, enquanto outros em sua forma animal ou parcialmente animal. Imensos lobos estiravam-se em cima dos membros de seu bando como se fossem filhotes de cachorro em uma ninhada. O lugar ressoava com suas respirações e seus ofegos, o que deixou Irene com um nó na garganta e fez sua pulsação vacilar. Um candelabro detonado pendia de um gancho que tinha sido aparafusado no teto, decorado com lanternas a óleo ardentes cujas chamas eram vermelhas e cor de laranja. O lugar estava cheio de um calor e de um perigo animalescos, que até mesmo Irene, a pessoa mais humana na sala, podia sentir.

No centro da sala, no meio do anfiteatro, estava estirado um homem bem vestido com roupas de cavalheiro urbano, incluindo o chapéu de feltro e o colete listrado. Ele reclinava-se em um trono feito de placas surradas do metrô, presas com fios e sucata e envoltas em veludos e tecidos finos de aparência frágil. Vários outros lobisomens amontoavam-se em volta de seus pés ou deitados ao lado dele. Aqueles mais próximos dele estavam ou em forma de lobo ou em forma humana completamente vestidos, uma mistura de homens e mulheres trajando roupas normais em comparação com o resto.

Um deles ficou em pé, um brutamontes em forma semianimal, com uma postura humana, mas focinho e patas de lobo, cujos pelos claros estavam em um tom de laranja-sangue à luz da lanterna. Ele pigarreou, em uma paródia dos modos formais de um mordomo.

— Você pode se aproximar do sr. Dawkins — anunciou.

Um rosnado reverberou pela sala como ondas arrebentando-se na praia, e olhos animais e humanos captaram a luz das lanternas quando os habitantes dali se viraram para olhar para Irene. Estes não eram lobisomens domados, nem mesmo românticos. A violência iminente pairava no ar tão densa quanto o cheiro de animal que enchia a sala.

Irene refreou o instinto imediato de sair correndo pelos fundos da sala e tentar chegar à liberdade. Sair correndo de um grupo de predadores certamente faria com que acabasse sendo morta. *E eu não sou uma presa. Sou uma Bibliotecária.*

Ela entrou na sala.

CAPÍTULO 10

Irene foi andando para a frente como se estivesse passeando, mantendo o ritmo de suas passadas despreocupado e casual. Ela teve que escolher bem seu caminho em meio às pilhas de corpos que dormiam ou a observavam até chegar ao centro, e sua saia passava por lobisomens que não se davam trabalho de se mexer. Seus acompanhantes ficaram relutantemente para trás, perto da entrada, mas não tentaram sair correndo.

O sr. Dawkins estava estirado em sua cadeira, observando enquanto ela se aproximava. Quando chegou mais perto dele, Irene pôde ver que o seu rosto tinha marcas de garras; poderia passar por um cavalheiro, mas teria que ser um bem detonado, possivelmente com uma carreira anterior como domador de leões. Ao contrário da maioria dos lobisomens que havia encontrado até agora neste mundo, não exibia tufos aleatórios de pelos.

Irene parou a cerca de dois metros dele: mais longe do que isso teria sido rude, porém, mais perto a colocaria em uma distância conveniente demais para um ataque casual. Ela se perguntava qual seria a etiqueta apropriada para visitar lobisomens. Havia visitado vampiros, feéricos, dragões e até mesmo alunos de universidade, mas nunca lobisomens.

— Então. — A voz de Dawkins era um baixo grave. Provavelmente a indicação de um rosnado por trás era apenas algo natural. — O sr. Vale está mandando seus espiões entrarem em nossos túneis agora?

— Não — disse Irene. — Estou aqui para reclamar uma propriedade que foi roubada de mim. Um dos seus disse que meu pertence poderia ser encontrado na sala do trono. — Ela fez um movimento súbito com a cabeça, indicando o quarteto abatido que estava perto da porta. — Espero que isso não seja uma inconveniência.

— Qual é mesmo o nome dela? — disse Dawkins para uma das mulheres que estavam atrás dele.

A mulher voltou um breve olhar para Irene, tão afiado quanto vidro cortado. A pele escura dela estava avermelhada à luz do lampião, e seus cabelos trançados curvavam-se em volta de sua cabeça como uma concha de nautiloide. Vestia-se com roupas formais que haviam pertencido a uma vendedora de loja ou a uma professora.

— Ela se chama Irene Winters, sr. Dawkins. Faz uns meses agora que ela está aqui. Canadense.

— Oras, veja você — disse Dawkins, inclinando-se para a frente —, eis onde as coisas ficam interessantes. Vivo ouvindo seu nome em conexão com o sr. Vale e ligado a problemas com meu povo. Uma companhia significativa, para uma mulher que só está por aqui faz alguns meses. Isso me deixou curioso. Não necessariamente me oponho a você, entenda. Não seria nada razoável — a voz dele ficou ainda mais grave, se é que isso era possível. — Mas se você pretende fazer de mim seu inimigo, então se colocou no caminho do perigo.

Irene deu de ombros.

— Seu povo parece fazer muitos trabalhos para os feéricos — disse ela. — Lorde Silver. Lady Guantes. Lamento que seus lobos tenham sido pegos no meio.

— Humm. — Dawkins considerou o que ela disse com as mãos nos braços de seu trono. — E o sr. Vale?

— Meu amigo — disse Irene. Só dessa vez, ela não se importou com as consequências de responder com a verdade. — Mas não é por isso que estou aqui.

Seguiu-se um crescente rosnado vindo da sala que a cercava. Imagens bagunçadas do tipo *eles estão prestes a fazerem picadinho de mim* passaram brevemente pela mente de Irene, que precisou de todo seu autocontrole para não se virar.

Dawkins ergueu a mão direita. A sala ficou em silêncio.

— É verdade que nem sempre podemos escolher nossos amigos, não mais do que nossas famílias — disse ele. — Não vamos condená-la por isso. Mas é melhor que você tenha uma explicação boa pra caralho para estar aqui embaixo em nossos túneis.

A repentina vulgaridade dele ondeou pelo ar quente enquanto sua voz se elevava com isso. O bando começou a rosnar novamente, todos eles se erguendo, como ondas quebrando-se na praia em um furacão, ou como a chuva caindo com força nas folhas de uma floresta.

Ele é racional, pensou Irene. A onda súbita de raiva ao redor dela era reconfortante, de seu jeito: ela havia sido direcionada por Dawkins, e ele estava no controle. Se conseguisse lidar com Dawkins, conseguiria lidar com a situação.

— Culpe os seus por isso — disse Irene. — Estava saindo da Biblioteca Britânica quando pularam em cima de mim, fui drogada e trazida aqui para baixo e tive minha propriedade roubada — apontou para trás, na direção de suas vítimas, sem se desligar do olhar contemplativo dele. — Não estou aqui para me fazer sua inimiga nem contar as ações deles contra *você*. Mas quero minha propriedade de volta.

— E alguém aqui a pegou? — exigiu saber Dawkins.

— Davey. Ou pelo menos foi o que me disseram. Eu também gostaria da agulha com o veneno que usaram em mim, se você não se importar...

Dawkins reclinou-se em sua cadeira, parecendo pensativo. As cicatrizes em sua face mexiam-se, formando um novo conjunto de desfigurações.

— E você não está cobrando nenhuma espécie de dívida dos meus meninos por pegarem você?

— Por que deveria fazer isso? — Irene permitiu-se sorrir.

— Eles já pagaram...

A tensão caiu um tanto. Dawkins assentiu.

— Certo. Agora eu tenho uma pergunta que quero que seja respondida. Se você for capaz disso, pode ser que eu consiga ajudá-la. Celia! — A mulher com os cabelos trançados inclinou a cabeça. — Vá achar o Davey para mim.

Celia assentiu, dando um passo para trás e entrando na multidão.

— Então, qual é a pergunta? — quis saber Irene.

— Um tempo atrás, alguns dos meus meninos aceitaram fazer um trabalho para a mulher feérica que você mencionou. Lady Guantes, lá de Liechtenstein. Foi ela quem os contratou. Partiram em um trem com ela, e não os vejo desde então — a voz de Dawkins era um rosnado baixo e latejante, quase tão grave quanto o barulho dos trens passando. — O que eu quero saber é: o que aconteceu com eles?

Oh, essa seria uma pergunta difícil de se responder.

— Por que você acha que eu sei? — disse Irene, tentando esquivar-se da pergunta.

— Ela estava trabalhando contra você — disse Dawkins. — Acho que você e Lorde Silver são as duas pessoas de quem é mais provável que eu obtenha uma resposta, e não quero pagar os preços de Silver.

Irene contemplou a honestidade. *Eles foram deixados para trás em uma Veneza paranoica e sombria, em um mundo de alto caos, e provavelmente você nunca mais os verá novamente.* Talvez honestidade *com tato* fosse funcionar melhor.

— Aquele trem foi para um mundo feérico — disse ela.

— Eu sinto muito, mas se Lorde Silver ou Lady Guantes não os trouxeram de volta, então não acho que eles voltarão.

— Então você não pode ir buscá-los?

— Eu não iria até lá, nem que pudesse... Mas não tenho como acessar aquele mundo — admitiu Irene —, e provavelmente seria morta se tentasse. Então, não, eu não serei capaz de ajudá-lo quanto a isso.

Ela esperava que não fosse um mau presságio para o futuro. Dizer que ela não ia fazer as coisas sob hipótese nenhuma era como usar palavras como *impossível de afundar* em volta de grandes navios e icebergs. Era praticamente pedir para ficar encrencada.

Houve uma agitação de interesse em meio aos lobisomens ali reunidos com a pergunta de Dawkins, interesse esse que diminuiu com a resposta de Irene. Era interessante que Dawkins não parecesse surpreso com a sugestão dela de um mundo alternativo. Talvez trabalhar para os feéricos os deixassem mais acostumados com tais conceitos.

— Tudo bem.

Dawkins mudou levemente de posição em sua cadeira. O movimento foi ecoado pelo grupo de lobisomens que estavam em volta dele, mas em uma escala maior, como os músicos em uma orquestra seguindo um maestro.

— Essa é uma resposta justa. Não ficarei no caminho de sua conversa com Davey.

Isso não foi tão útil quanto "Vou me certificar de que Davey devolva sua propriedade roubada", mas serviria para começar. Irene assentiu, agradecendo.

Então a onda de poder maculado de caos atingiu-a novamente, acertando a sala em um rompante silencioso que fez com que estremecesse. Ela travou os joelhos e mordeu o lábio, consciente de que estava a ponto de desmaiar, mas sabendo que, se mostrasse fraqueza, perderia a sua posição ali. Ela não encostou nos lobisomens, eles nem mesmo podiam senti-la, mas tal onda de poder corria pelos nervos de Irene em um rompante de cheiro fétido e calor, e depois saltou na direção do mais próximo material impresso, como se fosse uma corrente elétrica.

— Que diabos é isso?

Dawkins levantou-se de seu trono, inspecionando aquilo, confuso. Irene ficou nas pontas dos pés para vê-la melhor, acima das cabeças dos lobisomens que estavam todos reunidos ali em volta, e seu coração afundou ainda mais em seu peito. Todas as placas do metrô cuidadosamente presas estavam cobertas de *grafitti* ou tudo o que estava escrito nelas havia mudado por completo, e a nova coisa redigia-se toda na Linguagem.

Eu sei que você está aí, dizia a mensagem.

"Escreva alguma coisa em cima", foi o que lhe disseram. Recompor-se depois daquele ataque era mais difícil do que ela previu. Provavelmente também era uma má ideia associar-se com o evento aos olhos dos lobisomens. No entanto, ela precisava de respostas.

— Com licença — disse ela, e então ergueu a voz acima da fala confusa. — Com licença! Alguém tem pena e tinta?

— Eu tenho — disse um dos lobisomens que estivera perto do trono. Ele era um homem idoso, com cabelos grisalhos que escorriam por sua face em longas costeletas, junto com uma barba desordenada, e estava totalmente vestido. Ele o tirou do bolso no peito de sua roupa. — Quero dizer, um lápis serve?

— Perfeito — disse Irene, pegando-o da mão dele antes que pudesse apresentar alguma objeção. — Sr. Dawkins, por favor, queira me dar um instante e tentarei descobrir quem enviou isso.

— Você sabe o que está acontecendo? — ele perguntou.

— Possivelmente — disse Irene. Ela espremeu-se entre dois lobisomens para chegar até o trono, pisando em alguns dedos de pés descalços para conseguir um pouco de espaço, e, às pressas, garatujou na Linguagem, na placa mais próxima: **Alberich?**

Desta vez ela estava mais preparada para o choque da resposta, o que não tornou a situação nada *mais fácil*, mas significava poder se preparar melhor. A escrita no trono mudou, como areia sendo arrastada para novos padrões por uma maré invisível. **Meu pequeno raio de sol. Você mudou de ideia em relação a seu futuro?**

Irene cerrou os dentes. Pelo menos aquilo *provava* que era Alberich. Apenas umas poucas pessoas sabiam que seu nome original tinha sido Ray — por isso o "raio de sol" —, e ele, infelizmente, era uma dessas pessoas. **Mudei de ideia do que para o quê?**, ela escreveu.

Dawkins inclinou-se por cima do ombro dela, com uma força incontida em seu movimento que quase fez as costuras de seu terno se romperem.

— Talvez você queira explicar isso — disse ele.

Havia um tom não opcional na sugestão dele.

— Está no meu jornal! — reclamou um dos lobisomens ali perto, erguendo um maço de folhas impressas com notícias, que Irene reconheceu, de sua convivência com Vale, como sendo as páginas de pessoas desaparecidas do *The Times*. — Todas as mesmas coisas que estão ali!

Irene teve esperanças por um instante de que Davey, e sua pasta, estivessem bem fora do alcance do efeito da mensagem de Alberich.

— É de um homem chamado Alberich — disse ela. — Ele tentou me matar no passado.

— Por quê?

O tom da pergunta de Dawkins reconhecia que as pessoas sem sombra de dúvida tinham motivos perfeitamente bons para matarem umas às outras. Parecia que ele estava fazendo essa pergunta meramente para satisfazer sua própria curiosidade em relação aos motivos em vez de estar perguntando devido a qualquer imperativo moral de impedir um assassinato.

Irene deu de ombros.

— Eu roubei um livro, ele o roubou de volta, ele nos traiu, essas coisas acontecem... — Ela interrompeu o que dizia por causa de uma nova onda forte e repentina de poder, e a escrita no trono mudou de novo. **Junte-se a mim, conte-me o que o livro dizia e fique a salvo. Ou pereça com a Biblioteca.**

— Oh, você não precisa inventar desculpas para nós — disse Dawkins. Seguiu-se uma fraca rodada de aplausos e rosnados da multidão ali reunida. — Então, você vai contar a ele o que quer saber?

— Não — disse Irene.

Uma repentina dor de cabeça estava chegando a uma intensidade cegante.

Estou interessada, ela rabiscou. **Eu quero viver. Conte-me mais.**

Tudo isso eram verdades em si. Não se podia mentir na Linguagem. Só esperava que, juntas, as palavras fossem transmitir uma falsa impressão de que ela estaria se rendendo.

Seguiu-se uma pausa, e então as palavras transformaram-se. **Você provavelmente está mentindo. Mas nós conversaremos depois. Se você viver.**

O peso carregado de zumbido do poder cresceu, ficando intenso e cheio em volta de Irene, que não conseguia se desvencilhar da sensação de estar no centro da mira de uma arma impossivelmente grande. As placas de metal do metrô começavam a estremecer na estrutura do trono, batendo, ruidosamente, junto a seus prendedores, em um guinchado crescente de metal.

Sua próxima conclusão não foi nascida da lógica. Era um salto de imaginação, combinado com uma imagem mental muito vívida do que haveria de acontecer quando os níveis de energia ali embaixo ficassem altos demais.

— Todo mundo, para trás e para baixo! — gritou Irene, seguindo seu próprio conselho.

O trono explodiu. Placas de metrô estilhaçadas voavam como se fossem foices em todas as direções, zunindo pelo ar e cortando e entrando em tudo pelo caminho que seguiam. Irene abraçou o chão, com os braços sobre sua cabeça, ouvindo gritos e colisões, mas não se atrevendo a olhar até que o barulho tivesse parado.

Pelo menos os rompantes de poder também tinham acabado. Sua dor de cabeça estava passando, como se estivesse sendo drenada, e ela podia pensar claramente. Seu primeiro pensamento foi: *Dawkins não vai gostar disso.*

Ela ergueu o olhar. Ele se encontrava parado acima dela. Seu casaco abria-se embaixo nas mangas, e os músculos ondeantes de seus braços estavam expostos. Um talho se curando deixava cair sangue da testa até o maxilar dele, e, embora seu rosto ainda fosse humano, havia dentes demais em sua boca e seus olhos eram de um vermelho puro.

Dizer "sinto muito" teria implicado que isso era culpa dela.

— Fico feliz por você não estar seriamente ferido — disse Irene enquanto se levantava.

— Eu não gosto que as pessoas fiquem trazendo suas brigas para o meu território.

Dawkins foi ecoado por um crescente rosnado do bando que os cercava. Pedaços de metal estilhaçado estavam enfiados no chão, nas paredes e nos lobisomens, e o trono não aguentaria um poodle agora. O candelabro continuava inteiro, mas só porque nenhum dos pedaços de metal que saíram voando haviam girado diretamente para cima.

Irene olhou para a cara feia que ele estava fazendo.

— E eu não gosto de ter que vir até aqui pegar a minha propriedade, depois que *o seu bando* me atacou.

O lugar fedia a sangue agora, assim como a poeira, lobisomem e calor. Se ela mostrasse fraqueza, eles a derrubariam. Sendo assim, ela não podia se dar ao luxo de demonstrar nada. Não era apenas uma humana no meio de um bando de lobisomens. Era uma *Bibliotecária*. Dawkins pensou no que ela disse, e um pouco do fogo de seus olhos diminuiu.

— É bem justo. Então, o que é a Biblioteca e quem é Alberich?

Irene pesou *coisas que eu deveria e não deveria contar a forasteiros* contra *possível reação infeliz do líder dos lobisomens se eu me recusar a responder ao que ele me perguntou em seu próprio covil, especialmente depois daquela explosão.*

— A Biblioteca é a organização à qual eu pertenço — disse ela. —Alberich é um inimigo da Biblioteca. Sr. Dawkins, eu lhe pergunto: realmente valho o seu tempo, quando tantas pessoas estão fazendo fila para me matarem de qualquer forma?

Ele bufou.

— Eu tenho que lhe dizer que este não é o tipo de argumento que as pessoas costumam usar comigo.

— Que argumento geralmente as pessoas lhe dão?

— Oh, suas gargantas ou suas barrigas, e ficam choramingando sobre como não querem morrer. Essa é a coisa mais estranha em relação a você, até mesmo para uma amiga do sr. Vale. — A breve diversão foi drenada dos olhos dele como a luz do sol detrás do vitral. — Você não está com medo. Está no meio do campo de atividade e lar do maior bando de lobisomens de Londres, e não é nenhuma idiota, mas também não está com medo. Estou começando a achar que talvez você esteja certa. Que talvez eu devesse deixá-la ir embora.

— Sr. Dawkins... — começou a dizer um de seus acólitos, um homem com uma roupa bruta de açougueiro e avental azul.

Dawkins atacou-o de repente, pegando o homem pelo pescoço com uma das mãos, que repentinamente estava maior e cheia de garras. Ele o balançou de um lado para o outro, puxando-o e tirando seus pés do chão abruptamente, até que os dentes do homem estavam chacoalhando.

— Eu pedi opiniões? Eu pedi a porra da opinião de alguém?

Ninguém se mexeu.

Dawkins soltou o homem, deixando-o cair. O homem rolou e ficou com as costas no chão, ofegante, tentando respirar, e inclinou a cabeça para trás de modo a expor seu pescoço.

— Certo — disse Dawkins, cuja voz ecoava de uma parede à outra. — Sou o líder deste há cinco anos. E um dos motivos pelos quais nós somos o maior bando de lobisomens em Londres é porque sei quando não entrar em uma briga. Alguém está me desafiando em relação a isso?

Um silêncio mortal fluiu pela sala como se fosse uma criatura viva. Irene podia ouvir sua própria respiração. Então, um por um, os lobisomens começaram a estirar-se no chão em meio aos fragmentos de placas de metrô estilhaçadas, sem se importarem com suas roupas nem com seus ferimentos, com as cabeças abaixadas e obedientes.

Dawkins assentiu.

— Bom — disse ele. — Assim mesmo.

A mulher que havia sido enviada para encontrar Davey ergueu-se e deu um passo à frente, arrastando um outro homem por seus cabelos. Sua vítima andava aos tropeços, segurando apertado um sobretudo e um saco cheio de itens junto ao peito.

— Este é Davey — disse ela. — Ele gostaria de ser... útil.

— Entregue essas coisas — disse Dawkins, rosnando.

Davey enfiou a mão dentro de seu saco e puxou para fora dali a pasta, que Irene quase arrancou das mãos dele, tão feliz que estava de tê-la consigo de novo. Ela abriu-a, folheou-a e ficou aliviada ao ver que todos os papéis dentro dela pareciam estar como deveriam, e que a listagem do conteúdo batia com o número de páginas.

— Mais alguma coisa? — perguntou-lhe a mulher.

— O veneno que ele usou em mim, se não se importar — disse Irene.

Relutante, Davey tirou de seu saco uma bolsinha.

— O frasco e a agulha estão aqui, senhorita — disse ele. — Mas nós não pegamos nenhum de seu dinheiro.

— Por que vocês pegaram a pasta? — quis saber Irene, curiosa. Eles haviam deixado sua bolsa com ela, então por que se dar ao trabalho de pegar seus papéis?

— Porque a mulher, quando nos contratou, disse para não deixarmos que você ficasse nem com material de escrita, nem com papéis — explicou-lhe Davey.

Ele olhou de relance, nervoso, para Dawkins, que soltou um suspiro, esticou o braço e deu um tapa no rosto de Davey com o dorso da mão, o que levou o homem menor a ficar de joelhos.

— Eu não falei? Qualquer trabalho que envolva magia... passa primeiro por mim — Girou para rosnar para seus ouvintes. — Vocês todos estão ouvindo isso? Vejam o que acontece quando algum idiota tenta bancar o espertinho! — O gesto dele abrangia o trono estilhaçado, os numerosos machucados e a própria Irene.

Depois de uma pausa que se arrastou por um tempo quase insuportável, ele virou-se para Irene.

— Você vai sair andando daqui — disse ele. — Você está certa, mulher. Nós temos coisas melhores a fazer com o nosso tempo do que nos envolvermos com os seus negócios.

Irene assentiu para ele.

— E eu não quero complicar ainda mais os seus — disse ela.

Dawkins bufou.

— Diga isso ao sr. Vale e vamos ver se ele lhe dá ouvidos. Celia, acompanhe-a até a saída.

Celia deu um passo para longe de Davey, que ainda estava ajoelhado no chão com o ar de alguém que esperava que ninguém fosse notar que ele estava lá, e fez um gesto para Irene.

— Por aqui, por favor — disse ela. Outros lobisomens saíram do caminho delas em uma onda peluda e murmurante.

A nuca de Irene formigava enquanto Celia a conduzia por uma passagem, mas a outra mulher não se deu ao trabalho de conversar com ela. Simplesmente apontou para uma escada ao final da passagem.

— Por ali — disse ela. — Você sairá no porão de uma oficina. Peça desculpas e vá embora. Não tente voltar para cá.

— Eu não sonharia em incomodar vocês — disse Irene, cortês, e enfiou a pasta debaixo do braço antes de subir a escada.

De volta às ruas de Londres, em algum lugar ao sul de Waterloo, o próximo problema de Irene seria chamar um táxi considerando o atual estado de seu vestido. Felizmente, um sotaque de classe alta combinado com uma promessa de uma grande soma fazia seu papel. Por fim teve a oportunidade de abrir a pasta e folheá-la, enquanto o táxi se dirigia até os alojamentos de Vale.

O relatório estava quase dez anos desatualizado. E havia uma nota de que o Bibliotecário que havia feito a pesquisa tinha recebido o manuscrito de Potocki como um alvo opcional, mas decidido que seria perigoso demais tentar pegá-lo naquele lugar e momento. A estrutura política do mundo alvo era relativamente estável, com os principais poderes sendo a Rússia de um lado e as Repúblicas Unidas da África do outro. Confederações menores de estados ficavam espalhadas no meio delas. A magia existia e era algo comum, a maior parte baseada em música e cantada, ou envolvendo o controle de espíritos naturais. Contudo, a magia ficava sob o controle estatal no Império Russo, o foco deste relatório. Além disso, o nível tecnológico estava um pouco atrasado em relação ao mundo de Vale, o que ocorria com frequência, já que ter meios mágicos de fazer as coisas significava que havia menos ímpetos de criar soluções tecnológicas.

Porém, pelo menos dessa vez provavelmente não seria perseguida por autômatos gigantescos.

Com a pesquisa feita, Irene refletiu sobre a mulher que estava por trás de seu sequestro. Aparentemente, ela havia dito aos lobisomens para tirarem dela qualquer coisa escrita ou que pudesse ser usada para escrever, o que era um argumento a favor da ideia de a mulher saber que Irene era uma Bibliotecária. Sendo assim, talvez fosse mesmo Lady Guantes? Porém, nesse caso, por que uma tentativa de matá-la tão descuidada e incompetente? E se fosse alguma outra pessoa... quem seria?

Pelo menos Alberich não conseguiria entrar neste mundo diretamente para contratar sequestradores, mesmo que ele pudesse enviar a ela mensagens ameaçadoras e fazer coisas explodirem. As aventuras dele da última vez haviam significado seu banimento permanente deste mundo. Existia um raiozinho de sol, para citar o próprio Alberich, na bagunça geral. Mais diretamente ao ponto, a própria Irene estaria em breve deixando este mundo por um tempo, de modo que ele não teria a mínima ideia de onde a encontrar. Ainda melhor.

Ela virava distraidamente as páginas enquanto considerava o que precisaria. De Kai, para começo de conversa. Informações sobre o projeto do Hermitage, que fazia parte do Palácio de Inverno. Será que ela conseguiria chegar a algum lugar se passando por uma turista? Será que sequer permitiam a entradas de turistas por lá? Não havia tempo para sua abordagem normal de conseguir um emprego discreto, para verificar o interior e planejar o roubo. Talvez ela e Kai pudessem fingir que eram dignitários estrangeiros? Kai era muito bom em posar como um: ele tinha o perfeito ar de afável condescendência que fazia as pessoas acreditarem ser um prazer deitar e rolar por ele. E eles precisariam de roupas, de dinheiro, de um lugar para ficar...

O táxi aproximou-se dos aposentos de Vale. Com um suspiro, Irene entregou o dinheiro da tarifa, além de uma grande quantia de gorjeta. Não havia nenhum sinal de drásticos sequestros, de assassinatos, nem de alguém tentando fazer com que um zepelim colidisse com o prédio e entrasse nele, então ela relaxou um pouco. Agora ela só teria que explicar tudo para os homens, bem, a maior parte das coisas, e depois cair fora.

A governanta encontrou-a na porta, atendendo a campainha com uma velocidade surpreendente, sugerindo que estava à espera de alguém.

— Oh, senhorita Winters! — Ela olhou para Irene com uma expressão de choque. — O que foi que *aconteceu* com você?

— Eu sinto muitíssimo — desculpou-se Irene. — Hoje foi um daqueles dias. O sr. Vale e o sr. Strongrock estão em casa?

— Ah, sim — disse a governanta. — Eles estão lá em cima e...

Por um instante, Irene permitiu-se relaxar, soltando um grande suspiro de alívio. Eles estavam ali; não mortos nem sequestrados. E se a governanta corria pela casa para atender à porta, então não havia acontecido nada de dramático como um ataque de zumbis de abelhas assassinas.

Será que as minhas expectativas estão ficando um tanto quanto lúgubres?, ela se perguntou. *Na verdade, não. Afinal de contas, tem alguém por aí tentando me pegar.*

—... E o resto do pessoal também — a governanta terminou sua frase.

A sensação de bem-estar e de segurança por parte de Irene espocou como um balão furado e afundou sem deixar vestígios.

— O resto do pessoal?

— Bem, as visitas — A governanta franziu os lábios. — Devo dizer que eles estavam discutindo um tantinho. Talvez pudesse pedir para eles falarem baixo, senhorita. O sr. Vale é um excelente inquilino, mas há limites...

— Trocarei umas palavrinhas com eles — prometeu Irene, e subiu as escadas correndo.

CAPÍTULO 11

Irene pôde ouvir a gritaria através da porta até mesmo antes de chegar ao fim das escadas. Reconheceu a voz de Kai e o tom brusco de Vale, mas a da mulher não lhe era familiar... Espere, seria Zayanna?

Ela gemeu para si mesma. O envolvimento de Zayanna seria muito mais fácil de explicar se a própria não estivesse *ali*.

—... e não me importo com o que você diga, não vou arriscar mais a segurança dela! — Este era Kai. — Eu vou encontrá-la agora mesmo...

Uma outra voz, que não estava clara, interrompeu-o, e Irene aproveitou-se da pausa momentânea para empurrar a porta.

Todas as pessoas na sala viraram-se para olhar para ela. Vale. Kai. Zayanna. E Li Ming. Que maravilha! Justamente a pessoa que tornava uma mistura já volátil ainda mais explosiva. Uma feérica e dois dragões na mesma sala era pedir por encrenca nas melhores das circunstâncias, e a própria Irene provavelmente estava prestes a colocar lenha na fogueira.

— Irene! — Kai cruzou a sala em três passos para segurar nela, afundando as mãos em seus ombros. — Por onde você andou?

Vale levantou-se da cadeira em que estava estirado para franzir o cenho para Irene. Ele parecia quase pior do que na noite passada, e seu sono claramente não lhe havia feito bem nenhum: seus olhos ainda estavam fundos e seu rosto mais pálido do que o de costume, com um rubor forte nas maçãs do rosto. Ele absorveu o estado desmazelado de Irene e a poeira em seu casaco com um único olhar de relance.

— Aparentemente Winters preferiu vagabundear pelo metrô londrino com lobisomens em vez de se dar ao trabalho de voltar para cá diretamente. Em seu lugar, mandou todos vocês virem encher os meus aposentos, na esperança de me distrair.

Lá se ia o humor mais tranquilo da noite passada. Irene lembrou-se de que Vale ficava propenso a um sarcasmo feroz quando preocupado. Ele não era o tipo de homem capaz de expressar uma preocupação genuína, como Kai. Na verdade, era melhor tranquilizá-lo rapidamente, antes que as qualidades defensoras dele se tornassem irracionais.

— Está tudo bem comigo — disse ela, erguendo uma das mãos. — Fui até a Biblioteca. Eu só me deparei com alguns probleminhas depois. Zayanna, o que você está fazendo aqui?

Zayanna estava enrolada no sofá, com os sapatos chutados para fora de seus pés, estes enfiados debaixo de suas pernas. Ela havia descartado seu casaco em algum lugar, e seu vestido fluía em cascatas de renda cor de creme altamente na moda, com um grande decote. Bebericava um copo de brandy e claramente estava com um humor desagradável.

— Foi você que falou que queria ficar em contato, querida! E como não estava em casa, achei que deveria tentar ver se te encontrava com seu amigo.

— Entendo — disse Irene, suprimindo a vontade de exigir um pouco daquela sua bebida. — Espero que vocês todos não tenham ficado preocupados demais comigo. Eu peço desculpas pela minha demora para voltar para cá. Não foi culpa minha.

— Talvez você queira nos explicar de quem foi a culpa — disse Vale, caindo novamente em sua poltrona. — E o que isso tem a ver com a situação atual. Por favor, distraia-me, Winters. Estou quase mortalmente entediado com essas discussões infantis. Você pegou esses papéis na sua Biblioteca? — Seu olhar contemplativo se focava na pasta que Irene tinha debaixo do braço, ignorando os olhares irritados dos demais para ele.

Irene assentiu.

— Porém, quando deixei a Biblioteca, fui sequestrada.

Ela estava ciente de Li Ming ouvindo o que dizia, mas não conseguia pensar em uma maneira de fazer com que saísse para não escutar sem ser muito rude. Isso provavelmente insultaria tanto a ele quanto a Kai. Como de costume, o dragão em forma humana se vestia impecavelmente em tons de cinza e prata, podendo competir com Zayanna pelo título de *Pessoa Mais Na Moda Na Sala*. Kai ganharia o prêmio de *Mais Bonito*, mas ele estava atraentemente desmazelado no momento, não estiloso. Vale ficaria com o título de *Mais Taciturno*. E a própria Irene teria que se conformar com o prêmio de consolação para a última colocada em todas as categorias.

Fisicamente, Li Ming lembrava uma mulher humana, com a mesma perfeição inumana que caracterizava Kai e os outros poucos dragões que Irene havia conhecido. Porém, em meio aos outros dragões, Li Ming era considerado como sendo do sexo masculino, e ele agia como tal quando estava em sua forma humana também. Irene havia desistido de tentar deduzir os detalhes exatos, e havia perguntado a Kai a respeito disso, com o máximo de tato que conseguiu. Ele havia explicado, em tons de condescendência bondosa para com as convenções humanas, que o gênero social entre os dragões era ditado pelo que o dragão em questão dissesse que era. E, visto que Li Ming dizia ser do sexo masculino, então era do sexo masculino. Irene havia agradecido a Kai pelas informações, e cortado a conversa antes que ele pudesse entrar em mais qualquer comentário sobre as limitações humanas *et cetera*. Ele poderia ser não crítico quando se tratava de papéis pessoais de gênero, mas era extremamente superior quando estava explicando o quão não crítico ele era.

— Fui drogada por lobisomens, levada para longe e perseguida pelos túneis do metrô — reportou Irene de forma sucinta, antes que os outros pudessem fazer mais perguntas.

— Então me libertei e vim até aqui. Aparentemente foram contratados por uma mulher que lhes deu o veneno com o qual eles me drogaram.

Vale parecia interessado.

— Que veneno? — ele quis saber.

— Que mulher? — perguntou Zayanna. — Foi alguém local ou uma velha amiga?

Com uma das mãos ainda no ombro dela, como se ele não estivesse preparado para arriscar-se a soltar-se dela, Kai puxou Irene até a poltrona que ele estivera ocupando.

— Está tudo bem com você? — ele quis saber. — Eu sabia que nós não deveríamos ter nos separado...

— Sua Alteza, você está depreciando a dama — disse Li Ming. — Claramente, se está aqui, sã e salva, ela foi bem competente em lidar com a situação por si. Embora seja uma vergonha que tenha lhe causado preocupações.

Irene sentou-se na cadeira. Era mais fácil do que discutir com Kai se ela precisava ou não se sentar.

— Em todo caso — disse ela —, estou aqui, sã e salva, e fico feliz por ver que todos vocês estão bem. — Zayanna havia se levantado e estava despejando brandy em um segundo copo. — Ah, sim, *por favor!* — acrescentou Irene.

— Uma pequena compensação, querida — disse Zayanna, colocando o copo na mão de Irene. — Você faz alguma ideia de quem seja essa mulher?

Irene havia revisado as possibilidades várias vezes no táxi. Lady Guantes era a candidata que se destacava, mas para falar a verdade poderia ser qualquer uma. Nem mesmo tinha que ser uma feérica, poderia ser uma mulher dragão que possuísse objeções quanto ao atual relacionamento de trabalho dela com Kai. Poderia ser, até mesmo, se Alberich tivesse uma traidora trabalhando para ele, uma outra Bibliotecária...

— Além de fazer com que os lobisomens cheirem todas as candidatas em potencial, não — disse Irene. — Lady Guantes é a candidata óbvia, mas a situação foi ineficiente. E, se ela estivesse contratando assassinos, seria mais provável que usasse um intermediário para entrar em contato com eles. Eu não sei — Ela sorveu o brandy.

A expressão de Kai havia ficado sombria com a menção de Lady Guantes. Claro que, considerando que ela havia sido uma sócia igualitária no sequestro de Kai, ele a via como um negócio inacabado. Irene também suspeitava que Kai não quisesse admitir estar vivenciado emoções como estresse pós-traumático, preocupação ou até mesmo medo puro e simples.

— Precisamos estabelecer uma base segura — disse ele em um tom firme, olhando de relance para Li Ming, que assentiu. — Então poderemos rastrear a sequestradora e eliminar essa ameaça.

Teria sido bom ter uma conversa em particular com Kai, em que ela lhe contasse as novidades sobre a situação atual devagar e em detalhes, refletiu Irene. Ênfase no *teria sido*.

— Receio que isso não será possível — Tomou outro gole da bebida. — Eu tenho um trabalho urgente da Biblioteca. Você e eu estaremos de partida mais tarde, ainda hoje, Kai.

— Vocês vão sair desse país? — disse Vale, franzindo o cenho.

— Deste mundo — disse Irene.

— Receio estar me intrometendo... — observou Li Ming, que se levantou da cadeira, com sua longa trança prateada escorregando e pendendo em suas costas. — Sua Alteza, talvez nós possamos conversar mais tarde?

— Não, fique — disse Kai, antes que Irene pudesse impedi-lo. — Eu preciso... quero dizer, eu ficaria grato por sua ajuda naquela outra questão. Irene, certamente Li Ming não é uma ameaça aqui, não? Você sabe que minha família e nossa espécie não são inimigos da Biblioteca.

Li Ming esperou de forma cortês, com ares de alguém que, *claro*, ficaria feliz em sair dali, em vez de ficar ouvindo-os falar sobre uma questão que não lhe dizia respeito. Porém, seus olhos prateados, tão brilhantes e metálicos quanto seus cabelos ou suas unhas, mostravam a confiança de que lhe seria permitido ficar.

— Eu posso dar a minha palavra de que não vou contar a ninguém mais sobre isso, querida — disse Zayanna. — Você sabe que minha palavra me prende. E odiaria simplesmente sair andando se pudesse *mesmo* ajudar você.

Vale inclinou-se para a frente em sua cadeira.

— Isso tem alguma coisa a ver com a tentativa de assassinato feita a você e Kai, Winters?

E chegou ao ponto fulcral. Em quem Irene confiava? Em Kai, claro, mas será que confiava em todo mundo em quem *ele* confiava? Li Ming trabalhava para o tio de Kai: seria seu dever passar adiante qualquer coisa que ouvisse. E mesmo que os dragões não fossem *inimigos* da Biblioteca, não eram aquele tipo de vizinho que abriria mão de uma vantagem territorial nem que ignoraria uma fraqueza. Zayanna era uma feérica, e Alberich trabalhou com outros feéricos no passado. E só porque Zayanna dizia ser amiga de Irene, não significava que fosse amiga da Biblioteca. O próprio Vale estava atualmente sofrendo com os efeitos de ter ajudado Irene antes. Seria justo colocá-lo em *ainda mais* perigo? O bom senso espocou aquela última bolha de culpa e fez com que desaparecesse. Vale andaria descalço sobre vidro quebrado para investigar um caso. Irene não era responsável pelo comportamento dele.

— Não sei — disse Irene. Ela olhou ao seu redor, considerando. — Zayanna, se você quiser ficar e ouvir o que tenho a dizer, vou lhe pedir para fazer aquela promessa.

Zayanna abaixou a cabeça em reverência e colocou uma das mãos sobre seu coração.

— Eu juro, pelo meu nome e pela minha natureza, que não vou revelar nada do que você me contar a outros feéricos, nem quem possa usar isso contra você. E eu mesma não usarei isso contra você — A voz dela ressoava com convicção.

Era melodramático, mas parecia sincero. E, até onde Irene sabia, os feéricos não podiam quebrar a palavra dada. Eram incrivelmente meticulosos em relação a como interpretavam promessas, mas não podiam quebrá-las. Até certo grau, Zayanna era segura.

— Alberich ameaçou a Biblioteca — disse Irene. Nem Zayanna nem Li Ming mostraram surpresa ao ouvir o nome. *Bem, isso responde à pergunta: ambos sabem sobre ele.* — Foi-me atribuída uma missão imediata de recuperação, para coletar um livro que pode se mostrar útil — Ela bateu de leve na pasta. — Isso aqui contém os detalhes. E, sinto muito, Kai, todo mundo, mas preciso partir o mais rápido possível.

— Se eu puder ser de alguma ajuda para encontrar seu livro... — Vale começou.

— Não é que eu não *queira* levar você — apressou-se a dizer Irene, e depois se amaldiçoou pela repentina frieza nos olhos dele com sua rejeição. — Mas *não posso* levar você. Eu e Kai precisamos viajar pela Biblioteca. Sinto muito, Vale, mas no momento você está contaminado com o caos. Não conseguirei levá-lo para dentro da Biblioteca.

A expressão dele encerrou-se em si mesma.

— Eu entendo bem — disse ele sumariamente.

Kai franziu o cenho.

— Espere, Irene, você está me dizendo que não podemos levar Vale para dentro da Biblioteca? Eu achei que poderia ajudar se conseguíssemos desintoxicar o sistema dele lá...

— Caos não consegue entrar na Biblioteca — disse Irene com a paciência controlada. — Foi por isso que nós ficamos presos do lado de fora dela da última vez quando *eu* estava contaminada. Lembra? — Eles haviam resolvido aquela situação forçando o caos a sair dela. Mas Irene não tinha certeza se seria capaz de fazer isso com Vale. Ela não sabia se um humano que não era um Bibliotecário poderia sobreviver, e Coppelia não lhe deu nenhuma esperança de que pudesse funcionar.

Li Ming esticou as mãos.

— Eu tenho que admitir que isso está além da minha competência, senhorita Winters. Não restam dúvidas de que, se o sr. Vale aqui pudesse passar um tempo em um mundo com mais ordem, seria bom para a saúde dele, mas não tenho força para carregá-lo para lá sozinho.

— Exatamente quem consegue viajar entre mundos e quem não consegue? — quis saber Vale. Tentou fazer com que a pergunta soasse casual, mas havia nervosismo. Ele provavelmente estava fazendo uma lista mental de possíveis intrusos e contramedidas relevantes.

— Não tenho sangue nem força reais — disse Li Ming. Ele indicou Kai. — O Príncipe, contudo, pode carregar mais de uma pessoa, e milorde, o Rei, poderia carregar centenas em sua cauda, se assim desejasse.

— Bem, não olhe para mim — disse Zayanna. — Algum de vocês quer um pouco mais de brandy? Não, *por favor*, não olhe para mim desse jeito, Irene... Não é culpa minha, eu simplesmente *não posso*. É exatamente como o charmoso dragão estava dizendo... — Ela contemplava explicitamente Li Ming, e não Kai. — Eu não tenho a força. Foi preciso todo o meu poder para simplesmente achar meu caminho até aqui, e certamente não conseguiria carregar nada além da minha bagagem. Ou talvez uma outra pessoa, em vez da minha bagagem. Mas quem viajaria sem seus pertences?

Li Ming voltou um olhar oblíquo de relance para Zayanna. Irene se perguntou se o dragão havia ficado ofendido com o comentário sobre ser "charmoso" ou se pretendia lançar dúvidas sobre as afirmações de Zayanna. Provavelmente a primeira opção.

— E eu tenho que passar por uma biblioteca, ou uma outra grande coleção de livros — disse Irene. — O que limita o que posso fazer. Agora, *por favor*, podemos voltar ao assunto que estávamos discutindo? — Ela se deu conta de que começava a ficar tão enfática quanto Zayanna e moderou seu tom. — Zayanna, Li Ming, vocês dois claramente sabem quem Alberich é. Conhecem algo sobre as atividades atuais dele? Ou qualquer outra coisa estranha... qualquer coisa que seja... que esteja acontecendo no momento?

Zayanna franziu o cenho.

— Bem, há um rumor que eu ouvi, mas tinha esperanças de que não fosse verdade. Venho tentando rastrear Lady

Guantes, casualmente, por meio das redes de fofocas, e ouvi dizer que ela esteve falando com Alberich. Depois, ela sumiu de circulação de modo geral.

A garganta de Irene ficou seca com alguma coisa desagradavelmente próxima ao medo.

— Você poderia ter mencionado isso antes — disse ela.

Zayanna deu de ombros.

— Trata-se de um rumor, querida. Não entro em pânico por causa de rumores. Se fizesse isso, eu já estaria me escondendo em alguma Londres qualquer, na sala de estar de um grande detetive... Ah, sinto muito — Não parecia sentir nada.

— Mas você quis saber. E não posso verificar o rumor. É isso que vocês dizem, não? Quando estão conversando sobre serem bons espiões e tentando confirmar fatos?

Irene tocou na mão de Kai de forma reconfortante. Ela não ergueu o olhar para o rosto dele, mas podia sentir a tensão. Não podia culpá-lo por isso: se fosse honesta, aquele toque havia sido tanto para confortar a si mesma quanto para confortá-lo. Ela voltou-se para Li Ming, na esperança de que tivesse alguma contribuição encorajadora.

Li Ming já estava balançando a cabeça em negativa.

— Nada não usual — disse ele. — A única coisa estranha no momento é que alguns dos conflitos regulares aquietaram-se. Seria de se pensar que as forças foram tiradas de conhecidos locais problemáticos para serem posicionadas em outro lugar.

Vale abriu a boca, possivelmente para desaprovar as adivinhações sobre princípios gerais, e então a fechou, pensativo. Por fim, ele disse:

— O quão recente é isso? A linha de tempo se encaixaria?

— Os ataques à Biblioteca ocorreram apenas nos últimos dias — disse Irene. — Mas talvez Alberich estivesse atraindo suas forças de antemão, se estiver usando outros agentes... Eu não sei — Ela organizou seus pensamentos. — Certo — disse ela. — Nós deixaremos as coisas como estão pelo momento. Obrigada a ambos por seus comentários. Planos imediatos: Kai, precisarei de sua ajuda. Vale, se você...

A porta abriu-se e todos viraram na direção dela. Irene não pôde deixar de notar que tanto Vale quanto Zayanna deslizaram uma das mãos sob suas roupas, claramente demonstrando quem estava portando armas. *Todos estamos nos sentindo nervosos? Acho que todos nós estamos nervosos demais.*

O inspetor Singh ficou parado na entrada, perplexo ao se deparar com a atenção de todos focada nele. Vestia seu uniforme, mas as barras de sua calça estavam cheias de um pó amarelo, e uns poucos grãos dele maculavam a brancura de seu turbante.

— Eu peço desculpas se esta é uma consulta em andamento, Vale — ele começou.

Vale relaxou, olhando para as barras da calça de Singh, e tirando a mão de dentro de sua roupa.

— O que você andou fazendo em Houndsditch, Singh?

— Alguns cadáveres que estavam sendo roubados durante uma escavação de um poço da peste — disse Singh. — Eu não gosto de tirá-lo de nada urgente, mas você realmente me disse para dar uma passada por aqui se alguma coisa intrigante aparecesse. E houve uma mensagem de sua irmã de que isso poderia estar conectado à investigações da febre de Tapanuli. Embora elas não tenham sido tornadas públicas ainda...

O olhar de relance dele na direção de Irene e Kai não era particularmente amigável. Irene podia simpatizar com ele até certo ponto. Sua própria culpa continuava lembrando-a do quanto a atual situação de Vale era culpa deles.

— Fale-me a respeito disso — Vale disse, ficando de pé. Ele pegou Singh pelo braço, empurrando-o na direção de seu quarto.

— Não precisamos incomodar os outros com esse assunto — Irene pegou-o dizendo antes de a porta se fechar atrás deles.

— Eu não sabia que Vale tinha uma irmã — disse Kai, levemente chocado. Não ficou claro se ele estava surpreso com o fato de que Vale nunca havia lhe falado nada sobre a irmã ou por ela existir.

— Você sabe que ele não fala sobre a família — disse Irene. Ela mesma estava desesperadamente curiosa, mas seu crescente senso de urgência insistia que ela deixasse a fofoca para depois. Além disso, não seriam bons modos. — Zayanna, pode ser que fiquemos fora por alguns dias. Você vai ficar a salvo?

Zayanna pousou seu copo agora vazio.

— Eu acho que sim, querida. Tomarei cuidado. Você tem certeza de que eu não posso ir com você e ajudá-la? A esse mundo B-1165? E por que aquela sua pasta está escrita no meu idioma? — Ela viu a incompreensão estampada no rosto de Irene. — Nahuatl, você provavelmente diria. A Biblioteca não tem sua base secreta debaixo do meu lar ou algo do gênero, não é?

Irene olhou de relance para a pasta. Coppelia havia, o que fora útil, colocado uma etiqueta na pasta com a designação do mundo, e, visto que estava escrito na Linguagem, qualquer um que não fosse um Bibliotecário leria o que ali estava como se fosse seu próprio idioma nativo. — Ah. Segredo comercial — disse ela. — Está na Linguagem. Você só está vendo isso como se fosse Nahuatl.

— Isso explicaria por que para mim parece chinês — notou Li Ming.

Irene resistiu ao impulso de passar os dedos pelos cabelos e gritar com a forma como todo mundo continuava saindo do assunto.

— Não posso levá-la pela Biblioteca, Zayanna — disse ela.
— E não tenho outra forma de chegar até lá. Mas você pode fazer uma coisa por mim.

— Qualquer coisa, querida — prometeu Zayanna, com os olhos imensos e escuros por conta da ênfase.

— Diga-me como ajudar um ser humano que foi exposto a um mundo com caos demais — disse Irene.

Zayanna franziu o cenho.

— Isso não é algo com o que as pessoas precisem mesmo de *ajuda*, querida. — Ela olhou para Irene, depois para Kai e Li Ming, e nenhum deles parecia confortável com a forma como ela colocou as coisas. — Ah, bem, imagino que, se alguém como eu tivesse um favorito cuja natureza ficasse realmente desequilibrada e que estivesse ficando facilmente influenciado, a pessoa poderia levá-lo para esferas mais rígidas. Mas você já sugeriu isso. E se não quisesse que seu amigo Vale tivesse esse problema, então não deveria tê-lo levado consigo para Veneza para começo de conversa.

— Perdoe-me — disse Kai para Irene. Ele cruzou a distância até onde Zayanna estava relaxada e deu um tapa com o dorso de sua mão no rosto dela, fazendo com que afundasse no sofá.

— Kai! — disse Irene, irritada. — Controle-se! — Só Deus sabia como ela mesma queria bater em Zayanna por aquele tantinho de malícia, mas aquilo não ajudaria ninguém.

— Minha amiga te ajudou, e você agradece com um insulto não merecido — disse ele, ficando em pé acima de Zayanna. Fracos padrões de escamas apareciam como marcas de geada na pele dele, em suas mãos e em seu rosto. — Você não fará isso novamente, ou vou jogá-la na rua, e seu patrão pode tê-la de volta, viva ou morta, para servir aos caprichos dele.

Zayanna empurrou-se para cima com o cotovelo, com seus cabelos caindo em volta de seu rosto em mechas escuras. A marca da mão de Kai aparecia escarlate em sua bochecha. Ela inspirou, sibilante, e, por um instante, Irene viu presas em vez de dentes em sua boca. A expressão no rosto de Zayanna não era de prazer feérico por ter encontrado um novo inimigo contra o qual planejar coisas: era uma expressão de total aversão, e um desejo de ver Kai morto, ou coisa pior.

— Oh, então agora está me julgando porque *você* não conseguiu cuidar de seus bichinhos de estimação? Todo mundo sabe o quão inferiores os dragões acham que os humanos são! Pelo menos nós nos *envolvemos* com eles.

Irene pegou o pulso de Kai antes que ele pudesse acertar Zayanna novamente. Ela teve que se esforçar para contê-lo.

— Eu disse para você parar!

— Vocês são criaturas que usam e destroem almas humanas — disse Kai, rosnando, para Zayanna. — Quando interagem com eles, nunca é para o benefício deles. Vocês se divertem de forma perversa ao fazerem seus joguinhos...

— Nós os *amamos!* — gritou Zayanna em um guincho. — Vocês é que são os desalmados: não os entendem, apenas os mantêm como seus animaizinhos de estimação. Você só está passando um tempo com Irene porque a quer como concubina. Eu *me importo* com ela...

Irene se pôs entre os dois, colocando sua mão livre no ombro de Zayanna para contê-la.

— Calem-se — disse ela, com a voz tão fria e dura como se ela estivesse usando a Linguagem. — Calem-se, vocês dois, ou vou *fazer* com que se calem.

Por um instante, ela sentiu o pulso de Kai tenso em sua pegada.

Então ele torceu o braço e se soltou dela, recuando um passo, e cruzando os braços. A cor de seus olhos havia mudado, assumindo um tom de vermelho dragônico de raiva, e ardiam em um rosto que parecia talhado no mármore.

Zayanna arfava em seu lugar, deitada no sofá, com o ombro macio e quente sob a mão de Irene.

— Ele bateu em mim — ela murmurou.

— Não me provoque — disse Irene. — Eu mesma quase bati em você.

Ela olhou de relance para Li Ming, mas ele estava em seu lugar, ainda muito despreocupado, e deu de ombros em resposta.

— Algo disso é da minha conta?

Bem, risque a ideia de deixar Zayanna com Li Ming enquanto estivermos fora de Londres, decidiu Irene. *Provavelmente se acidentaria caindo por um poço, ou ficaria na frente de um trem que estivesse vindo em sua direção, no instante em que eu estivesse fora de seu campo de visão.*

Irene deliberadamente ignorou certas palavras que Zayanna havia dito: *porque você a quer como concubina...* Havia mais na amizade dela com Kai do que isso. Só porque Zayanna poderia estar com ciúmes, isso não fazia com que tivesse razão.

— Estou com pressa — disse Irene. — Se você não pode me ajudar, Zayanna, então que seja, mas não tenho tempo a perder.

Ela ergueu o olhar para Irene por entre os cílios baixados.

— Eu não posso ajudar?

— Neste momento, não vejo como — disse Irene, curta e grossa. — Kai?

— Sim?

Ele parecia mais normal e humano de novo, mas seu rosto estava marcado por linhas de ressentimento. E a forma como ele olhava para Zayanna sugeria que imaginava derrubá-la... de uma altura de muitos milhares de metros.

— Se vocês tiverem que discutir, façam isso em seu tempo livre, por favor. Não podemos nos dar ao luxo agora.

A porta abriu-se. Vale ficou ali parado, franzindo o cenho.

— Achei que tivesse ouvido gritos.

— Você ouviu — disse Irene. — Acho que todo mundo está prestes a sair. Não, espere. Eu tenho um favor a lhe pedir, se você puder fazê-lo. Dois favores.

— Se forem razoáveis — disse Vale, mas ele parecia intrigado, o que era muito melhor do que cansado e autodestrutivo.

Ela ofereceu a ele a bolsinha que continha a agulha usada nela.

— Por favor, analise isso. É o veneno que foi usado para me drogar. Se você puder rastreá-lo, eu conseguiria descobrir quem contratou os lobisomens que me sequestraram.

— Excelente — disse Vale, soando genuinamente satisfeito dessa vez. — E, além disso?

— Silver está em dívida conosco depois dos negócios de Veneza, visto que derrubamos Lorde Guantes. Afinal de contas, Guantes era seu arquirrival. Preciso saber se Silver ficou sabendo de alguma coisa ultimamente a respeito de Alberich ou sobre os atentados contra nossas vidas, e não tenho tempo de ir perguntar a ele. Portais para a Biblioteca estão sendo destruídos. Preciso fazer o meu trabalho. Então, Vale, por favor, se você puder se encontrar com Silver e perguntar se ele sabe de alguma coisa...

— E como eu deveria contar a você o que descobrir, presumindo que Lorde Silver esteja de fato ciente de alguma coisa além do que o cerca de imediato? — disse Vale em um tom exigente.

Irene estava prestes a retorquir irritada, mas então ouviu o mesmo tom na voz dele que estivera lá mais cedo, quando ele reclamava de sua ausência. Expressar preocupação com outra pessoa estava fora do léxico emocional dele.

— Minha missão é urgente, então naturalmente não perderei tempo — disse ela. — Espero estar de volta dentro de uns poucos dias. Deixarei uma mensagem com Bradamant na Biblioteca se achar que vou demorar mais do que isso, então ela pode dar uma passada aqui para vê-lo, se for necessário. Ela conhece você e sabe onde o encontrar.

— Adequado — disse Vale, ressentido.

— Você tem alguma instrução para mim, senhorita Winters? — perguntou-lhe Li Ming. — Milorde Ao Shun tem interesse em seu bem-estar, depois de suas ações na proteção do Príncipe.

Não era claro se estava falando sério, ou se era mera ironia. Então Irene captou o olhar de esguelha que ele lançou para Kai. Estava falando sério.

— Não, obrigada — respondeu ela, cortês. — Embora, se você ouvir falar de alguma coisa estranha que esteja acontecendo lá fora neste mundo, ficaria grata se pudesse transmitir a informação para Vale.

— Farei isso — concordou Li Ming.

Kai havia ido para um lugar ao lado de Irene e estava abotoando seu casaco, com a pasta em segurança debaixo de um braço.

— Nós deveríamos ir andando — disse ele baixinho. Então olhou de relance para Zayanna e havia um brilho de fogo nos olhos dele. — Antes que haja mais algum empecilho.

— Boa sorte, senhorita Winters — disse Singh, parado, ombro a ombro com Vale. — Embora deva dizer que se você vai *pegar* livros *emprestados* novamente, eu fico feliz de saber que estará fazendo isso fora da minha jurisdição.

— Eu preferiria evitar complicações como essa — concordou Irene, escapando dos aposentos de Vale e saindo na rua, com Kai um passo atrás dela.

CAPÍTULO 12

Quando colocaram os pés na Biblioteca, estava escuro. A sala da recepção tinha muitas sombras, a única fonte de iluminação sendo uma fraca luz de emergência, e os títulos dos livros nas paredes eram ilegíveis.

Irene ficou tensa com o choque, e sua mão apertou-se no braço de Kai quando a porta que dava para o mundo de Vale se fechou com um som oco atrás deles.

— Isso é... incomum — disse ela, em um tom cauteloso.

— Onde nós estamos? — Os olhos de Kai ficaram dilatados e brilhavam nos resquícios de luz enquanto analisava a sala. — Esta é uma área remota?

— Eu não sei — admitiu Irene. Eles vieram pela primeira biblioteca a que conseguiram chegar no mundo de Vale, em vez de usarem a Travessia regular. O resultado era que eles poderiam estar em qualquer lugar da Biblioteca. — Esse é o problema com abrir uma entrada aleatória. Mas estávamos com pressa — A sala a deixava enervada. Ela nunca estivera em uma parte da Biblioteca tão deserta e abandonada. — Venha, nós precisamos encontrar uma sala com um computador.

O corredor lá fora estava iluminado apenas por uma fina faixa de iluminação de emergência que percorria o teto. O chão rangia sob seus pés, como se outro par de passos estivesse ecoando os deles. Havia janelas à esquerda, mas eles se deparavam com um quintal sombrio sob um céu tenebroso, tão cheio de nuvens que não existia nenhuma luz.

Cinco portas depois encontraram uma sala em que havia um computador. Ela jogou-se na cadeira e ligou-o, sentindo uma onda de alívio quando a tela se iluminou. Kai inclinou-se sobre o ombro de Irene, descansando seu peso na cadeira dela, e ficou observando enquanto o login era efetuado.

Uma mensagem imediata espalhou-se pela tela antes mesmo que Irene pudesse verificar seu e-mail.

Todo o uso de energia não essencial foi reduzido, de modo a conservá-la para necessidades essenciais. A todos os Bibliotecários que precisarem de transporte imediato para recuperação de livros foi alocado o uso de gabinetes de transferência, e a palavra de comando é "Emergência". Abuso deste privilégio será monitorado.

Mas ela só tinha ficado longe dali por algumas horas. Será que a situação havia piorado tanto assim em sua ausência?

— Achei que eles confiassem que vocês fossem maduros — comentou Kai.

Irene mordeu o lábio e focou-se na situação atual, engolindo sua extrema e provavelmente bem justificada paranoia. Ela podia pensar em muitos motivos pelos quais os Bibliotecários anciões monitorariam os movimentos dos Bibliotecários. Tais como observar para ver se havia viagens suspeitas, tentativas de fuga, ou até mesmo traição pura e simples...

— Talvez seja como ser um pai — disse ela, fazendo aparecer um mapa da Biblioteca. — Você nunca vê realmente seus filhos como adultos.

— Você está exagerando — disse Kai, com a tranquila confiança de alguém que ainda não havia colocado a questão à prova.

Só espere até tentar convencer o seu pai de que você cresceu e sabe o que está fazendo. Mas Irene foi distraída de sua resposta planejada pelo mapa da Biblioteca que se desdobrava pela tela.

— Ahá! — disse ela. — O gabinete mais próximo fica...

— Ela deu uma olhada no mapa. — A uns oitocentos metros daqui. Poderia ser pior.

— Nós já temos planos? — ele quis saber.

— Ah, o de costume — Irene digitava enquanto falava, escrevendo um rápido e-mail para Coppelia, em que abrangia as mensagens de Alberich e os rumores de Zayanna, da forma mais clínica e desprovida de emoção que conseguiu. — Nós chegamos lá, observamos a situação, decidimos como entrar e pegamos o livro. Podemos ter sorte: se houver livros o bastante armazenados no Hermitage, ou pelo menos em algumas partes dele, então eu poderia conseguir forçar um portal para a Biblioteca a partir de lá, o que aceleraria nossa passagem de volta.

— Estou ouvindo muitos *talvez* e *possivelmente* nisso daí — disse Kai.

— É porque estou tentando desesperadamente encontrar quaisquer pontos positivos na situação atual — admitiu Irene. — Em oposição a pensar nisso como... bem, um roubo não planejado de um palácio real sem muito aviso prévio. Você sabe que não gosto de ser avisada sem antecedência. — Apertou o botão de envio. — Ainda assim, pelo menos nós não teremos identidades a longo prazo a serem protegidas.

— Vamos fingir que somos o que quando chegarmos lá? — perguntou-lhe Kai.

— Estou pensando em fingirmos que somos peregrinos religiosos, pelo menos até que possamos sentir como é o lugar e pensar em um disfarce melhor. As informações que temos como histórico estão desatualizadas em muitos anos. — Começou a digitar novamente, agora um rápido apelo para que Bradamant fizesse uma visita a Vale e pegasse quaisquer informações que ele coletar. Apesar da inimizade delas, a curiosidade de Bradamant deveria fazer com que ela entrasse em ação. — O portal da Biblioteca para aquele mundo se abre para a Biblioteca Jagiellonian em Cracóvia, na Polônia. Pelo menos estaremos no mesmo continente, já que viajaremos para São Petersburgo. Poderia ser pior. Nós poderíamos ter que chegar lá da África, da Austrália ou algo do gênero.

— E nada de Bibliotecário em Residência? — quis saber Kai.

— Havia uma Bibliotecária em Residência, mas ela morreu vinte anos antes de aquele relatório ter sido escrito. — Irene clicou em *Enviar* novamente. — Causas naturais... Está atrás do relatório; ela envolveu-se em um acidente de trânsito. Atingida por um trenó voador que sofreu uma colisão. O trenó estava voando, quer dizer, e então ele colidiu. — Irene teve um indesejado estremecimento ao pensar nisso. Viver fora da Biblioteca nunca era seguro. Trenós voadores poderiam vir do nada e acertar a gente, não importando o quão cuidadosa a pessoa fosse.

Seu e-mail fez um barulhinho. Bradamant havia lhe respondido.

Podemos conversar?

Kai estava inclinando-se sobre o ombro de Irene novamente.

— O que ela quer? — ele perguntou com ares de suspeita.

— Bem, acabei de pedir um favor a ela — ressaltou Irene, tentando reprimir suas próximas dúvidas.

Atualmente em trânsito para a missão, digitou Irene. Pode ser rápido?

Mal se passaram dez segundos até que Bradamant lhe respondesse; apenas tempo o suficiente para que Irene rodasse uma verificação de status em seus pais e se certificasse de que eles estavam fora, em uma missão. E com esperanças de que ainda estivessem vivos.

Só quero trocar umas palavrinhas. Você vai dar uma passada em seus aposentos?

— Foi você quem disse que estávamos com pressa — disse Kai.
— Sim — concordou Irene, relutantemente. — Mas realmente precisamos dar uma passada nos meus aposentos, para que eu possa pegar um pouco de dinheiro de emergência e outras coisas mais.

Sim. Encontro você lá em quinze minutos?

Ela estava presumindo que Bradamant também tivesse acesso a um gabinete de transferência. Se não fosse esse o caso, então não haveria tempo para que a própria Irene saísse de seu caminho para uma conversa.

Vejo você lá, foi a resposta dela.

Droga. Agora ela não tinha uma desculpa para evitar a conversa.
— Vamos — disse ela, desligando o computador. — Seria embaraçoso estar atrasada.
O gabinete de transferência era pequeno e apertado para duas pessoas. Irene apoiou-se em Kai em vez de fazê-lo nas paredes, enquanto pronunciava o comando na Linguagem, e então deu seus aposentos como destino. O gabinete deslizou

para o lado e depois para baixo, como se fosse um barril descendo por uma cachoeira, fazendo com que os dois sofressem solavancos, e Irene murmurou um pedido de desculpas quando sentiu seu pé bater no tornozelo de Kai. Ele equilibrou-a, os dois juntos na escuridão, Kai com os braços em volta dela, e, por um breve momento, Irene permitiu-se relaxar.

Então Alberich está tentando me matar. Então Lady Guantes está tentando me matar. Então talvez outras pessoas estejam tentando me matar também. Pelo menos há uma pessoa com quem eu posso contar. Em quem eu posso confiar.

Um instante depois pararam e as portas se abriram. Eles estavam na área residencial que incluía os aposentos de Irene, em um corredor central que se abria para uma dezena de pequenas suítes. Como o restante da Biblioteca até o momento, a área estava mal iluminada, com apenas uma faixa de luz fraca ao longo do chão. Irene estava grata porque as sombras escondiam suas bochechas ruborizadas.

— Qual deles é o seu? — perguntou-lhe Kai.

— O terceiro seguindo em frente, à esquerda — disse Irene. — Faz um tempo que não venho aqui; desculpe-me pela bagunça. — Ela digitou a combinação de seu código na tranca da porta, tentando se lembrar se havia deixado alguma coisa particularmente embaraçosa à mostra.

Acabou que a coisa mais embaraçosa era a poeira.

— Faz meses desde a última vez em que estive aqui — murmurou Irene. Kai estava com o olhar fixo voltado para baixo no corredor, não olhando para dentro dos aposentos dela, mas claramente muito curioso. — Oh, entre. Eu não tenho nada a esconder, e vou precisar de um tempo para encontrar o ouro — Ela entrou em seu quarto, indo na frente e acendendo o interruptor de luz, que felizmente funcionava.

Como de costume com os aposentos de Irene, e com os da

maioria dos Bibliotecários, havia livros empilhados junto às estantes já abarrotadas de livros, formando um perigo para se andar por ali. As únicas decorações de verdade eram fotografias em porta-retratos de seus pais e de alguns de seus amigos da escola. Ainda havia uma pilha de anotações de tradução em cima da escrivaninha da última vez em que estivera ali, quando ficou algumas semanas sem trabalhos novos. Ela estivera tentando melhorar seu coreano escrito de *terrível* para meramente *ruim*. A porta lateral que dava para seu quarto estava fechada, poupando-a de quaisquer comentários de Kai sobre seu guarda-roupa. Irene começou a remexer nas gavetas da escrivaninha, tentando lembrar-se de onde havia deixado sua pilha de emergência de soberanos de ouro. Mesmo que fosse uma moeda estrangeira, o ouro básico geralmente era bom em qualquer lugar.

— Obrigada por esperar — disse Bradamant.

Irene ergueu o olhar rapidamente e viu Bradamant parada na entrada, elegante como sempre, com um casaco cinza justo e uma saia na altura das canelas. Um colar em seu colarinho captou a luz e a refletia. Era o tipo de camafeu que uma empresária milionária teria usado na década de 1940, em um mundo no qual houvesse empresárias milionárias. Cada centímetro dela gritava que tudo era personalizado e extremamente caro.

— Sem problemas — foi a resposta de Irene. Ela teve que se lembrar de que havia se decidido por uma nova política de coexistência, em vez de ficar automaticamente ofendida com tudo que Bradamant dissesse. — Espero que você não tenha tido que sair de seu caminho para vir até aqui...

— Bem, o propósito todo era falar com você. — Bradamant entrou no quarto e a porta se fechou atrás dela. — Como você disse um tempo atrás, não deveríamos ficar perdendo nosso tempo atacando uma à outra. Especialmente em uma emergência.

Kai havia arrastado os pés para um lado do aposento e transmitia a cortesia de mostrar interesse na estante mais próxima, aparentemente não fazendo parte da conversa, mesmo que Irene soubesse que ele estaria ouvindo.

— É justo — concordou Irene. — Então, por que você quis falar comigo?

— Bem — Bradamant hesitou, escolhendo suas palavras. — Nós *estamos* entre os poucos Bibliotecários que, na verdade, conheceram Alberich.

— Nós estamos entre aqueles poucos afortunados que sobreviveram, sim — disse Irene.

— Ele tentou se comunicar com você?

As palavras pairavam no ar. *Eu já contei isso a Coppelia... não é como se houvesse algo de traiçoeiro*, pensou Irene. *Não existe nenhum motivo para sentir vergonha disso, nem ter receios de admiti-lo.* Porém, dizer isso em voz alta requeria um esforço.

— Sim — por fim ela conseguiu dizer. — Aconteceu depois da reunião desta manhã e definitivamente era ele. Você?

— Não — disse Bradamant. Ela soava mais irritada em relação a isso do que grata. — Provavelmente porque estou presa aqui.

— Você não recebeu nenhum trabalho? Presumi que todos que fossem capazes...

— Kostchei está me mantendo aqui. — Bradamant cruzou os braços com pungência. — Ele disse que precisa de alguém à mão para coletas de emergência.

Dizer *"Não é por causa do que aconteceu durante o nosso último trabalho?"* teria sido imperdoável. Mas o pensamento passou rapidamente pela cabeça de Irene, e ela, também com rapidez, suprimiu-o antes que pudesse transparecer em sua face.

— Imagino que faça sentido — disse ela, em um tom neutro.

— Não faz sentido me manter aqui, quando nós poderíamos estar rastreando Alberich — disse Bradamant, irritada. — Nós duas sabemos que ele é do tipo que guarda ressentimentos. Seria muito mais *útil* se fôssemos a isca em uma armadilha!

— Eu peço permissão para discutir sobre se a possibilidade de Irene acabar sendo morta seria de alguma forma útil — comentou Kai, de onde ele estava, apoiando-se na estante.

— Oh, você também poderia estar lá... ele poderia vir atrás de você também — disse Bradamant. — Não estou tentando mantê-lo fora disso. Tenho certeza de que seria muito útil — Ela deu a ele um sorriso cortês, discreto e um pouco malicioso. — E tenho certeza de que sua família não apresentaria objeções quanto a tirar Alberich do caminho.

— Todo mundo sabe sobre a minha família? — murmurou Kai.

— Nem todo mundo — Bradamant apressou-se a dizer. — Mas você, de fato, protegeu uma área contra o caos da última vez em que confrontamos Alberich, então vem de uma família importante. Nem todos os dragões seriam capazes de fazer aquilo — Voltou-se novamente para Irene, antes que Kai pudesse concordar com ela, ou discordar. — Então, o que você acha?

— Podemos abordar isso por etapas? — perguntou-lhe Irene. A ideia básica de *vamos todos aprisionar Alberich* soava boa, mas a especificidade de *vamos lá bancar as iscas para um assassino insano* deixou-a menos entusiasmada. — Você já repassou essa ideia com Kostchei?

— Não — admitiu Bradamant. — Achei que deveria discuti-la com você primeiro.

— E você acha que ele aprovaria?

Bradamant deu de ombros.

— Dependeria do quão viável pudéssemos tornar isso. Se conseguíssemos elaborar um plano funcional...

Irene ainda não estava convencida de que era uma boa ideia.

— Quando Alberich entrou em contato comigo, ele canalizou poder caótico bruto para dentro do local onde eu estava, assim que determinou onde era. — Repassou os detalhes do encontro da manhã, em resposta à sobrancelha erguida de Bradamant. Embora tivesse deixado de fora as partes em que ela havia sido drogada e sequestrada por lobisomens e perdido seus documentos da Biblioteca. *Não tem por que confundir a questão.* — Eu admito que isso significa que poderíamos ter uma ligação bilateral — terminou ela. — Só não sei ao certo se seria uma vantagem para nós, em vez de ser uma vantagem para ele.

— Isso é um pouco derrotista, não é? — disse Kai baixinho.

— Não foi você que quase foi frito por caos bruto hoje de manhã... — começou a dizer Irene.

— Não — disse Kai. — Porque eu *não estava lá,* porque você foi para a Biblioteca sozinha. É de imaginar que, a essa altura, já saberíamos que você não deveria ter feito isso.

Irene inspirou fundo.

— Certo. Você tem razão, Kai. Bradamant, pode você me conceder um momento para pensar a respeito? Eu preciso trocar de vestido de qualquer forma. — Ela olhou para baixo, para suas roupas detonadas. Dias como esse eram o inferno para seu orçamento de roupas. — Deem-me cinco minutos e estarei com vocês.

Tanto Kai quanto Bradamant assentiram, e Irene entrou rapidamente em seu quarto. Ela repassou suas opções enquanto deixava seu vestido e seu casaco arruinados no chão e apressava-se a vestir algo com uma saia longa, modesto, insosso e recatado. Irene tinha muitas roupas assim em seu guarda-roupa.

Duas questões principais estavam incomodando-a. Seria apenas a desconfiança que Irene tinha de Bradamant que a fazia descontar a ideia de sua colega? E, por fim, será que essa ideia poderia funcionar?

Enquanto ela voltava para seu estúdio, Bradamant falava:
— Ninguém está discutindo o *talento* dela... — Ela olhou de relance para Irene. — Nós estamos falando de você, é claro.
— Bem, é claro — concordou Irene. — Eu não estou na sala, vocês falam de mim... Algumas coisas são fatos da vida. Tenho certeza de que eu e Kai estaremos falando sobre você, tão logo se for.

Bradamant abriu um sorriso gélido.
— Então? O que você acha?

Irene enfiou a bolsinha de soberanos de ouro em um bolso interno de sua roupa.
— Trata-se de uma ideia plausível — ela admitiu. — Se Kostchei e Coppelia, ou quem quer que seja, concordarem com isso, então ajudarei com ela, mas não vou sair correndo sozinha agora com você para fazer isso. Nem mesmo se levássemos Kai conosco.

Ele abriu a boca, e depois a fechou de novo, aparentemente aliviado pela ideia de que seria convidado para ir junto também.

Mas Bradamant franziu o cenho.
— Se você acha que a ideia é boa, então não consigo entender por que você não está mais entusiasmada.
— Eu não vejo como falta de entusiasmo esperar pela opinião de nossos superiores primeiro — disse Irene. — Na verdade, não entendo por que você quer que eu fique *entusiasmada* de qualquer forma. Mesmo que essa seja uma boa ideia, não é algo que vá ser nem remotamente seguro ou fácil.
— Sempre tão cínica — disse Bradamant, com um sorriso meio duro. — Irene, diga-me uma coisa...
— Sim?
— Você acha que nossos superiores têm a ideia correta aqui?
— Ideia correta em que sentido? — perguntou-lhe Irene com cautela.

— No sentido de que estão lutando com uma estratégia estritamente defensiva — disse Bradamant, que estava escolhendo suas palavras com tanta cautela quanto Irene. *Nenhuma de nós duas quer ser a primeira a dizer alguma coisa que poderia ser reportada e usada contra nós.* — Eu estou... preocupada.

— Nós não necessariamente sabemos tudo que eles estão planejando — disse Irene, mas as palavras soavam ocas em seus próprios ouvidos, e ela se lembrou de sua reclamação mais cedo para Coppelia.

— E você sabe qual é o corolário para *isso*.

— Que o que eles estão planejando é horrendamente perigoso demais para nos dizerem o que é? — sugeriu Irene.

— Não — disse Bradamant, baixando o tom de voz. — Que há espiões entre nós.

— Isso não faz sentido — disse Kai em um tom firme, cortando o repentino silêncio. — Sério, não faz sentido. Se houvesse Bibliotecários trabalhando para Alberich, e que pudessem acessar a Biblioteca, então não poderiam simplesmente abrir uma porta e convidá-lo a entrar? Mesmo que ele não possa entrar porque está contaminado pelo caos, poderiam sabotar ativamente a Biblioteca, passando as informações para ele... Ou o que fosse. Não haveria nenhuma necessidade de ter todas essas ameaças e todos esses ultimatos.

Se Irene fosse do tipo que rezasse, ela teria entoado uma prece de agradecimento por aquele simples ponto de bom senso, que causou um curto-circuito em sua paranoia.

— Certo — concordou ela.

— Eu tenho certeza de que há outras coisas que os espiões poderiam estar fazendo por ele — sugeriu Bradamant, mas esta linha de argumento era claramente fraca, até mesmo para seus próprios ouvidos, e ela desistiu, dando de ombros, parecendo desapontada.

— E o que na verdade quer que *nós* façamos? Você e eu, quero dizer. Nós deveríamos ficar por aí gritando "Alberich, estamos aqui, venha nos pegar", até que alguma coisa aconteça?

— Não é necessário tratar as coisas assim — disse Bradamant, irritada. — Eu só estava fazendo uma sugestão. E há uma coisa que vocês não estão levando em consideração.

— O quê?

— Eu vi você conversando com Penemue.

— Então provavelmente viu que ela passou a me ignorar por completo, assim que se deu conta de que não seria útil para ela — respondeu Irene. — Ela esteve conversando com você também?

— Ela tentou. — Bradamant parecia presunçosa. — Dê-me algum crédito, Irene. Eu provavelmente sei mais sobre o que está acontecendo no cenário político da Biblioteca do que você. Eu sabia mais sobre isso antes mesmo de ficar presa aqui pelos últimos meses. E, dando crédito a Penemue, ela não está fazendo isso apenas por se ver como a nova representante das classes trabalhadoras. Ela honestamente pensa que alguma reforma se faz necessária.

— O que é justo, é justo — disse Irene. — Aceito que ela não seja totalmente egoísta. Mas tenho a impressão de que você também tem reservas em relação a ela.

— O *timing* atual dela não está me impressionando — Bradamant cruzou os braços. — Não vou discutir a estrutura de poder da Biblioteca com você, pois provavelmente acabaríamos debatendo aristocracia *versus* oligarquia *versus* democracia. E, francamente, temos coisas mais urgentes a fazer. Mas acho que podemos concordar que vale a pena discutir pelo menos uma mudança a longo prazo, não?

— Possivelmente — concordou Irene com cautela. — Mas o lance de Penemue... Entendo que ela esteja procurando mudar o *status quo*, e partir para o ataque faz sentido do ponto de vista dela, como um contra-ataque à política oficial. Você está sugerindo que se nós não considerarmos essa opção em que bancamos as iscas, então ela sugerirá isso?

— Pode acontecer — disse Bradamant. — Então fico me perguntando se nós duas não deveríamos ser proativas e tirar essa opção política das mãos dela.

Irene considerou a hipótese, depois balançou a cabeça em negativa.

— Não. Nossos superiores têm conhecimento daquele encontro anterior com Alberich. Se nós tivemos a ideia de bancar as iscas, certamente eles também tiveram. — Não era um pensamento reconfortante, mas tinha uma sensação de verdade. — Se tentarmos fugir e fazer isso por nós mesmas, não ajudará na posição política de ninguém. Poderia até mesmo piorar as coisas para as autoridades, se Penemue tentar empurrar a ideia de que estão perdendo o controle de seus próprios juniores.

Bradamant assentiu devagar.

— Você pode ter razão nisso. Certo, deixarei quieto pelo momento.

Pequenos rebentos de paranoia teciam-se e juntavam-se no fundo da mente de Irene. Bradamant seria perfeitamente capaz de usá-la como isca, com ou sem a permissão da própria Irene, se ela conseguisse obter apoio para isso. Ou, em uma nota mais sombria, quem garantia que a misteriosa mulher por trás do sequestro de Irene tinha sido Lady Guantes? E se tivesse sido alguém bem mais próxima da Biblioteca...

— Vou falar com seu amigo Vale dentro de um ou dois dias — disse Bradamant, cuja expressão era perfeitamente agradável, tão graciosa e enigmática quanto uma estatueta de Erté. — E se ele descobrir alguma coisa urgente, repassarei a informação para Coppelia ou para você. Pode ser?

— Pode ser — disse Irene. Ela forçou suas lágrimas a não caírem. Podia não *gostar* muito de Bradamant, mas podia confiar que ela não trairia a Biblioteca era algo razoável, não é? Ela sorriu em resposta. — Obrigada. Aprecio isso. E se você tiver alguma ideia útil sobre como provocar Alberich para que ele saia de seu esconderijo, por favor, me diga. Mas tem razão, nós precisamos começar a trabalhar.

Bradamant ficou hesitante, olhando de relance entre Irene e Kai, depois inclinou a cabeça, assentindo, e saiu dali. A porta fechou-se atrás dela com um clique muito suave.

— Ela estava mesmo sugerindo um motim? — perguntou Kai.

— É claro que não — Irene apressou-se a dizer. — Ela estava tentando acabar com o motim. Você a ouviu.

— Aparentemente, sim, mas também estava sondando você, para ver o quão longe seguiria com o plano.

— Essa é uma hipótese.

— Posso ser um novato na Biblioteca, Irene, mas eu fui criado na corte do meu pai — Kai nem mesmo soava como se estivesse com raiva. Parecia apenas deprimido. — Como Bradamant disse, ela conhece o cenário político, mas eu também sei como funcionam essas coisas. Em tempos de guerra, qualquer um poderia ascender ao poder.

— Deveríamos ir andando — disse Irene, tentando conduzir a conversa de volta para terrenos mais seguros. — Prioridades, lembra? Pegar um livro? Antes de sermos desviados por...

— Por Bradamant, que sugeriu incompetência de seus superiores e que você deveria agir de forma independente — disse Kai, não mostrando nenhum sinal de que tinha mudado o rumo da conversa.

— Você não está ajudando.

— Eu não estou *tentando* ajudar. Você está se virando do avesso para ser justa com alguém que você não tem motivo para confiar. — Kai cerrou o maxilar, com teimosia.

— Ela é outra Bibliotecária, e eu confio nela. — Irene repensou aquela declaração. — Quer dizer, eu confio que ela não esteja trabalhando com Alberich. Veja bem, Kai, você quer que eu vá correndo até Coppelia e diga a ela que Bradamant estava questionando a autoridade dela? Especialmente quando Bradamant pode perfeitamente negar que disse isso ou dizer que eu a interpretei errado?

Kai deu tapinhas em seu peito.

— Você tem uma testemunha independente.

— Bradamant diria que você mentiria para me apoiar. — Viu o rosto de Kai ficar sombrio com o insulto. — Não surte para cima de *mim*... Seria isso que ela diria, e um número suficiente de pessoas acreditaria nisso.

— Então o que nós realmente podemos fazer? — perguntou Kai.

— Manter os olhos abertos e prestar atenção nas coisas. E, nesse ínterim, pegar nosso livro. — Ela abriu a porta. — Você vem?

Kai murmurou para si, mas deixou o assunto de lado. Quando eles estavam apinhados dentro do gabinete de transferência, ele perguntou:

— Você vai verificar o status de algum outro Bibliotecário? Se pessoas foram mortas...

— Verifiquei os meus pais — disse Irene. — Eles não reportaram nenhum problema.

E ela dificilmente poderia sair correndo para verificar como eles estavam em pessoa. Pelo menos Alberich não fazia a mínima ideia de quem eles eram nem de onde os encontraria.

— E seus outros amigos?

Seguiu-se uma pausa enquanto Kai lidava com o fato de que Irene não ia lhe dar uma lista de seus outros amigos.

— Certamente você conhece outros Bibliotecários — disse ele, soando desapontado.

— É claro que sim — respondeu-lhe Irene. — Isso não quer dizer que vou ter um acesso de pânico e sair correndo para procurar uma lista de baixas. Aonde você está querendo chegar com isso, Kai?

Ele deu de ombros.

— Seus parceiros de armas estão correndo risco. Irene, você entrou no meio do perigo para me salvar. Não faria isso por eles também?

Aquilo estava ficando mais emocionalmente carregado do que Irene gostava. Os aposentos apertados não ajudavam, pois ela e Kai agora estavam extremamente perto um do outro.

— Bem, sim, é claro que sim, mas o que exatamente você espera que eu *faça* aqui e agora? Eu deveria estar entrando em pânico porque existe uma chance de que alguém que eu conheça esteja... — *Morto*. Ela conhecia muitos outros Bibliotecários, como conhecidos casuais, até mesmo os que não eram próximos. Coppelia e Kostchei haviam dito que pessoas haviam morrido. Ela não queria fazer especulações. Seria difícil demais parar. —... em perigo — ela usou essa palavra, em vez de morto. — Eu... nós... temos um *trabalho* a fazer. **Portal do B-1165.**

O gabinete de transferência entrou em movimento aos solavancos, deslizando de lado em meio à escuridão e cortando qualquer retorquir que Kai pudesse ter feito. Enquanto o gabinete descia como se fosse um elevador, ela foi forçada a reconhecer aquilo que mais a incomodava em relação à proposta de Bradamant. O fato de Irene desejar desesperadamente fazer isso. Ela *queria* atacar Alberich para salvar a Biblioteca. Colocar-se em perigo para realizar o trabalho dificilmente era novidade. Mas seu bom senso revoltava-se contra a ideia de colocar-se em perigo se não havia nada a se conseguir com isso. Bradamant não tinha um plano além de usar a elas mesmas como isca. Ela só tinha um desejo de que sua ideia se tornasse realidade.

Se apenas tivessem alguma maneira de localizar Alberich...

O gabinete parou com tudo, e tanto Irene quanto Kai saíram cambaleando em uma sala sem janelas, que mal tinha luz suficiente para não tropeçar na pilha de livros. Não havia nenhum sinal de aviso ali sobre os perigos atuais, nada de pôsteres ameaçadores, nem selos especiais na porta do lado de fora da Biblioteca.

— Preparado? — disse ela.

— Preparado — concordou Kai, ajustando os punhos de sua camisa.

Irene segurou na pesada maçaneta de latão e empurrou a porta para abri-la, e depois cruzou até outro mundo. Ela teve que empurrar para o lado uma corda aveludada vermelha que cercava, isolando, a porta deles. Havia uma placa de *Fora de funcionamento* em polonês pendurada em sua maçaneta. Além disso, a sala estava cheia de vitrines e tapeçarias. Outro lugar que uma vez fora uma verdadeira biblioteca e que agora não passava de um museu.

Kai agarrou-a pelo pulso, com força o bastante para machucar.

— Irene — disse ele, com a voz cheia de choque. — Alguns da minha espécie estão neste mundo.

CAPÍTULO 13

Irene fitou Kai, surpresa, prestes a pedir mais detalhes quando a porta na outra extremidade da sala abriu-se estrondosamente, batendo com um som oco na parede. Tanto ela quanto Kai se viraram para ver quem era.

O homem que estava parado na entrada era presumivelmente um guarda do museu, embora o porrete pendurado em seu cinto parecesse usado demais para a paz de espírito de Irene. As roupas dele eram pretas com toques de vermelho, um casaco de gola alta sobre uma calça social e botas. Uma cicatriz brutal desfigurava um lado de seu rosto. Dois outros guardas preenchiam o espaço atrás dele: o volume de seus ombros fazia com que Irene seriamente se questionasse sobre os deveres normais deles. Guardas de museu *geralmente* não eram assim bem organizados, musculosos e nem tão preparados para agir com violência.

— Quem são vocês e o que estão fazendo aqui? — perguntou o guarda líder em um tom exigente.

Tratava-se de uma pergunta razoável, e era uma que havia sido feita a Irene um bom número de vezes em sua carreira. Infelizmente, "Eu sou Irene e estou aqui para roubar livros" raramente era a resposta que os interrogadores desejavam ouvir. De imediato, ela não conseguia pensar em nenhuma boa resposta que explicaria de forma adequada sua presença em uma área que parecia estar muito bem guardada. Ela poderia partir para o próximo passo de rotina.

— **Vocês percebem que eu e este homem somos pessoas que têm o direito de estar aqui e que devem nos deixar partir** — disse ela, com firmeza, na Linguagem. O esforço pegou-a de surpresa. Era como se tivesse que empurrar as palavras colina acima. O universo não parecia querer aceitar o efeito da Linguagem. Seria essa a sensação de trabalhar nos tais mundos de alta ordem? Antes, ela geralmente havia sido empregada nos que se encontravam mais no meio da estrada, ou até mesmo nos caóticos.

Não obstante, a Linguagem funcionou. Os guardas pareciam um pouco confusos, mas a intimidação foi drenada da postura arrogante deles.

— Peço desculpas — disse o primeiro deles, fazendo uma saudação. — Nós não havíamos nos dado conta disso, madame.

— Continuem com o que estavam fazendo — disse Irene, com um movimento afirmativo de cabeça, andando devagar até a porta. Ela oscilava um pouco, ainda zonza com o esforço, mas Kai a estabilizou. Os guardas derreteram-se como manteiga diante de uma faca quente, e saíram do caminho, os olhos abaixados em respeito.

Ela e Kai estavam no meio do caminho descendo o corredor quando se ouviu um furioso grito.

— Parem-nos!

— Mais rápido do que o de costume — murmurou Irene, enquanto saíam correndo e davam a volta no canto.

Os guardas tinham a vantagem de conhecerem o terreno, mas, felizmente, o lugar era um emaranhado de salas. Belas salas muito elegantes até onde Irene podia notar enquanto passava correndo por elas, e cheias de livros que pareciam interessantes. Indo mais direto ao ponto, eram salas em que seus perseguidores poderiam ficar perdidos.

Ela avaliou a situação em que se encontrava enquanto se escondia atrás de um estande com Kai. Os guardas passaram ruidosamente por eles, berrando alguma coisa que o polonês de Irene não era bom o bastante para traduzir.

Esperou até que estivessem longe o bastante para não conseguirem ouvir o que ela diria.

— Nós precisamos repensar nossa estratégia costumeira.

— Por quê? — perguntou-lhe Kai.

— Porque normalmente aquele efeito dura mais tempo.

— Presumi que se tratava apenas de má sorte.

— Não. Acho que foi a natureza de alta ordem deste mundo. Foi mais difícil para fazer com que funcionasse também.

— Oh — Kai franziu o cenho. — Normalmente teria adorado levar você para um mundo de alta ordem, mas isso poderia tornar as coisas inconvenientes. Eu nunca esperei estar roubando um livro com você em um deles. E por que aqueles guardas simplesmente apareceram então? Eles pareciam muito preparados para a ação. Eu achei que esse tipo de coisa acontecia apenas em mundos de alto caos.

— A vida tem uma tendência a ser estranha — disse Irene com profunda amargura. — Certo. Vamos tentar encontrar a saída antes que eles voltem.

Um pouco de exploração cautelosa levou-os às áreas mais públicas do edifício, e conseguiram, sem chamar atenção, entrar de fininho em meio às pessoas que iam e vinham. A maioria dos visitantes parecia ser estudantes ou eruditos, e muitos poucos deles pareciam estar bem de vida. Sobretudos surrados e um ar de pobreza gentil eram a norma.

O guarda na porta exigiu ver o passe de Irene, mas, em vez disso, estava disposto a aceitar uma moeda de ouro e o pedido de desculpas dela por havê-lo "esquecido". Provavelmente haveria encrenca, assim que ele e os guardas atrás dela se falassem, mas Irene planejava estar bem fora da cidade quando isso acontecesse.

Ela e Kai encontraram uma cafeteria várias ruas longe dali, coletando jornais enquanto seguiam seu caminho e assentaram-se em um canto com um bule de chá e um prato de bolos fritos recheados com geleia de ameixa. Por mais ou menos meia hora ficaram em silêncio, exceto pelas ocasionais solicitações para passar um jornal. Irene pegou todos os poloneses, visto que tinha pelo menos um básico entendimento do idioma, enquanto Kai lia os internacionais, considerando que seu polonês era inexistente.

Por fim, Irene colocou de lado o último jornal e fez um sinal, pedindo um novo bule de chá.

— Isso vai ser inconveniente — disse ela. — Não gosto de tentar roubar livros em meio a secessões e revoluções.

— Talvez não seja tão inconveniente quanto poderia ter sido. — Kai deu uns tapinhas no jornal francês *Le Monde*. — Segundo este jornal aqui, os problemas estão nos países remotos, não na Rússia em si. Uma vez que chegarmos em São Petersburgo, estaremos a salvo. — Ele pensou a respeito. — Bem, mais a salvo do que aqui, pelo menos.

— Talvez sim, talvez não. — Irene empilhou os jornais, pensativa. — Eles estão usando termos como "terrorismo", "agentes estrangeiros" e "quinta coluna". Eu descobri que quando isso começa a acontecer, cidadãos nativos ficam suspeitando de quaisquer estrangeiros que se comportem de um jeito estranho. Quanto mais cedo cairmos fora daqui, melhor.

— Você acha que isso terá feito a segurança em torno do Hermitage ainda mais pesada? — quis saber Kai. — Considerando o quão desatualizadas estão o resto das nossas informações...

— Não temos como saber, infelizmente. Este é o problema de não termos um Bibliotecário em Residência. — Ela lembrou-se do comentário anterior dele. — A propósito, o que você quis dizer quando falou que havia dragões aqui?

— Não aqui na Polônia — disse Kai, um pouco rápido demais.

— Não, neste mundo — disse Irene.

— Eu posso dizer que eles estão neste mundo. Não sei onde, não sem tentar encontrá-los. E não sei ao certo se seria uma boa ideia.

— Por que não? — quis saber Irene, genuinamente surpresa. Ela achou que Kai ficaria satisfeito demais por passar um tempo com outros dragões.

— Bem. Sabe... — Nunca era um bom sinal quando Kai ficava monossilábico. Ele mexeu nos bolos. — Perguntas.

— Kai, nós conversamos sobre isso de manter segredos perigosos antes — disse Irene, com paciência. Mais precisamente, ela havia falado e ele escutara. — Isso é algo que eu deveria saber?

— Estou preocupado com o meu pai. — A voz de Kai soava baixa e incerta. — Eu já causei inconveniências a ele ao ser sequestrado e precisar ser resgatado. Não quero que fique embaraçado com mais algum comportamento vergonhoso da minha parte. O que eu faço em particular é uma coisa, mas... Bem, eu sei que você entende como podem ser as intrigas na corte, Irene. Ninguém realmente vai *desafiar* o meu pai, mas há outras coisas que podem fazer...

— Impostos e tributos atrasados? — Irene tentou adivinhar. — Pedidos acidentalmente se perdendo em suas rotas? Insubordinação cortês semi pública? Negociações com outros monarcas? — Ela já sabia que há quatro reis dragões, e que o pai de Kai é um deles. Contudo, o próprio Kai era um filho entre muitos, de longe o mais novo e o mais baixo deles na escala de herança. — Consequências a longo prazo com base no fato de que a conduta errônea por parte do filho pode implicar fraqueza do pai?

— Você realmente entende — disse Kai aliviado. — Meu tio é leal a ele, é claro, e Li Ming é leal a meu tio, então não importa se eles souberem sobre a minha afiliação à Biblioteca. Mas não sei que outros dragões estão aqui. Pode até mesmo se tratar de representantes de uma das cortes das rainhas. Eu não quero ser acusado de invadir o território de outrem.

Irene sabia que deveria estar seguindo em frente com o trabalho, mas era tão raro Kai discutir a política dos dragões que ela não pode resistir ao impulso de fazer mais algumas perguntas.

— As rainhas são inimigas dos reis?

— Ah, não — disse Kai, soando chocado com a possibilidade de ter passado essa impressão. — Mas elas estão estabelecidas nos mundos mais seguros, aqueles que você chamaria de mundos de alta ordem. Os reis vão até esses mundos visitá-las em ocasiões de estado, ou para contratos de acasalamento.

— Você foi criado na corte da sua mãe ou na corte do seu pai? — perguntou Irene.

— Na corte do meu pai. Crianças do sexo masculino são entregues ao pai, e as do sexo feminino, à mãe. Pelo menos é assim com os acasalamentos reais. Dragões de escalões inferiores podem ter arranjos diferentes. — Ele captou a expressão no olhar dela. — Ah, você não deveria pensar que eu cresci sem nenhuma fêmea dragão ao meu redor. Meu pai real tem muitas cortesãs e criadas, assim como lordes do sexo feminino sob seu comando. É só que os membros das casas reais em si são do mesmo gênero.

— Por quê?

Kai deu de ombros.

— É assim que são as coisas.

Irene teria gostado de obter mais detalhes, mas a atual situação era mais importante.

— Certo — disse ela. — Voltando ao assunto que temos em mãos, existe a probabilidade de que algum dos dragões que estão aqui interfira no roubo do livro?

— Não *interferir...* interferir — disse Kai, com cuidado. — Mas com certeza ficariam curiosos.

— Nesse caso, seremos discretos e vamos esperar que não nos notem. — Ela viu o alívio nos olhos dele. — Próximo passo: precisamos chegar a São Petersburgo, possivelmente com uma parada para conseguirmos roupas antes.

Ela assentiu para as pessoas que passavam lá fora. Embora muitas delas usassem algum tipo de casaco escuro sobre suas roupas, tal como Kai e Irene, eles eram de lã ou feltro, frequentemente com punhos e colarinhos de pele. As roupas debaixo dos casacos eram saias longas para as mulheres, mas com um corpete e uma blusa em vez de um vestido, amarrados com cintos de cores chamativas. Os homens usavam botas pesadas e calças grossas, com camisas e coletes. Ambos os gêneros estavam com chapéus: Irene e Kai fugiam ao padrão sem nada cobrindo suas cabeças.

— Não roupas baratas demais, espero — disse Kai.

Mesmo que ele conseguisse fazer com que uma camisa e uma calça desmazeladas parecessem a última moda da passarela, isso não queria dizer que era o que ele desejava. Ele fazia compras com o gosto refinado de um príncipe que tinha sido criado com sedas e peles feitas sob medida.

Irene era meio que uma decepção nesse departamento para ele, e ela sabia disso.

— Sinto muito — disse ela. — Eu não quero gastar demais do dinheiro que temos guardado antes de chegarmos lá. As modas podem ser diferentes em São Petersburgo...

— Disse a você que deveríamos ter comprado a *Vogue* — disse Kai.

— Isso é alta moda, e não moda comum — disse Irene em um tom firme. — Não teria sido nada útil. Vamos lá. Precisamos que começar. — Pegou o último bolo, depois fez um sinal para o garçom vir até a mesa, combinando uma gorjeta com uma solicitação por direções até uma loja de roupas local.

Ela ficou grata porque Kai não fez nenhum comentário sobre urgência, ou que isso estava tomando tempo demais. Deparar-se com uma propriedade real pesadamente guardada sem o disfarce certo faria com que fossem *mortos*. E pensar em detalhes a mantinha estável. Ao contrário, se ela se permitisse começar a pensar que *a Biblioteca como um todo poderia ser destruída,* sua mente entraria em um estado aterrorizado, como se fosse um hamster apavorado correndo em uma rodinha. O conceito era grande demais para se imaginar.

Em algumas versões da Cracóvia haveria uma imensa estação de trem central, mas aqui era um grande edifício concentrador de viagens, com trenós constantemente entrando e saindo, guiados por renas e cavalos que galopavam pelo ar. Este era um uso mais invasivo de magia do que Irene havia visto em qualquer outro lugar da cidade, que, pensando bem, parecia detonada no geral. O lugar precisava desesperadamente de alguma reforma, o que sugeria uma depressão financeira. A situação como um todo provavelmente estava ligada à incerteza geral no Império Russo neste mundo e ao rígido controle estatal da magia. Irene notou isso como um detalhe de fundo, considerando o quanto causaria impactos na missão deles, da mesma forma como ela teria estudado a gramática e o vocabulário de um novo idioma.

Felizmente, os guardas nos portões não pediram passaportes, mas os bilhetes eram caros o bastante a ponto de fazer com que Irene se encolhesse por causa de suas cada vez mais parcas finanças. Um pajem que lançava olhares de esguelha para as roupas baratas deles conduziu Irene e Kai até um elegante trenó preto e prateado com seis grandes renas presas. Ele abriu a pequena porta na lateral do trenó e fez uma reverência, indicando que era para entrarem. O trenó estava cheio: mal havia lugar para eles se espremerem em um canto, e o resto das pessoas usava roupas mais elegantes do que eles. Ela avistou brilhantes aglomerados de fitas em mangas e nos pescoços, ou macias luvas de pele de zibelina e botas de couro vermelho de salto alto.

— Boa noite — disse a mulher sentada ao lado dela, animada, em polonês. Ela era do tipo idosa rica, com peles que mostravam sua idade, mas que tinham sido muito caras um dia. Suas bochechas cheias de maquiagem combinavam com um nariz vermelho. — Que bom ter a companhia de jovens no voo desta noite! O que os traz a esta viagem?

Kai sorriu em uma cortês incompreensão. Ele deixou a cargo de Irene conduzir a conversa e a história inventada sobre o porquê de estarem ali, o que pelo menos tirava a mente dela do trenó que se erguia no ar e das alturas que ele alcançava. E também da velocidade. Zepelins ou lançadeiras de alta tecnologia eram *tão* melhores do que esse tipo de transporte. Dava para fechar as janelas e não tinha que ver a paisagem lá embaixo desenrolando-se a uma velocidade impossivelmente rápida, de um lugar alto demais. Ela concentrou-se em fazer com que sua narrativa soasse convincente.

—... e então meu primo aqui veio me buscar depois do ataque de coração que minha mãe sofreu — ela concluiu. Era uma história trágica de doença de família e colapso familiar, completada com o alcoolismo do pai e um acidente. Aparentemente, Irene tivera que gastar todas suas economias no rápido trenó para casa, a fim de estar com sua mãe moribunda. Ela pegou emprestado alguns pontos dos piores arrancadores de lágrimas de épicos familiares que ela conhecia e estava bem orgulhosa do resultado. — É claro que meu primo nunca esteve fora da Rússia na vida, mas ele sabia onde eu estava morando...

Vários dos ouvintes suspiravam, simpatizando com a história dela. O entretenimento no voo consistia em olhar pela beirada do trenó ou passar de uns para os outros garrafas de vodca e slivovitz, e a história de Irene atraiu mais atenção do que realmente havia desejado. Ela pressionou os nós dos dedos nos lábios.

— Por favor, perdoem-me... Só estou tão preocupada com minha pobre mamãe...

Kai podia não ser capaz de entender polonês, mas ele sabia captar uma indireta. Ele deslizou um dos braços em volta dos ombros dela e abraçou-a junto a si.

— Por favor, perdoem minha prima — disse ele em russo. — Eu acho que ela precisa descansar.

Com assentimentos gerais, Irene permitiu-se relaxar. Era verdade que ela estava exausta. O dia tinha sido longo e cheio de agitação. Machucados esquecidos estavam sendo sentidos, agora que não havia nada a fazer exceto sentar e esperar que o voo terminasse.

— Durma um pouco — murmurou Kai no ouvido dela. — Eu acordarei você se... bem, se alguém atacar.

Irene curvou a boca em um leve sorriso.

— Obrigada — ela sussurrou, e deixou sua cabeça repousar no ombro dele, fechando os olhos. Ela tentou desanuviar a mente para dormir, por mais difícil que fosse. Mas Kai estava quente junto a ela, até mesmo através das espessas camadas de roupas deles, e, apesar de ela não gostar de alturas, ao lado dele se sentia segura. *Ele é um dragão. Ele me pegará se eu cair...*

* * *

Quando ela abriu os olhos de novo, o céu estava brilhante, pálido e sem nuvens, e o ar, amargamente frio. Eles juntaram-se a uma fila de tráfego aéreo que chegava, mergulhando em direção a um gigantesco edifício hexagonal coberto de painéis de vidro e madrepérola. Um imenso relógio na lateral, reluzindo com o latão e cercado por símbolos astronômicos, mostrava que eram seis horas da manhã.

Irene esfregou os olhos e ergueu o olhar para Kai.

— Você não dormiu nada?

— O bastante — Ele não parecia desmazelado nem meio sonolento; estava maravilhoso e atento, como se o ar noturno invernal tivesse aumentado a energia dele. — Olhe para a cidade lá embaixo. Dá para ver todos os marcos históricos.

Irene cerrou os dentes e espiou pela beirada do trenó para São Petersburgo que estava abaixo deles.

— É... grande — disse ela, o que não era muito útil. Seu entendimento geográfico da cidade teria sido melhor se não estivesse tentando não pensar em cair do trenó e aterrissar em tal geografia.

— Acho que aquele ali embaixo é o Palácio de Inverno. — Kai apontou para um edifício na área da praia, que reluzia dourado e azul à luz da manhã. — Adorável arquitetura.

Foi muito eficiente da parte de Kai estar fazendo o reconhecimento do terreno e avistando edifícios que pertenciam ao complexo do Hermitage. Irene deveria estar elogiando-o por seu bom trabalho em vez de lutando contra o enjoo e a vertigem.

— Que legal — murmurou.

Kai desistiu dela, e continuou inclinando-se na beirada para ficar observando enquanto o trenó aterrissava. A rena andava a meio galope por um dos arcos nas paredes do edifício e descia, até estarem levando o trenó sobre o chão em vez de pelo ar, pousando sem um leve solavanco que fosse. Eles aterrissaram dentro de um imenso salão aberto: estava lotado de outros trenós, em uma mistura de passageiros, guardas e carregadores de bagagens extremamente pesadas. O som de centenas de pessoas gritando umas com as outras era quase fisicamente doloroso.

Irene se despedia de forma cortês dos outros passageiros quando notou os ursos. Eles estavam agachados em pares perto dos portões de saída, cada um deles com um treinador a seu lado: coleiras de ferro circundavam seus pescoços, e correntes iam de suas pernas traseiras até ganchos fixados no chão.

— Kai — murmurou Irene, assentindo na direção deles.

Os olhos de Kai estreitaram-se enquanto ele considerava os animais.

— Eu não tenho certeza se são para controle da multidão, se são guardas ou o quê — disse ele, andando com ela como quem passeava na direção da saída. Ao contrário da maioria dos outros passageiros, eles levavam apenas o mínimo de bagagem. — Como devemos agir?

— Aja com normalidade — disse Irene. — Pelo menos ninguém parece gostar deles.

As pessoas que passavam pelos portões de saída o faziam alguns centímetros longe dos ursos, ou os tratavam com um alto desdém e depois se contorciam com o mais leve rosnado deles. No entanto, ninguém estava na verdade sendo parado. Talvez eles fossem apenas uma ameaça? Ou algum tipo de guarda cerimonial? Mas quem postava guardas cerimoniais no equivalente de um aeroporto?

Eles juntaram-se a uma fila que seguia em direção à saída mais próxima. Irene fez uma lista mental de possíveis contrabando. Ela não estava carregando uma arma, nem drogas, nem explosivos, algo que ela lamentava de leve, afinal de contas, eles poderiam ser úteis nesta missão. Porém, pelo momento, não conseguia pensar em nada ilegal escondido nela ou em Kai. É claro que isso poderia depender do que este regime considerasse ilegal.

Então o urso mais próximo rosnou. Não se tratava do ruído casual que este e os outros ursos vinham fazendo mais cedo quando mudavam de posição ou lambiam os focinhos, mas sim um barulho objetivo, do tipo "todos os guardas, prestem atenção!". O animal levantou-se, as correntes em suas pernas traseiras rangendo, e ele inclinou-se em direção a uma das pessoas na fila.

O treinador do animal deu um passo à frente.

— Boa noite, amigo cidadão — disse ele, energicamente. — O senhor está carregando algum componente mágico ilegal, conforme definido na seção quatro da lei contra importação de materiais perigosos ou traidores?

— É claro que não — disse o homem acusado, categoricamente. O rosto dele ainda estava rosado por causa da exposição ao vento que todos os passageiros tinham sofrido, mas Irene achava que ele perdera um pouco de cor. Outras pessoas estavam recuando dele, ou melhor dizendo, dele e do urso. — Deve haver algum engano.

O treinador do animal ergueu um apito de prata até sua boca e soprou uma rajada sonora estridente. O som foi carregado em meio ao barulho da multidão, e Irene pôde ver vários homens em longos casacos escuros vindo às pressas na direção deles.

— Tenho certeza de que o senhor não se importará em acompanhar esses guardas para que verifiquem sua bagagem então — disse o treinador do animal. — Por favor, esteja ciente de que este é seu dever de acordo com a lei, e qualquer resistência será considerada um ato ilegal.

O resto das pessoas estavam olhando uns para os outros e murmurando, nervosos, o que tornava seguro que Irene se inclinasse na direção de Kai e sussurrasse:

— Eles têm ursos farejando fontes de magia?

— Parece que sim.

Eles se arrastaram mais um passo para perto da saída. O urso tinha voltado a ficar de quatro de novo, parecendo tão domado e não ameaçador quanto se poderia esperar de um grande urso-cinzento. Em outras palavras, não muito.

— Interessante.

Eram os segundos da frente da fila agora. Estavam acenando para que o homem na frente deles passasse.

— A negócios ou prazer? — disse o treinador, com o mínimo dos mínimos de interesse.

— Família — disse Irene. Ela decidiu usar a abordagem honesta, porém confusa. — Estou visitando a minha mãe. Quero dizer, não é realmente um prazer, mas acho que também não são negócios...

— Sim, muito bem — disse o treinador, cansado. — Por favor, passe pela saída diante de você.

Com um suspiro interno de alívio, Irene passou por ele, com Kai atrás dela.

E então o urso inclinou-se para a frente e cheirou Kai.

CAPÍTULO 14

Seguiram-se ofegos enquanto a multidão recuava, afastando-se de Irene e Kai. E do urso, é claro. Era difícil ignorar o animal. Por um instante, Irene considerou fingir inocência e fazer um sinal para que Kai saísse correndo e então ela se encontraria com ele depois. O bom senso dizia que ela provavelmente seria presa como cúmplice. Além do mais, estava relutante em deixá-lo sozinho em um local estranho. Ele poderia ficar encrencado. Ainda *mais* encrencado.

O treinador franziu o cenho.

— O senhor está carregando algum componente mágico ilegal, conforme definido na seção quatro da lei contra importação de materiais perigosos ou traidores?

— De jeito nenhum — disse Kai. Ele olhou de esguelha para o urso. — Deve haver algum engano.

O urso soltou um longo e retumbante arroto. Ele abaixou a cabeça e tentou esfregar o focinho em Kai, forçando suas correntes. Não havia nada de agressivo em relação ao urso agora.

Kai olhou para Irene por um instante e depois soltou um suspiro e esticou a mão para coçar a cabeça do animal, afundando os dedos nos pelos dele.

— Boa menina — disse ele em um tom gentil. — Boa menina.

Os homens da segurança com os longos casacos pretos haviam chegado à cena.

— Pode afastar-se do urso, por favor, amigo cidadão? — disse um deles em um tom exigente. — Por favor, coloque suas mãos acima da cabeça e não faça nenhum movimento ameaçador.

Esta não era a entrada furtiva em São Petersburgo que Irene estava planejando. Ela foi mais para perto do treinador do animal.

— E se ele o machucar? — perguntou ela, deixando que uma ponta de preocupação cheia de pânico deixasse sua voz mais aguda. — É um urso! E se arrancar a cabeça dele se ele parar de fazer carinho?

— Nossos ursos são todos muito altamente treinados, amiga cidadã — o treinador garantiu a ela, observando o urso, nervoso. — De modo algum ele machucaria alguém. Se seu amigo apenas se afastar dele, eu tenho certeza de que não fará nada.

Mas a ideia tinha sido plantada e havia criado raízes. Os homens da segurança olharam um para o outro.

— Talvez seja melhor não tentar se mover até que possamos conseguir que uma das controladoras venha até aqui, amigo cidadão — disse um deles. — Veja se você consegue mantê-lo calmo.

— O que está acontecendo aqui? — A mulher que vinha a passos largos no círculo crescente de espaço vazio usava um longo casaco preto como os homens, mas havia listras verdes em seus ombros e nos punhos. Os longos cabelos dela estavam trançados para trás de um jeito cruelmente apertado, e, em vez das saias que as outras mulheres vestiam, trajava uma calça e botas pesadas, como os homens. Ela olhou feio ao seu redor, com ares de suspeita. — Algum problema?

— Aquele é o problema, madame controladora — disse o guarda líder dos seguranças, apontando para o urso que estava se aconchegando em Kai.

A mulher espiou como se fosse míope. Então foi andando até o urso e colocou uma das mãos em sua cabeça, murmurando tão baixinho que Irene não conseguia ouvir o que ela estava dizendo. Kai recuou um passo, mas a inclinação de sua cabeça sugeria que ele estava ouvindo.

— Galina está dizendo que ele cheira à seiva na árvore quando ela segue atroadora em direção aos céus. — A mulher anunciou, franzindo o cenho. — Disse que saúda o senhor dos poderes da terra e do céu, regente dos oceanos e sacudidor de montanhas. Eu a quero em licença médica imediata. E eu o quero interrogado — Ela apontou para Kai.

— Com que acusações, madame controladora? — quis saber o guarda.

— Eu não sei. Incômodo público, talvez — disse a mulher.
— Eu tenho certeza de que ele fez alguma coisa. Levem-no sob custódia, e qualquer um que estiver com ele. — Ela esfregou o ombro da ursa com afeto.

O guarda fez o melhor que pôde para parecer confiante.

— Se o senhor puder vir comigo, amigo cidadão — disse ele para Kai. — E a dama que está com o senhor. Tenho certeza de que vamos resolver tudo isso em poucos minutos.

Droga, eles lembraram que eu existo. Irene deu um passo à frente ao lado de Kai, direcionando-o um leve aceno com a cabeça.

— Por favor, faça o que eles estão dizendo, primo — ela murmurou.

Relutante, Kai deixou a ursa em paz, que estava mesmo adulando a mulher, e os dois seguiram os seguranças até uma porta lateral. Irene estava avaliando as armas visíveis dos guardas enquanto eles seguiam na frente do caminho. Pesados cassetetes, como dos guardas no museu. Rolos de uma corda fina nos cintos, do lado oposto dos cassetetes... Talvez

203

algum tipo de contenção mágica? Eles usavam apitos de prata no pescoço, como os do treinador, de modo que provavelmente era uma forma rápida de soar o alarme. Tudo muito inconveniente. E só porque Irene não viu nenhuma arma de projéteis, isso não queria dizer que não as tinham.

Eles foram conduzidos para dentro de um corredor nos fundos muito diferente do opulento trenó-porto de fora ou do saguão da grande central. Era utilitário, eficiente e sem nenhuma janela externa pela qual alguém poderia fugir. As portas espaçadas ao longo desse corredor eram molduras abertas de pesadas barras de aço.

— É logo por aqui — disse o guarda, cujo efeito tranquilizador em suas palavras ficou diluído pelo nervosismo de sua voz. — Se os amigos cidadãos puderem esperar nesta sala, alguém virá ter com vocês em um instante.

Ele fez um gesto mandando que Irene e Kai entrassem em uma sala com poucos móveis, bem vazia e que parecia uma cela, com paredes e piso de azulejo branco e apenas uma única cadeira, e então ele deu um tapinha com a mão na lateral da entrada e murmurou algumas palavras. Um brilho de luz surgiu, sibilando como magnésio na água.

— O que está acontecendo? — perguntou Irene.

— Só vamos manter vocês aqui até que os investigadores cheguem — disse o segundo guarda. — Nós estaremos de volta em um instante, amigos cidadãos. — Ele bateu com tudo as barras de metal no lugar e trancou o portão em sua posição. Os guardas saíram andando rapidamente, com o ar de homens que estavam prestes a passarem um problema perigoso para outra pessoa.

Irene olhou ao redor da cela. Não havia nenhum orifício óbvio por onde alguém estaria à espreita, nem modos de ouvi-los, mas não podia ter certeza disso.

— Lá se foi a chegada discreta — ela murmurou.
Kai esticou as mãos.
— Realmente sinto muito. Eu não fazia ideia de que a ursa faria aquilo. Mas o que faremos agora?
— Esperamos pelos investigadores e explicamos tudo a eles — disse Irene em um tom delicado. Ela puxava o lóbulo de sua orelha significativamente. *Pode ser que nos ouçam.* — Tenho certeza de que, uma vez que descubram o que está acontecendo, vão nos deixar ir embora. Aquela moça não disse que a ursa precisava de um *check-up* médico?

Kai atravessou a sala e cutucou a tela que cruzava a entrada com um dedo, e com cautela, mas ela cuspiu faíscas densas em todas as direções, fazendo-o recuar.

— Este é um campo mágico surpreendentemente potente — disse ele, escolhendo bem as palavras. — Desconfio que se alguém simplesmente *tentasse* pular por ele, poderia derrubar a pessoa e deixá-la com sérias queimaduras elétricas.

— O governo parece ter uma dominação firme sobre o uso de magia por aqui — disse Irene.

Ela estava tentando se orientar geograficamente falando. Mesmo que não gostasse da visão na chegada, havia visto que o trenó-porto ficava cercado pela cidade, em vez de ser localizado em uma área campestre. Se eles conseguissem fugir para São Petersburgo, teriam esperanças de que pudessem despistar quem quer que os estivesse perseguindo. Eles só tinham que cair fora dali. De preferência, antes que mais guardas voltassem.

Não havia por que perder mais tempo.

— Você pode me guiar até a parede lá de fora mais próxima? Considerando onde estamos, em referência ao rio?

Kai assentiu. Ele sabia o que ela estava prestes a fazer.

A Linguagem não era magia. Era ainda uma outra coisa, um tipo totalmente diferente de poder. Irene não conseguiria manipulá-la para trabalhar com magia, a qual não poderia usar em si, pois era algo que variava de mundo para mundo, e ela nunca havia sido treinada para isso. Seus pais sempre haviam lhe dito que uma mente flexível e o bom uso da Linguagem eram bem mais valiosos do que estudar as minúcias da magia de um determinado mundo, e Irene geralmente concordava com isso. Era apenas em momentos como esse, quando estava trancafiada atrás de um campo mágico, que sentia que o argumento deles poderia ter sido um pouco unilateral. Contudo, a Linguagem *poderia* fazer com que a magia parasse de funcionar. A Linguagem era substancial e incondicional, o que às vezes fazia dela uma ferramenta ruim para roubos delicados. Para fugas da prisão como essa, ela era perfeita.

— **Barreira mágica, desativar** — disse Irene, cujas palavras persistiam no ar, como uma carga elétrica, pesadas com uma corrente de energia. O campo emitiu um chiado que foi sumindo aos poucos, e desapareceu. Ela estava suando como se eles tivessem subido correndo por uma colina. — **Porta de barras de aço, destranque-se e abra.**

A tranca emitiu um clique e a porta se abriu, batendo na parede com um som oco que fez os azulejos trepidarem. Kai já estava se mexendo, arrastando Irene consigo enquanto ela arfava, tentando respirar. Este lugar tornava *difícil* o uso da linguagem. Tudo era assentadinho demais, real demais, ordenado demais. Se ela tivesse fôlego, reclamaria sobre isso para quem quisesse ouvir.

Desceram correndo pelo corredor, para longe do saguão central e na direção das paredes externas. Um guarda virou na esquina à frente deles, chocado, erguendo uma das mãos para que parassem. Kai soltou Irene, pegou o pulso estendido do homem e girou-o, fazendo com que ele batesse com tudo na parede, antes de pegar no ombro de Irene de novo e puxá--la consigo. Ele nem perdeu o ritmo.

— Parem! — gritavam várias vozes atrás deles.

Bem, se tinham alguma dúvida sobre nós, agora os convencemos.

Eles viraram em uma esquina. Era um beco sem saída. Oficiais ladeavam as paredes em ambos os lados, mas o final do corredor era pedra sólida, sem nem mesmo o luxo de uma janela.

— Você tem certeza de que é lá fora do outro lado disso? — perguntou Irene em um tom exigente e sem se preocupar com a gramática. Bem, ela estava com pressa.

— Absoluta — disse Kai, que olhou de relance por cima do ombro em direção ao ruído de botas que se aproximavam. — Embora eu não saiba o quão espessa é a parede.

— Vamos apenas esperar que a estrutura de suporte aguente — disse Irene. Ela deu um passo à frente e colocou as mãos junto à superfície de pedra fria. — **Parede de pedra que está na minha frente, medida pela minha altura e pelas minhas mãos** — disse ela, tentando definir a parede da forma mais específica quanto possível —, **vire pó totalmente até lá fora.**

Por um instante, Irene achou que não fosse funcionar. Portas eram feitas para se abrirem, e faziam isso o tempo todo, mas pedra não era frágil e facilmente quebrável por natureza. A estrutura pareceu tremer sob suas mãos, como se estivesse tentando dispensar o comando dela com a mesma facilidade que um humano poderia recusar-se a cumprir uma ordem.

Não. Ela não ia deixar que a parede a desobedecesse. Colocou sua vontade nisso, determinada, focando, invocando sua determinação, cerrando os dentes enquanto fixava o olhar na parede. E devagar, devagar demais, a superfície ficou áspera e cheia de buracos enquanto ela observava, a poeira começando a cair em cascata sobre suas mãos.

— Irene! — gritou Kai, tirando-a do chão e erguendo-a no ar.

Eles foram, juntos, aos tropeços para o chão, quando uma rajada de virotes de besta fatiavam o ar acima deles na altura da cintura. Irene sentiu como se seus ossos estivessem em férias temporárias e tivessem sido substituídos por gelatina, mas a situação não poderia ser adiada até que ela se sentisse melhor.

— **Cordas da besta, partam-se!** — ela gritou.

A poeira desceu em cascatas em cima dela e de Kai. Ele rolou para ficar de pé, equilibrado e preparado, enquanto os guardas se aproximavam. Irene tossiu e forçou-se a ficar em pé, com menos elegância do que Kai, virando-se para verificar como estava a parede. Havia um buraco mais ou menos do tamanho de uma pessoa na parede agora, e ela podia ver o céu claro lá do outro.

— Está na hora de irmos!

— Você primeiro!

Não dava tempo de discutir. Irene abaixou a cabeça e passou pelo buraco, que tinha mais ou menos um metro e meio de comprimento, o que sugeria que as paredes externas eram bem espessas. No lado mais afastado, a saída deu para o nível do primeiro andar do edifício, significando que havia uma queda de uns três metros até o chão lá embaixo. As pessoas já estavam se reunindo e apontando.

Irene curvou-se, segurou na borda mais baixa do buraco e deixou-se cair, aterrissando em segurança na calçada. Aquelas aulas de quedas e rolamentos definitivamente haviam valido a pena.

— Kai! Agora!

Ele desceu atrás dela em um rodopio cheio de poeira, e outra rajada de virotes trepidou ruidosamente acima da sua cabeça, entrando no prédio oposto de onde estavam. Eles deviam ter recarregado duas vezes mais rápido.

— Para onde?

— Só um instante. **Poeira, reúna-se em uma nuvem naquele buraco do edifício!** – A poeira de pedra erodida juntou-se como se fosse uma névoa em uma montagem cinematográfica, soprando de volta para dentro do prédio. — Certo. Agora...

Irene olhou ao seu redor, permitindo-se pensar clara e calmamente. A rua estava cheia de pessoas: pedestres na calçada, pequenas carruagens e cavaleiros na rua, e todos olhando para ela e para Kai. Essa parecia uma situação que poderia ser resolvida com eles saindo correndo.

E foi.

Duas ruas depois, tendo conseguido ser mais rápidos do que quaisquer testemunhas, Irene e Kai diminuíram o ritmo de sua corrida para um caminhar casual, parando para olhar, ocasionalmente, as vitrines. A nuca de Irene formigava com a paranoia. Mesmo que eles milagrosamente tivessem tido sorte em sua fuga, em grande parte porque os guardas não haviam esperado que eles fossem fugir (e *ninguém* previu que abririam um buraco na parede do trenó-porto), o equivalente da polícia local tinha que estar na cola deles a essa altura. Ou pior, os Oprichniki. Ela expressou isso em um murmúrio para Kai enquanto eles estavam olhando para uma vitrine com um vestido de casamento.

— Os Oprichniki? — Kai franziu o cenho. — Ah, sim, a estranhamente óbvia polícia secreta local.

— Por que estranhamente óbvia?

— *Todos* eles usam longos casacos pretos — disse Kai.

— Aqueles provavelmente são os únicos mencionados nos jornais. — Irene franziu os lábios para o vestido, como se estivesse se imaginando na seda branca. — Nós precisamos quebrar nosso rastro, de cobertura, e de um plano. Sabe, deveria estar lhe pedindo mais ideias. Eu deveria ser sua mentora.

— Mas suas ideias são geralmente melhores do que as minhas — Kai deu de ombros. — Por que perder tempo perguntando para mim quando nós podemos simplesmente ir direto para o que você tem em mente?

Irene sabia que deveria discutir o assunto, mas aquele dificilmente seria o momento para uma revisão de desenvolvimento de desempenho. Ela adicionou *Convencer Kai a prover mais ideias para os planejamentos das situações* à sua lista crescente de Coisas a Fazer Assim Que Tivermos Evitado o Apocalipse.

— Tudo bem. Então me diga o que você pensa em relação à magia aqui. Pode ter notado coisas que eu não notei.

— Sabemos que há um monopólio do governo em seu uso — disse Kai. — O voo movido a magia em que viemos é estatal. As obras de construção municipais que originalmente drenaram a terra em que essa cidade foi construída foram magicamente assistidas. E as paredes atuais que contêm a água são magicamente reforçadas e financiadas pelo Estado. Isso tudo estava em suas anotações. Era uma das principais histórias nos jornais que lemos também, sobre países eslávicos querendo secessão da autoridade russa. Eles estavam requerendo que suas próprias indústrias e tradições mágicas voltassem a ficar sob seu controle. E nós não vimos nenhum trabalhador mágico particular nessas lojas até agora.

Irene assentiu.

— Sim, concordo com tudo isso, mas você tem alguma conclusão?

— Teremos problemas com o governo, mas não com praticantes casuais — disse Kai. — Se quisermos evitar perseguições, talvez devêssemos nos separar.

Ele não soava entusiasmado com isso, e Irene podia adivinhar o motivo. Ser capturada por lobisomens mais cedo não tinha sido seu melhor momento. E só teria fortalecido a convicção de Kai de que ela estaria encrencada no momento em que ele estivesse longe de seu campo de visão.

— Talvez não — disse ela. — Nós não conhecemos a geografia local e eu não tenho nenhum modo conveniente de encontrá-lo. Você conseguiria me encontrar? Do jeito como conseguiria navegar até o mundo de Vale?

Ele balançou a cabeça em negativa.

— Não funciona dentro de um mundo, não. Meu pai ou meus tios poderiam se sair melhor, mas dragões como eu ou meus irmãos são criaturas inferiores.

— As palavras que você queria usar são *mais novas* e não *inferiores* — disse Irene com firmeza. — De qualquer forma, ponto resolvido: nada de nos separarmos. Próximo passo: quando e como entrar no Hermitage. Mais especificamente, no Palácio de Inverno.

Kai roçou os dedos por sua barriga. O pacote de documentos estava dentro de sua camisa, mantido no lugar por algumas bandagens. Era mais seguro do que carregá-los por aí em uma pasta oficial.

— Você poderia fazer o que fez com a parede do trenó--porto lá?

— Provavelmente, não. Agora que já fizemos isso uma vez, irão ficar alertas para se alguém tentar fazer isso novamente. Além do mais, haverá patrulhas externas no piso térreo. Não é algo que dê para esconder. Os jornais diziam que teria uma grande recepção de Estado esta noite. O que é sinônimo de segurança aumentada.

Contudo, uma grande recepção proveria uma cobertura útil, se ela e Kai conseguissem *entrar* lá...

— Falando em patrulhas, acho que alguns policiais acabaram de dar a volta no fim da rua — disse Kai com um tom de urgência.

— Deixe que eu fale — disse Irene, entrando na frente na loja de noivas.

Irene tinha um plano. E ele estava começando a tomar forma.

— Com licença — disse ela ao assistente que veio todo animado cumprimentá-la. — Meu noivo e eu fomos inesperadamente convidados para uma festa essa noite, mas não tenho *nadinha* para vestir. Minha amiga Ludmilla disse que a amiga dela, Greta, sempre recomendou a sua loja. Eu sei que vocês não trabalham com roupas de noite, mas poderia me indicar um lugar que faça isso?

Cinco minutos depois, foram embora com direções para um alfaiate a algumas ruas dali que poderia prover roupas adequadas em cima da hora e, o mais importante, a polícia tinha passado sem os avistar.

— Nós tentaremos conseguir entrar na recepção conversando e disfarçados como convidados? — perguntou Kai.

— Não exatamente — disse Irene. — Eu não consigo forjar um convite sem ver um e *não* veremos nenhum convite. Além do mais, se tentar alterar as percepções deles, os guardas na porta vão se dar conta do que está acontecendo antes de entrarmos, considerando o quão ruim essa tática tem funcionado aqui.

— Então o que faremos?

— Eu vi o seu tio invocar uma tempestade só ao perder a calma — disse Irene, pensativa. — Você consegue fazer isso?

Kai inclinou a cabeça, considerando a pergunta.

— Sim — disse ele. — Bem, uma tempestade pequena pelo menos. Por quê?

Estava acontecendo, e bem. Tratava-se de um plano drástico, sim, e não era o tipo de operação que poderia ser repetida, mas era manejável.

— Que bom — Irene respondeu e sorriu. — Vamos abordar a situação de um jeito diferente.

INTERLÚDIO - VALE E SILVER

— Você pode dizer a ele que Peregrine Vale está aqui para vê-lo.

Sempre era difícil penetrar na Embaixada de Liechtenstein. É claro que Vale havia entrado ali antes em múltiplas ocasiões, mas geralmente disfarçado. Dessa vez estava presente como ele mesmo e mal tinha conseguido chegar ao saguão da frente. O lugar mal cumpria seu dever como uma embaixada para seu país. Visitantes em potencial a Liechtenstein mal conseguiam passar pela porta da frente.

Alguém poderia até mesmo pensar, refletiu ele, amargamente, *que tinham algo a esconder.*

— E eu devo informá-lo de que Lorde Silver não está disponível.

As palavras saíram como se fossem facas de gelo afiadas. Johnson era o criado de Lorde Silver, seu faz-tudo e serviçal geral. Ele havia durado cinco anos no cargo até agora, mais tempo do que qualquer um dos que anteriormente ocuparam essa posição. No entanto, como todos eles, desenvolveu uma devoção fanática a Silver uma semana depois de assumir o cargo.

Vale inspecionou o camarada cuidadosamente enquanto ele falava. Embora as roupas de Johnson tivessem cortes de um criado de alta classe, o tecido era de uma alta qualidade incomum, e os sapatos brilhavam com uma pretura que sugeria terem sido polidos com champanhe. A voz dele havia sido neutralizada em relação a qualquer coisa que lembrasse um sotaque... induzido pelo feérico, para fazer dele o "criado perfeito", ou fora uma escolha deliberada de sua parte? Johnson não tinha ficha criminal, porém, o mais suspeito é que não havia *nenhum* registro de seu passado antes de assumir este cargo. Ele meio que obviamente (bem, para Vale) portava uma pistola escondida em seu casaco.

Vale ergueu uma sobrancelha.

— É mesmo. Indisponível. Presumo então que ele não esteja ciente dos assuntos correntes?

Isso levou Johnson a fazer uma pausa. Encarou Vale, como se de alguma forma pudesse forçar as informações a saírem se olhasse feio o bastante para ele.

Vale podia rastrear os cálculos por trás dos olhos do homem: se estivesse blefando e conseguisse com este truque uma reunião com Silver, este faria com que Johnson se arrependesse disso. No entanto, se alguma coisa importante estivesse acontecendo e Silver perdesse uma oportunidade de se meter, ele *realmente* faria com que Johnson se arrependesse disso.

— Você terá que esperar — disse Johnson abruptamente.

— Sua senhoria ainda não se levantou.

— Eu imagino que mal *sejam* quatro horas da tarde — concordou Vale com um tom seco. — Sem dúvida ele precisa dormir.

Johnson franziu os lábios em uma linha fina de raiva suprimida. Ele inclinou a cabeça com primor, recusando-se a dar a cortesia de uma reverência, e saiu do saguão.

Vale aproveitou a oportunidade para inspecionar a sala. O carpete e o papel de parede eram baratos e sem estampa, dificilmente dignos de uma embaixada: a sala tinha o propósito de repelir os visitantes e persuadi-los a saírem dali o mais rápido possível. A única decoração era a pintura a óleo da Rainha acima da lareira, uma malfeita e bem empoeirada. Duas cadeiras, nenhuma escrivaninha ou mesa. Uma das cadeiras era uma poltrona confortável. Um fio de cabelo prateado, preso na capa protetora, traía seu costumeiro ocupante. A outra cadeira era de um tipo mais rígido, designada a fazer com que quem se sentasse nela ficasse desconfortável. A lareira não tinha sido limpa desde a noite passada, e aparentemente fora usada para incinerar vários documentos manuscritos. Vale estava com uma comichão para olhar com mais atenção e ver de que se tratava.

A porta atrás dele rangeu, e ele virou-se para ver que Silver havia de fato chegado, estando em pé, se não particularmente acordado. O feérico afundou-se junto ao batente da porta, tateando com as mãos enquanto tentava amarrar a faixa de seu robe de chambre preto, ainda com a camisola e seus chinelos por baixo. Seus cabelos prateados estavam desgrenhados do sono. E embora ele tentasse estreitar os olhos de forma ameaçadora para Vale, eles estavam borrados e desfocados.

— Meu querido Vale — disse Silver, bocejando. — Disseram-me que você estava aqui. Não achei que tivesse vindo para remexer na minha lareira.

— Fiquei curioso em relação ao que você andou queimando — foi a resposta de Vale. — Mistérios demais em Londres têm raízes debaixo de seu teto.

— Johnson, vá pegar um pouco de café para mim, pelo amor de Deus. Parece que o sr. Vale vai ser espirituoso, em vez de ir direto ao ponto. — Silver foi cambaleando até sua cadeira e caiu nela com um suspiro de alívio. — Você mencionou alguma coisa sobre eventos correntes, eu acredito?

— Eu sugiro que você beba seu café primeiro — disse Vale.

Os traços da devassidão da noite anterior estavam claros na face de Silver... Assim como as marcas em seu pescoço indicavam uma ou mais parceiras. Embora Vale pudesse extrair mais verdades do feérico enquanto ainda estivesse sonolento, essa abordagem arriscaria a perda de algumas informações vitais.

— Você está indevidamente alarmado com meu bem-estar. Eu deveria ficar preocupado com isso — Silver bocejou novamente. — Espero que você não vá fazer com que me arrependa de me levantar nesta hora maldita. Divirta-me, detetive. Conte-me algo interessante enquanto espero meu café.

— Muito bem — Vale assentiu para a criada que estava parada perto da porta. — A mulher ali é uma de suas assassinas particulares.

— Eu tenho assassinas particulares? — disse Silver, franzindo o cenho. — Estou certo de que me lembraria se tivesse tal coisa. Embora pareçam úteis.

Vale foi andando até a criada, que havia ficado paralisada na posição em que estava.

— Aparentemente, esta mulher é do baixo escalão no quadro de funcionários da embaixada, como é demonstrado pelos punhos não ajustados. — Ele deu um tapinha no pulso dela. — E os remendos escondidos nos cotovelos. Criados e criadas de mais alto escalão teriam roupas que serviriam melhor e as receberiam de primeira mão, em vez de ganharem roupas usadas. E, ainda assim, você a trouxe a uma reunião com um convidado, em vez de mantê-la na cozinha ou lá em cima. A tendência dela de espiar e a curvatura de seus ombros sugerem hipermetropia. — As palavras saíam sem tropeços, cada elo na cadeia de evidências claro e certeiro. Por um instante, o mal-estar de Vale foi removido e ele conseguiu focar-se em suas deduções. Ele inclinou-se para perto dela e examinou seu rosto. — A ponte do nariz dela sugere que *de fato* normalmente usa óculos ou um *pince-nez*. Quando ela entrou nesta sala, seu modo de andar traiu estar carregando uma arma presa à sua perna esquerda, debaixo de suas saias. Que tipo de agente porta uma arma de cano longo, tem remendos nos cotovelos por se posicionar para mirar e teria hipermetropia como uma qualidade? Uma atiradora.

— Então por que ela tirou os óculos? — quis saber Silver.
— Vaidade?
— Confesso que ainda não sei ao certo. — Ele recuou um passo de perto da mulher. — Mas o fato de que esta jovem simplesmente ficou aqui parada, sem se mover nem apresentar objeções ao exame que fiz dela, nem protestar contra as minhas conclusões, é em si bem sugestivo.

— Meu pessoal é bem treinado... Ah, obrigado, Johnson. — Silver pegou a xícara de café que lhe foi oferecida e a sorveu com um ofego tremido. Seus olhos estavam mais focados quando ele os abriu novamente. — Posso lhe oferecer algum refresco, detetive?

— Certamente não — disse Vale. Ele não ia comer nem beber nada das mãos de um feérico. Eles tinham a tendência de clamar isso como uma dívida pessoal e tentar exercer seu glamour em quem aceitasse. — Quanto à sua criada, a questão é facilmente resolvida. Faça com que ela exponha seus tornozelos na frente de um policial. Embora a lei permita algumas armas escondidas, tende a colocar o limite em armas não licenciadas.

Silver passou os dedos pelos cabelos.

— Johnson, eu vou precisar de um estimulante. E leve Mary com você, antes que nosso grande detetive possa sair tirando mais conclusões.

Vale bufou e virou-se, andando até a janela. Como no restante da sala, manchas de poeira maculavam o peitoril e os cantos dos painéis.

— Não tiro conclusões. Eu deduzo, com base em evidências.
— Sim, sim, eu sei — disse Silver em um tom reconfortador —, e isso tudo é muito elegante. Mas você disse alguma

coisa sobre eventos atuais. Você seria um anjo muito improvável para me acordar de minha cama florida, Vale. Explique.

— Muito bem. Você ouviu alguma notícia recente sobre Alberich?

O nome pairou no ar entre eles. Lentamente Silver espiralou os dedos, observando Vale acima deles. Sua expressão estava difícil de definir, mas certamente não era de surpresa.

— Estou imaginando por que não é a senhorita Winters que está aqui me fazendo essa pergunta.

— Winters é uma mulher ocupada — disse Vale. — Achei que pouparia o tempo dela, então eu mesmo passei aqui.

— Onde ela está no momento? — O tom de Silver soava casual, mas seus olhos estavam estreitados em reflexão.

— Ah, em outro lugar. — Vale acenou vagamente com a mão. — Por aí. Eu acho que ela é notavelmente ruim nisso de deixar um endereço onde a gente possa encontrá-la. Você tem alguma coisa que sente que deveria dizer a ela?

— Bem, eu poderia especular — disse Silver. — Não tenho um cavalo nessa corrida, mas me parece realmente algo aberto a todos que vierem. Pelo que ouvi dizer, pelo menos.

Vale caiu na cadeira oposta à de Silver, ignorando seu design inflexível, e focou-se no feérico.

— Eu ainda tenho que me deparar com uma situação em que você *não* fique de um lado ou de outro. Seria muito incomum que você fosse genuinamente neutro.

— Você me conhece tão bem. — Um sorriso divertido carregado de ironia passou momentaneamente pela face de Silver. — Eu deveria ficar lisonjeado por você passar tanto tempo escrutinizando meus hábitos.

— Não fique — disse Vale, cujo tom estava o mais cáustico que ele conseguia usar. — Eu mal gosto da experiência. Você é um dos mais notórios devassos em Londres.

— A gente tenta — concordou Silver. Ele esticou a mão a fim de tomar um copo com remédio para ressaca, que tinha sido rapidamente buscado pelo atencioso Johnson, e virou o conteúdo, encolhendo-se um pouco. — A gente tenta muito, muito mesmo, na verdade.

— Então, como você vê a situação atual?

— Bem, o que *eu* sei é que Alberich vem procurando ajuda. — Silver colocou o copo em sua bandeja, ficando abruptamente sério. — E antes de irmos mais a fundo nisso, detetive, quero sua palavra de que o que estou prestes a lhe dizer vai eliminar todas as dívidas... que eu possa ou não ter com você do negócio de Veneza.

— "Que você possa ou não ter comigo?" — disse Vale. — Isso soa bem incerto.

— Não gosto de admitir que tenho dívidas com alguém. Tenho certeza de que é capaz de entender isso.

— E então você está se esquivando de suas obrigações.

— Se dever um favor algum dia se tornar uma questão de vida ou morte para você, então talvez entenda — disse Silver, irritado. — Por ora, você simplesmente terá que aceitar que tais coisas podem causar muitos problemas. Então, se eu lhe disser o que sei sobre os acontecimentos atuais, considerará nossa dívida paga?

Vale sabia que os feéricos tinham que manter sua palavra. Essa era uma das informações mais úteis sobre eles, junto com o fato de que o ferro frio enfraquecia seus poderes. Ele não ia apresentar objeções a essas pequenas vantagens: os feéricos eram irritantes e, seu glamour, inconveniente, beirando a ilegalidade.

— Você tem a minha palavra de que considerarei a dívida paga, em troca de me dizer o que sabe sobre os "eventos atuais". Eu não posso falar por Winters.

— Sim, que pena que ela não está aqui — disse Silver. — Estaria gostando bem mais dessa discussão se fosse com ela.

Embora ele não tivesse lambido os lábios ao pensar nisso, sua expressão sugeria uma mal contida carnalidade.

Vale podia apenas ficar grato por Winters *estar* em outro lugar. Mesmo que fosse bem capaz de lidar com Silver, certamente não gostaria de ser exposta a tais insinuações. O comportamento dela na noite passada, em direção ao próprio Vale, foi algo bem diferente desta... impropriedade.

— Você se superestima — disse ele brevemente.

— E eu achando que nós seríamos civilizados.

— Você é o instigador de uma dezena de conspirações aqui em Londres. Está comandando pelo menos uma rede de espiões, que eu saiba, fora de sua embaixada. E no lance de Veneza, você, sabendo o que poderia acontecer, enviou Winters para uma situação que poderia tê-la matado, ou algo pior, puramente para salvar sua miserável pele. Diria que estou sendo notavelmente civilizado. — Vale reclinou-se na cadeira, o máximo que ela lhe permitia. — Você gostaria que eu continuasse?

Silver olhou para o teto como se estivesse exigindo paciência de alguma deidade invisível.

— Oh, por favor, continue. Não é como se eu não soubesse de sua opinião sobre mim. Eu até gosto disso, mas se realmente quer informações, então talvez você devesse *me* deixar falar.

Vale foi forçado a ceder ao ponto de Silver.

— Continue — disse ele, tenso, mentalmente guardando alguns insultos prediletos para uma oportunidade posterior.

— Alberich tem um bom número de aliados em meio aos feéricos — começou Silver. — Colocando as coisas de forma simples, ele fez favores, então alguns também são devidos a ele. Poucos meses atrás, logo depois do negócio de Veneza, ouvi rumores de que ele vem procurando... colaboradores, vamos dizer assim. Um passo acima de agentes, mas longe de serem parceiros. O tipo de feéricos que são mais fracos do que eu, mas ainda fortes o bastante para andarem entre os mundos por si só.

— Verdade — disse Vale, em um tom neutro. Sua mente voltou em um lampejo para a mulher, Zayanna, e sua plausível, porém não confirmada, história. — Queira continuar.

Silver esticou as mãos.

— Isso é praticamente tudo que eu ouvi falar.

— Lady Guantes estava entre esses feéricos?

— Eu não saberia dizer — falou Silver. — A dama desapareceu do mapa... e já foi tarde. Com certeza teremos problemas com ela novamente, mas vai demorar um tempinho para que ela construa sua base de poder. — Vale sentiu que ele estava sendo casual sobre o assunto de propósito. — Mas o epílogo para os negócios de Alberich é que alguns que ficaram interessados nas ofertas dele saíram de circulação. Ou pelo menos foi o que me disseram. O que me leva a perguntar por que você está aqui e perguntando por ele.

— Mas *para o que* ele está querendo colaboradores? — quis saber Vale. — Certamente deve haver alguma conversa sobre os planos finais dele, não? Ofertas de recompensas em potencial? Até mesmo especulação seria útil.

— Sim, sim, você tem um bom ponto. — Silver franziu o cenho, pensativo. — Poucos detalhes estão disponíveis, o que é significativo. Minha melhor suposição seria de que as ofertas dele foram vagas o bastante a ponto de atraírem apenas os desesperados. Infelizmente, há o bastante deles... Pessoas que perderam seus patrões, que saíram perdedoras em intrigas, e assim por diante. Pobres tolos.

— Você está sendo surpreendentemente empático.

— Está mais para pena do que empatia — disse Silver. — Empatia implicaria que eu até tentaria ajudá-los. Pena é muito mais seguro. Ela pode ser sentida do alto sem que eu me envolva. Eu tenho pena deles. Eu sinto empatia por você, detetive.

— Por mim? — disse Vale, surpreso.

— Eu o avisei para não ir para Veneza. — O olhar contemplativo de Silver estava muito direto agora, e havia uma estranha intimidade no tom dele, uma sugestão de que eles partilhavam alguma espécie de conexão. — Eu conheço o efeito que um mundo de alto caos tem sobre um humano não preparado. Eu não queria perdê-lo, detetive. E ainda não sei ao certo se o perderei ou não.

Vale recuou, afrontado pelos modos de Silver. Mas se fosse ser honesto consigo, o que verdadeiramente o repelia era que, de alguma forma, *entendia* o que Silver queria dizer. Era como se Silver estivesse falando com outro de sua própria espécie... outro feérico... e só de pensar isso revoltava todos os átomos de seu ser. O breve prazer que havia sentido naquela briguinha com Silver esvanecera, e seu tédio anterior ameaçava tomar conta dele novamente. Ele tinha sido capaz de contê-lo, convencendo-se de que suas ações de alguma forma valeriam a pena e fariam uma diferença. Mas agora tudo parecia tão raso de novo, e, no fim das contas, irrelevante. Ele sentia fome pelo puro fogo do início da conversa deles, o forte deleite de equiparar esperteza com Silver. E ao mesmo tempo, achava esse desejo perturbador.

— Então, tudo que você sabe é que Alberich tinha um plano em mente — disse ele por fim, tentando voltar ao assunto em questão. Winters precisava de sua ajuda. Isso *era* importante. — E embora alguns de sua espécie possam estar envolvidos, estão atualmente incomunicáveis.

— Sucinto e preciso — disse Silver, e bocejou novamente. — Se algo aconteceu nos últimos dias, então não fiquei sabendo. Mas você deve concordar que agora sabe mais do que antes. Minha dívida está paga.

Vale foi forçado a assentir, concordando.

— Eu aceito. Só desejo pela primeira vez na vida que você soubesse um pouco mais.

— Mas, meu querido Vale, nós não terminamos. — Silver inclinou-se para a frente, com a face ávida e faminta por informações. — Você ainda não me contou o que *você* sabe, nem por que veio até aqui me fazer todas essas perguntas. Obviamente Alberich está agindo. Não há nada que eu posso dizer ou fazer que o persuadiria a compartilhar informações?

Tratava-se de um dilema interessante. Silver pagaria um bom preço por notícias sobre o ataque de Alberich à Biblioteca, mas contar isso a ele poderia colocar tanto Winters quanto Strongrock em perigo.

— Não tenho certeza se você tem algo eu queira — disse Vale.

— Minha vez de bancar o detetive! — disse Silver, alegre. Seus lábios curvaram-se em um sorriso, parecido com o que dava ao avaliar uma mulher. — O fato de que você *não vai* me contar já é informação em si. Deduzo que Alberich causou ou está causando algum perigo para a Biblioteca, o que explica a ausência da senhorita Winters. Naturalmente você não quer me contar *isso*. Você ficaria receoso demais com o que eu poderia fazer com essa informação.

— Você estaria fazendo uma aposta e tanto se tentasse vender essa informação para outros feéricos como confiável — disse Vale delicadamente, mas sentiu seu estômago afundar. A especulação de Silver era precisa demais, e não havia nenhuma forma conveniente de dispensar as suposições dele sem uma mentira imediata.

— Você não está negando isso — ressaltou Silver.

— Nosso trato não envolve *a minha pessoa* fornecendo a *você* nenhum outro detalhe — disse Vale. — Por meio de concordar *ou* negar alguma coisa.

Ainda assim... seria a notícia do ataque tão significativa? Parecia ser de conhecimento geral que Alberich tinha um interesse na Biblioteca. E havia uma coisa que Vale queria muito saber, e Silver poderia ser capaz de lhe dizer.

— Por outro lado... — disse ele, pensativo.

Os olhos de Silver cintilavam.

— *Sim?*

— Algum feérico de poder moderado entrou em Londres recentemente? O tipo de pessoa que Alberich estava recrutando? Ou a própria Lady Guantes?

— Realmente, meu caro Vale, como você espera que eu saiba de uma coisa dessas? — Porém, o sorriso forçado nos lábios de Silver sugeria que ele tinha a resposta.

— Você é a aranha na teia local — disse Vale. — Qualquer mosca que entrasse chamaria sua atenção. Mantenho minha pergunta.

— Razoável. E, em contrapartida, *minha* pergunta seria: o que precisamente está acontecendo? — Silver inspecionou as unhas. — Faça as coisas no seu tempo. Tenho certeza de que não estamos com pressa.

— Alberich deu início a um ataque na Biblioteca — disse Vale. A tensão na sala vibrava como uma corda de violino quando Silver travou os olhos nos dele. Ele deu de ombros.

— Como você adivinhou.

— Isso é tudo? — perguntou Silver em um tom exigente.

— Parece o bastante para mim — Vale sabia que ele tinha bem menos compreensão das maiores implicações disso do que Winters ou Strongrock. Mais uma demonstração da insignificância dele. Mais uma indicação do quão pouco poder qualquer mero humano tinha no jogo maior de xadrez entre os poderes em guerra.

— Agora eu creio que você ia responder à *minha* pergunta.

Silver fechou a cara, com petulância.

— Muito bem. Não. Ninguém com esse nível de poder ou mais forte veio a Londres no último mês. Ou, para ser mais justo, se vieram, estão notavelmente não chamando atenção. E certamente Lady Guantes não está aqui.

— Entendi — disse Vale.

Zayanna dizia ser refugiada de seu antigo patrão e que tinha acabado de chegar em Londres. Mas por que ela teria evitado Silver ao ponto de ele nem mesmo saber que ela estava ali? Definitivamente isso era suspeito. Ele estava tentado a pedir a ajuda de Silver para localizá-la, mas isso seria colocar informações demais nas mãos do feérico.

Vale ficou de pé.

— Obrigado por sua ajuda. A propósito, recomendaria que você conseguisse guardas mais discretos. Se eu consegui notar aquela, então outros também poderiam.

Silver não se deu ao trabalho de levantar-se.

— Muita bondade da sua parte me sugerir isso — disse ele com amargura. — Infelizmente, devido ao fato de *certas pessoas* terem roubado o meu transporte alguns meses atrás quando eu estava em Veneza, fui forçado a deixar a maioria do meu séquito lá.

As plenas implicações dessa declaração fluíram lentamente pela cabeça de Vale, formando uma imagem horrível.

— Seus criados, suas empregadas e seus guarda-costas... Você os *deixou* lá? Em um outro mundo, sem nenhuma forma de voltarem para cá?

— Eu mesmo mal consegui voltar — reclamou Silver. — Tive problemas o bastante para trazer Johnson e minha bagagem comigo. Não olhe assim para mim, Vale. Eu tenho certeza de que eles são bem capazes de conseguir novas vidas para si. Eles são jovens, fortes, saudáveis...

— Estou saindo — disse Vale, e bateu a porta atrás de si.

CAPÍTULO 15

Eram dez horas da noite, e a recepção estaria a pleno vapor. Irene prendeu-se nas costas cheias de escamas de Kai, com seu manto impermeável flutuando atrás dela no vento que aumentava, enquanto ele pairava acima do Palácio de Inverno, bem alto. A cidade abaixo deles era uma grade de pontos acesos em contraste com a escuridão: eles estavam alto demais para que Irene visse os prédios claramente a essa hora da noite, mas conseguia discernir os postes das ruas e a iluminação brilhante em volta dos edifícios maiores. As luzes nos trenós tremeluziam em caminhos regulares em volta do trenó-porto. Não havia nenhuma nuvem para bloquear a visão dela. Ainda.

Kai estava se concentrando enquanto deslizava pelo ar, o que impedia conversas de sua parte e permitia que Irene repassasse a lista mental para a operação.

Roupas de noite para os dois: certo. Mesmo que fossem roupas prontas em vez de feitas sob medida (Kai havia ficado um tanto chateado por não ter conseguido um uniforme militar, visto que aparentemente esse era o lance para rapazes usarem em bailes. Mas Irene havia ressaltado tudo que poderia dar errado, tal como Kai não saber os detalhes de seu suposto regimento, e ele havia cedido com relutância). Mapa do Palácio de Inverno e suposta localização do livro: memorizados. Todos os papéis haviam sido destruídos. Agora era mais perigoso do que útil ficar carregando documentos da Biblioteca por aí. Transformação de Kai em dragão, para erguer a tempestade e aterrissar no telhado: feita.

O próximo passo era a tempestade em si. É claro que haveria sentinelas no telhado, mas poucos estariam olhando *para cima* enquanto estivessem sendo atingidos pelo vento e pela chuva. Isso explicava a pesada capa impermeável de Irene, que esperava que fosse deixá-la o mais seca possível. O bastante para se passar por uma convidada quando estivesse lá dentro, de qualquer forma. Se ela e Kai ficassem sujeitos a um sério escrutínio, então estariam profundamente encrencados.

— Eu seguro os ventos e estou preparado para soltá-los — disse Kai, cujas palavras ecoaram no ar rarefeito, e Irene apertou mais as mãos contra as escamas dele. — Está preparada?

— Vá em frente — disse Irene.

A tempestade foi se formando enquanto ela observava o céu, as nuvens girando e unindo-se em um grande padrão de círculos concêntricos que escondia a cidade lá embaixo. Rajadas de vento repuxavam-na, e ela se grudou com ainda mais firmeza nas costas do dragão, puxando o capuz em volta de seu rosto. Ele movia-se pelo ar em uma espiral que se fechava, as asas reluzindo em contraste com a escuridão dos dois lados dela. Dentro das nuvens o relâmpago flamejava, e o trovão vinha sem um momento de pausa.

Kai havia dito que isso não o cansaria, mas ela insistiu para que tirasse algumas poucas horas de sono antes. Ele ficou de vigília a noite toda enquanto ela dormia no trenó, e Irene não sabia de quanto sono os dragões precisavam, mas sabia que precisavam de *algum* sono. Eles haviam pego um quarto em um hotel barato, onde a mulher no balcão da recepção olhou com malícia para eles, tirando conclusões óbvias. Esse tempinho que tiveram os mantivera fora das ruas também, possibilitando que evitassem o policiamento crescente. Kai havia dormido como se estivesse morto, o peito mal se movendo. Irene sentara-se na cadeira bamba, memorizando os mapas e os planos, e se perguntava de tempos em tempos: *O que eu faria sem você? Faz menos de um ano, e já confio que poderei contar com você quando precisar, adormeço no seu ombro...*

Desastre iminente em primeiro lugar, ela lembrou-se. Questões pessoais, depois.

— A tempestade está o mais pesada que consigo fazer sem arriscar a criar um temporal — disse Kai, retumbante. — Estou nos levando para baixo.

Ele caiu como um falcão pelas nuvens, acelerando como se as leis da gravidade e da resistência do ar fossem opcionais em vez de obrigatórias. Talvez fossem para ele. O frio gélido parecia cortar as mãos de Irene, cujas elegantes luvas de renda não protegiam nada, e o vento moldava sua capa junto ao corpo. De repente, havia chuva ao redor deles, caindo forte, escorrendo pelo corpo de Kai em filetes grossos e delineando suas escamas. Ele continuava a descida em meio à chuva, com tanta graça e tão despreocupado como se estivesse passando por uma brisa de verão. Irene abaixou a cabeça e se segurou nele para não morrer.

Eles irromperam pela nuvem e continuaram caindo, como um elevador em uma colisão em alta velocidade. Irene gostaria de poder pensar em alguma coisa menos dramática do que isso, mas ficou difícil até mesmo pensar. A chuva caía pesada sobre ela e Kai como uma cascata de água, vazando por baixo de sua capa e golpeando seu rosto, tornando impossível enxergar claramente.

Kai esticou as asas com um som oco de ar como um trovão em miniatura, e sua descida diminuiu abruptamente. Talvez fosse uma contradição das leis naturais da inércia e de força igual a massa vezes aceleração, ou quaisquer que fossem as equações relevantes. Porém, se o universo não estava prestando atenção nisso, não seria Irene quem levantaria a questão. Ele pousou com suavidade em uma extensão nivelada do telhado, com suas garras raspando a superfície de ardósia. Se havia guardas ali em cima, estavam todos fora do alcance da chuva, o que era sensato, e também não olhavam para o telhado. Que bom. Primeiro objetivo atingido.

Irene deslizou das costas de Kai e espiou pela chuva que jorrava, localizando-se. À sua direita, podia ver o domo em forma de cebola da Igreja do Palácio. Isso deveria significar que o edifício transversal mais próximo, entre o Palácio de Inverno e o próprio Hermitage, era o Salão de São Jorge. O trono imperial ficava ali, embora esperassem que não fossem se deparar com Sua Majestade Imperial essa noite. Mais adiante, dando a volta à esquerda, ficava o Grande Salão, cenário da recepção da noite, cujas janelas brilhavam com luz apesar da chuva densa. Então, ela e Kai deveriam estar diretamente acima de alguns apartamentos reais desocupados. Bem, tecnicamente eles se encontravam logo acima dos sótãos dos criados, que ficavam bem acima dos ditos apartamentos reais, mas os sótãos dos criados nunca fizeram parte dos mapas oficiais.

Ao lado dela, Kai estremeceu e o ar ondulou ao seu redor. Ele estava parado ao lado dela, também envolto em uma capa impermeável.

— Há uma porta e escadas por ali — disse ele, apontando para uma sombra em uma das ameias do telhado externo. — Vamos sair da chuva.

Era perto e Irene assentiu. Ela teve que segurar no braço dele para conseguir seguir pelo piso molhado, mesmo descalça como estava. A porta estava trancada, mas se abriu à

Linguagem, e os dois soltaram suspiros de alívio por estarem do lado de dentro e fora da tempestade.

Como era esperado, aqueles eram os sótãos dos criados, e, portanto, utilitários, em vez de serem Modelos de Grande Arquitetura. Irene puxou sua bolsa de sob seu casaco e executou reparos emergenciais em seu cabelo. Ela secou os pés com a toalha que estivera carregando, antes de vestir meias e sapatos de dança. Enrolaram as capas e a toalha em um armário conveniente e dirigiram-se para o lance de escadas mais próximo, na esperança de parecerem convidados perdidos da recepção. Eles não passaram por nenhum criado ou criada pelo caminho, embora Irene tivesse ouvido o estranho som de sapatos macios sendo arrastados ao fundo.

Quando chegaram à segunda porta, a decoração mudou abruptamente para uma luxuosa, mas não exagerada. Os pisos e as paredes dos aposentos eram de mármore incrustado, os corredores também, e os móveis tinham ouro, entalhes e almofadas de veludo. As pinturas nas paredes provavelmente tinham sido encomendadas ou compradas de artistas famosos. (Artes visuais nunca foram o forte de Irene. Ela mal conseguia diferenciar um quadro de Rembrandt de um quadro de Raphael sem um manual de arte.)

Kai olhou a seu redor com clara aprovação.

— Nada mal — disse ele. — Bem tolerável. Para que parte estamos indo?

Ele parou para endireitar sua gravata em um dos espelhos.

Irene enfiou um pente em uma parte de seus cabelos bagunçados pelo vento e olhou com tristeza para seu reflexo elegante, embora levemente molhado. Aquele era um *belo* vestido, um bonito arranjo de seda e tule verde-claros com mangas bufantes e saias cheias (ensopadas nas bordas), que deixava seus ombros e seu pescoço à mostra. Ela havia colocado como acessórios luvas de renda que cobriam o braço todo, sapatilhas de seda, além de ter arranjado o cabelo com pentes e grampos. Porém, apesar de tudo isso, ao lado de Kai ela parecia... Parecia que ela havia se enfeitado para a ocasião. Kai, com sua sobrecasaca, sua gravata, seu colete e uma calça com um belo corte, bem, ele parecia que *deveria* estar em uma recepção imperial. Até mesmo ser o anfitrião dela. Nele, as roupas pareciam naturais.

Ela decidiu que não valia a pena destrinchar esse pequeno nó de ressentimento, e lançou-o de lado.

— Por aqui e descendo a escadaria na outra ponta — ela instruiu. — Depois, temos que descer dois pisos. E se conseguirmos evitar que alguém nos note, melhor.

A tempestade ainda estava caindo lá fora, e, quando ela passou pelas janelas, pode ouvir o vento como se fosse um tecido rasgando e a chuva batendo contra o vidro.

Eles chegaram ao piso térreo sem serem parados. Conforme iam descendo, a arquitetura ficava cada vez mais luxuosa, voltando-se para a mais pura extravagância, retendo apenas o tanto de controle que evitasse a cafonice. Um rico mármore cobria tudo, pálido e liso como um creme. Ornamentações em ouro reluziam como se tivessem sido polidas na última hora. Leves sons da música eram carregados pelos corredores.

Um criado aproximou-se deles, elegante em seu uniforme preto.

— Com licença, senhor, madame — disse ele, identificando sem esforço o mais aristocrático dos dois e abordando-o primeiro. — A recepção está sendo realizada no Grande Salão. Se precisarem saber onde fica...

Kai baixou o olhar para o homem.

— Você pode cuidar de seus afazeres — disse ele. — A dama e eu sabemos o caminho.

Com uma reverência, o criado retirou-se. Porém, Irene sabia que ele seria somente o primeiro em uma linha de serviçais atenciosos tentando guiá-los em direção aos outros convidados. Ela pegou o braço de Kai e conduziu-o virando uma esquina, entrando em um corredor levemente menos impressionante que o anterior, passando por uma entrada apenas moderadamente impressionante, e deparando-se com uma escadaria de pedra simples nada impressionante que dava para baixo.

Kai cheirou o ar.

— Estou sentindo cheiro de comida — murmurou ele.

— As cozinhas ficam aqui embaixo, nos porões — respondeu Irene. Era uma escadaria estreita, e ela teve que puxar as saias para cima, para não roçarem nas paredes. — Elas devem ficar, hum... — Consultou seu mapa mental. — Meio que a oeste e noroeste. Por ali. Nós precisamos seguir para o nordeste primeiro a partir daqui, seguindo por baixo da igreja.

Enquanto eles se apressavam pelo corredor escuro, Irene ponderava a probabilidade de serem parados por guardas. Ela ficou pasma por terem chegado assim tão longe. Era verdade que o Palácio de Inverno devia ser afligido pelo costumeiro ponto cego da segurança, como "as muralhas externas são bem guardadas, então, qualquer um que estiver ali dentro pertence àquele lugar". Porém, mesmo assim, considerando os rumores de rebelião e secessão, e as tomadas de posição do governo, não deveria haver *um pouquinho* mais de segurança dentro do palácio? Quanto mais avançavam, mais nervosa ela ficava. Ela começou a se preocupar que estivessem, na verdade, sendo atraídos para dentro de uma grande armadilha, bem para o interior do local, para não terem nenhuma chance de fuga...

— Parem bem aí! — veio uma ordem.

Foi quase um alívio. Obediente, Irene ficou onde estava, uma das mãos na manga da sobrecasaca de Kai. Apenas três guardas defendiam a entrada do arquivo, o objetivo supremo deles dois... minha nossa, em que diabos estavam pensando? Embora, justiça seja feita, a porta atrás deles realmente parecesse pesadamente trancada e barrada.

— Aproximem-se e identifiquem-se — foi a próxima ordem.

Perfeito. Irene caminhou para a frente. Ainda melhor, ela conseguia ver com clareza qual dos guardas estava no comando. Ela deslizou uma das mãos para dentro de seu corpete, e então a tirou dali e mostrou-a ao guarda-chefe, como se tivesse acabado de pegar algo que somente ele deveria ver.

— **Você percebe que isso é uma identificação plena, e que nós somos autorizados a visualizar o conteúdo deste arquivo** — disse ela.

O guarda rapidamente entrou em uma posição de saudação, aterrorizado, as costas retas com a rigidez do pânico. Os outros dois guardas fizeram o mesmo um instante depois.

— Sim, madame — ele apressou-se a dizer. — Totalmente, madame.

— Você pode abrir a porta e me ajudar — disse Irene, enérgica, se perguntando exatamente quem ele achava que ela era. *Provavelmente Oprichniki. Apenas a polícia secreta atrai esse tipo de reação.* — Seus homens permanecerão do lado de fora. Eles não têm necessidade alguma de ouvir isso.

Ele assentiu e puxou uma chave de seu cinto, a qual girou na fechadura. Seguiu-se um pequeno ruído, quase um suspiro, da porta, enquanto ele a puxava e a abria. Irene suspeitou que houvesse algum tipo de alarme mágico nela. Agora, contanto que o guarda permanecesse confuso até que estivessem lá dentro...

Eles estavam na próxima sala e Kai havia fechado a porta atrás de si antes que o guarda balançasse a cabeça e franzisse o cenho. Mas ele estivera esperando por isso, e estava aplicando um golpe de estrangulamento antes que pudesse soar o alarme. Irene deixou que Kai enforcasse o camarada até ficar inconsciente, afinal... não havia necessidade de matá-lo... e olhou a seu redor. Eles estavam em uma pequena antessala, com uma outra porta pesadamente barrada do lado oposto. Certo, então a segurança não era assim tão risível. Havia fileiras de livros contábeis nas prateleiras de um dos lados, presumivelmente com listas de itens mantidos no repositório adiante. E havia uma pequena escrivaninha, debaixo da qual uma mulher com roupas pesadas estava tentando se esconder.

Irene foi andando até ela e apoiou-se na escrivaninha.

— Isso não está funcionando, você sabe, não? — disse ela em um tom gentil.

A mulher recompôs-se, ficando ereta, indo alguns centímetros para trás, junto à parede.

— Eu não vou ajudar vocês. Defenderei este lugar com a minha *vida!*

Irene assentiu como se a tivesse entendido.

— Bem compreensível — ela concordou. — **Mas agora você percebe que eu sou alguém que tem o direito de estar aqui, e que tem o direito de que lhe seja dada a localização de um item em particular.** — Sua cabeça estava começando a doer.

— Oh. — A mulher continuou pressionada junto à parede, mas parecia um pouco mais calma agora, como se Irene fosse uma ameaça conhecida e compreendida, em vez de algo imprevisível. — Ah, que item Sua Excelência deseja ver?

— Um livro — disse Irene, atrevendo-se a ter esperança. — Chama-se *Manuscrito encontrado em Saragoça*, e é de autoria de Jan Potocki. Onde ele está?

A mulher saiu um pouco de trás de sua escrivaninha, ficando do lado oposto de Irene, e foi correndo até os livros. Ela puxou um deles para fora e folheou-o, murmurando para si. Suas mangas pesadamente bordadas moviam-se enquanto ela virava as páginas. Por fim, parou e colocou o dedo sobre uma entrada.

— Aqui está... Espere, quem você disse que era mesmo?

Kai nocauteou-a na nuca e pegou-a antes que ela pudesse cair no chão, enquanto Irene se curvava para ver o livro. Tratava-se de fato de uma entrada para o que eles queriam, mas, enquanto Irene lia, piscava, chocada.

— Eu *não* acredito — disse ela em voz alta. — Ele foi liberado para a própria Imperatriz há dois dias *para ler antes de dormir!*

Kai apoiou a mulher em cima da escrivaninha.

— Por favor, diga-me que você está brincando — disse ele.

— Bem que eu gostaria. — Irene pesou *roubar o livro do santuário subterrâneo do palácio* em comparação com *roubar o livro do quarto imperial.* Um quarto imperial provavelmente tinha uma guarda até mesmo *mais* pesada do que um santuário subterrâneo. — Bem, nós não podemos simplesmente ficar parados aqui — disse ela, com um suspiro. — Vamos sair e tentar novamente.

— Como você sabe que ela o pegou para ler antes de dormir? — perguntou-lhe Kai.

— A dama em questão assinou a entrega do livro ela mesma. Aparentemente ela tem senso de humor. — Não que isso fosse salvar os pescoços de Kai ou Irene, se fossem pegos no meio do roubo. — Eu quase lamento ter aceitado essa missão.

— Por quê?

— Porque eu fico feliz em roubar um livro de um armazém onde ninguém jamais vai lê-lo — explicou Irene. — Mas me sinto um pouco culpada em pegá-lo no meio da leitura do criado-mudo de alguém.

Os guardas na porta ficaram felizes de acenarem para que passassem, depois que lhes foi dito que o oficial comandante deles estava verificando a segurança ali dentro. Irene seguiu na frente, voltando para a direção de onde tinham vindo.

— Vamos voltar para a escada — ela murmurou —, subiremos até o primeiro andar, e então corremos até o quarto.

— Não é um plano muito detalhado. — Mas Kai não estava reclamando, estava simplesmente resignado.

— Houve vezes em que tive planos detalhados — disse Irene, com saudosismo. — Quando olho para trás, me pergunto por que nunca me dei conta de quão sortuda eu era.

Eles haviam chegado ao térreo e estavam se dirigindo até a escadaria por onde haviam descido antes, quando o mesmo criado de antes os pegou. Dessa vez havia vários convidados atrás dele e ele estava claramente importunando-os para que seguissem em frente.

— Senhor! — ele disse em um tom de admoestação na direção de Kai. — Sua Majestade Imperial está prestes a fazer seu discurso. O senhor deveria estar no Grande Salão.

Kai olhou de relance para Irene, e ela leu o mesmo pensamento nos olhos dele. Melhor seguir em frente e mesclar-se com a multidão do que fazer uma cena. Eles poderiam sair de lá depois e voltar para sua busca. E seria realmente suspeito ser pego em algum outro lugar no Palácio de Inverno enquanto a Imperatriz estivesse discursando.

— Obrigado — disse ao homem. — Estava exatamente indo naquela direção. Imagino que seja o caminho mais rápido, não?

O criado controlou-se para não revirar os olhos com a imensa idiotice da aristocracia e rapidamente conduziu Irene, Kai e o restante do bando por uma sucessão de corredores, cada um mais luxuoso do que o último. Eles acumulavam mais pessoas no caminho, e Irene estava grata porque ela e Kai poderiam se esconder no meio da multidão crescente.

O Grande Salão em si era vasto: o piso consistia em mosaicos de mármore incrustado, mas as paredes e o teto eram brancos e dourados, tão perfeitos quanto a neve e a luz do sol. Imensos candelabros ardentes pendiam do teto, a luz de velas reluzindo no dourado tão brilhante que era um desafio observá-las. Na extremidade mais afastada da câmara, a uns cinquenta metros dali, um trono em uma plataforma elevada estava coberto com uma liteira e com uma cortina escarlate. O vestido prateado de sua ocupante parecia reluzir com luz própria.

Entre eles e ela, a multidão se mexia e se esbarrava aos solavancos para conseguir uma posição melhor. Jovens damas em sua primeira temporada na corte estavam de branco pura e simplesmente, com penas de avestruz e flores presas em seus cabelos, e imensas massas de saias de seda. Mulheres mais velhas como Irene, ou casadas, usavam tons pastéis ou mais escuros, e joias em vez de flores. A maioria dos homens presentes estavam em uniformes militares, geralmente com um espadim pendurado em um lado do quadril e um cajado curto do outro. Uns poucos estavam ou com roupas de corte civil, como Kai, ou em vestes que ficavam em algum lugar entre o acadêmico e o eclesiástico. Algumas mulheres mais velhas também usavam esses robes, e Irene notou que elas geralmente se destacavam das outras. Pelas beiradas, criados corriam de um lado para o outro em *librés* do palácio, mas ninguém estava olhando para eles: toda a atenção recaía em Sua Majestade Imperial.

Enquanto o último grupo estava sendo enxotado para dentro do Grande Salão, a Imperatriz ficou de pé. Todo mundo prostrou-se com um joelho no chão, desde os conselheiros que cercavam a plataforma até os guardas que estavam perto da entrada. E isso não era apenas uma mesura exagerada nem efeito de magia. A Imperatriz Imortal, para prover seu título completo, tinha presença e carisma genuínos. A lealdade que a multidão oferecia a ela não era fingida. Irene havia estado na presença de reis dragões e lordes feéricos e, embora não fosse classificar aquela Catarina, a Grande, como uma autoridade deste nível, ainda assim ela era extremamente impressionante.

Felizmente, a Imperatriz não estava com disposição para um discurso longo. Depois de umas poucas declarações feitas sobre a unidade de seu império, a lealdade de seus súditos e seu amor maternal por eles, retomou seu assento. Todo mundo prontamente se pôs de pé, as conversas alastraram-se como fogo selvagem, e a pequena orquestra que estava em um canto da sala começou a tocar.

— Irene... — disse Kai em um tom esperançoso.

A única saída do salão era o caminho por onde eles haviam entrado. Bem, existia outra saída atrás da Imperatriz, mas não era uma opção. E seria óbvio demais se eles tentassem cair fora de imediato.

— Vamos apenas circular — disse Irene em um tom firme. — Eu não vou dançar a menos que tenhamos que fazer isso.

Kai soltou um suspiro e ofereceu o braço a ela enquanto começavam a andar pelos arredores da beirada do salão, captando trechinhos de conversas. Embora incluíssem tópicos normais para qualquer ocasião de estado, guerras por vir, históricos de famílias, possíveis noivados, caçada de grandes animais na Mongólia, havia um quê de nervosismo nessas conversas.

As pessoas não estavam precisamente paranoicas, mas com muita frequência louvores espontâneos pela Imperatriz Imortal e seu glorioso império eram jogados, como se fossem aliviar o restante do que diziam e passar batido por quem escutasse.

Havia uma lacuna notável na multidão à frente deles. No centro dela estava um homem com roupas formais como as de Kai, tendo uma conversa casual com alguns dos homens e das mulheres em vestes elegantes. Por *suas* atitudes e por *sua* postura, poderia se pensar que se tratava de uma questão de vida ou morte.

— O que você acha? — murmurou Kai. — Alta autoridade, definitivamente, mas de que área?

— Polícia secreta — foi a resposta de Irene. — Tenha pensamentos inocentes e legais...

Ela interrompeu a frase quando o homem se virou para fazer uma varredura com o olhar pelo salão de baile. Ele não era ninguém que ela houvesse encontrado antes. Seus cabelos de um louro bem claro estavam cortados bem curtos e ele tinha a barba totalmente feita. Embora fosse de meia-idade, não mostrava nenhum sinal de barriga nem papada. Seus olhos eram de um cinza claro, tão frios quanto o mármore, e olhavam para a multidão com um cintilar de fome absoluta: por poder, por respostas, por dominação. Mas havia algo em relação àqueles olhos que ela reconhecia, e somou isso à postura do homem, à forma como ele inclinava a cabeça e olhava para ela...

— Alberich — disse ela baixinho, a garganta seca com o terror.

CAPÍTULO 16

Ele havia roubado um novo corpo, parecia em casa e sabia exatamente quem eles eram. Com certeza era algo positivo, e Irene tentou se convencer disso, enquanto controlava-se para não entrar em pânico. Tratava-se de uma oportunidade sem igual para conseguir informações, talvez até mesmo colocar um fim em toda a ameaça, aqui e agora. Ela deveria pensar com otimismo.

No entanto, um temor frio corria na direção oposta em suas veias e espalhava gelo em seu coração. Essa também era uma oportunidade sem paralelos para acabar morta, ou coisa pior. Alberich estava tão acima dela quanto ela estava acima dos capangas de que haviam se esquivado na Polônia, logo que entraram neste mundo. Ele tinha centenas de anos de idade. Havia traído a Biblioteca e aprendido os segredos mais sombrios dos feéricos. Tirava as peles de Bibliotecários por diversão e lucro, e as usava como disfarces. Ele não era descuidado. E se Irene o havia reconhecido, então as chances eram de dez para um que estivesse preparado para isso.

— Irene — murmurou Kai, lembrando-a de sua presença. Os músculos dele estavam tensos sob o braço dela. — Devo derrubá-lo? Se chegar nele antes que possa reagir...

— Óbvio demais — disse Irene com um tom de lamento. — Ele sabe que você é um dragão, Kai. Não é idiota.

— Ah, sim, você disse que ele vendeu informações sobre mim aos feéricos... E que isso causou o meu sequestro. — Os olhos de Kai pareciam gelo escuro. — Mas pode ser que ele esteja confiante demais. Devo colocar isso à prova?

Irene pesou as possibilidades. Um ataque aberto a Alberich, contra todas as defesas dele e no meio de um salão cheio de soldados e magos, poderia muito bem ser suicídio. E ela não *queria* ser morta. Por outro lado, se fosse o fim dele e da ameaça à Biblioteca, valeria a pena. Ela havia recusado a sugestão de Bradamant de agirem como isca porque eles não tinham uma boa forma de chegar a Alberich. Bem, aqui estava ele, na frente dela. O que ela ia fazer agora?

Irene estendeu a mão e segurou no braço de uma mulher mais velha, um encouraçado espalhafatoso em cetim violeta e diamantes.

— Com licença, madame — disse, apressada, antes que a outra mulher pudesse se livrar dela, e assentiu na direção de Alberich. — Quem é aquele cavalheiro ali?

A mulher ficou tão pálida que seu *rouge* destacava-se em suas bochechas em duas manchas escarlates.

— Você deve estar se referindo ao conde Nicolai Ilyich — disse ela, tentando soar casual e fracassando. — Eu achei que *todo mundo* soubesse quem ele era.

— Nós acabamos de chegar de Paris. Não conheço ninguém. Além da Imperatriz, é claro. — Irene forçou uma risada. — Ele é alguém importante?

— É o chefe dos Oprichniki, e se você tiver algum bom senso, vai ficar bem longe do caminho dele.

A mulher chacoalhou a mão de Irene, tirando-a de seu braço, e saiu dali o mais rapidamente possível, mantendo a dignidade.

Alberich ainda a estava observando, embora não houvesse tentado se aproximar. Um espaço crescente se formava em volta de Irene e de Kai também, provavelmente porque as pessoas podiam acompanhar o olhar contemplativo de Alberich e não queriam ser associadas com seu alvo.

Irene inspirou fundo.

— Kai, eu estou prestes a fazer uma coisa impulsiva — disse ela — e preciso que você fique preparado para me dar suporte.

— Não — disse Kai, sem rodeios. — Isso não vai acontecer. Eu não vou permitir que você faça isso.

— Eu não estou muito disposta a isso também. — Esse era o eufemismo da década. Ela preferiria subir em um vulcão que estivesse soltando aquelas espécies de pequenos arrotos antes de entrar em erupção. — Mas ele consegue usar a Linguagem tão bem quanto eu, se não melhor. E você sabe o que *eu* posso fazer...

Kai fez uma cara feia, nem mesmo tentando esconder sua raiva.

— Então você quer que eu fique longe do alcance da voz dele.

— Posso precisar que você me resgate. — Ela deu um apertão no braço dele. — Eu não confio em *qualquer um* para me resgatar, você sabe disso.

— Além disso, ele não pode fazer nada drástico com você sem se expor, não em um lugar público como esse — disse Kai, chegando à mesma conclusão que Irene.

— Sim, e é bem isso que estou esperando — ela concordou. — Se você o ouvir gritando algo como "Guarda, prenda estes rebeldes espiões!", é a deixa para correr.

Antes que Kai pudesse atrasá-la ainda mais, ela virou-se e foi andando na direção de Alberich.

Sua reverência foi uma mesura cortês com a cabeça e o farfalhar de saias, apropriado para uma jovem mulher quando estivesse se aproximando de um homem de escalão superior. Certamente que não havia nenhum respeito genuíno por trás dessa mesura. Alberich sabia disso, e Irene sabia que ele sabia, mas ela não poderia arriscar-se que reparassem que ela era incomum. Não ainda.

— Sempre tão educada — disse Alberich, cuja voz tinha um timbre diferente daquele do último encontro deles, mas é claro que ele estava então usando a pele de uma outra pessoa. Outra vítima que havia morrido para que ele pudesse se disfarçar e usar sua identidade. — Eu estava com receio de que você fosse tentar se perder na multidão, Ray.

Irene abriu um sorriso doce, não querendo que ele visse o quanto o uso de seu nome de batismo a incomodava.

— Mas então eu poderia ter perdido você de vista, Alberich. Você é perigoso demais para isso.

— E você sequer trouxe uma taça de champanhe.

— Ah, vamos. Você sabe que eu a envenenaria.

— Você deve ter tantas perguntas. — O sorriso de lábios finos dele cortava sua face como se fosse uma cicatriz. — Por que você não faz algumas?

— Sejamos francos, sim? — Não havia como saber se ele contaria ou não a verdade. Ele poderia até mesmo estar jogando, tentando ganhar tempo, simplesmente a mantendo ocupada até que uma armadilha se fechasse. Mas era possível, mesmo que pouco, que ele fosse vaidoso o bastante para se gabar, ou descuidado o suficiente para ceder alguma informação. — Por que você está aqui?

— Para falar com você, é claro. — Ele estirou as mãos em uma imitação zombeteira de confissão. — Todo esse caminho, só para conversar com uma pequena Bibliotecária. Eu espero que você não me faça perder tempo.

Irene ignorou a ameaça. Estava ignorando muitos outros possíveis perigos, de modo que era, em termos comparativos, fácil acrescentar mais um à pilha de *Enterrar Deliberadamente a Cabeça na Areia e Esperar que Vão Embora.*

— O que eu não entendo, para ser totalmente honesta...

— Oh, por favor, seja honesta — disse Alberich, cortando-a.

Irene sorriu novamente, porque era isso ou olhar com ódio para ele. Seu medo não havia desaparecido, era um sussurro constante no fundo da mente. Porém, sua raiva permitia que ela mantivesse a compostura e disparasse em resposta a ele, esperando por uma abertura. Este era o melhor argumento que ela tinha conseguido para justificar o cultivo deliberado de determinados pecados capitais.

— Eu não sei como você sabia que deveria estar aqui — ela terminou a sentença.

Alberich parecia satisfeito.

— Oras, essa *é* uma pergunta inteligente. Você está tentando descobrir o quanto eu sei, antes de decidir um rumo de ação.

— Bem, não seria o que qualquer um faria?

Ele balançou a cabeça em negativa, com tristeza.

— Você ficaria dolorosamente surpresa. Porém, em troca da minha resposta... — Ele olhou de relance na direção dos casais que ocupavam, no momento, a área central, movendo-se em pares, seguindo os passos de uma polonesa. — Creio que eu gostaria de dançar...

Irene ficou surpresa por um momento.

— Por quê? — ela questionou.

— Em grande parte porque isso deixará você abalada. E incomodará seu parceiro — foi a resposta de Alberich. — Você só está irritada por não ter pensado em sugerir isso primeiro.

Irene considerou sua posição. Estar na pista de dança não parecia muito mais perigoso do que ficar parada ali conversando. Já estava dentro da zona de perigo. Ela poderia muito bem fazer o jogo dele e ver até onde ia.

— Muito bem — ela concordou. — Então, como você sabia que deveria estar aqui?

— Assim que descobri para que mundo você estava vindo... Ai, meu Deus, você não estava esperando por isso, não é? Garanto que é verdade. — Os olhos de Alberich estavam penetrantes novamente, catalogando as reações dela. — Em todo caso, assim que eu soube que estava se dirigindo para cá, vim e assumi uma posição de autoridade. Afinal de contas, o chefe da Oprichniki fica sabendo de todas as notícias. Quando recebi os relatos sobre os distúrbios no trenó-porto, soube que você estava em São Petersburgo. E quando aquela tempestade caiu tão repentinamente sobre o Palácio de Inverno essa noite, bem...

Irene fervia de ódio. Analisando as coisas em retrospecto, havia deixado uma trilha óbvia para que quem conhecesse os sinais pudesse segui-la. Sua única desculpa era que não esperava que ninguém ali estivesse procurando por ela. Mas, como todas as desculpas colocadas à prova, esta soava fraca. Seu orgulho profissional ficou doído.

— Estou extremamente embaraçada — ela disse entredentes. — Eu não fazia a mínima ideia...

— Bem, é claro que não — disse Alberich. — Agora, como concordamos, uma dança. Eles estão tocando uma valsa. Você sabe dançar valsa, não? — Ele ofereceu sua mão a ela.

— É claro que sei — disse Irene, pegando na mão dele.

Sua pele ficou arrepiada quando ele a tocou, mesmo através da renda de sua luva. Mais adiante em meio à multidão ela podia ver Kai, e a tensão contida no corpo dele. Ela captou o olhar dele e balançou a cabeça levemente. *Não faça nada. Ainda.*

— Mas como você descobriu que eu estava vindo *para cá?*

— Minha cara Ray, você é confiante demais.

Ele conduziu-a para a pista de dança, e ela podia sentir os olhares fixos dos dignitários reunidos.

— Eu vou me arrepender de ter concordado com essa dança?

O medo estava se espalhando por ela de novo, como gelo em seu coração e em sua garganta, mas ela o olhou nos olhos quando se virou para ficar cara a cara com ele.

Alberich fez uma pausa apenas pelo tempo necessário para o medo florescer e virar terror, e sorriu para ela novamente.

— Você achou que eu quis dizer que você confiava demais em *mim*? Bem, sim, mas não aqui e agora. Eu preciso de respostas, e é difícil consegui-las quando a outra pessoa não pode confiar o bastante a ponto de fazer um trato. A tortura na verdade não é tão eficiente quanto eles dizem.

— Tenho certeza de que você saberia disso — disse Irene, mantendo o tom tão leve quanto era possível. Em volta na pista, parceiros sorriam uns para os outros enquanto os músicos aumentavam o ritmo da valsa. Ela levou os lábios deliberadamente em uma curva para cima, olhando nos olhos de Alberich enquanto ele colocava sua outra mão na cintura dela. — Mas então, *em quem* eu não deveria confiar? O que você quis dizer com isso?

— Quis dizer que me contaram que você estava sendo enviada ao mundo B-1165. — Ele estava preparado para a hesitação nos passos dela, e, com gentileza, a guiou nos primeiros passos da dança. — Certamente você não é tão ingênua a ponto de pensar que todos os Bibliotecários são fiéis a sua causa como você?

Irene manteve o sorriso fixo em seu rosto, mas seus pensamentos rodavam em pequenos círculos. *Ele está sugerindo que alguém na Biblioteca me traiu. Mas será que está falando a verdade ou disfarçando seus verdadeiros motivos*

para impedir que eu suspeite de outra pessoa? Ou seria este um blefe duplo porque ele sabe que eu presumiria que ele esteja mentindo...
— Ninguém é perfeito — disse ela por fim. — Nem mesmo eu.
— Então você vem pensando no que eu disse.
Eles viraram-se juntos nos rodopios suaves da valsa.
— Bem, eu não sou *idiota*. — A menos que se contasse como idiotice entrar nessa situação como um todo, caso em que Irene já teria perdido essa discussão... e provavelmente a vida também. — Mas quero saber mais sobre sua ameaça à Biblioteca antes de tomar qualquer decisão irreparável.
— Isso é fácil. — Eles moviam-se em uma bolha de espaço em meio aos outros dançarinos. Ninguém queria chegar perto demais do líder da Oprichniki. — A menos que a Biblioteca se renda a mim, ela será destruída. E, a menos que você me dê as informações que eu quero...
— Serei destruída também? — sugeriu Irene.
— Você está lidando muito bem com isso.
— Tive prática — disse Irene em um tom de lamento. — Ameaças de morte parecem brotar duas vezes por semana nos últimos dias. Estou trabalhando nisso de passar pelo terror e entrar no estágio de barganha.
— Eu sabia que havia um motivo para gostar de você — disse Alberich, em um tom de aprovação.
Eles fizeram uma curva com estilo, e Irene aproveitou a oportunidade para olhar de relance para o outro lado da multidão e avistar Kai, que ainda estava lá. Analisando em retrospecto, talvez devesse ter dito para ele ir roubar o livro enquanto mantinha Alberich ocupado, mas não sabia se ele teria concordado em deixá-la ali.
— Quando nós nos falamos antes... bem, quando você me enviou aquelas mensagens ameaçadoras... você disse que

queria saber o que "o livro" dizia. Creio que você estava se referindo ao volume dos contos de Grimm, certo?

Afinal de contas, ele havia tentado matar Irene por causa do livro. Se houvesse um outro livro envolvido, isso introduziria um novo nível de complexidade à questão.

— Correto. Havia uma história anômala naquela edição — Alberich deve ter captado o tremeluzir nos olhos dela, como se considerasse clamar ignorância em relação a isso. — Vamos lá, Ray, nós dois sabemos que você o leu. Naquelas circunstâncias, qualquer um teria lido. Alguém como você certamente leria.

— Alguém como eu? — perguntou-lhe Irene, tentando ganhar tempo.

— Alguém que é bom nisso de ser um Bibliotecário. Note que não falei "um bom Bibliotecário". — Eles moviam-se juntos na valsa, os passos equilibrados e precisos. — Alguém que faça bem o trabalho... não somente que seja devotado à filosofia da Biblioteca. É por isso que quero recrutar você.

O primeiro impulso de Irene foi um orgulho um tanto idiota. Afinal de contas, quantas pessoas eram elogiadas pelo arquitraidor da Biblioteca, que as admirava o bastante a ponto de querer recrutá-las pessoalmente? O segundo impulso dela foi de pura repulsa. *Se ele acha que eu trabalharia para ele, depois de tudo que fez, então o que* realmente *ele pensa de mim?* No entanto, o terceiro impulso, aquele que fez com que seus pés continuassem se mexendo e seu rosto sorrindo, foi calculista e frio. *Como posso usar isso?*

— Não posso confiar em você — disse ela. Ele esperaria que ela sentisse suspeitas. — Talvez devesse sair correndo.

— O Palácio está guardado. — Ele girou-a mais uma vez, com a mão cálida na parte de baixo das costas dela, enluvada na pele de um homem morto. — Eu não me refiro só aos guardas de costume. Quero dizer guardas alertas, que foram avisados sobre possíveis revolucionários... Preparados para atirar e matar, para depois os necromantes fazerem perguntas. Há até mesmo guardas no telhado agora. A Linguagem não consegue ser mais rápida do que uma bala em alta velocidade.

Será que ele estaria falando a verdade? Ela não tinha certeza. Mas seria possível? Sim, muito possível.

— E se eu responder às suas perguntas e contar aquilo que você deseja saber?

— Então será mantida presa aqui até que a Biblioteca tenha caído. Mas vai viver.

— E Kai?

— Ele pode ficar na cela ao lado da sua — disse Alberich, em um tom generoso.

— Você está muito certo de que a Biblioteca vai cair.

— Se eu tivesse a mínima dúvida, não estaria parando para ter essa conversa com você aqui e agora.

Irene gostaria de pensar que Alberich estava mentindo sobre isso também, mas nada na voz dele sugeria mentiras nem mesmo incerteza. Ele estava falando cada palavra a sério.

— Como você está fazendo isso? — ela quis saber.

Alberich balançou a cabeça em negativa.

— Você descobrirá caso se junte a mim.

Bem, ela não havia mesmo esperado que funcionasse. E agora estava começando a entrar em pânico de verdade, de um jeito cuidadosamente controlado. Ele nem mesmo ia se gabar para convenientemente prover informações. Toda sua tentativa de interrogatório tinha sido um completo fracasso. Ela não ficou sabendo de nada, exceto como ele havia conseguido rastreá-la até ali.

Talvez estivesse na hora de usar a opção nuclear.

— Não... — disse Alberich, cujo sorriso se fora e agora toda sua expressão era fria e pragmática.

— Não o quê? — disse Irene, inocente.

Droga, se ele tivesse adivinhado no que ela estava pensando...

— Você está considerando usar a Linguagem para arrancar a minha pele e expor-me em público. — A mão dele apertou a dela. — Você já fez isso comigo uma vez, Ray. Não cometo o mesmo erro duas vezes. Eu me precavi para essa possibilidade.

Ele poderia estar falando a verdade. Ou poderia estar blefando. Essa situação era impossível, mas se ele estivesse blefando e fosse vulnerável daquela forma, com certeza não teria trazido essa possibilidade à tona para começo de conversa. Irene soltou um xingamento baixinho. Isso teria funcionado tão bem. Alberich distraído, todo mundo voltando-se para cima dele, ela e Kai fugindo na confusão.

— Eu quero uma garantia de segurança para os meus pais — disse ela.

— Por que eu deveria me importar com seus pais? — Alberich soou como um dos mentores dela da Biblioteca. — Ray, você é boa em pensar além do básico, mas seu problema é que pensa *pequeno* demais. Seus pais não me causaram problemas. Não tenho ressentimentos para com eles. Não sou o tipo de sádico que caçaria sua família para atormentar você. Quando estiver a meu serviço, poderá mantê-los tão seguros quanto quiser.

Ele não sabe. O pensamento foi detonado no fundo da sua mente como uma iluminação de clarões solares. *Não sabe que meus pais são Bibliotecários, ou não concordaria com isso tão rápido. Ele acha que eles são apenas humanos comuns. E todo mundo na Biblioteca que me conhece sabe que meus pais são Bibliotecários. Então é quase certo que quem quer que tenha contado a ele onde me encontrar não é um Bibliotecário.*

A repentina onda de alívio dela deve ter transparecido em seu rosto, pois Alberich assentiu de modo paternal.

— Pronto, viu? Você precisa aprender a confiar em mim, Ray. Não sou seu inimigo aqui.

O círculo de dançarinos virou em seu eixo central invisível, fazendo com que Alberich e Irene girassem em direção à extremidade da sala, onde a Imperatriz estava sentada em meio a seus conselheiros, observando a recepção com um sorriso gracioso.

— Você é muito bom em me fazer esquecer quem você é — disse Irene. O que era verdade. Ela poderia dançar com ele assim, trocando insultos e perguntas, e era quase... divertido. Desafiador. Estimulante. Talvez fosse a sensação de segurança por estar em lugar público, com tantas outras pessoas presentes. Mas se tratava de uma falsa segurança, tão esfarrapada quanto sua identidade ali, e ela estava totalmente vulnerável.

— Redefinir a si mesmo é algo que todos nós temos que fazer. — O tom de Alberich era estranhamente sério, como se isso fosse mais importante do que a segurança da Biblioteca em si, ou da própria vida dela. — Você tem que se perguntar: Eu não passo de uma Bibliotecária? Isso é tudo que eu sou, tudo que sempre serei? Ou posso, na verdade, me transformar em algo *mais*?

— Isso parece um argumento a favor do transumanismo — disse Irene. — Evolução para o próximo estágio.

— É assim que estão se referindo a isso? Dificilmente é uma ideia nova. O único problema: é complicado imaginar algo inteiramente novo. Nós usamos as palavras e definições do passado para moldarmos nossas ideias. É improvável que o verdadeiro próximo passo evolucionário lembre algo que nós *possamos* imaginar. Até mesmo os melhores livros sobre o assunto são limitados.

Ela nunca havia pensado em Alberich como um leitor de ficção científica antes.

— Talvez você esteja certo em relação às limitações da imaginação... e não apenas para humanos. Conversei com uma feérica idosa alguns meses atrás. Ela estava encorajando os mais jovens a deixarem a humanidade para trás, para em vez disso serem definidos pelas histórias. Ela nunca consideraria nada fora dessa esfera.

— Eis onde tanto os feéricos quanto os dragões falham. — Os olhos de Alberich tinham aquela expressão faminta de novo, embora não fosse dirigida para Irene. Era dirigida para o *mundo* todo. — Eles são definidos pela narrativa ou pela realidade. Eles não vão além disso. A própria pessoa deveria ser a única que algum dia poderia se impor limites.

Tudo soava perfeitamente razoável, porém, da perspectiva de Irene, o fato de que Alberich era um assassino e traidor sugeria que havia falhas na filosofia dele.

— Mas você se aliou aos feéricos... — disse ela.

— Eu *uso* os feéricos. No fim das contas, ambos os lados nessa luta estão fadados ao fracasso. Os dragões, os feéricos... Ambos são incapazes de chegarem a qualquer acordo, são tacanhos por causa de suas próprias limitações. Estéreis, Ray. Moribundos. Qual o propósito de preservar um sistema em que ninguém vence? O máximo que se pode conseguir é que todos continuem nesse empate por toda a eternidade.

— E nenhum dos lados na verdade se importa com os humanos que estão no meio... — Irene podia ver para onde o argumento dele ia levar. Ela tivera a demonstração poucos meses antes, quando Kai foi sequestrado. Ambos os lados estiveram à beira de uma guerra, e nenhuma das duas partes parecia particularmente interessada nos mundos no meio. O mais próximo que haviam chegado tinha sido uma sugestão de que os humanos no fim das contas estariam melhor sob o controle deles.

Alberich assentiu.

— Você está vendo o meu ponto. A humanidade é o futuro. E a Biblioteca deveria ser líder nesse futuro, em vez de ficar apenas colecionando livros. Nós deveríamos estar unindo mundos, não mantendo segredos escondidos deles. Formando alianças. Recrutando os melhores e os mais brilhantes. Usando a Linguagem para mudar as coisas para melhor. Como estamos na verdade *ajudando* alguém quando apoiamos o *status quo* atual?

Ela poderia ter dito "Eu estou impedindo que tudo fique pior", mas Irene tinha certeza de que ele possuía uma réplica para isso. Era como estar em uma discussão com um Bibliotecário mais velho, ela sabia que perderia e que a única pergunta era como...

O bom senso entrou em ação. Por que, precisamente, ela estava tentando discutir lógica com a pessoa que buscava destruir a Biblioteca? Será que ela achava mesmo que ia convencer Alberich a mudar de ideia? Isso não tinha a ver com vencer uma discussão. Tratava-se de conseguir arrancar informações dele. Orgulho não era a questão aqui. Pará-lo é que era.

É claro que simplesmente se livrar dele nesse exato momento seria um triunfo completo para ela.

— Eu realmente vejo seu ponto — foi a resposta dela, cuja voz mal estava audível acima do murmúrio da multidão e da música.

Ele que pensasse que ela estava considerando. Pensasse qualquer coisa, contanto que ela tivesse um momento para agir. Porque havia pensado em alguma coisa para diminuir o ritmo das ações dele, apenas um pouco.

Ela separou-se dele em meio ao giro, soltando-se com força de suas mãos... e sentia algo levemente pegajoso em sua pele, onde ele a havia tocado? Não, não ia sequer pensar nisso. Ela havia se localizado: estavam a uns dez metros da Imperatriz.

De sua cadeira na plataforma elevada, Sua Majestade Imperial Imortal olhou para Irene, erguendo uma sobrancelha pela exibição pública de maus modos. Os conselheiros que estavam ao redor dela, em suas vestes suntuosas e em seus uniformes militares pesadamente cheios de condecorações de metal, também olhavam para ela. Até mesmo os dois tigres brancos deitados aos pés da cadeira ergueram suas cabeças para Irene com seus grandes olhos amarelos.

— Sua Majestade Imperial — gritou Irene —, aquele homem é um impostor! — Ela esquivou-se de ser agarrada por Alberich e saiu tropeçando alguns passos em direção à plataforma elevada. A música tinha parado bruscamente em um som discordante, e a sala estava repleta de sussurros cheios de choque. Mãos foram levadas aos cabos dos espadins.

Era melhor que isso funcionasse.

Irene focou-se na Linguagem.

— **Sua Majestade Imperial deve perceber que eu falo a verdade!**

O belíssimo piso de mármore veio para cima e acertou-a no rosto.

CAPÍTULO 17

O piso era de uma cor tão bonita. O pedacinho dele que estava diretamente na frente do rosto de Irene era de mármore dourado, embora estivesse manchado com sangue respingado que parecia estar escorrendo de seu nariz. Ela tentou discernir exatamente como aquilo havia acontecido, mas seu cérebro não estava cooperando, e toda a gritaria tornava difícil pensar.

O fogo ardia em algum lugar acima dela, refletido no piso polido à sua frente como uma rajada de arco-íris. Uma mulher gritava alguma coisa, sua voz era uma chicotada de comando, e um coro de vozes respondia. E o fogo surgia novamente.

Então outra voz falou de trás dela, em um tom que a levava a ter plena consciência do que estava acontecendo, como se fosse uma ducha fria de manhã. Não era a voz com quem estivera falando, a do homem cuja pele ele havia roubado. Era a do *verdadeiro* Alberich, o Bibliotecário que havia, de livre e espontânea vontade, se contaminado com o caos e se tornado algo além de humano. Soava como vespas zunindo, como água em metal derretido.

O ar retumbou, e uma rajada de vento congelante passou por ela e seguiu. O som mudou para uma sucção sibilante na direção oposta que puxava suas roupas.

O poder caótico fazia sua pele exposta latejar, agressivo e crescente.

Irene tinha quase certeza de que não gostaria da resposta, mas tinha que saber o que estava acontecendo atrás dela. Rolou de lado, com a cabeça ainda zonza, e virou-se para olhar.

Havia um buraco no ar onde Alberich estivera. Pendia no espaço vazio como se fosse um espelho de obsidiana com o dobro da altura de um homem, cuja negritude transbordava pelas beiradas e lutava para expandir-se. Em suas profundezas, Irene achava que podia ver a silhueta de um homem, parcialmente definida e obscurecida pelas sombras, diminuindo a cada segundo, como se estivesse, de alguma forma, recuando sem na verdade se mover. A forma ergueu um dos braços em um gesto como que a chamando, e, por um momento idiota, ela pensou: *É claro, é assim que eu pego Alberich... Tudo que tenho que fazer é levantar e andar em frente...*

A escuridão fervia do buraco no ar, esticando tentáculos que se curvavam na direção de quem estava por perto. E na de Irene. Um tentáculo indistinto enrolou-se em seu tornozelo, frio através da seda de sua meia, mas com centelhas de caos sibilando por ela como bolhas no champanhe. Ela soltou um grito agudo, momentaneamente incapaz de formular qualquer coisa na Linguagem em meio ao terror e à repulsa. Ela lutava para empurrar-se para longe, debatendo selvagemente os pés.

A mulher pronunciou-se novamente, mas dessa vez foi mais como o primeiro verso de um salmo: outras vozes em volta do piso entoavam uma resposta em forma de cântico em um uníssono retumbante, e o vácuo flutuante no ar encolhia-se enquanto relâmpagos crepitavam ao seu redor como uma auréola.

A mente profissional e consciente de Irene estava tentando fazer anotações, até mesmo sob as atuais circunstâncias. *Então é isso que acontece durante uma incursão de caos em um mundo de alta ordem. Ele tem uma dificuldade significativa em se sustentar, e até mesmo os humanos locais são capazes de forçá-lo a se fechar, presumindo que sejam poderosos o bastante.* É claro que seria mais fácil ser analítica se aquele maldito tentáculo ainda não estivesse tentando arrastá-la em direção ao buraco. E o belo piso de mármore era tão liso que não havia nada para interromper seu inevitável deslizamento em direção a ele. Até mesmo suas unhas não poderiam conseguir se prender a lugar algum.

— **Poder do caos, solte-me!** — disse ela, ofegante, tentando projetar suas palavras alto o bastante para serem ouvidas. No entanto, dessa vez a Linguagem falhou. Sabia que estava formando as palavras da forma devida, podia ouvi-las, mas não havia nenhum poder por trás delas. Ela era um reservatório que havia secado. Sua cabeça doía como se alguém estivesse atravessando suas têmporas com uma furadeira, e Irene perdeu a pouca pegada que tinha no chão, deslizando inexoravelmente em direção ao buraco no espaço.

Kai interpôs-se entre ela e o vácuo e apoiou-se no chão em um joelho só, agarrando o tentáculo com ambas as mãos. Irene podia ver os padrões de escamas aparecendo na pele dele à luz intensa dos candelabros que estremeciam, enquanto as unhas estendiam-se e viravam garras. O grande coro de vozes unidas pronunciou-se novamente, e sua força bateu no ar como martelos em uma casa de fundição. As feições de Kai paralisaram-se em concentração, e suas mãos ficaram tensas com o esforço enquanto ele soltava os tentáculos com ferocidade.

O tentáculo fez movimentos espasmódicos entre suas mãos, e depois estalou e partiu-se em um rompante de sombras.

Kai soltou o tentáculo, ignorando-o, e pegou Irene nos braços. Ele a levou para longe do abismo que se fechava rapidamente, carregando-a sem esforço na direção da fila de feiticeiros que os cercava. Irene não tinha forças para nada além de se segurar nele enquanto sua mente funcionava a mil. Ela estava ciente de que precisavam sair dali antes que a atenção se voltasse para eles, mas e o livro nos aposentos da Imperatriz? E será que haveria alguma coisa de útil na conversa dela com Alberich que deixara de notar?

O buraco fechou-se com um estalo; os uivos de ar, que haviam se tornado um ruído de fundo, cessaram abruptamente. Irene inspirou, trêmula e aliviada. De repente, parecia que o ar tinha um sabor bem mais limpo. A sala estava ainda cheia de vozes ininteligíveis e dos gritos agudos de civis em pânico, mas era um barulho humano e menos apocalíptico. Kai recuou uns poucos passos em direção à porta, com Irene ainda nos braços, e depois parou quando vários militares surgiram à força no seu caminho.

— Acredito que Sua Majestade Imperial gostaria de ter palavras com vocês — disse o mais velho, de cabelos e barba brancos como a neve pela idade, mas com a constituição física e muscular de um oficial em serviço. E não havia nada de idoso na atitude dele. — Por aqui, meu jovem, por favor.

Irene deu um puxão no braço de Kai.

— Por favor, coloque-me no chão. — A voz dela estava instável e seca. Ela tossiu, e suas palavras ficaram mais audíveis. — Por favor. Eu consigo andar.

E ela preferiria encarar a Imperatriz com os pés no chão.

Os cavalheiros que os acompanharam até os degraus da plataforma elevada eram corteses, mas ela e Kai ainda eram prisioneiros, sob guarda. A multidão estava começando a assentar-se agora, e cada vez mais o interesse estava focado neles.

A própria Imperatriz mal tinha um fio de cabelo fora do lugar. Uma criada havia aparecido e estava arrumando o esmalte nas unhas de sua mão esquerda, enquanto, à direita dela, um homem com aparência anônima, vestido de preto, possivelmente um Oprichniki, apresentava respostas à metralhadora de perguntas dela. Quando Kai, Irene e sua escolta chegaram e respectivamente fizeram reverências ou mesuras, a Imperatriz voltou-se para eles, dispensando seus criados com um aceno. A luz parecia prender-se nela, fluindo por seu vestido prateado e por sua coroa. Detalhes físicos, tais como seus cabelos brancos ou sua constituição física pesada, pareciam desimportantes em comparação com o poder ao comando dela.

A multidão ficou em silêncio, não querendo perder nada.

Irene tentou pensar em uma boa desculpa para o que havia acabado de acontecer. Ela estivera buscando fazer isso pelos últimos minutos, mas sua melhor ideia até agora, *somos súditos leais que queriam expor um impostor do mal,* não resistiria a muitas investigações. Era *por isso* que ela gostava de cair fora antes que pudessem começar a fazer perguntas.

— Se ela falar alguma coisa — disse a Imperatriz, apontando para Irene — derrubem-na e deixem-na inconsciente.

Irene soltou xingamentos mentais, enquanto deixava colada na cara sua melhor expressão do tipo "cortesmente confusa, porém, útil". E *este* era o problema de ficar pelos arredores depois de usar a Linguagem para afetar as percepções das pessoas. Eles lembravam-se do que você havia feito.

— Sua Majestade Imperial... — começou a dizer Kai.

— Ele também, por segurança — disse a Imperatriz.

Kai calou a boca. A Imperatriz olhou para ambos com ares de crítica.

— Minha jovem, meu jovem, vocês dois podem ter me feito um serviço, mas eu não terei certeza até investigar completamente a questão. Está claro que alguma entidade malévola possuiu o meu leal servidor, Nicolai. Vocês serão interrogados posteriormente e me passarão sua história inteira. Nesse ínterim... — Ela virou-se para o homem idoso encarregado de sua escolta. — Segurança máxima, a cela com as proteções mais altas, e grilhões.

O braço de Kai ficou enrijecido sob a mão de Irene, e ela soube sem olhar para ele que sua face estaria mostrando cada um dos sentimentos dele, nenhum dos quais era bom. Ela deu um apertão tranquilizador no braço dele. Contanto que não fosse Alberich que estivesse organizando as acomodações deles, deveriam conseguir sair de qualquer cela, assim que Irene recuperasse a voz.

A Imperatriz voltou-se para um homem que estava apresentando seu relatório, e Irene e Kai foram levados para fora do Grande Salão em um silêncio mortal. Os subporões para os quais foram levados não constavam nos mapas que Irene tinha do Palácio de Inverno. E os pesados grilhões nos pulsos deles foram aplicados com a mais suprema cortesia. Os guardas estavam claramente cientes de que Irene e Kai tinham sido acusados, mas não condenados, e ainda poderiam sair do caso cheirando a rosas. A cela da prisão possuía até mesmo camas. E velas. E uma porta bem trancada, claro.

E agora que eles estavam, em teoria, contidos e impossibilitados de praticarem qualquer magia operacional, e sozinhos, exceto pela pessoa que provavelmente estava ouvindo os dois do outro lado da parede, então podiam conversar.

Kai sentou-se pesadamente na cama, com as mãos agrilhoadas entre os joelhos.

— Em que idioma? — quis saber. Ele também havia deduzido a probabilidade de que houvesse alguém ouvindo.

— Inglês — disse Irene. Afinal de contas, neste mundo alternativo, as Ilhas Britânicas eram um pequeno país que nunca tinha chegado a ser um império. Se houvesse *de fato* alguém os ouvindo, demoraria um pouco para encontrarem um tradutor.

— Bem, você falou com Alberich, e espero que esteja satisfeita. — Ele encarou suas correntes. — Acho que meus parentes vão nos tirar daqui. Com certeza irão investigar uma incursão do caos como aquela. Mas eles farão perguntas...

Irene sentou-se ao lado de Kai e deu tapinhas de leve na mão dele. Suas correntes fizeram um tilintar desafinado. Nos grilhões de ambos, havia runas complicadas escritas em alto relevo com ouro e chumbo. Sem dúvida alguma isso tudo haveria de anular por completo a magia deste mundo, mas não poderia afetar a Linguagem.

— Kai, minha intenção é, na hora em que alguém vier investigar, estarmos bem longe daqui.

— Você está com um bom humor maldito — murmurou Kai.

— E você está com um humor bem ruim, o que não é comum.

— Devido à última meia hora, tenho motivos. — Apesar de seus corpos não estarem se tocando, ela podia sentir a tensão nele como se fosse um fio elétrico vibrando. — Como devo manter você a salvo se continua...

— Não — disse Irene, cortando-o. — Essa *não* é a hora. — Ela ficou distraída. Uma ideia estava borbulhando por sua mente, tentando tomar forma concreta. Em termos comparativos, o ataque de mau humor de Kai era desimportante. — Eu estou tentando formular alguma coisa aqui.

— Nunca é hora — murmurou Kai. Então, curioso, quis saber: — O quê?

— Deixe-me fazer algumas perguntas — ajudaria a esclarecer seus próprios pensamentos, e havia uns poucos pontos sobre os quais ela queria ter certeza. — Este é um mundo de alta ordem, então o poder do caos é obstruído. Alberich, particularmente, não pôde usar muito de sua força aqui, visto que ele se fez uma criatura do caos.

Kai assentiu.

— Correto. Acho que ele deve ter ficado protegido pela pele que roubou. Quando a Imperatriz e os servidores dela o atacaram, a proteção se foi junto com a pele e teve que fugir para o vácuo.

— Foram eles que fecharam o buraco para o caos?

— Não, aquilo foi a estabilidade natural do mundo. Humanos não conseguiriam afetar algo como *aquilo*. — Só pensar nisso pareceu alegrá-lo por algum motivo. — O que eles fizeram foi basicamente o manter no vácuo com os feitiços deles, até que o buraco estivesse fechado. Claro que não foi muito eficiente, mas jogaram energia bruta o bastante para cima dele a ponto de contê-lo, e o buraco fechou-se por si só. Embora provavelmente não tenham se dado conta disso.

Irene assentiu.

— Então, visto que Alberich estava severamente enfraquecido neste mundo, nós podemos presumir que, se ele possuísse um método menos perigoso de atingir seus objetivos, o teria usado.

Kai franziu o cenho, e então relaxou.

— Ah, você quer dizer que ele não pode ter nenhum aliado entre os dragões! Sim, isso é um alívio.

— Não *exatamente* — disse Irene. — Ou pelo menos, não é esse o ponto que estou querendo enfatizar aqui.

— Então qual é o ponto que você está querendo enfatizar aqui? — A vela lançava imensas sombras na parede enquanto ele se inclinava para a frente.

— Alberich me contou que ele nos rastreou por causa dos distúrbios que causamos. A confusão no trenó-porto, a tempestade que você ergueu. Ele estava esperando no Grande

Salão e observando, esperando que nós aparecêssemos. — Irene viu Kai franzindo o cenho, pensativo, e decidiu partir direto para a conclusão. — Se ele soubesse atrás de qual livro nós estávamos, então teria ido direto até lá e preparado uma armadilha para nós. Ele não teria que nos perseguir.

— Isso é lógico — concordou Kai. — Então...

— Ele *não sabia* atrás de qual livro estamos. — Irene ergueu um dedo. — Mas *de fato* sabia a que mundo eu estava indo. Ele até mesmo citou a designação do mundo pela Biblioteca, estava muito ocupado tentando me impressionar.

Kai deu de ombros.

— Então ele sabia de algumas coisas, mas não de outras. Isso em si não é... — Parou de falar no meio da frase, fazendo a conexão. — Espere. Alguém da Biblioteca teria tido acesso aos registros para falar qual seria nosso destino *e* ficado sabendo qual livro que você foi designada para coletar.

Irene assentiu.

— O que sugere que a pessoa com quem ele coletou as informações *não era* uma Bibliotecária. Mas ele descobriu a designação do mundo com *alguém*.

— Os lobisomens que roubaram sua pasta? — sugeriu Kai. — E se viram nos papéis de sua missão?

— Possível, mas improvável. Os documentos na pasta estavam na Linguagem, lembra? Qualquer um que os lesse os teria lido em seu idioma nativo. Se um deles passasse adiante a informação, por que apenas a designação do mundo? Por que não o nome do livro também, e o lugar onde estaria localizado?

— Pode ser, mas isso quer dizer...

— Sim — interrompeu-o Irene. — Exatamente! As únicas pessoas que saberiam a designação do mundo, mas não qual era o livro, são aquelas que tivessem visto o *lado de fora* da pasta, mas não o *interior* dela. O que quer dizer que era alguém que estava na sala de Vale quando eu cheguei. — Quando ela disse isso, a teoria tornou-se quase uma certeza. Contudo, seu prazer com a construção lógica foi drenado quando ela aceitou a conclusão. — O que significa que um deles está trabalhando para Alberich.

— Não Li Ming — disse Kai imediatamente.

— Esperemos que não — Irene não partilhava da confiança de Kai no outro dragão, mas ela realmente preferiria que Alberich não tivesse aliados dragões além dos feéricos. — E com certeza, Vale também não.

— É claro que não — disse Kai. — E não há nenhum motivo para que seja Singh. O que nos deixa com Zayanna.

— *"Obviamente"*, o tom dele acrescentava.

Irene assentiu, relutante.

— Eu não queria... — começou a dizer, e então ficou em silêncio, tentando pensar no que ela queria. Nunca tivera um motivo para confiar em Zayanna.

— Ela é uma feérica — disse Kai, com desdém. — Tudo é um joguinho para eles. Provavelmente o patrão dela realmente a jogou fora, como ela disse, e Alberich ofereceu um trato melhor.

— Se o patrão dela realmente a jogou fora, foi por ter ajudado a resgatar você — disse Irene baixinho.

— Pelos próprios motivos dela. — Kai tilintou suas correntes. — E, falando em resgates, e quanto ao nosso?

Irene recompôs-se.

— Sim. Precisamos cair fora daqui e voltar para o mundo de Vale. Se Zayanna vem se comunicando com Alberich, ela pode nos dizer como encontrá-lo.

E então poderiam planejar o que fazer em seguida.

Irene nunca teve motivos para confiar em Zayanna. Porém, ela desejou poder fazê-lo. Sentia pena dela. Ela havia escolhido confiar em alguém sobre quem tinha sido avisada por Kai, pelas diretrizes da própria Biblioteca, pelo bom senso...

E agora todo mundo que ela deixou para trás poderia estar correndo um perigo mortal.

Um triste acúmulo de raiva aumentava dentro de si. Essa era uma *pessoal*. Ela nunca havia considerado o quão pior era do que uma profissional. Talvez porque nunca tivesse ficado em face a uma tão pessoal antes, e certamente nunca com tão altos riscos.

— Tudo bem — disse ela, juntando as mãos com firmeza. Ela podia sentir uma força sólida crescendo no fundo da sua mente que lhe faltara antes: o poder de usar a Linguagem, e a força de vontade para comandá-lo. Ela tinha se exaurido contra a Imperatriz, mas agora sua força havia retornado, como a água que caiu da chuva se juntando depois de uma seca. — Kai, assim que estivermos fora dessa cela, precisarei que você descubra o caminho mais curto em direção à área da praia.

— Certamente — disse Kai. — É assim que vamos embora?

— Em algum momento, sim. Estou presumindo que você possa comandar as águas, ou os espíritos das águas, do jeito como você fez antes. Sendo este um mundo de alta ordem, isso não o impediria de fazê-lo?

— Na verdade, torna as coisas mais fáceis. Eu não precisarei invocar os espíritos locais. — Ele soava bem definitivo em relação a isso, e Irene se perguntava se eles o reportariam aos dragões locais. — Mas e quanto ao livro? Será difícil chegar até o quarto da Imperatriz, visto que a segurança deve estar em alto alerta...

— Nós vamos deixá-lo para trás.

Kai fitou-a, chocado.

— Mas era sua missão. Nós temos que pegar o livro...

— É até mesmo mais importante encontrar o elo com Alberich — disse Irene. Ela odiava abandonar uma missão, e odiava abandonar um livro ainda mais, porém, a *verdadeira* ameaça era Alberich. Se fossem apanhar o livro e perdessem a oportunidade de encontrá-lo, tratariam o sintoma, e não a doença subjacente. — Nossa prioridade é cair fora daqui e encontrar o cúmplice de Alberich, seja Zayanna ou qualquer outro, e usá-lo para impedir Alberich.

— Usar como? Alberich não me parece o tipo que pararia de atacar a Biblioteca só para manter alguém seguro. Não deveríamos na verdade fazer o trabalho que nos foi designado primeiro?

— Pode ser que eu esteja errada — disse Irene. Sua raiva ainda estava ardendo, fazendo com que quisesse cuspir cada palavra, gritar com alguém que merecesse seus gritos, martelar a porta da cela. Ela controlou-a. As objeções de Kai eram razoáveis e mereciam uma resposta, mesmo que fosse um não. — Caso em que eu terei enfraquecido a Biblioteca não obtendo um livro vitalmente importante. E eu assumirei total responsabilidade por isso, sentindo todos os pedacinhos malditos de culpa que merecerei sentir. Mas eu não acho que eu esteja errada. Acho que Zayanna faz parte do plano de Alberich. Eu acredito fortemente que neste preciso momento, colocar nossas mãos nela, ou em quem quer que esteja ajudando-o, é o mais importante a se fazer.

— Mas o que faremos quando... — Kai começou a perguntar.

— Nós pensaremos nos detalhes quando tivermos pego o cúmplice dele — disse Irene com firmeza. — Vamos fazer isso em etapas controláveis. Você está preparado?

— Quanto mais cedo, melhor — disse Kai.

Ele ainda estava tenso como um fio de arame esticado, com os ombros curvados e a expressão velada. Em silêncio, Irene fez uma reprimenda a si mesma quando ficou consciente de pelo menos parte do problema. Ele tinha sido aprisionado fazia apenas uns poucos meses, dependendo de outros para resgatá-lo. Dificilmente era de se surpreender que estivesse irritado por se encontrar acorrentado em uma cela de novo.

— Certo. — Ela levantou-se e ele fez o mesmo em seguida. — **Grilhões, destravem-se e caiam no chão.**

Os grilhões eram magia humana, não feérica nem de dragão, e cederam à Linguagem como qualquer outro pedaço de metal mortal faria: caindo no chão em uma colisão metálica.

Irene deu um passo para um dos lados da porta, deixando o caminho limpo para Kai.

— **Porta, destrave-se. Proteções na porta e na entrada, caiam. Porta, abra-se.**

Sua cabeça latejava com a recente volta da dor, que aparentemente tinha ido tirar apenas umas breves férias. Agora estava de volta com amigos para ficar. Mas pelo menos havia uma conveniente parede de pedra em que se apoiar. Ela fez isso por um momento, enquanto Kai saía explosivamente pela porta recém-aberta e "raciocinava" com os guardas do outro lado. Eles nem mesmo tiveram tempo de mirar com suas bestas.

Quando ela o seguiu até a guarita, todos estavam inconscientes. Isso incluía um homem trajando uma veste, que presumivelmente era o mago desafortunado o bastante para ter sido postado na guarda.

— Um pouco demais, não? — disse ela de leve.

Kai deu de ombros.

— Nenhum deles está morto. Além do mais, não queremos que eles soem o alarme antes do necessário.

— Verdade — admitiu Irene. Ela puxou as pesadas sobrevestes do mago. — Me dá uma mãozinha com isso, por favor.

Kai franziu o cenho por um momento, e depois olhou para o vestido de baile dela, desarrumado e manchado de sangue, e assentiu. Quando Irene colocou as roupas, ainda parecia mal vestida, mas pelo menos chamaria menos atenção.

— O rio Neva fica por ali — disse Kai, apontando pelo corredor.

Irene foi na frente, andando como se estivesse a negócios, e esperando que qualquer um com quem se deparassem olhasse suas roupas e não para seu rosto. Suas preocupações pessoais deixaram sua cara fechada, e ela não via nenhum motivo para tentar abrir um sorriso. Havia a ameaça à Biblioteca. Havia Alberich, que era um terror contínuo tanto quanto um perigo atual. E havia Zayanna que, a não ser que houvesse um milagre e uma explicação implausível, tinha mentido para ela.

Ela havia *gostado* de Zayanna.

De longe veio o som de pés correndo e de um sino clangoroso sendo tocado. Eles estavam a vários corredores de distância das celas, em uma direção que Irene teria descrito como *desesperançosamente perdida*, mas que Kai alegava dar no rio. Essas passagens, bem fundo sob o Palácio de Inverno, ficavam longe dos corredores dos níveis superiores, ou até mesmo dos arquivos prosaicos debaixo da catedral, cujos pisos eram de ladrilhos e as paredes, de granito, limpas, porém velhas. Essas passagens eram gélidas por causa do frio da água congelante que passava pela terra e pela pedra. Até mesmo o ar parecia úmido.

— A caçada está armada — disse Kai, de forma concisa e óbvia.

— Nós sabíamos que isso aconteceria — concordou Irene.

— Fica muito longe ainda?

— Um pouco. Presumo que você queira chegar o mais perto possível?

— Certo. Quanto menos parede e fundação eu tiver que remover, mais fácil vai ser.

— Como vamos deixar este mundo depois?

— Através da biblioteca mais próxima para a Biblioteca em si. — Ela notou o cenho franzido de Kai. — Eu sei que poderia ser mais rápido de algumas formas para você nos carregar até lá como dragão, mas preciso deixar notícias na Biblioteca o mais rápido possível. Se algo der errado quando tentarmos pegar Zayanna, não quero ser a imbecil que não contou a ninguém aonde nós estávamos indo nem o que estávamos prestes a fazer...

Ela parou abruptamente quando um rugido ecoou pelas passagens. O instinto cheio de pânico no fundo de seu cérebro a urgia para que se acovardasse e se escondesse, ou procurasse uma bela e alta árvore na qual subir.

— Que diabos é isso? — disse ela, sibilante.

— Os tigres da Imperatriz, mas não acho que eles estejam perto. — Kai continuou andando, bem mais casual em relação ao ruído do que ela, e Irene teve que se apressar para acompanhar o passo dele.

— Você está se referindo àqueles grandes e brancos tigres siberianos...

— Eles teriam que ser tigres de Bengala — disse Kai, sério. — Só se consegue tigres brancos de Bengala. Meu tio fica bem irritado com isso. Os reinos vassalos com frequência lhe enviam peles como tributo, mas tigres siberianos são sempre cor de laranja, nunca brancos. Ele disse uma vez...

— A palavra de ordem é *grande* — disse Irene, cortando-o. — O quão bons são os tigres em rastrear pelo cheiro?

— Bem, cães de caça são melhores para animais como lebres — começou a dizer, até perceber o olhar firme de Irene. — Muito bons — disse ele, timidamente. — Eu nunca tentei treiná-los.

— Imagino que eles não vão ficar de joelhos e adorar você como aquele urso fez, não?

— Provavelmente não — disse Kai, em tom de lamento. Um outro rugido dividiu o ar, mais próximo agora. — Afinal de contas, são gatos.

Irene desejava que a Imperatriz Imortal tivesse preferido ursos como animais de estimação.

— Isso é o mais próximo que vamos chegar. — Kai parou em uma curva na passagem e colocou a mão junto à parede. — Eu posso sentir a água fluindo alguns metros além. Eles dispuseram bem as fundações.

— Eu pediria desculpas à Imperatriz, mas talvez ela fique feliz com a oportunidade para redecorar. — Irene aproximou-se da parede e colocou as mãos ao lado da de Kai, preparando-se. — **Parede de pedra e fundação e terra que estão entre mim e o rio adiante, façam-se em pedaços e cedam, e criem uma passagem que dê para o grande rio que seja grande o bastante para que por ela passemos.**

Isso era ruim, mas não tão ruim quanto tentar influenciar a Imperatriz. *Que divertido,* pensou Irene com raiva em meio à dor que pressionava sua têmpora, *agora eu tenho todo um novo padrão para o quão ruins as coisas podem ficar. Viagens são tão educativas.* Ela sentiu vagamente o braço de Kai em volta de sua cintura, apoiando-a enquanto ela se inclinava para ele. *Eu quase prefiro viajar em mundos dentro do espectro do caos, pois pelo menos não fico com dor de cabeça a cada cinco minutos...*

— Irene! — Kai estava gritando. — Tigres!

Oh, certo, tigres. Tigres eram relevantes de alguma forma. E bonitos quando existiam barras de ferro entre ela e eles...

Havia dois grandes tigres andando pelo corredor em direção a ela e Kai. O pânico deu a Irene uma dose de adrenalina fria e a puxou de volta para o estado de consciência, e então se retirou, indo ficar no fundo em seu cérebro, deixando que ela cuidasse das coisas.

Kai estalou os dedos e apontou para o chão.

— Deite-se — disse ele em um tom firme.

Um tigre bocejou, expondo imensos dentes brancos e revelando uma língua implausivelmente cor-de-rosa. O outro simplesmente rosnou.

— Gatos — murmurou Kai. — Irene, você pode apenas colocá-los para dormir ou algo do gênero? Não quero matá-los.

— Algum motivo em particular?

Os tigres estavam se aproximando agora. Andavam em vez de correrem. Provavelmente deveriam ficar de guarda para Irene e Kai até que os guardas humanos chegassem.

— Eles são espécimes tão bonitos — disse Kai. — Gostaria de poder levá-los de volta para o meu tio.

Irene encolheu-se só de pensar em tentar arrastar uma dupla de tigres contrariados com eles pela Biblioteca.

— De jeito nenhum — disse ela com firmeza. — Você pode voltar e negociar com os dragões locais quando você quiser.

Atrás dela, a cantaria gemia e começava a estremecer. Irene virou-se e viu-a partindo-se como lábios, como se estivesse abrindo a boca para falar.

Porém, em vez de palavras, uma potente rajada de água saiu em alta velocidade, e teria feito com que Irene ficasse colada à parede oposta se Kai não a tivesse arrastado para fora do caminho. Os tigres fugiram com os rabos entre as pernas e desceram correndo o corredor, enquanto a água vinha inundando e enchendo a passagem até a altura dos joelhos.

— Eu cuido disso — disse Kai com calma. — Prenda a respiração.

Ele avançou para cima do fluxo de água, que ficou mais suave quando ele a tocou, curvando-se em volta de Irene, com a corrente enfraquecendo-se e chegando à força de um gentil fluxo enquanto ele seguia em frente. O estreito buraco na parede era apenas grande o bastante para admitir a passagem deles dois. Irene acompanhou-o pela escuridão, sentindo a água roçar seu rosto e puxar seu vestido e suas vestes para trás. E o poder de Kai, de alguma forma, canalizou ar ao redor deles, permitindo que respirassem. Fios gélidos roçaram a testa dela e aliviaram sua dor de cabeça.

Então eles estavam fora, na plena força do rio, que os varria fluxo acima, até que vieram à tona em uma onda. Irene estava ofegante, tentando respirar com os braços em volta do pescoço de Kai enquanto deixava que ele a apoiasse. Seus sapatos estavam perdidos em algum lugar no fundo do Neva, e suas roupas eram uma massa ensopada, grande e pesada, que provavelmente teriam feito com que se afogasse se não estivesse se pendurando em um dragão. A água estava amargamente fria. Ela pensou nisso, e então reformulou a frase para *mera* e amargamente fria, porque, sem a influência de Kai, a água estaria congelante e ela, desmaiando com o frio. Finas gotas de chuva cortavam o ar como foice, caindo do céu nublado, doendo em seu rosto. Os postes da rua ao longo da barragem lançavam brilhos cor de laranja na água, reluzindo na escuridão.

Mas eles estavam do lado de fora do palácio, e livres para agirem.

— Certo — disse ela, assim que recuperou o fôlego. — Agora, para a Biblioteca.

CAPÍTULO 18

A Biblioteca ainda estava escura quando chegaram; na verdade, estava mais escura, com solitárias lamparinas a óleo tremeluzindo no silêncio. Também estava caindo um temporal lá fora, e as janelas do corredor mais próximo estavam manchadas com longas faixas de gotas de chuva. Irene quase imaginou ser capaz de ouvir o tique-taque de um relógio ao longe, mas, quando tentou escutar, só havia silêncio. O ar parecia quente, e ela se perguntava o quanto seria real, e quanto era seu próprio medo.

Ela sentou-se na frente do primeiro computador que encontraram, ligando-o e batendo com os dedos na mesa enquanto ele demorava para ser inicializado. Ela via cada segundo que se passava com má vontade. O tempo não era seu amigo essa noite. Havia emergências demais fervendo em sua mente: Alberich, a Biblioteca, seus pais, Zayanna, *Vale*...

A tela de e-mail surgiu. Irene inclinou-se para a frente para começar a digitar, mas uma mensagem que chegou imediatamente preencheu o visor:

Preciso conversar com urgência máxima, onde encontro você? Bradamant

— Digitado com pressa — deduziu Kai, inclinando-se por cima do ombro de Irene.

— Verifique a designação desta sala, por favor — foi a resposta de Irene, ignorando-o.

Ela estava digitando seu próprio e-mail para Coppelia, em uma prosa não muito melhor do que a da própria Bradamant.

— A-21, romances italianos de detetives, fins do século XX
— disse-lhe Kai.

Romances italianos de detetives, fins do século xx, ou entrada para o mundo de Vale, qual é mais fácil?

Irene enviou a mensagem a Bradamant.

Entrada para o mundo de Vale, vejo você lá o mais rápido possível.

Essa foi a resposta que recebeu.

— Nós deveríamos nos apressar — disse Kai, andando de um lado para o outro e ignorando a cadeira vaga. — Se ela tem algo urgente a nos contar...

— Dê-me um instante — disse Irene.

Estava verificando os avisos atuais na rede. Infelizmente, não havia nada na linha de "Alberich está morto, tudo está resolvido, vocês todos podem relaxar e voltar à normalidade". Mas havia listas de mundos cujos portões tinham sido destruídos, mais longa do que ela havia esperado, e outra de Bibliotecários mortos. Ela analisou-a, o coração apertando-se no peito só de pensar que poderia reconhecer um nome.

E ela reconheceu alguns.

Kai havia parado de andar de um lado para o outro e estava com o olhar fixo na tela por cima do ombro de Irene de novo.

— Eu conhecia Hypatia — disse ele.

Era um dos nomes na lista.

— Acho que nunca a encontrei — disse Irene.

— Era um pouco mais velha do que você. Ela costumava dizer: Não é seu trabalho morrer pela Biblioteca, é seu trabalho fazer com que outras pessoas morram por sua Biblioteca...

— Ele cortou o que estava dizendo, endireitando-se, e suas próximas palavras foram frias e polidas. — Ela deu a vida com honra a serviço da Biblioteca. Eu não deveria diminuir seu sacrifício.

Irene fechou a janela, fazendo logout no computador.

— Não acho que seja vergonhoso repetir uma piada de que ela gostava. Pelo menos você está se lembrando dela. Não é melhor do que não se lembrar de modo algum?

As sombras da Biblioteca pendiam em volta de Irene, uma promessa silenciosa do futuro. Afinal de contas, quando ela morresse, o que iria deixar? Um punhado de livros não lidos em um quarto não usado. Uma nota de rodapé nas memórias de uns outros poucos Bibliotecários.

E livros vitais nas prateleiras da Biblioteca, que não estariam lá sem ela.

— Vamos — disse ela —, o gabinete de transferência fica por aqui.

— Irene, seus pais... — Kai interrompeu sua frase, com o tom incerto.

— Não estão naquela lista — disse Irene. — Ainda em segurança. Tanto quanto qualquer um está seguro no momento.

Bradamant estava esperando por eles do lado de fora da sala com o portal para o mundo de Vale. Ela estava apoiada na parede debaixo de uma das lamparinas e escrevia em um caderno. A luz fraca lançava uma sombra sobre ela, fazendo com que parecesse um esguio desenho em nanquim, usando uma saia e casaco escuros. Seus olhos ficaram arregalados quando ela os avistou.

— *O que* aconteceu?

Irene olhou para baixo e se viu. Ela estava quase seca, mas seu mergulho no rio havia deixado seu vestido e sua veste roubada irremediavelmente amarrotados. E as marcas do sangue de seu nariz por todo o corpete de seu vestido provavam que água fria nem sempre tirava manchas de sangue.

— A missão deu errado e nós nos deparamos com Alberich — reportou de forma sucinta. — Nós conseguimos fugir.

— Bem, claro que vocês conseguiram fugir, ou não estariam aqui agora — disse Bradamant, impaciente. — E quanto a Alberich?

— Ele também fugiu.

Irene lembrou a si mesma de que ela estava tentando ficar em melhores termos com Bradamant; além do mais, Bradamant tinha o direito de saber, mais cortesia profissional *et cetera*. Sendo assim, descreveu os eventos recentes.

Bradamant assentiu calmamente enquanto ouvia, mas os nós de seus dedos estavam brancos na beirada do caderno. No entanto, quando Irene contou como reconhecera Alberich, Bradamant quase dobrou o caderno ao meio.

— Por que você simplesmente não o matou? — exigiu saber.

— Eu pensei mesmo nisso — admitiu Irene. — Eu apenas não tive oportunidade.

— Com certeza você poderia ter se esforçado mais na tentativa. — Até mesmo na luz fraca, Bradamant estava branca de a fúria. — Apanhasse uma besta de um guarda, usasse uma arma ou fizesse o teto cair em cima dele.

— Você tentou atirar na cabeça dele antes, lembra? — Irene lembrava-se muito bem, e pela expressão no rosto de Bradamant, ela também. — Três tiros. Na testa. E tudo que conseguiu foi fazer com que cambaleasse por um instante. Do jeito que foi, provoquei os magos mais poderosos no império para que fizessem o melhor que podiam, e tudo que conseguimos foi que ele se retirasse. Eu não sei o que *o teria* matado com certeza.

— Dragões? — sugeriu Bradamant, dessa vez olhando para Kai.

— Não havia tempo para chamar ajuda — objetou Kai.

— Vamos deixar as culpas para depois — disse Irene, cansada. Será que Kai estaria agora lamentando haver desejado evitar os dragões locais? Ela poderia perguntar a ele depois, mas não na frente de Bradamant. — Essa próxima parte é mais urgente. — Ela repassou a conversa deles e suas deduções.

Bradamant estava assentindo ao fim do relato de Irene.

— Faz sentido. Tem que ser alguma das pessoas que estavam naquela sala. Alguém na Biblioteca poderia ter descoberto aonde vocês estavam indo... — Ela teve a cortesia de ficar um pouco ruborizada, talvez se lembrando de suas ações passadas. — Mas, nesse caso, a pessoa teria ficado sabendo atrás de que livro vocês estavam. E, como você ressaltou, isso nos leva àqueles que estavam na sala de Vale e que viram a pasta.

— E é a feérica, obviamente — disse Kai. — Eu não entendo por que vocês duas estão até mesmo considerando a possibilidade de que seja qualquer outra pessoa.

— A lógica faz com que Zayanna seja a mais provável — disse Irene —, mas existe a possibilidade de que outra pessoa estivesse sendo manipulada. Ou que nós estivéssemos sendo observados.

— A sala de Vale sendo espionada? — Kai soltou uma bufada. — Você simplesmente não quer admitir que a feérica...

— Com licença — cortou-o Bradamant, encarando-o até que ele ficasse em silêncio. — Olha, Irene, você precisa fazer alguma coisa em relação a seu amigo Vale. Quando você tiver um minutinho, o que, vamos admitir, não é agora. Eu fui vê-lo.

— Ele descobriu alguma coisa? — perguntou Irene.

— Sim, e é isso que eu quero lhe contar. Eu transmiti as informações para nossos anciões também, é claro.

— É claro — concordou Irene, irritada porque Bradamant sentiu a necessidade de ressaltar isso. Irene não era mais júnior dela e não precisava desse tipo de lembrete. — E...?

— Vale disse que Silver falou que parece que Alberich vem contratando... Quer dizer, corre o rumor entre os feéricos de que Alberich vem procurando feéricos juniores para fazer... trabalhos. Silver não sabia exatamente quais são os trabalhos, mas... — Bradamant deu de ombros. — Eu consigo pensar em meia dúzia de coisas, desde distrair e assassinar Bibliotecários, até seu grande plano anti-Biblioteca. Silver também disse que alguns feéricos que expressaram interesse nisso haviam então saído de circulação. Aparentemente, uma vez que se esteja nos planos de Alberich, não se fala a mais ninguém sobre o assunto.

— Isso é interessante. Eu me pergunto o que ele está oferecendo a eles.

— Poder — disse Bradamant. — E a chance de fazer parte de uma boa narrativa.

— Sim, isso funcionaria — concordou Irene. Uma maneira dos feéricos ganharem mais poder era obedecendo a todos os estereótipos de um personagem fictício. Conformar-se a padrões dessa forma fortalecia o caos dentro deles, agindo contra as inclinações naturais do universo em relação à aleatoriedade. *Destruir a Biblioteca daria uma história maravilhosa,* ela pensou, de mau humor. Sua mente voltou por um instante para as palavras anteriores de Bradamant. — E, sim, eu sei que Vale não está bem. Ele foi contaminado pelo caos durante nossa missão em Veneza. Eu realmente preciso levá-lo a um mundo de alta ordem, quando tivermos tempo.

Bradamant olhou para o lado evitando os olhos de Irene.

— Existe outra opção, sabe...

— O quê? — perguntou Irene.

Se houvesse uma forma de ajudar Vale, algo que ela pudesse fazer sem trair suas obrigações...

— Forçá-lo a passar por todo o processo — disse Bradamant em um tom frio. — Aumentar o nível de contaminação até que ele seja totalmente um feérico.

Irene ficou encarando-a.

— Você ficou *insana?*

— Ele nunca concordaria com uma coisa dessas — disse Kai, com tanta pungência quanto Irene.

— De onde vocês acham que vêm os feéricos? — retorquiu Bradamant. — E você quer ajudar a mantê-lo vivo e são? Pelo menos dessa forma ele ficará estável. Não seria difícil. Faça com que ele interaja com outros feéricos, ou que se torne mais de um estereótipo. Ele é um detetive. Façam com que ele detecte. — Bradamant deve ter visto a repulsa estampada no rosto de Irene, pois ela recuou um passo. Sua expressão assentou-se em um sorriso gentil, um sorriso que era familiar para Irene de todos os anos em que elas se conheciam e não gostavam uma da outra. — Eu estou tentando ajudar você. Não me culpe se não existe nenhuma opção boa.

— Você claramente sabe mais sobre esse tipo de coisa do que eu — disse Irene, antes que conseguisse se impedir.

— Eu tenho meus próprios contatos — disse Bradamant.

— Oh?

— Nada que seja da sua conta.

A declaração foi dita sem emoção na voz, não deixando nenhuma abertura para discussões. Irene inspirou fundo e forçou-se a voltar da beira da raiva. Ela agiria como uma adulta, mesmo que todo mundo a seu redor sentisse a necessidade de ser criança. Ela guardaria sua fúria para a pessoa que na verdade a *merecia*.

— Tudo bem. Obrigada por suas informações, mas eu não acho que o próprio Vale toleraria uma coisa dessas. — Ela olhou de relance para Kai, que assentiu, concordando. — E obrigada por nos passar essas informações. Eu apresentei os fatos básicos em um e-mail para Coppelia...

— Ela não lerá o e-mail até retornar — disse Bradamant. — No momento, ela está fora da Biblioteca. Assim como Kostchei. Assim como muitos outros anciões.

— Sério?

Irene estava genuinamente pasmada. Quando alguém era promovido para Bibliotecário Sênior, geralmente era velho o bastante e estava machucado o suficiente para que tivesse o mérito de uma aposentadoria honrável. Bibliotecários Anciões não saíam da Biblioteca, não retornavam a mundos alternativos onde o tempo voltava a seu fluxo normal e onde poderiam estar em perigo. Isso simplesmente não acontecia. Ela só havia visto Coppelia fazer isso uma vez antes, e tinha sido uma questão de colocar um fim em uma guerra. Se *muitos* dos anciões estavam agora tomando esse passo...

Bradamant assentiu, com a expressão azeda.

— Eles estão coletando informações. Dos contatos *deles*. É muito bom saber que Alberich está trabalhando com os feéricos, mas se não conseguimos encontrá-lo, essa informação é inútil.

— Espero que Penemue também esteja fora em uma missão.

— Isso é um tanto quanto duro da sua parte — disse Bradamant. — Sim, ela está em uma missão. Só porque ela está no jogo político, não quer dizer que não faça o trabalho dela.

— Ela andou conversando com você? — acusou Irene.
— Eu converso com muita gente. — As sombras estavam muito profundas em volta de Bradamant. — As coisas não são necessariamente tão preto no branco quanto você gostaria que fossem. E nem todo mundo consegue boas missões.
— Eu não chamaria os trabalhos dos nossos últimos meses de boas missões — disse Irene com amargura na voz.
— Tecnicamente, você está sendo punida, lembra? — Bradamant soltou um suspiro. — Algumas pessoas pegam trabalhos piores por menos. Só porque você não notou, não quer dizer que não haja ressentimento. E, não, essa não é a hora para discutir sobre isso, mas existe um motivo pelo qual outros Bibliotecários estão falando com Penemue.
— O que ela está dizendo agora?
Bradamant hesitou e depois abaixou a voz.
— A Biblioteca está reduzindo seus níveis de energia para liberar mais poder para transportar coisas. Penemue está dizendo que isso é uma desculpa. Que as luzes estão fracas e que o ar está velho porque a Biblioteca ficou enfraquecida. Ela está dizendo que não é simplesmente um caso de queima de portais, mas que toda a Biblioteca está entrando em entropia. E muitas pessoas notaram que conseguem ouvir um relógio fazendo tique-taque.
Ela permaneceu em silêncio por um instante, e os três ficaram escutando. Irene podia ouvir sua própria pulsação, sua própria respiração. Ela esforçou-se para ouvir qualquer outra coisa por trás dos ruídos de sua própria vida, mas não podia ter certeza. A imaginação fornecia um tique-taque sussurrado em plano de fundo, contando os segundos, mas...
— Eu sei — disse Bradamant. — Assim que você começa a ouvir, não consegue ter certeza se é coisa da sua imaginação ou não. E alguns estão começando a murmurar que deveríamos con-

siderar a possibilidade de conversar com Alberich. Apenas possivelmente. Apenas talvez. Apenas uma alternativa a ser considerada.

— Apenas nunca — disse Irene, com dureza na voz.

— Você está se irritando com a pessoa errada — disse Bradamant. — E uns poucos Bibliotecários suspeitam que a história seja inerentemente revisionista e escrita pelos vencedores. Eles me perguntam se talvez eu o tivesse provocado durante o nosso último confronto. Sugerem que ele poderia ter tido um motivo perfeitamente bom para estar fazendo o que quer que ele estivesse fazendo, e que fosse nossa culpa termos quase morrido no processo. Quem teria pensado que alguns dias de pânico fariam com que tantos colegas e amigos... — Ela fez um gesto, incapaz ou não disposta a terminar a frase, contorcendo amargamente a boca.

— Venha conosco — disse Irene em um impulso repentino. — Você poderia nos ajudar.

Era perfeitamente verdade. Bradamant era boa em seu trabalho e Irene já estava além da necessidade de ter orgulho e tentar lidar com as coisas sozinha. Bradamant evitou os olhos de Irene de novo, contorcendo secamente a boca.

— Não posso. Tenho que ficar aqui e agir como coordenadora. Uma imbecilidade isso, não?

Irene estava abrindo a boca para expressar descrença, quando uma suposição desagradável a atingiu. Da última vez em que elas trabalharam juntas, Bradamant estivera trabalhando sob ordens secretas. Ela havia usado um truque sujo para cima de Irene, o que colocou a missão como um todo em perigo. Embora Irene não tivesse culpado Bradamant por isso no interrogatório, a verdade estava lá para que seus superiores a vissem. Se o papel de apoio de Bradamant era sua punição, Irene só estaria esfregando sal nas feridas ao perguntar por detalhes. Então, em vez disso, ela disse:

— Lamento por isso. Eu acho que você seria mais útil em campo.

— Sim, eu também. — O tom de Bradamant estava seco como pó, e até mesmo menos empático. — Muito bem. Vou me certificar de que suas informações sejam passadas adiante, se Coppelia ou qualquer um retornar antes de você. Boa sorte.

— Para você também.

Irene virou-se antes que pudesse dizer alguma coisa sem tato e arruinar o momento. Então ela conduziu Kai para dentro da próxima sala, que tinha a porta para o mundo de Vale.

Havia ainda menos luz nesta sala. Com apenas uma fraca lâmpada fluorescente brilhando no teto, eles tinham que escolher seu caminho com cuidado pelo chão, evitando pilhas de livros que mal eram visíveis. Estavam na metade do caminho até o portal quando Irene parou repentinamente.

— O que foi? — perguntou Kai, saindo, alarmado, de seus ares taciturnos.

— Estou pensando. — E, uma vez na vida, estava fazendo isso *antes* de entrar em uma armadilha. — O que aconteceu da última vez em que passei por essa porta? Aqueles lobisomens pularam para cima de mim. Quem quer que esteja operando no mundo de Vale, seja ou não Zayanna, sabe que esse é nosso caminho de entrada. E, se fosse eu, faria uso desse conhecimento.

— Você tem razão — disse Kai, que olhou para a porta, pensativo. — Passa da meia-noite agora. Qualquer coisa poderia estar esperando por nós. Nós poderíamos viajar via outro mundo em vez disso, e eu conseguiria carregar você até o mundo de Vale, que tal?

Irene avaliou a possibilidade.

— Nós perderíamos tempo — ela decidiu. — Quanto mais demorarmos, mais chances existem de que o agente de Alberich escape... E então perderemos nossa pista.

— Então o que fazemos?

Aparentemente, Kai não tinha nenhuma ideia brilhante, o que era uma pena, porque Irene também não tinha.

— Tomamos cuidado — disse ela em um tom firme. — E ficamos cada um de um lado da porta quando a abrirmos. — Ela estava tentando pensar em todas as coisas que poderiam estar do outro lado. Capangas. Explosivos. Gás venenoso. Rajadas de fogo. — E nós vamos olhar antes de entrar — disse ela ainda. Não era muito, mas era alguma coisa.

Ela e Kai assumiram suas posições, cada um de um lado da porta, e Irene virou a maçaneta com cuidado antes de empurrá-la e abri-la, dando para o mundo de Vale adiante.

A rajada de espingarda passou rugindo entre eles, na altura do peito, e espalhou pequenas balas de chumbo nas prateleiras e nos livros no lado oposto da sala. Irene não sabia se isso teria matado um dragão, mas com certeza teria matado um humano. A rajada repentina de som deixou sua cabeça balançando, e um zumbido ainda parecia pairar no ar.

Ela espiou em volta do batente da porta. Até mesmo com as lâmpadas de éter desligadas à noite, havia luz o suficiente para ver a atração principal. A espingarda era óbvia o bastante. Ela estava amarrada a uma cadeira, com um fio que ia dela até a maçaneta da porta que Irene tinha acabado de abrir. Era coisa de manual, extraída de clássicos mistérios de assassinatos. E, como todos esses métodos, não era metade tão divertido quando se deparava com ele na vida real.

— Aquilo poderia ter matado você — rosnou Kai.

— Poderia ter matado você também — ressaltou Irene.

— Especialmente se achassem que você insistiria em ir primeiro. — O que ele poderia muito bem ter feito. Ela pensou nele tomando aquela rajada de balas e estremeceu mentalmente.

Havia um crescente choramingo no ar. Ela não sabia de que se tratava, mas não tinham tempo a perder. Se esperassem mais, poderia ficar totalmente impossível passar pela sala, e então precisariam tomar a rota alternativa de Kai e perder horas no processo.

— Venha — direcionou-o Irene, seguindo na frente e entrando na sala correndo.

Kai chutou a porta que dava para a Biblioteca e fechou-a, enquanto seguia atrás de Irene. A sala parecia vazia, além da cadeira com a arma. Havia apenas umas poucas vitrines não usadas e mesas dobráveis empilhadas nas paredes. Não viram nenhuma outra ameaça óbvia, nenhuma mamba negra à espreita, nenhuma dinamite com fusos acesos, nenhum capanga à espreita com facas.

Mas o zunido estava ficando mais alto, e vinha de *cima*.

Irene olhou para cima.

Três coisas pálidas que pareciam sacos de papel estavam penduradas no teto, cada uma mantida no lugar por algumas tiras de couro. Oscilavam em suas posições, e cada uma vomitava uma crescente espiral de escuridão que zunia. Uma espingarda sendo disparada nos arredores teria acordado até mesmo as mais doces vespas. E Irene estava disposta a apostar que estas vespas não eram da variedade mais amigável, daquela que poderia ser persuadida a afastar-se com um tapinha. Presumindo que fossem mesmo vespas. O que era pior do que vespas? Ela não queria descobrir. Abandonando a sutileza, ela foi correndo até a porta, gritando:

— **Porta do corredor, destranque-se e abra-se!**

A tranca fez um clique audível e a porta abriu-se, batendo na parede atrás dela, mas o caminho ainda estava bloqueado. A entrada estava repleta de engradados, do chão até a verga da porta. Alguém havia claramente empilhado esses engradados do lado de fora, depois de armar a espingarda e as colmeias, e trancar e fechar a porta. Que maravilha!

A espiral escura vinha em seta na direção de Irene e de Kai. Ela sacudia os braços para cima de modo a proteger o rosto, em um movimento puramente instintivo, e sentiu pontadas como que de agulhas ardentes em suas mãos. Coisas que zumbiam e rastejavam e que ela não conseguia nem mesmo *ver* com clareza na quase escuridão aterrissaram em seus pulsos e tentavam descer rastejando pelas mangas de suas roupas. Movimentos trêmulos tocavam o rosto dela, enquanto asas que vibravam roçavam-se nela e minúsculas patas de insetos assentavam-se em sua pele.

— **Vento, sopre estes insetos para fora de mim!** — ela gritou.

Ela encontrava-se no centro de um minitornado, que se impelia para longe dela como se ela fosse o centro de uma explosão sônica, e que a deixou ofegante, antes que ela pudesse respirar propriamente, mas jogou as criaturas para trás por um instante. Suas mãos ardiam com as ferroadas dos insetos, e, ao lado dela, Irene ouviu Kai soltando xingamentos. Isso era pior do que ver uma dupla de tigres caçadores se aproximando. Aqui, na escuridão, incapaz de enxergar o que a estava atacando, trancafiada em uma sala com essas coisas...

Tratava-se de uma armadilha que tinha sido armada para um Bibliotecário. Muito bem, ela encararia isso como uma Bibliotecária.

— Kai, abaixe-se! — ela ordenou, jogando-se no chão quando as coisas vinham zunindo de volta para cima dela.

— **Vidro, estilhace-se! Fragmentos de vidro, empalem os insetos!**

Ela ouviu Kai batendo no chão também. Então as vitrines e as lâmpadas voaram aos pedaços em um grito de vidro se quebrando que quase afogou o som do furioso zumbido. Estilhaços voaram em todas as direções acima da cabeça dela, cortando o ar como foices. Ela manteve a cabeça abaixada e coberta, esperando, contra tudo, que isso realmente fosse funcionar.

Os ruídos eram promissores. Sons repetidos ressoavam, como de flechas, só que em uma escala menor. Três sons pesados de algo sendo esmagado, como se alguém tivesse deixado cair grandes sacos de cereal. Em seguida, apenas um zunido fraco, ainda furioso, mas não tão imediato. Depois, silêncio.

— Eu acho que eles pararam — disse Kai, cuja voz estava abafada, sugerindo que ele ainda não havia descoberto a cabeça para olhar.

— Certo — disse Irene, que se forçou a mexer os braços e olhar para cima. O chão estava repleto do brilho de vidro quebrado, misturado com coisas pequenas que ainda se contorciam e rastejavam, movendo-se com suas asinhas pelo chão em fúteis e dolorosos milímetros. Alguns dos insetos ainda zumbiam em volta da sala, manchas de escuridão nas sombras, mas haviam se retirado para o teto. Os três ninhos eram massas estilhaçadas caídos no chão, soltos e levados abaixo pela quantidade de vidro que os havia atingido. — Kai? Quão ruim foi o ataque em você?

— O bastante para doer um tanto — disse ele, ficando em pé e chacoalhando as mãos como se pudesse fisicamente expelir o veneno. O que deu uma ideia a Irene, mas que seria melhor se tentasse colocá-la em prática longe do alcance dos insetos. Ele estava deliberadamente mantendo o tom uniforme,

mas Irene podia notar que ficara irritado. — De todas as maneiras baixas e humilhantes de tentar matar você...!
— Eu não sei se o propósito era matar — disse Irene, pensativa. Ela virou-se para os engradados que bloqueavam a entrada e aumentavam o volume de sua voz. Afinal de contas, alguém poderia ter colocado pilhas duplas de engradados ali para piorar a armadilha para eles. — **Engradados, movam-se para o lado da entrada.**

A cabeça dela doía um pouco enquanto os engradados deslizavam, mas a Linguagem funcionou com muito mais facilidade ali do que no mundo que tinham acabado de deixar. *Eu nunca pensei que preferiria um mundo de alto caos a um mundo de alta ordem.*

Com ela e Kai do lado de fora e a porta seguramente fechada atrás deles, Irene aproveitou a iluminação do corredor para conseguir dar uma boa olhada em suas mãos. Elas pareciam... desconfortáveis, para amenizar as coisas. Estavam hediondamente doloridas, mas havia alguma coisa em relação ao fato de ver as múltiplas feridas de ferroadas em ambas as mãos que a deixou sentindo náuseas. Ou talvez fosse por causa do veneno. Mas ela nunca se acostumaria a ver seus próprios machucados.

— Kai, estique suas mãos enquanto tento fazer uma coisa. **Veneno dos insetos, saia do meu corpo e do corpo do dragão através das feridas por onde entrou.**

Um líquido claro borbulhava das puncturas na pele dela, e ficou observando, nauseada, enquanto o líquido pingava no chão. Suas mãos ainda ardiam e doíam, mas não estavam tão machucadas quanto antes, e pelo menos não piorava.

Kai franziu o cenho, olhando para suas mãos, enquanto o veneno saía delas.

— Irene, o que você quis dizer quando falou que não tinha certeza de que era assassinato?

— Que talvez o propósito tenha sido nos mandar de volta para a Biblioteca — ressaltou Irene. — Ou repelir qualquer Bibliotecário que tentasse atravessar. Acrescente isso à lista de perguntas a se fazer. — As mãos dela pareciam ter terminado de gotejar veneno pelo momento. Ela chacoalhou-as para que se secassem, e lamentou não ter nenhuma bandagem. Também se arrependeu de chacoalhá-las. — De qualquer forma, prioridades. Nós precisamos encontrar Zayanna. E Vale. E Singh. E Li Ming também. E a maneira mais rápida de encontrarmos todo mundo é através de Vale.

E, por favor, que a Biblioteca aguente por um pouco mais de tempo, pensou ela. *E que esteja tudo bem com Vale.*

CAPÍTULO 19

— Graças a Deus você está aqui, senhorita Winters — disse Singh.

Ele parecia mesmo satisfeito ao ver Irene e Kai, o que, em si, deixou-a preocupada. Como regra geral, o inspetor os tolerava, ou, no máximo, considerava-os recursos úteis. Se estava feliz em vê-los, então Vale deveria estar pior do que ela havia temido.

— Como está Vale? — ela perguntou, indo direto ao ponto.

Eram três horas da manhã e os postes do lado de fora mal estavam visíveis através das faixas de neblina misturada com fumaça. Ali nos aposentos de Vale, as luzes estavam todas ligadas no máximo, o brilho cruel para seus olhos cansados, e não mostravam nenhuma misericórdia com a bagunça da sala. O lugar estava até mesmo mais desarrumado do que o de costume, com papéis espalhados como se tivessem sido jogados ali.

Singh franziu o cenho. Ele estava com roupas civis comuns em vez de seu costumeiro uniforme da polícia, e seu prendedor de gravata, notou Irene com a precisão da fadiga, era uma pequena espada.

— Ele não está bem, ele não está nada bem mesmo. Posso falar francamente, senhorita Winters?

— É claro — disse Irene, resignando-se mentalmente. Qualquer coisa que começasse com "Posso falar francamente" nunca terminava bem.

— Eu já vi o sr. Vale sob pressão antes. Já o vi envolvido em um caso — Singh cruzou os braços. — Eu até mesmo, devo admitir, o vi usando doses de substâncias que preferiria não notar legalmente. Mas eu nunca o vi tão abalado assim. E, considerando que vocês todos têm conhecimento disso, senhorita Winters, você e seu amigo Strongrock aqui, eu ficaria grato se pudessem me dizer exatamente o que está acontecendo.

— Onde está Vale no momento? — Irene olhou de relance para a porta fechada do quarto dele. — Ele está... — Ela interrompeu a frase, não querendo dizer *"usando morfina de novo"* em voz alta.

Singh alternou o peso de um pé para o outro.

— Eu confesso que coloquei uma coisinha no chá dele para ajudá-lo a dormir. Quando cheguei mais cedo nessa noite, ele estava andando de um lado para o outro na sala, jogando teorias pelos ares com uma das mãos e afundando-se na depressão com a outra. O sr. Vale é um homem de humores, que vêm piorando no último mês. Porém, em todo o tempo desde que o conheço, eu nunca o vi tão mal assim.

As palavras de Singh, "em todo o tempo desde que o conheço", pendiam no ar como uma acusação. Ele era um amigo de longa data de Vale. Haviam trabalhado juntos durante anos antes de Irene e Kai aparecerem. Do ponto de vista de Singh, Irene era a intrusa que entrou na vida dele com tudo, trazendo encrenca, e que tinha feito com que isso acontecesse com Vale.

O que era totalmente verdade. A culpa dela era um gosto azedo em sua boca.

— A culpa é minha — disse Kai. Irene começou a protestar, mas ele ergueu a mão e a interrompeu. — Sejamos honestos em relação a isso, Irene. Eu que fui sequestrado, e quando Vale tentou ajudar, expôs-se a um ambiente tóxico. É por isso que está encrencado agora. Não há nada que eu possa dizer além de que sinto muito, inspetor Singh, e farei o melhor que puder para consertar as coisas.

— Você pode reivindicar a responsabilidade o quanto quiser, sr. Strongrock — disse Singh. — E eu não estou negando que você possa muito bem *ser* responsável por isso, mas, embora eu seja apenas um inspetor de polícia, e não esteja nos níveis de detetive do sr. Vale, ainda é muito óbvio para mim que a senhorita Winters está no comando. Ela trouxe você até aqui. E a amiga dela esteve fazendo uma visita mais cedo hoje. Gostaria que as minhas respostas viessem da senhorita Winters.

Irene não se deu ao trabalho de perguntar como Singh sabia que Bradamant havia feito uma visita. Vale poderia ter contado a ele, ou a governanta, ou qualquer um. O que *realmente* importava era que, vários meses atrás, Bradamant havia vendido um pacote completo de mentiras a Singh enquanto estavam caçando o livro dos irmãos Grimm, e depois disso ele não estava inclinado a confiar em nenhum Bibliotecário.

— Podemos nos sentar? — disse ela. — Isso pode demorar um pouco.

Pelo menos havia brandy. Os três sabiam onde Vale o guardava.

Irene sabia que Singh tinha ciência da Biblioteca, e do conceito de múltiplos mundos alternativos, embora não fosse tão bem informado quanto Vale. Eles tiveram que contar a ele o básico quando Alberich havia interferido neste mundo antes. E, embora a própria Irene não tivesse entrado em mais detalhes, ela estava certa de que Vale havia passado a ele mais informações. Provavelmente incluindo a ficha criminal da própria Irene. Sendo assim, por sorte ela não teria que contar bem do comecinho. Ela repassou a nova ameaça de Alberich à Biblioteca, a contaminação pelo caos de Vale e a necessidade atual que tinham dos serviços deste.

— Nós demos uma passada no endereço de hotel que Zayanna nos deu a caminho daqui — disse ela, finalizando a história. — O funcionário do hotel disse que Zayanna pegou um quarto, mas que não está ficando lá, apenas usando o lugar como um endereço para receber correspondência. Eu sabia que não era provável, mas tínhamos que verificar.

— Estou mais interessado naquilo que você disse sobre ajudar o sr. Vale. — O próprio Singh não havia pego nada da bebida para si mesmo, mas se virou com um copo de água, mais para acompanhar Irene e Kai do que por uma verdadeira necessidade de beber algo, suspeitava Irene. — Se o sr. Strongrock o levar a um *outro mundo* — ele pronunciou essas palavras com ceticismo, mas conseguiu fazer com que saíssem —, então isso o ajudará a voltar ao seu eu normal?

Irene baixou o olhar para suas mãos, que estavam latejando dolorosamente. Ela não conseguiria dormir tão cedo. Sem problemas, não teria tempo para dormir mesmo.

Ela precisava encontrar Zayanna, e o método mais rápido seria fazer com que Vale a achasse. Não havia dúvidas quanto a isso, ele seria capaz de localizar qualquer um que estivesse se escondendo em Londres. Mas se ela pedisse isso a Vale, ele correria perigo de perder a linha. E se, em vez disso, tentasse salvá-lo, fazendo com que Kai o levasse a um mundo de alta ordem, suas chances de localizar Zayanna cairiam significativamente.

Bradamant não teria hesitado. Bradamant teria sabido que a Biblioteca era sua maior prioridade, assim como deveria ser a de Irene. Salvar a Biblioteca justificava colocar um humano em perigo. E a própria Irene colocava pessoas em perigo o tempo todo quando estava roubando livros. Então por que ela estava hesitando, simplesmente porque esta pessoa era um amigo e porque fora ela quem o colocara nessa situação para começo de conversa?

Ao lado dela, Kai parecia profundamente preocupado, mas não parecia tão tenso quanto a própria Irene. Com um choque bem ruim, ela se deu conta de que ele estava contemplando-a, como se ela pudesse resolver tudo isso com um aceno de mão. Como se ela soubesse como consertar as coisas. Ela havia feito um terrível trabalho de mentoria com ele, Irene refletiu, desanimada: ele não deveria confiar nela assim.

— Sim — disse ela por fim. — Sim, eu acho que levar Vale a um outro mundo poderia dar certo.

Kai assentiu.

— Nesse caso, eu vou...

Ele foi cortado por alguém que martelava a porta da frente. Era um som chocantemente alto na casa silenciosa. Singh colocou seu copo de lado e cruzou a sala até a janela, parando do lado enquanto puxava para trás a cortina para espiar lá fora.

— É Lorde Silver — ele reportou, em uma voz tão neutra que devia estar travando uma batalha para controlar seus sentimentos. — Se deixarmos que ele fique lá fora, vai acordar a vizinhança toda.

— Você não pode prendê-lo? — disse Kai com um tom esperançoso.

— Para isso eu precisaria de uma acusação ou mais, sr. Strongrock. Não creio que vocês tenham conhecimento de algo ilegal que este cavalheiro tenha feito recentemente, não?

— Bem, não *pessoalmente* — disse Kai. — Mas isso não se encaixa em causar um distúrbio público?

— Esse é um daqueles limites difíceis de serem traçados — disse Singh. — Fazer cair e colidir um zepelim roubado no telhado... Oras, isso poderia ser a criação de distúrbio público, e mais algumas outras coisas além disso.

Irene sabia que ele estava se referindo a suas próprias aventuras no passado, em que somente o envolvimento de Vale havia permitido que escapassem das acusações. Era uma bela forma sutil de frisar um ponto. Algo que ela teria aplaudido, se não fosse o alvo do comentário.

— Poderia ser mais simples se eu apenas descesse e pedisse que fosse embora — disse ela, cansada. — Não acho que ele vá parar até conseguir a atenção de alguém.

— Deixe isso comigo, senhorita Winters — disse Singh, que estava fora da sala e dirigindo-se lá para baixo antes que ela pudesse concordar com ele.

— Ele ficou satisfeito porque você não quis trazer Silver para dentro — disse Kai, que se reclinou em sua cadeira. — Eu também estou, mas não gosto de deixá-la sozinha neste mundo enquanto está procurando por Zayanna.

— Também não fico animada com isso, mas não vejo nenhuma outra opção se formos ajudar Vale. — Irene deu-se conta de que ela havia chegado a uma decisão. — Eu posso pedir que Singh me ajude a encontrar Zayanna; não ficarei sozinha. E você não tem como simplesmente levar todo mundo com você. Pelo que me disse antes, teria problemas carregando duas pessoas.

— Problemas — disse Kai. — Bem, sim, problemas, mas talvez ainda fosse possível. E então todos nós estaríamos em um único lugar, quando fôssemos encontrar Zayanna depois disso.

Kai estava lidando com a situação como se fosse algo que coubesse em um cronograma. Irene inspirou fundo, controlando sua irritação.

— Kai, que parte de *emergência* você não está entendendo? Se Zayanna é nosso alvo, ela já demonstrou ser uma agente boa o bastante para tentar nos matar várias vezes, e sair ilesa. Nós não podemos nos dar ao luxo de conceder tempo para que ela se esconda. Não temos nenhum tempo a perder... — Ela se deu conta de que estava voltando a falar de seu dilema moral anterior, e ficou hesitante.

Havia vozes na escada. Kai franziu o cenho.

— Isso não soa como alguém que foi mandado embora. Com certeza Silver não poderia ter...

— Não poderia ter o quê? — perguntou-lhe Silver, entrando na sala. Ele estava trajado a rigor, gardênia na lapela, e parecia que tinha acabado de vir de alguma festa infame. (Bem, talvez a infâmia não fosse imediatamente óbvia, mas era Silver. Irene presumia imoralidade como regra em se tratando dele.) Singh estava alguns passos atrás dele, parecendo irritado. Kai não se deu ao trabalho de levantar-se.

— Eu ia dizer que não conseguia pensar em motivos para que o inspetor Singh o deixasse entrar.

— Eu mesma não conseguiria pensar em nenhum motivo para isso — admitiu Irene. — A menos que tenha a ver com nossa investigação atual.

— Tangencialmente. — Silver jogou seu chapéu e suas luvas em cima da mesa apinhada de coisas, onde eles caíram ao lado de uma pilha de documentos jurídicos manchados de sangue e com uma faca atravessando-os. Silver olhou ao redor da sala como se ela fosse o hábitat de um animal selvagem no zoológico. — Fascinante. Eu sempre tive problemas em penetrar na privacidade do sr. Vale.

— Permiti sua entrada somente porque você disse que tinha informações importantes para nós, Lorde Silver — disse Singh, cuja voz ainda estava impecavelmente cortês e seus modos podiam ser defendidos em um tribunal, mas havia um rosnado por trás. — Eu devo lhe pedir que nos conte o que o trouxe aqui com tamanha pressa.

— Eu vim impedi-los de cometer um erro terrível — disse Silver.

Ele foi adentrando mais a sala e apoiou-se no espaldar da cadeira de Kai, que ficou enrijecido e mexeu-se para a frente, contorcendo-se para erguer o olhar para o feérico, a desconfiança estampada em todo seu rosto.

Por um lado, ponderava Irene, sem sombra de dúvida que isso era filtrado pelo próprio interesse de Silver. Por outro, ele poderia ter alguma coisa genuinamente importante a dizer. E o tempo estava passando: ela teria que saber agora, não poderia se dar ao luxo de esperar.

— Por favor, vá em frente — disse ela, cautelosa.

— Vocês estão considerando tirar de cena o que faz com que o sr. Vale seja incrível. — Silver ergueu uma das mãos, mesmo que ninguém tivesse tentado impedi-lo de prosseguir. — Ah, não me interrompam. Vocês estão falando sobre levá-lo a uma esfera de alta ordem, o tipo de lugar que é mais inadequado para alguém como eu, para drenar a natureza dele. Estou certo, não?

— Totalmente certo — concordou Irene. — Seria muito inadequado para alguém como você.

Silver suspirou.

— Considerem o seguinte, vocês três. Já passou pela cabeça de vocês que o seu amigo, o sr. Vale, já tem mais do que um quê de feérico nele? O fato de que ele continuamente encontra as pessoas que *deveria* encontrar? Suas habilidades? Seu comportamento? A forma como ele faz deduções que parecem estar além do escopo da habilidade humana? Eu sempre achei que deveria investigar a família dele com mais atenção.

— Isso é ridículo, senhor — disse Singh. Ele havia assumido posição perto da porta do quarto de dormir de Vale, possivelmente para impedir qualquer um de entrar, e ficou lá parado em uma desaprovação fria. — O sr. Vale detesta os feéricos mais do que qualquer pessoa que eu já conheci.

— É claro que isso é ridículo! — concordou Kai vigorosamente. Ele ergueu o olhar cheio de ódio para Silver como se pretendesse desafiar o feérico para um duelo ali mesmo. A única coisa que o mantinha em sua cadeira deveria ser a suspeita de que Silver se estiraria nela se estivesse vazia.

— Noto que a senhorita Winters não está discordando de mim tão fortemente quanto vocês, cavalheiros — disse Silver, cuja voz deslizava sob convicções como uma faca levantando o selo em um envelope, deixando fatos nus e crus atrás dela.

E o motivo pelo qual Irene não estava negando era porque a sugestão parecia desconfortavelmente plausível. Da primeira vez em que ela e Kai encontraram Vale, ele havia comentado que tinha um dom para encontrar pessoas em momentos convenientes e saber se seriam importantes para ele. Reduzindo as coisas aos pontos essenciais, ficava muito próximo do senso feérico de narrativa e da forma como eles se encaixavam em uma história. Vale era um arquétipo do Grande Detetive, e este mundo ficava no espectro do alto caos. Não tanto quanto a Veneza que haviam visitado, porém mais do que um passo além do equilíbrio. Ela nunca havia pensado nisso antes, mas será que havia, subconscientemente, se recusado a considerar isso por gostar de Vale?

— Não acredito que Vale seja feérico — disse ela.

— Não no presente, talvez — disse Silver, concordando com ela. — Mas o futuro tem potencial.

Irene pensou em Alberich, e nas palavras dele sobre limitações e o que fazemos de nós mesmos. Ela podia sentir o olhar de decepção de Kai fixo nela por não ter negado imediatamente toda a possibilidade.

— Se isso for verdade — disse ela —, por que você tentou impedi-lo de ir a Veneza? Teria pensado que você seria a favor disso. E não tente me dizer que foi psicologia reversa.

Silver fez uma pausa.

— Bem, minha ratinha. Eu de fato disse isso, mas parece que devo confessar que estava errado em relação a uma coisa.

— Ele sorriu em uma exibição charmosa de vulnerabilidade. Irene teve que se dar um beliscão mental para livrar-se da compulsão de acreditar nele, com a puxada de seu glamour. O fato de que ele a estava insultando ajudava. — Eu não achei que Vale fosse conseguir sair vivo de lá. Fico apenas feliz demais porque isso aconteceu. Eu quero trazê-lo da forma devida para a nossa espécie. Seria a coisa mais fácil do mundo. Ou em qualquer mundo adequado, na verdade. Mas se vocês o arrastarem para uma esfera de alta ordem e forçarem-no a ser meramente humano, não somente o limparão, vocês o *destruirão*. Apagarão tudo que faz dele quem ele é.

— Eu não consigo acreditar que você esteja seriamente considerando isso — interveio Kai. — Isso é tudo mentira...

— Não, não é — disse Silver. Ele inclinou-se para a frente, com os olhos em Irene como se fosse uma carícia. — E você sabe que não é.

— Você vai jurar que isso é verdade? — perguntou-lhe Irene.

Silver assentiu, com os cabelos mexendo-se em volta de seu rosto como se tocados por uma brisa invisível.

— Eu vou jurar e juro que é verdade.

— E mesmo se não for mentira, só está dizendo isso porque o beneficia! — disse Kai, cheio de fúria. — Ele é tão ruim quanto Zayanna! Eles só estão se envolvendo por causa de suas perversas obsessões.

Irene pousou seu copo com cuidado antes que ela jogasse em alguém.

— Kai — disse ela, e alguma coisa em seu tom fez com que ele cortasse o que quer que fosse dizer. — Por favor, fique quieto por um instante só. Lorde Silver, obrigada por suas informações sobre a situação. Inspetor Singh...

— Sim? — Singh havia se voltado para seus próprios pensamentos enquanto Silver e Kai estavam conversando, observando o resto da sala como um gato na toca de um rato. Agora ele deu a Irene sua atenção plena. Irene sabia que isso não desceria bem e enrijeceu-se com a expectativa.

— Eu acho que vamos precisar perguntar a Vale para que ele tome uma decisão.

Silver juntou as mãos, aplaudindo.

— Ah, *muito* bom, senhorita Winters. Uma maneira excelente de aliviar sua consciência. É mais hipócrita do que eu pensava. Você honestamente acha que ele fará qualquer escolha que não seja a que você quer?

— Que é *exatamente* por que ele não deveria fazer essa escolha — Kai virou-se para Singh, procurando um aliado. — Inspetor, você deve enxergar que precisamos tirar Vale daqui agora, antes que ele se deteriore mais... Você quer que ele se torne isso? — Kai apontou com o polegar por cima do ombro, indicando Silver. — Não podemos nos arriscar que uma coisa dessas aconteça com ele.

— Eu me ofendo em ser chamado de "isso" — comentou Silver. — Não me force, dragão. Só porque tenho afeto pelo sr. Vale, não quer dizer que eu goste de *você*.

— Eu tenho que questionar seus motivos, senhorita Winters — disse Singh. Ele não dava sinal de que sairia da frente da porta do quarto de Vale. — Provavelmente Lorde Silver está bem certo no que disse. Tenho certeza de que o sr. Vale gostaria de ajudá-la, não importando qual fosse o risco para ele mesmo. Lorde Silver pode ou não estar certo nisso de haver risco para o sr. Vale, caso ele deixe esse mundo, mas me parece muito mais arriscado se ele ficar onde está.

— Pode ser — disse Irene, que descobriu que ela havia ficado de pé sem se dar conta. — Tudo bem, provavelmente esse *é sim* o caso. E não quero esse risco mais do que você. Mas não consegue ver que, se tomarmos essa decisão por ele, ele nunca vai nos perdoar? Lorde Silver estava falando sobre *o que* Vale é. — Ela tentou encontrar as palavras para convencer Singh.

— Assim é como ele o vê, mas você fala sobre *quem* Vale é. Não o conheço tão bem quanto você, não sou amiga dele há tanto tempo e sinto muito pela encrenca em que o meti. E, sob algumas circunstâncias, talvez *fosse* drogá-lo e arrastá-lo para fora da encrenca sem que ele tivesse opção. Mas ele tem o direito a *escolher* se quer ou não correr esse risco. E nenhum de nós, sejamos amigos ou inimigos dele, tem o direito de fazer essa escolha por ele. Ele não nos agradecerá por tirar a decisão de suas mãos.

Singh ficou hesitante, e então balançou a cabeça em negativa.

— Eu não estou preocupado com os agradecimentos do sr. Vale, senhorita Winters. Eu farei o que tiver que fazer para salvá-lo, até mesmo se isso significar perder a amizade dele...

— Então que bom que você não precisará fazer isso. — A porta atrás de Singh abriu-se e Vale ficou lá parado, clara e totalmente acordado. Ele estava de camisa, sem casaco, com os cabelos desgrenhados e seus olhos cintilavam com um foco que era quase assustador. — Singh, meu velho camarada, aprecio o que você disse. Mas existem algumas situações em que um homem tem que fazer suas próprias escolhas. — Ele olhou de relance para Silver. — Um homem. Não necessariamente um feérico.

— Existe bem menos diferença do que você pensa — disse

301

Silver, com a fala arrastada, de um jeito casual. Mas ele estava observando Vale com o mesmo foco pungente, ignorando os outros.

Vale passou a mão pelos cabelos.

— Lorde Silver, quando eu tive um encontro muito próximo com alguém de sua espécie naquela outra Veneza, descobri que eram incapazes de fazerem escolhas de verdade. Eles já tinham feito a única escolha real de que eram capazes, escolhendo ser aquilo que eles mesmos criaram.

— Então seja você mesmo! — disse Silver. — Você martelou a mesma questão com frequência suficiente. A lei precisa de você, a justiça precisa de você...

— Sim, é verdade... — Vale hesitou, e, por um momento, o ar na sala parecia denso como mel, cheio de potencial, cheio de escolhas. — Mas também é verdade que uma pessoa em particular precisa da minha ajuda. — Ele inspirou fundo. Seus olhos e sua voz estavam mais constantes agora. — Eu seria um raso estereótipo de mim mesmo se pegasse casos *puramente* em nome da curiosidade intelectual. Eu sou bem capaz de prover ajuda a uma amiga que me pediu. Winters, de um ser humano para outro, há alguma coisa que você queira me pedir?

— Sim — disse Irene, com firmeza. Kai olhou para ela como se o chão tivesse sido cortado sob seus pés, ou como se um livro para a Biblioteca tivesse decidido reclamar sobre ser roubado em meio a um roubo. Singh estava observando Vale com cautela, mas pelo menos ele não estava interferindo por enquanto. Silver havia fechado a boca, o que era uma melhoria inquestionável. — Eu preciso que você me ajude a encontrar alguém.

— Então, por favor, queira sentar-se — disse Vale. — E, Lorde Silver, obrigado por seu tempo e por sua atenção, mas tenho uma investigação urgente em andamento. Não deixe que nós o detenhamos.

Silver bateu a porta com tudo atrás de si.

CAPÍTULO 20

— Eu tenho as minhas anotações aqui — disse Vale, andando a passos largos até uma pilha de documentos que estava em cima da mesa, cercada de uma bagunça de mapas, contas de roupas, ameaças de morte e jornais. Vale tirou todos dali com um gesto casual, e Irene teve de pegá-los para impedir que deslizassem para fora da mesa. — Combine as compras de certos fornecedores de animais exóticos para proverem as aranhas que infestaram a casa de Winters, os depósitos e as retiradas de dinheiro de vários bancos, o desejo de Zayanna de evitar Lorde Silver, e os movimentos atuais de diversas gangues cujos serviços podem ser contratados... Embora não seja conclusivo, isso leva a um ângulo claro de investigação.

— Que fornecedores de animais exóticos? — quis saber Irene. Um pensamento desagradável passou pela cabeça dela. — E Zayanna andou comprando alguma *outra* coisa além de aranhas e vespas?

— Que vespas? — quis saber Vale.

— Estas.

Kai esticou a mão para dentro de seu bolso e sacou dali um espécime um tanto quanto esmagado dos insetos que os atacaram. Ele ainda estava atravessado por uma lasca de vidro. O ferrão parecia ainda maior do que Irene havia pensado que fosse, e suas mãos aferroadas latejaram com uma dor nova com o lembrete.

— Ah! — Vale pegou a criatura por uma das asas e inspecionou-a. — Não é uma vespa, é um marimbondo asiático gigante! O tamanho é bem distintivo.

— Pessoalmente, fico *feliz* por não existirem muitos marimbondos que tenham cinco centímetros de comprimento — disse Irene, estremecendo. — Isso ajuda a localizá-la?

— Isso confirma as minhas suspeitas. — Vale inclinou-se para dar uns tapinhas em um mapa de Londres. — Muitas coisas mesmo podem ser compradas no Harrods, mas esta não é uma delas. Ela deve estar fazendo compras no Mercado Subterrâneo da Belgrávia.

Singh estava assentindo, mas Irene e Kai trocaram olhares de relance de incompreensão mútua.

— O Mercado Subterrâneo da Belgrávia? — perguntou Irene.

— Um estabelecimento na Belgrávia — disse Vale. — Facilita a venda de animais raros, e, frequentemente, de animais perigosos. Vários vendedores ficam à margem da lei, mas, considerando o preço das mercadorias e o escalão social dos compradores, fica difícil para a polícia interferir.

Singh assentiu, taciturno.

— A dama quebrou algumas leis, mas não posso levar um punhado de policiais para revirar o Mercado de cabeça para baixo para ver o que cai. Eu nunca conseguiria um mandado de busca. Receio que teremos que ser *sutis* em relação a isso, senhorita Winters.

— Mas você acha que nós podemos encontrar uma pista sobre Zayanna lá? — disse Irene, indo para o ponto principal.

Vale assentiu.

— Deixe-me pegar o meu casaco. Não vou demorar.

Quando Singh desceu para chamar um táxi, Kai puxou Irene para um canto.

— Estou preocupado — disse ele, sem rodeios.

— Eu também — concordou Irene —, com muita coisa. — Como se ela tivesse acabado de destruir Vale ao forçá-lo a entrar nessa investigação. Sabia que ele não diria não, quando insistira em oferecer uma escolha a ele. E tanto Kai quanto Singh haviam insistido em tentar ajudar Vale em vez disso. Se ela o tivesse arruinado ao fazer com que ele ficasse aqui para ajudá-la... Irene sentiu-se mal com o pensamento. Ela não precisava dos questionamentos de Kai nesse exato momento. Estava ocupada demais questionando a si mesma. — Qual delas nós estamos considerando no momento?

— Estou preocupado com suas motivações. — Kai cruzou os braços, na defensiva. — Você já mostrou que é irracional em se tratando de Zayanna.

Era muito mais fácil para Irene contemplar a traição de Zayanna do que considerar como ela poderia ter traído Vale. Sua voz baixou para um tom que mal era um sussurro, mas podia ouvir sua própria raiva em sua frieza.

— Desde quando você é *meu* superior? Desde quando você está em uma posição para *me* julgar? Você acha que eu vou deixar que Zayanna saia dessa com um tapinha na mão, só porque eu achava que era uma amiga?

Parecia que Kai ia recuar, se conseguisse encontrar um jeito de fazer isso sem que parecesse que ele ia fazê-lo.

— Você deu ouvidos a ela antes — ele tentou.

— Zayanna tinha uma história plausível antes. Fazia sentido. Ela havia me ajudado. Eu senti pena.

— Você sentiu pena de uma *feérica*.

— Eu sou apenas humana. — A fúria de Irene, com Zayanna, consigo mesma, era uma bola de ácido em seu estômago. — E, por causa disso, como você sem dúvida vai ressaltar, cometi um erro. Eu confiei em alguém que foi melhor em bancar a inofensiva do que eu sou, coloquei nós dois em risco e a Biblioteca também. — *E acabei de colocar Vale em risco.* — Você não *precisa* me dizer isso, Kai. Eu sou perfeitamente capaz de enxergar por mim mesma.

— É mais do que só isso. Para conseguir pegá-la, você estava disposta a arriscar... — Kai interrompeu o que dizia, mas o olhar de relance que desferiu na direção da porta do quarto de Vale terminou sua frase.

— Estava tentando obter todos os fatos antes de tomar uma decisão — foi a resposta de Irene. — Só porque Bradamant havia dito...

Uma memória inesperadamente foi lançada. A conversa com Bradamant e Kai na Biblioteca, quando Bradamant havia mencionado como Vale poderia se tornar completamente feérico. Kai havia dito, sem hesitar, que Vale nunca concordaria com isso, no entanto, ele não havia feito nenhuma pergunta nem sugerido que seria impossível que Vale se tornasse um feérico. Ele nem mesmo tinha precisado de uma pausa para considerar a questão, o que queria dizer que já sabia dessa possibilidade.

— Você sabia que essa era uma opção — disse ela, sem rodeios. — Vale, tornar-se totalmente feérico. Você sabia e não me contou.

O lampejo de culpa nos olhos de Kai o entregou antes que pudesse tentar negar, e ele notou disso.

— Teria sido pior do que a morte para ele — protestou Kai.
— Ainda pode. — Ele havia baixado o tom de voz também.

Eu sempre achei que Kai fosse o tipo de pessoa que mentiria para proteger aqueles que ama. Por que me sentir tão amargurada quando vejo que ele mentiu para mim?

— Não cabia a você tomar essa decisão.

— Cabia sim. — Ele assumiu aquele ar de arrogância de novo. — Você confiaria que um homem bêbado tomasse a decisão certa em se tratando de salvar a si mesmo? Se eu fosse incapaz de tomar decisões, você não faria a escolha certa para mim?

— Esse não é o ponto — disse Irene. Sua raiva ainda estava ali, aumentada por aquela irracional sensação de traição.

— Vale *era* capaz de tomar decisões.

— Não se pode confiar em ninguém que está tão contaminado pelo caos — Kai baixou o olhar para ela e, por um momento, Irene teve a mesma sensação de absoluta distância, de orgulho inumano, que o tio dele tinha quando eles se encontraram antes.

Ela poderia discutir com Kai em relação a isso por cem anos, e tudo que conseguiria seria perder tempo. E ela não ficaria com os olhos chorosos para ele e diria *"Se você fosse mesmo meu amigo, concordaria comigo"*. Ela nunca quisera que suas amizades fossem nesses termos.

Irene inspirou fundo, sentindo o gosto do ar e o cheiro familiar dos aposentos de Vale. Papel, nanquim, químicos, café, o velho couro das poltronas, o constante ar abafado com a fumaça do cachimbo.

— Permita-me ser honesta — disse ela. — Esta não é uma situação em que eu já estive antes. Posso ter sido decepcionada profissionalmente, mas, na verdade, eu nunca fui traída por alguém que eu considerava um amigo. — *E nunca sacrifiquei alguém que eu considerava um amigo também. Não assim.*

Kai teve bom senso o bastante a ponto de não dizer nada como "Bem, obviamente Zayanna não era uma amiga e nunca poderia ter sido, e isso é uma prova". Ele simplesmente assentiu.

— E você está certo. Eu estou me sentindo mais do que um pouco irracional em relação a isso. — Sua raiva era uma lâmina de serra, afiada e pronta para dilacerar. Estava cansada de discutir com ele, cansada de discutir moralidades comparativas, cansada de perder tempo enquanto a Biblioteca estava em perigo. O relógio permanecia em seu contínuo tique-taque. — Mas não se preocupe. Não vou deixar que isso me impeça de conseguir as informações de que precisamos. Não temos mais tempo para isso. Eu preciso capturar Zayanna, e saber que posso confiar em você. Você confia no meu julgamento?

— Eu confio o bastante para dizer tudo isso na sua cara. — Ele tocou no ombro dela e fez o melhor que pôde para sorrir. — Mas realmente tenha cuidado. Eu preferiria não ter que treinar um novo superior.

Irene estava tentando encontrar uma boa resposta para isso quando Vale surgiu de seus aposentos, apropriadamente vestido e colocando um casaco por cima dos ombros. Ele os apressou até lá embaixo, onde Singh havia conseguido, de alguma forma a essa hora da noite, encontrar um táxi.

O Mercado Subterrâneo da Belgrávia não fazia nenhuma tentativa de se esconder. O motorista do táxi reconheceu o endereço. Quando chegaram lá, as casas estavam escuras no nível da rua, sem luz atrás de cortinas puxadas. Porém, as janelas nos porões pela rua toda reluziam com o brilho cegante de fortes lâmpadas de éter. Transeuntes passavam em pares ou em grupos, poucos deles sozinhos: até mesmo nesta parte cara de Londres, a noite era perigosa.

— Começou um século atrás — explicou Vale. Ele fez um gesto apontando para baixo na fileira de elegantes casas pálidas, com suas varandas de ferro preto reluzindo com a luz refletida das lâmpadas da rua. — Lyall Mews. As propriedades eram todas da mesma família nobre. Infelizmente, o herdeiro deles não era tão bom com cartas e dados quanto achava que fosse, e a família acabou enterrada em hipotecas até os ossos. Eles acabaram assinando um contrato com um sindicato, alugando permanentemente todos os porões por uma taxa nominal, embora tenham ficado com as casas de cima.

— E esse mesmo sindicato ainda tem o contrato — concordou Singh. Ele havia levantado o colarinho para proteger-se do ar da noite, e seu bigode estava arrepiado. — Mesmo que todas as casas sejam de propriedade de famílias diferentes hoje em dia. Como você quer lidar com isso, sr. Vale? Há duas saídas principais, uma em cada extremidade do mercado. Nós não queremos correr o risco de que nossa presa saia correndo por uma enquanto entramos pela outra.

— Você acha mesmo que Zayanna estará aqui? — perguntou-lhe Kai.

— É possível — disse Vale. — Não é muito provável, mas certamente não é impossível. Ou podemos interrogar os donos das barracas do mercado que poderiam tê-la visto. Ela é uma feérica, afinal de contas. E mesmo que não precise de mais animais de estimação, ela pode não ser capaz de resistir ao impulso de vir fazer compras.

Ele apontou para a rua novamente, em direção a um quadrado de luz na calçada, indicando uma porta aberta.

— Aquela é uma das duas entradas para o mercado. A outra fica ao nosso lado. Há aproximadamente três vendedores que poderiam ter fornecido tarântulas-babuíno, marimbondos asiáticos gigantes e cobras... Vocês mencionaram que ela gostava de cobras, não? Se dois de nós usarmos esta entrada, e os outros dois entrarem pela outra porta, podemos seguir em direção ao meio do mercado. Se verificarmos com os vendedores no caminho, então poderemos interceptar a dama se ela estiver presente ou termos esperanças de encontrar o endereço de entrega dela, caso não esteja por aqui.

Irene não se sentia muito entusiasmada por estar se dirigindo à entrada mais afastada na companhia de Singh. Ele era profissional demais para demonstrar, mas ela achava que também não estava feliz com a ideia. No entanto, Vale havia proposto a divisão do trabalho, e Kai concordado com a ideia.

Será que eu e Singh deveríamos nos dar conta dos pontos bons um do outro enquanto estamos trabalhando juntos e nos conectarmos ao fazer esse trabalho? Ela estava perfeitamente ciente dos pontos bons de Singh. Ele era inteligente, profissional, ético, e provavelmente uma influência melhor para Vale do que ela. Era mais a questão de que Singh desgostava *dela,* com base no fato de ser uma ladra de livros de outro mundo e que havia infringido as leis mais de uma vez, colocando Vale em perigo. E ela não poderia discutir com isso.

A porta aberta na extremidade mais afastada da rua também tinha luz vazando na noite brumosa, junto com uma mistura de aromas: um predominante cheiro de incenso barato, e, debaixo disso, notas de feno, mofo e excremento de animais. A sala atrás da porta era pequena e bem vazia, iluminada por uma única lâmpada de éter, e poderia ter sido uma despensa algum dia. Dois homens grandes estavam sentados atrás de uma mesa, anônimos em sobretudos e cachecóis. Uma caixa para depositar dinheiro dentro se encontrava em cima da mesa, em um convite óbvio.

— Quanto é? — perguntou Singh.

Ele havia puxado seu chapéu para baixo por sobre seus olhos e, como os homens, agora havia coberto a boca e o queixo com um cachecol. Irene pegou um sobretudo extra e um véu dos aposentos de Vale e estava, como ele, bem coberta. A coisa toda beirava o ridículo. Se esse era o padrão geral de vestimentas para o Mercado Subterrâneo da Belgrávia, não era de se admirar que pessoas com mais dinheiro do que senso passassem seu tempo e gastavam ali. Ainda assim, isso aumentava as chances de encontrar Zayanna naquele lugar. Ela adoraria isso.

— Cinco guinéus cada — disse o homem à direita.

Não se tratava de uma tentativa de barganha. Era uma simples declaração de um fato. Irene revisou sua opinião dos clientes deste lugar, colocando-os ainda mais alto na escala das finanças dos ricos e ociosos.

Singh e Irene deixaram o dinheiro cair dentro da caixa, e o homem à esquerda assentiu para eles em direção à porta interna.

Eles foram assolados pelo barulho quando pisaram ali dentro, e o cheiro fez com que Irene puxasse seu véu mais para perto de seu rosto. A longa extensão de porões não era bem iluminada: lâmpadas ocasionais estavam desligadas ou embotadas com telas coloridas, e a extremidade mais afastada do mercado se escondia em meio às sombras. Os porões eram mais largos do que o esperado, e ela se deu conta de que eles deveriam percorrer debaixo da rua da frente em um dos lados e também sob os jardins dos fundos das casas no outro lado. Vendedores haviam montado suas barracas em pequenas ilhas no centro de cada porão, ou espremiam-se uns contra os outros ao longo das paredes. Alguns exibiam tanques e aquários com cobras, lagartos e peixes. Outros exibiam caixas cobertas de um tecido transparente e colmeias, ou gaiolas, ou até mesmo animais em pequenas correias. Um par de corujas brancas no canto encarava a sala com furiosos olhos amarelos, olhando feio para baixo como se fossem deidades ofendidas, as pernas amarradas à mesa de seu dono com um par de correntes. As roupas dos vendedores variavam das caras às ridículas, porém, considerando a hora da noite e a neblina lá fora, a maioria das pessoas estava escondida em pesados casacos.

— A tenda da senhorita Chayat primeiro — disse Singh, assentindo em direção à parede a seu lado direito. — Creio que ela seja uma das principais fornecedoras de insetos.

A tenda em questão era óbvia, entre fornecedores de lagartos encouraçados à direita e peixes de briga siameses à esquerda. Suas prateleiras estavam repletas de minúsculas gaiolas, cada uma delas contendo um único inseto ou um par deles, com uma parede de tecido transparente e vedada com cera. O ar em volta delas zunia com os sons dos insetos lutando. A dona da tenda em si era tão desmazelada quanto seus animais arrumados, com longos cabelos grisalhos que se emaranhavam em volta de seu rosto e mesclavam-se de forma indistinta com seu xale surrado e seu vestido bege. Ela os espiou com ares suspeitos enquanto eles se aproximavam.

— Tarântulas-babuíno — disse Irene, indo direto ao ponto. — E marimbondos asiáticos gigantes.

A mulher franziu os lábios enrugados.

— Vai demorar uma semana para encomendar os marimbondos. Mas eu consigo arrumar as aranhas... Atualmente há um excesso delas no mercado.

Irene quase havia se esquecido da venda anterior que ela e Kai fizeram das aranhas para o pet shop. Era interessante ver o mercado livre em ação.

— Isso é irritante — disse ela, usando seu melhor sotaque de classe rica. — Disseram-me que poderia encontrar marimbondos asiáticos gigantes aqui. Se é porque alguma outra pessoa fez um pedido anterior pelo seu estoque, certamente que eu posso pagar mais...

A dona da tenda balançou a cabeça em negativa, cortando Irene.

— Quem quer que tenha dito isso, falou errado. Esses marimbondos precisam ser encomendados de fora. Não dá para simplesmente preservá-los neste clima, e ninguém aqui os manteria em estoque para o caso de alguma venda, eu, menos ainda. Eles não são muito procurados. O único neste mercado que *talvez* possa consegui-los para você em menos de uma semana é Snaith. Vocês o encontrarão a dois porões daqui, no meio, se é atrás disso que estão.

Irene olhou para Singh, e ele assentiu. Esta não parecia uma vendedora que havia vendido algum maribondo no último mês. Snaith, que também era um dos outros vendedores que Vale havia citado, era uma aposta mais provável.

— Obrigada — disse Irene, e seguiu em frente.

Era difícil seguir um caminho em linha reta pelo mercado. As barracas estavam dispostas ao acaso, em algum padrão definido que havia evoluído da racionalidade para o caos. E os compradores aglomeravam-se em volta deles, examinando os animais, em vez de abrirem caminho para os outros passarem. Singh e Irene tiveram que fazer um amplo desvio em volta de uma das barracas, onde o vendedor estava gritando para que um grupo de compradores que queria tatus fizesse silêncio, dizendo que o recente surto de lepra havia tornado as importações impossíveis. Um par de homens de sobretudos, similares aos da entrada, já estavam entrando aos empurrões em meio à multidão, dirigindo-se ao distúrbio. A segurança interna do mercado, sem sombra de dúvida.

Eles tiveram que fazer uma pausa novamente no segundo porão. Uma mulher de óculos imensos como os olhos facetados de um inseto estava reclamando clamorosamente. Parecia que seu novo filhote de chita, Percival, gostava demais de comer a comida dela e de mascar seus dedos, e ela havia pedido especificamente um filhote melhor treinado. O animal em questão estava andando atrás dela em uma corrente de prata, mascando-a e encarando os tanques de piranhas na próxima tenda. Não havia como passar entre a mulher, sua secretária, a dona da tenda e todos os interessados. Singh e Irene tiveram que dar a volta laboriosamente em direção ao terceiro porão.

Foi quando Irene reconheceu um rosto.

Não se tratava de um rosto particularmente distinto, e ele estava com um novíssimo olho roxo desde a última vez em que o havia visto. Mas era o rosto de Davey, um dos lobisomens que a haviam sequestrado. Ele estava falando com o dono de uma das tendas que Vale havia identificado. E, mais importante do que isso, devido à aproximação deles pela lateral, parecia que não a havia notado.

Ela puxou Singh para um lado, aparentemente para examinar alguns ornitorrincos, e murmurou uma explicação para ele enquanto observava Davey furtivamente. Ela estava grata pelos cheiros de todos aqueles animais ao redor deles, o que cortaria as possibilidades de que ele a reconhecesse.

Davey estava reclamando sobre um pedido que não havia chegado. O pedido, um casal de najas, aparentemente tinha ficado atrasado em trânsito de Mandalay, devido aos ventos fortes. Davey estava se lamuriando quanto à inconveniência disso tudo: o dono da barraca polia seu monóculo, não impressionado.

— Pode ser uma armadilha — murmurou Singh. Irene assentiu. Ela havia pensado a mesma coisa. Zayanna poderia muito bem colocar um agente conhecido na frente de Irene e Kai, de modo a atraí-los para dentro de uma emboscada. Porém, eles tinham ido ao mercado porque Vale havia deduzido que Zayanna estava fazendo compras ali. Era plausível que ela houvesse enviado um agente em vez de vir. Isso poderia não ser armação.

— Vou segui-lo — disse Irene, mantendo a voz baixa. — Você pode descobrir com o vendedor aonde o pedido deverá ser enviado. Então vá encontrar Vale e Kai, e mande que venham atrás de mim. Vou tentar deixar um rastro para mostrar aonde eu fui.

Singh juntou as sobrancelhas.

— Acho que não — disse ele. Irene voltou-se para olhá-lo com ódio, mas ele balançou a cabeça bem de leve. — Senhorita Winters, sei que isso é sério, mas e se esse camarada, o tal de Davey, pegar um táxi no momento em que colocar os pés lá fora? Ou se você estiver a várias ruas daqui antes que eu consiga encontrar os srs. Vale e Strongrock? Você sair daqui sozinha para algum lugar não ajudará na situação. Nós faremos melhor descobrindo aonde ele quer que entreguem as coisas e depois indo lá juntos.

Irene cerrou os dentes.

— Nós podemos estar quase ficando sem tempo. Não acho que seja o caso de nos dar ao luxo de esperar. Se ele fugir de nós ou o endereço for falso...

— Senhorita Winters. — Singh apertou o braço dela, e quando ela olhou para ele, viu uma preocupação genuína em seus olhos. — Pense bem nisso, madame. É porque a questão é tão urgente que não podemos arriscar. Você é a única pessoa aqui que consegue chegar à Biblioteca. Não podemos nos arriscar a perdê-la.

— Você sabe muito bem que Vale iria atrás dele sozinho — murmurou Irene.

Singh soltou um suspiro.

— De fato, sei disso sim, senhorita Winters. Sei mesmo. E eu diria exatamente a mesma coisa para ele, madame. Você não está facilitando nem um pouco a minha vida ao sugerir precisamente a mesma coisa que ele teria pensado em fazer. Um pouquinho de autopreservação tornaria a vida bem mais fácil para todos os seus amigos. Essa não é uma noite para ficarmos nos dividindo e perdendo você na neblina. Nem é uma coisa boa que fiquem encrencados porque a perderam de vista.

Singh tinha razão. Irene trancafiou o pânico crescente que era sua companhia constante, a sensação de que todo segundo perdido se tornava um tempo que a Biblioteca não poderia se dar o luxo de perder.

— Muito bem — concordou ela, e tentou não soar muito ressentida em relação a isso.

Uns poucos minutos depois, lubrificado pela aplicação de muito dinheiro, eles tinham um endereço.

CAPÍTULO 21

O endereço de entrega era um armazém no East End de Londres. O táxi os havia deixado a poucas ruas de distância de lá.

— Zayanna terá uma saída nos fundos — disse Irene, repetindo um ponto que já havia declarado várias vezes na conversa no táxi. — E nós sabemos que ela tem capangas. Talvez até de melhor qualidade do que Davey. Não podemos nos arriscar a deixar que ela escape pelos fundos enquanto nós entramos pela frente. Ou vice-versa.

— Como é o telhado? — quis saber Kai.

— Eu não confiaria em nenhum telhado nessa área — disse Vale. Agora que estavam prestes a entrar em ação, ele parecia totalmente seu eu normal, e Irene quase podia se persuadir de que a borda febril nos olhos dele era fruto de sua imaginação. — Não sem uma oportunidade para checá-los primeiro. Eu não gosto da ideia de Winters de nos separarmos mais do que você, Strongrock, mas essa me parece nossa melhor opção.

— Então *eu distrairei* Zayanna — sugeriu Kai. Ele levantou-se, em cada centímetro de seu corpo o jovem príncipe e comandante. — Irene seria mais eficaz dando a volta até os fundos e usando a Linguagem para abrir as trancas.

Irene havia desejado que ele demonstrasse sua independência e sua habilidade de tomar decisões. Só que não agora. Ela não precisava de uma discussão nesse momento. Irene tinha muitas outras bolas no ar para equilibrar.

— Kai, caso você não tenha notado, Zayanna não *gosta* de você.

— E daí? Ela é feérica. Acolherá um confronto de bom grado...

— Eu não estou me referindo a estimular o amor dela pelo drama — disse Irene, pensando no amor dos feéricos por declararem inimizade eterna contra um rival, e depois passarem suas vidas tramando obsessivamente contra tal alvo. — Estou tentando estabelecer o fato de que ela não gosta mesmo de você. Acho que ela poderia até mesmo tentar te matar de verdade se o vir na linha de fogo. Comigo, ela vai querer conversar primeiro.

— E você quer conversar com ela, é claro — disse Kai, com frieza na voz.

— Se você conhece algum outro método de obter informações, então tenha a bondade de me dizer agora e não me faça mais perder tempo sendo engraçadinho — disse Irene, irritada. — E uma gazua funcionará tão bem quanto a Linguagem. Vocês não precisam de mim para abrir trancas. — Ela considerou a possibilidade de dizer "*São três contra um*", visto que Vale e Singh já haviam concordado, mas ela não queria que Kai não ficasse entusiasmado com sua parte. Além disso, não era uma democracia. — Por favor, tomem cuidado, cavalheiros. Se Zayanna estiver esperando por nós, ela pode pensar que vamos usar o caminho dos fundos como é de se esperar e, portanto, pode ter preparado armadilhas por lá.

Vale assentiu. Parecia que Singh estava questionando o porquê exatamente de estar ali, prestes a correr perigo por causa dela, mas também assentiu. Kai por fim emitiu um relutante ruído de concordância.

— Certo — Irene deu uma olhada em seu relógio. — Dez minutos para que vocês se coloquem em suas posições, então eu vou bater na porta.

Um relógio de uma igreja ao longe estava badalando as cinco horas quando ela finalmente bateu na porta lateral do armazém. Os céus acima haviam começado a clarear, mas a neblina ainda pairava no nível da rua.

Nenhuma resposta veio de dentro do armazém.

Irene foi para o lado e inspecionou a área do jeito como Vale teria feito. Um arco de terra na calçada mostrava que a porta tinha sido aberta recentemente, e a marca de trilhas de rodas gêmeas demonstrava que alguma coisa pesada havia sido empurrada ou arrastada para dentro ou para fora dali. Isso também sugeria que Zayanna possuía mesmo asseclas ali dentro, se aquela era sua base. Zayanna não era o tipo de pessoa que empurraria pesados carrinhos de mão.

Ela testou a maçaneta, ainda parada em um dos lados da porta. Trancada. Certo. Dava para lidar com isso.

— **Porta do armazém, abra-se.**

Estava silencioso o bastante na rua a essa hora da noite, de modo que Irene conseguiu ouvir os pinos na tranca clicando e entrando em seus lugares. Ela deu um tempo para ver se alguém lá dentro reagia, mas não houve nenhum ruído em resposta. Cruzando os dedos mentalmente, empurrou a porta e deu uma espiada dentro da sala.

Para seu alívio, não havia nenhuma espingarda, nem arpão, nem machado, nem nada do tipo, armado e preso com arame à porta. A sala ali dentro era um pequeno escritório comum, com uma lâmpada de éter ainda ardendo na parede apesar de ser tarde da noite, cheio de cadeiras e escrivaninha. Uma outra porta, na parede oposta, dava para dentro do armazém.

O pensamento sobre documentos e faturas incriminadoras levou Irene a cruzar o espaço até a escrivaninha, mas hesitou enquanto levava a mão até a gaveta de cima. Primeiramente, era um lugar conveniente demais para armadilhas. E outro pensamento tinha passado pela cabeça dela. Por que a lâmpada estaria acesa a essa hora da noite? Ou porque alguém tinha acabado de estar ali, ou porque alguém... como Irene... era esperado...

— Certo — disse ela, olhando a seu redor. Sua voz parecia alta demais na sala silenciosa. — Zayanna? Eu vim ver você.

Por um longo momento não houve resposta, e Irene foi capaz de considerar todas as formas de como teria destruído o plano. Então a voz de Zayanna chamou-a de além da porta interna:

— Aqui dentro, querida!

Irene avançou com cautela, olhando através e para dentro da sala adiante. Foi o calor que a atingiu primeiro. O grande espaço além da porta, quase um terço do interior do armazém, era tão quente quanto uma estufa. Um espesso tecido preto tinha sido pregado com pregos nas paredes e cruzava o teto, cobrindo as janelas e bloqueando possíveis passagens de ventos. Gaiolas e recipientes de vidro estavam dispostos em cuidadosos intervalos, e entre eles havia grandes radiadores com cilindros elétricos e lâmpadas de éter radiantes. Tudo aquilo parecia vastamente inseguro. No centro da sala havia alguns divãs, com uma pequena mesa entre eles.

Zayanna estava à vontade no divã mais afastado, apoiando o queixo em uma das mãos enquanto contemplava Irene. Ela usava um vestido de cetim preto justo que ia até a beirada do divã, dando a ela um ar serpentino.

— Queira entrar — murmurou ela, com zombaria nos olhos.
— Meus bichinhos de estimação são perfeitamente seguros.
— Eu lembro de que você costumava ir atrás de cobras para seu patrão. — Irene não estava certa se queria andar entre aquelas gaiolas para chegar até Zayanna. Os escorpiões no recipiente de vidro mais próximo pareciam ativos demais para que Irene se sentisse confortável perto deles. E eram grandes demais.
— Eu realmente prefiro cobras — admitiu Zayanna. — Mas gosto de outros animais de estimação também.
— Tantos assim? — Irene indicou com um gesto as gaiolas e os recipientes de vidro.
— Oh, bem, eu posso ter ficado um pouquinho empolgada aí. Só fui fazer umas comprinhas, conseguir uns poucos bichinhos para começar, e... você sabe como é. — Zayanna deu de ombros. — Não foi Oscar Wilde quem disse que nada tem mais sucesso do que o excesso? Achei que deveria tentar com marimbondos gigantes e ver se isso era verdade.
— Infelizmente, bem, suponho que seja infelizmente para você, não funcionou bem — disse Irene. Ela ignorou o impulso de perguntar exatamente onde Zayanna havia lido Oscar Wilde. — Afinal de contas, estou aqui.
— Eu tinha mesmo esperanças de que você fosse sobreviver, querida. — Zayanna esticou a mão para pegar uma das garrafas que estavam em cima da mesa. — Posso lhe oferecer alguma coisa para beber? Estritamente sem nenhuma obrigação, dou-lhe minha palavra quanto a isso.
— E nada de veneno?
— Você tem minha palavra quanto a isso também — prometeu Zayanna. — Querida, percebo que você pode estar com um pouquinho de suspeitas em relação a mim no momento, mas não vamos ter uma conversa decente se precisar-

mos ficar gritando uma com a outra pela sala desse jeito. Você não quer vir se sentar? Não vou tentar matar você enquanto estiver andando até aqui, isso estragaria tudo.

Se tratava da mesma lógica que a própria Irene havia usado, afinal de contas, *ela não vai me matar porque vai querer se gabar para mim,* mas era menos reconfortante quando estava frente a frente com Zayanna.

— Certo — concordou Irene, sabendo que sua cautela era audível em sua voz. — Mas você tem que entender que estou um tanto quanto irritada comigo mesma no momento.

— Por quê? — quis saber Zayanna. — E o que você gostaria de beber?

Irene começou a caminhar com cuidado entre as gaiolas e os aquecedores, segurando suas amplas saias perto das pernas. Suas múltiplas camadas de roupas, o sobretudo e o vestido de baile, estavam quentes de fazê-la suar.

— Bem, eu deveria ser boa no meu trabalho em vez de ficar caindo na primeira historinha triste com que me deparo.

— Mas fui *convincente* — disse Zayanna, presunçosa. — E, sejamos justas, nós tínhamos um histórico e eu estava bem preparada.

— Oh? — Irene tentou fazer com que a pergunta soasse apenas levemente curiosa. — E você tem algum brandy aqui?

Zayanna balançou a cabeça vigorosamente, seus cachos escuros caindo bagunçados sobre seus ombros.

— Brandy é tão sem graça. Eu tenho tequila, absinto, gin holandesa, baijiu, vodca...

— Brandy *não* é sem graça — protestou Irene. A sensação de que o tempo escorria por suas mãos como se fosse areia deixava-a com uma incômoda dor de urgência. Porém, quanto mais Zayanna estivesse relaxada e focada em Irene, mais fácil seria para os homens invadirem e entrarem sem que fossem observados. Pensar nisso como uma operação militar ajudava a suprimir sua própria raiva. — E você não está exagerando um pouco nas bebidas alcoólicas?

— Quem precisa de fígado? — Zayanna pegou uma garrafa cujo rótulo proclamava a bebida como sendo *Gin da Melhor Qualidade de Amsterdã* e despejou o líquido claro em dois copos. — Ora, ora, querida. Sente-se para que possamos conversar. Tenho certeza de que você tem muitas perguntas para mim.

Irene sentou-se no divã oposto ao de Zayanna, a mesa entre elas duas.

— Eu deveria provavelmente ir direito ao ponto. Zayanna, *é* você a pessoa que vem tentando me matar, não é?

— Eu definitivamente sou uma delas — disse Zayanna. Ela empurrou um dos copos pela mesa até Irene. — Pode haver outras pessoas também. Eu não saberia disso.

— Por quê? — Irene tentou manter o tom constante, procurou tratar do assunto de forma tão casual e leviana quanto Zayanna, mas a palavra se contorcia em sua boca e saía afiada. — Talvez tenha sido idiotice minha, mas não tinha me dado conta de que estávamos nesses termos.

— Que termos?

— Os termos que envolvem tentar matar uma à outra?

Zayanna inclinou a cabeça, parecendo confusa.

— Bem, em um nível prático, estamos sim, mas isso não quer dizer que tenhamos que ser desagradáveis uma com a outra. Vem sendo um tremendo desafio!

— Um desafio — disse Irene, sem emoção na voz. As ferroadas em sua mão latejavam enquanto ela as esticava para pegar o copo.

Zayanna assentiu.

— Você foi uma *inspiração* para mim, Irene, querida. Quando nós nos conhecemos em Veneza, você estava tão calma, tão controlada, era uma agente tão perfeita! Eu lhe contei pelo menos parte da verdade. Meu patrão me colocou no olho da rua. Ele me mostrou a porta. Soltou os cachorros metafóricos para cima de mim. E os de verdade também! Disse que eu deveria ter sido mais proativa, mais ciente das coisas. Então, quando Alberich me ofereceu um trabalho, pensei: *posso me sair melhor*. Posso ser simplesmente tão boa quanto você!

Irene fitou o gin. Ela não conseguia se obrigar a tomar um gole daquilo, mesmo que, naquele exato momento, o esquecimento alcoólico fosse ah, tão tentador!

— Sabe, Zayanna, geralmente eu ficaria satisfeita e orgulhosa de pensar que estava sendo uma professora inspiradora, mas agora mesmo, neste exato momento, estou me sentindo um pouco em conflito em relação ao assunto.

Zayanna tomou um gole do gin e lambeu os lábios.

— Posso entender que você esteja se sentindo um pouco deprimida em relação a perder, mas, oras, se anime! Talvez na próxima você vença.

— Não *haverá* uma próxima vez se eu estiver morta — Irene sentiu a necessidade de ressaltar. — E ainda não estou morta, então, dizer que eu perdi parece um tanto prematuro.

— É como ter o rei em xeque no xadrez — disse Zayanna.

— Quando o próximo movimento vai ser um xeque-mate, a gente pode dizer que venceu, mesmo que a outra pessoa não tenha concordado. A porta da frente trancou-se sozinha depois que você entrou. Eu tenho homens na próxima porta, e eles virão correndo se eu gritar. Há um botão debaixo do meu pé, querida. Ele está ligado por um fio às portas de todas as gaiolas. Se eu o pressionar, então tudo será aberto, e eu prometo a você que alguns dos meus animais de estimação têm venenos de ação bem rápida. E eu tomei os antídotos. Então, *sim*, eu venci.

Esta era uma situação hipotética interessante. Irene preferiria evitar o experimento prático.

— Certo — concordou ela. — Tecnicamente, imagino que isso conte como xeque, e não posso, de imediato, tirar o meu rei da posição em que ele se encontra. É uma pena. Tinha tido esperanças de que pudesse conseguir respostas para algumas perguntas antes, bem... — Ela mexeu os dedos de um modo que sugeria cobras venenosas.

— Hummm, nós poderíamos conseguir chegar a um acordo — disse Zayanna. Havia uma nota travessa de barganha em sua voz. — Tecnicamente meu contrato dizia "mate-a ou a tire de circulação", então, contanto que mantenha você fora do caminho, querida, creio que terei cumprido com o contrato.

— Seu contrato com Alberich. — Irene assentiu, como quem sabe das coisas.

Zayanna abriu um sorriso.

— Eu não teria como contar isso a você, querida. Isso seria traição e... vamos apenas dizer que seria ruim para mim. — Ela tentou fazer uma piada, mas havia um quê de nervosismo por trás de sua voz.

— Quão ruim?

— Permanentemente ruim. — Zayanna soltou um suspiro. — Seria de se pensar que ele não tinha fé que permaneceríamos leais ou que evitaríamos ser capturados. Falando nisso, como *foi* que você me achou aqui? Estava esperando por você, mas ainda não sei como fez isso.

Irene precisava de um motivo plausível que não fizesse com que Zayanna chegasse a nenhuma conclusão sobre a possibilidade de que aliados fossem aparecer por ali.

— Eu usei a Linguagem — ela mentiu, apostando na sorte de que Zayanna não necessariamente sabia de tudo que a Linguagem poderia ou não fazer. — Eu consegui rastrear um dos

325

marimbondos gigantes asiáticos da Biblioteca Britânica até aqui. — E aonde os homens tinham ido, afinal? Um resgate, ou no mínimo dos mínimos, uma distração, lhe seria útil.

— Oh — disse Zayanna. Ela olhou ao seu redor para as gaiolas e os recipientes de vidro. — Droga. Não tinha pensado nisso. Fico feliz porque você não tentou fazer isso com as aranhas. Teria estragado as coisas se você tivesse chegado até mim tão cedo.

Irene queria muitíssimo agarrar Zayanna pelos ombros e gritar com ela, dizendo que isso não era um jogo, que a Biblioteca poderia ser destruída, e Irene, morta. Que as coisas simplesmente não aconteciam em um vácuo, mas que a causa levava a um efeito. Ela viu que sua mão estava tremendo, e pousou o copo de gin antes que o derramasse.

— Eu posso ver que isso teria interrompido seus planos — concordou ela. *Por que os homens não estão aqui ainda?*

Zayanna soltou um suspiro.

— Querida, não estou obtendo muito senso de comprometimento de sua parte. Você está sendo muito analítica em relação a isso. Não quer jurar vingança nem nada? Afinal de contas, eu realmente te traí. Sabia que você seria protetora se eu estivesse encrencada, assim como foi com aquele dragão que você salvou... Onde está ele, a propósito?

— Eu o mandei para casa — disse Irene. Ela vinha esperando por essa pergunta. — Era arriscado demais para ele ficar neste mundo.

— Provavelmente uma coisa boa. Com certeza não estou nessa para começar uma guerra com a família dele. — Zayanna serviu mais gin para si. — E ele é tão incrivelmente possessivo. Um tremendo chato.

— Algumas pessoas poderiam dizer que você falando isso é como o roto falando do esfarrapado — comentou Irene, com um tom seco.

Zayanna fez um biquinho.

— Irene, você está sendo injusta. Eu não queria te manter fora de perigo nem a impedir de fazer esse negócio de Bibliotecária que você faz. Totalmente o contrário. É por isso que eu não quero... que ninguém mate você.

— Mas se Alberich destruir a Biblioteca... — tentou dizer Irene.

Não havia nenhuma emoção estampada na face de Zayanna.

— Você consegue arrumar um outro patrão, não consegue? Você não vai deixar de ser quem é.

— Nem você, ao que me parece.

O arrependimento lutou com a raiva, e, por um instante, Irene desejou que ela pudesse ser idiota o bastante para beber daquele copo de gin. Isso poderia ajudá-la a se sentir um pouco melhor em relação ao fato de que Zayanna não era e não *queria* ser nada além de uma feérica manipuladora que estava mais interessada em jogar o jogo do que nos motivos pelos quais o jogo estava sendo jogado. Irene pensou naquela lista de portais destruídos e Bibliotecários mortos. Em comparação com isso, o fato de que uma vez havia gostado de Zayanna e pensado nela como uma amiga era tão importante quanto... Bem, quanto um marimbondo asiático gigante morto.

— Então, e agora? — Zayanna inclinou-se para a frente, ávida. — Conte-me, querida. Você está meditando sobre a possibilidade de simplesmente fazer um contramovimento devastador? Vai pular pela mesa e me atacar? Ou está pensando em fugir na noite de Londres?

— Fugir não funcionaria muito — disse Irene. — Provavelmente você colocaria os lobisomens para me caçar.

— Oh, droga... Você adivinhou. Eu poderia derrubar você dentro de um poço de cobras talvez? Nós sempre costumávamos fazer isso lá em casa. E então tomávamos coquetéis.

— Você tem um poço de cobras?

— Na porta ao lado — confirmou Zayanna. — Ou posso manter você acorrentada ou algo do gênero.

— Que você também tem na porta ao lado? — Irene inclinou-se para a frente, descansando as mãos em cima da mesa onde estavam os drinques, deslizando casualmente seus polegares por sob a borda. — Não se preocupe. Eu realmente entendo que você não tem escolha na questão. Sendo você o que é.

Zayanna parecia magoada.

— Irene, querida, isso não soou muito bondoso.

— Não era para ser. — Irene desistiu de tentar categorizar seus sentimentos e ficou com o fato de conseguir sentir ao mesmo tempo raiva e pena de Zayanna, sem que ambas fossem mutuamente exclusivas. — Não era mesmo.

— Mas somos amigas. — Zayanna abriu seu sorriso mais humano daquela noite. — Você não lembra? Nós fomos nadar juntas em Veneza, e você me contou sobre sua antiga escola?

— E você ficou bêbada e reclamou que sempre tinha que tirar o veneno das serpentes e que nunca conseguia seduzir nenhum dos heróis — concordou Irene. Essa conversa havia chegado ao ponto em que escolhas esquisitas teriam que ser feitas, e ela não poderia esperar mais pelos homens. — Sinto muito que você tenha perdido seu patrão.

— Bah — disse Zayanna, dispensando o assunto. — Eu tive mais diversão nos últimos meses do que durante décadas antes! Era isso que eu deveria ser, querida.

Irene assentiu, como que para dizer que a compreendia. E então ela lançou a mesa para cima, com todas as garrafas, derrubando tudo sobre Zayanna.

CAPÍTULO 22

A mesa virou em uma colisão de garrafas e copos. Zayanna gritou com raiva, empurrando as coisas para longe dela, mas estava bem molhada em borrifos de vodca, gin e outras bebidas alcoólicas caras. Irene ficou rapidamente em pé e aproveitou-se da confusão da outra mulher para agarrá-la pelos ombros e arrastá-la para fora do divã, jogando-a no chão.

— Nada de pressionar botões — disse ela. — Nada de soltar nenhuma cobra nem escorpião nem o que quer que seja.

— Guardas! — disse Zayanna em um tom estridente. Havia um quê de pânico em sua voz. — Guardas! Entrem aqui agora!

A porta mais afastada abriu-se. Kai estava lá parado, junto com Vale e Singh.

— Eu receio que os guardas não estejam disponíveis — disse ele. — Nós servimos?

Irene estava começando a gostar da expressão no rosto de Zayanna quando ouviu o som de um único clique. Ela meio que olhou de relance, de esguelha, sem tirar a atenção de Zayanna nem por um segundo. A porta de uma das gaiolas havia sido aberta, e uma longa serpente verde estava, hesitante, contorcendo-se e saindo de dela. Mais cliques soaram, como um prédio feito de cartas de baralho caindo bem vagarosamente, enquanto as portas de outras gaiolas se abriam.

— Era um interruptor de segurança — disse Zayanna, cuspindo. Ela tocou em sua garganta, nervosa. — Que deveria ser ativado se eu tirasse meu pé dele. Você acha que eu sou *idiota?* Agora, me solte.

— Não — disse Irene em um tom firme. — Isso não é uma opção. Você vai me contar a verdade.

Zayanna ficou em pé em um movimento súbito, mas, em vez de ir para a frente e atacar Irene, fugiu com tudo. Irene estava esperando algum tipo de reação, mas foi pega de surpresa pela pura velocidade da outra mulher. Então ela acabou pegando Zayanna como se estivesse jogando rúgbi, em vez de fazer algo mais elegante. As duas foram para o chão juntas, rolando onde o álcool havia se espalhado. Pequenos barulhos de arranhões de pés de insetos se movendo rapidamente soavam desconfortavelmente próximos.

Irene conseguiu segurar Zayanna, colocando um dos joelhos na parte de baixo de suas costas, e torcendo um braço atrás dela.

— Você não vai fugir — ela grunhiu. — Pare de me fazer perder tempo...

Zayanna começou a engasgar-se, e ela arranhava o pescoço com a mão livre enquanto arfava, tentando respirar. Uma cadeia de palavras na Linguagem estava aparecendo em volta da garganta dela, os caracteres escuros vindo à superfície de sua pele e estampados ali como se fossem uma tatuagem. Irene poderia discernir estranhas palavras em meio aos cachos dos cabelos de Zayanna enquanto ela lutava para respirar. **Trair. Cativa. Morrer.**

Isso seria ruim para mim, a voz de Zayanna ecoou na memória de Irene. *Permanentemente ruim.*

Irene soltou a feérica e rolou-a com as costas para baixo, inclinando sua cabeça para obter uma melhor visão da Linguagem, que estava apertando o pescoço de Zayanna como se fosse uma corda de enforcamento. As palavras cresciam e passavam de finas linhas delineadas para imagens completas, estampadas, tão pretas como machucados na garganta de Zayanna, que as unhava, mas seus dedos não encontravam apoio, e seu peito subia e descia enquanto ela lutava para respirar.

— O que está acontecendo? — perguntou Kai de trás do ombro de Irene.

— Uma armadilha de Alberich para impedi-la de falar. Mantenha as cobras longe de nós — disse Irene.

Ela buscou em sua mente as palavras na Linguagem para bloquear isso. Agora ela conseguia ler a frase inteira, apertada em um círculo mortal em volta do pescoço de Zayanna. **Morrerei antes que eu o possa trair, ser forçada a falar, ou ser feita cativa.**

Irene abriu a boca, mas um pensamento súbito fez com que parasse, antes que pudesse tentar usar a Linguagem para quebrar a sentença de morte de Alberich. Ele havia enviado Zayanna e outros feéricos para matar Bibliotecários. Alberich esperava que Bibliotecários tentassem questionar os feéricos. Ele havia *esperado* que as pessoas fossem usar a Linguagem para salvar Zayanna.

Irene ignorou os sons ocos e os de colisão vindos de trás dela e tateou em seu bolso, procurando uma moeda perdida, puxando dali um xelim de prata. Isso haveria de servir. Se não poderia quebrar a Linguagem com a própria Linguagem, teria que encontrar alguma outra forma de danificar aquela sentença. Agindo mais por instinto do que tendo um plano em mente, ela dobrou a manga de seu casaco em volta de seus dedos e apanhou a moeda.

— **Xelim de prata que tenho na minha mão, atinja a temperatura de ferro em brasa** — ela ordenou.

Espirais de fumaça ergueram-se enquanto o metal quente chamuscava o tecido do casaco de Irene. Zayanna mal estava lutando agora, com os olhos vítreos e sua respiração vindo em minúsculos ofegos que soavam como assovios. Irene colocou um dos joelhos em cima do pulso esquerdo de Zayanna para segurar seu braço para baixo, pegou os cabelos da outra mulher com a mão livre a fim de arrastar sua cabeça para trás e expor seu pescoço, e pressionou a moeda em brasa junto à palavra **morrerei** no pescoço dela.

Zayanna gritou. Irene cerrou os dentes e manteve a moeda junto à pele de Zayanna, observando enquanto o círculo de carne queimada apagava a palavra embaixo dela.

A força da Linguagem em volta da garganta dela contorcia-se como se fosse uma coisa viva, despojada de seu verbo inicial e forçada à incoerência. Então estalou, e as palavras dissolveram-se em espirais enquanto desvaneciam. De repente, Zayanna podia respirar de novo, engolindo o ar em grandes golfadas, com as lágrimas escorrendo dos cantos de seus olhos enquanto seu corpo ficava mole.

— Irene — disse Kai em um tom de urgência. Ela virou-se e deparou-se com ele pisando em um escorpião. Ele apontou para o local onde chamas azuis erguiam-se de onde uma poça de álcool havia chegado a um dos aquecedores em chamas. O fogo estava começando a espalhar-se pelo chão, e Irene afastou-se uns centímetros dele. — Nós temos que cair fora daqui.

— Eu posso apagar o fogo — disse Irene, controlando-se. Ela deixou cair a moeda. Uma marca vermelha maculava o pescoço de Zayanna onde a havia queimado. — Deem-me um momento...

— Poderia ser mais fácil deixar que o lugar venha abaixo com o fogo — sugeriu Singh. — Geralmente eu não sou a favor de incêndios criminosos, mas considerando a quantidade de criaturas mortais soltas neste lugar, poderia dizer que foi saneamento público.

— Singh está certo — concordou Vale. Ele fez uma pausa para abater uma naja com os destroços da mesa. — Eu sugiro que nos retiremos e chamemos a brigada de incêndio.

— Isso me parece uma boa ideia — disse Irene rapidamente, antes que alguém pudesse mudar de opinião. Quanto mais cedo estivesse longe das chamas, cobras, insetos e o que quer que fosse, e pudesse questionar Zayanna, melhor. — E então nós poderemos conseguir algumas respostas.

Meia hora depois eles estavam na sala superior de um bar ali perto. A brigada de incêndio tinha sido chamada (e havia chegado a tempo de salvar o restante da vizinhança), os asseclas de Zayanna se encontravam sob custódia na Scotland Yard, e a própria Zayanna estava sentada exigindo gin.

Irene havia feito uma busca na sala e jogado fora no corredor qualquer papel impresso. Ela esperava que isso fosse diminuir o risco de interferência por parte de Alberich. Esperava com ainda mais fervor que não estivesse tentando encontrá-la, e que presumisse que ainda estava na prisão lá em São Petersburgo.

Vale havia ligado as lâmpadas de éter e puxado as cortinas para fechá-las, cortando a luz do incêndio lá fora. O som de carros dos bombeiros e das multidões entrava pela janela. Zayanna havia se jogado em uma das cadeiras bambas no centro da sala e estava sentada alisando suas saias, com sua nova marca vermelha no pescoço. Irene sentou-se de frente para ela, enquanto Kai permanecia em pé perto da porta e tanto Singh quanto Vale pairavam por ali, observando a cena.

Zayanna havia recuperado por completo o bom humor, apesar de ter perdido seus bichinhos de estimação e provavelmente suas reservas em dinheiro. Sem sombra de dúvida isso se devia ao fato de ser o centro das atenções. Nenhum feérico resistia a isso.

— Acho que deveria me render, querida — sugeriu ela.

— Seria difícil conseguir matar você agora.

— Você tentou da melhor forma como pôde — concordou Irene. — Vou lhe dar pontos extras pelo esforço. E eu acabei de salvar a *sua* vida.

— De qualquer forma, só fiquei em perigo porque você me capturou. E então, e agora? — Zayanna inclinou a cabeça, com ares inquisitivos. — Serei aprisionada?

— "Morta" soa mais apropriado — disse Kai, com frieza. Irene havia concordado de que ele seria o tira malvado, e que ela seria a tira boazinha. Mas, pelo tom da sua voz, estava preocupada que ele fosse um tira extremamente homicida.

Zayanna bateu os cílios.

— Você está ameaçando me matar a sangue frio? Na frente de um oficial da lei? Isso não é *ilegal?*

— A senhora está certa, madame — disse Singh. — Estou completamente chocado por ouvir esses tipos de ameaças. Sr. Strongrock, se me der licença por um instante, tenho que ir falar com os bombeiros. Avise-me quando for para eu voltar.

— Não se dê ao trabalho — disse Zayanna em um tom azedo. — Você deixou seu ponto claro. Então, Irene. Você disse que queria que eu me rendesse. Estou me rendendo. O que acontece agora?

— Conte-me sobre Alberich — disse Irene. O nome dele era amargo em sua boca. — O que ele está fazendo?

— Tentando destruir a Biblioteca, querida — disse Zayanna. Então, depois de uma pausa... — Ah, você quer *detalhes?*

— Sim. — Irene manteve a paciência na voz. — E, Zayanna, permita-me ser clara em relação a isso. Estou salvando sua vida.

Em troca, quero toda a verdade, e que você seja prestativa em relação a contá-la.

— Salvando minha vida? — Zayanna fez biquinho. — Sei que você destruiu a maldição de Alberich, e que lhe causei mesmo alguns problemas e tudo o mais, mas você realmente me *mataria?*

— Sim — disse Irene. A palavra saiu com dificuldade. Ela olhou bem nos olhos de Zayanna. — Escute-me, porque eu estou sendo totalmente sincera. A Biblioteca é mais importante para mim do que você. Se tiver que fazer isso, eu a entregarei aos dragões ou a venderei a Lorde Silver, ou atirarei em você pessoalmente. Três coisas que poderiam matá-la. Eu sou a única pessoa nesta sala que na verdade está interessada em manter você viva. — Viu dúvida nos olhos de Zayanna e passou a falar na Linguagem, fazendo das palavras uma promessa e uma verdade. — **Se você não me contar o que quero saber sobre Alberich, então eu vou matar você.**

Zayanna recuou alguns centímetros contra sua cadeira, como se Irene fosse a cobra venenosa e ela, a vítima ameaçada. Talvez fosse a Linguagem. Ou talvez fosse alguma coisa no rosto de Irene.

— Não faça isso! — ela gritou. — *Por favor!*

— Vale. — Irene estendeu a mão. — Sua arma, por favor.

Vale colocou a pistola na mão de Irene sem dizer uma palavra. *Ele não acha que eu realmente faria isso. Ele acha que estou blefando para convencê-la.*

Irene pensou nos corredores e nas salas da Biblioteca no escuro, no portal pegando fogo e na lista de Bibliotecários mortos. Ergueu a arma e apontou-a diretamente para Zayanna.

Zayanna encarou a arma. Ela não estava fazendo seu truque costumeiro de brincar com os anéis de seus cabelos. Suas mãos apertaram-se nas laterais da cadeira, e sua respiração estava rápida e em pânico.

— Eu... — Ela engoliu em seco. — *Certo!* — Lançou-se de sua cadeira no chão, ficando de joelhos na frente de Irene. — Vou contar o que sei, e juro que vai ser a verdade. Eu realmente me rendo, me rendo *mesmo!*

Irene entregou a arma de volta a Vale, tentando acalmar os batimentos acelerados de seu coração. Tinha sido por pouco. Nunca havia pensado em si mesma como o tipo de pessoa que estaria genuinamente preparada para matar por informações. Ela havia conseguido fazer algumas ameaças convincentes, mas eram apenas blefes. Foi uma surpresa desagradável descobrir que estava preparada para uma ação letal, e que ela levaria isso a cabo tão facilmente, tão sem hesitar.

— Levante-se — disse ela, cansada. — De volta em sua cadeira, por favor. Eu aceito que você se renda, mas tem que me contar toda a verdade.

Zayanna levantou do chão e deslizou de volta para sua cadeira, com sua meia-calça milagrosamente não arruinada.

— O que ele está fazendo é...

Houve uma batida clangorosa na porta.

— Cavalheiro para o sr. Strongrock! — gritou a garçonete de lá de baixo.

Irene virou-se – aliás, todos viraram – para encarar Kai. Até mesmo Zayanna parecia interessada, embora talvez pela interrupção ter tirado a pressão de cima *dela.*

O próprio Kai parecia pasmo.

— Eu não falei para ninguém vir me encontrar aqui — protestou ele. — Como poderia? Nem sabia que estaríamos aqui.

Este poderia ser um plano astuto para entrar na sala e matar a todos. Ou poderia ser uma mensagem genuína para Kai, quase certamente de sua família ou de Li Ming. E, *nesse* caso, Irene precisava ouvir a mensagem.

— Vamos ver quem é — sugeriu ela.

Era Li Ming, conduzido por uma garçonete curiosa, bonito em suas costumeiras roupas cor de cinza e com uma pasta em uma das mãos. Embora ele tivesse olhado ao redor e cheirado o ar com repulsa, claramente não o fazia apenas por ser cortês demais.

— Sua alteza — disse ele, abordando Kai. — Espero que não tenha vindo em um momento inconveniente.

— Sua presença é sempre bem-vinda — disse Kai, cujos modos treinados na corte vinham a seu resgate enquanto fechava a porta e deixava a garçonete para fora. — Nós estávamos aqui interrogando esta feérica.

— Posso ajudar? — perguntou Li Ming.

Irene observava Zayanna de rabo de olho. Ela podia ver a feérica reavaliando a situação e caindo ainda mais a fundo em sua cadeira.

— Na verdade, Lorde Li Ming, Zayanna aqui estava prestes a nos contar mais sobre o plano de Alberich. — Seria uma coisa boa que os dragões soubessem o que estava acontecendo? Irene não podia ver como isso seria exatamente algo *ruim*. Eles nunca cooperariam com Alberich, o que os tornava aliados na situação atual. — Se sua mensagem para Kai puder esperar uns instantes, você permitiria que ela falasse primeiro?

— Ficaria feliz com isso — disse Li Ming. — Poderia isso ter alguma coisa a ver com um mundo que Sua Alteza estava investigando recentemente? Ouvi dizer que aconteceram alguns distúrbios...

— Ah, sim, eu ia falar com você sobre isso — disse Kai, um pouco rápido demais. — Talvez depois que tenhamos lidado com o problema atual, pode ser?

Li Ming assentiu. Ele ficou parado, em pé ao lado de Kai, uns três centímetros mais alto do que ele e, no momento, muito mais bem vestido. Eles poderiam fazer parte de uma dupla de estátuas emparelhadas, congeladas em mármore, mas prestes a libertarem-se a qualquer momento, com seu poder acorrentado e controlado, e sempre presente.

Irene voltou sua atenção para Zayanna de novo. Se Kai estivesse encrencado por causa da missão russa deles, ela lidaria com isso depois.

— O que Alberich está fazendo? — perguntou, sem rodeios.

— É meio que uma coisa cosmológica, querida. Por favor, entenda... eu não sei ao certo como explicar de forma adequada. Eu sei que sua Biblioteca está conectada a esferas por toda parte, não é?

Irene sabia que "esferas" era o termo feérico para mundos alternativos.

— Sim — concordou ela. — E...?

— Bem, as esferas que são mais confortáveis para o meu povo... aquelas que Tia Isra teria dito que são as de alta virtude... Você se lembra dela? — Zayanna esperou que Irene assentisse. — Há um ponto em que elas se tornam realmente instáveis, ficando perigosas até mesmo para nós. Eu admito que não sei ao certo, mas imagino que seja a mesma coisa na outra extremidade da escala também, não? — Ela olhou para Kai e Li Ming. — Existem lugares que são tão rigidamente ordenados que até mesmo vocês não podem existir lá, não sem perderem suas personalidades, não é?

Kai e Li Ming trocaram olhares de relance. Por fim, Li Ming pronunciou-se, e claramente ele estava escolhendo suas palavras com cuidado.

— É verdade que a vida humana requer pelo menos uma quantidade muito pequena de caos para que seja reconhecível como humana, mas existem mundos que são totalmente estáticos. Eles são necessários para o funcionamento da realidade, mas não são lugares onde humanos ou dragões possam viver. São, de fato, rígidos demais — ele ficou em silêncio novamente, embora não estivesse claro se era devido ao embaraço com a ideia de que poderia haver ordem demais, ou por não querer revelar mais nada.

— Eu posso aceitar que ambos os extremos da realidade sejam perigosos — disse Irene. — Então, como essas esferas instáveis são relevantes para Alberich?

Zayanna passou os dedos pelos cabelos.

— Eu realmente queria que você tivesse capturado alguém que entendesse mesmo disso. O que peguei da explicação de Alberich, querida, é que ele está ligando uma dessas esferas realmente instáveis a outras esferas mais estáveis. E está fazendo isso usando livros únicos daquelas esferas estáveis, que roubou antes que sua Biblioteca pudesse pegá-los.

Ela acenou com as mãos no ar, tentando encontrar as palavras certas.

— Imagine que sua Biblioteca seja uma esfera no centro de uma teia de correntes. Todos os mundos que influencia estão ligados a ela por meio dessas correntes. Elas são criadas através do poder de livros especiais, livros únicos. E eu sei o quanto você ama os seus livros, querida. Então, se um livro é tirado de um mundo e depois é mantido na Biblioteca, isso forja uma conexão e faz com que essa corrente exista. Você conhece essas correntes como portais para sua Biblioteca. "Travessias", não é assim que vocês os chamam?

Zayanna esperou que Irene assentisse e então prosseguiu.

— Sendo assim, quanto mais livros a Biblioteca tiver de um mundo, mais forte a conexão será, mas Alberich traz sua própria esfera, a esfera instável. Ele rouba um livro de um dos "mundos satélites" existentes da Biblioteca, se quiser chamá-los assim, mas, em vez de ir para a Biblioteca, ele o conecta com seu mundo caótico. E ele faz isso várias vezes; não,

não sei com que frequência, mas eu tive a impressão de que era um daqueles gloriosos planos de longa data.

Zayanna inspirou.

— Mas o universo não permite que um mundo seja conectado a dois centros de influência, simplesmente não funciona assim. Então, o problema para a Biblioteca é que estas novas ligações estão puxando a esfera instável para o mesmo lugar onde ela está. Agora, o domínio instável de Alberich está realmente substituindo sua Biblioteca de maneira metafísica. E quanto mais os outros mundos começarem a sincronizar com a esfera instável, mais forte se tornará o efeito dessa substituição. Sendo assim, com o passar do tempo, isso faz com que os portais para outros mundos de sua Biblioteca explodam por completo... Até mesmo de onde Alberich não tenha roubado nenhum livro que crie conexões. A esfera que ele está usando está assumindo todas as conexões no lugar da Biblioteca.

Irene podia sentir o sangue deixando suas bochechas.

— Certamente isso não é possível.

— Bem, você que me diga, querida — Zayanna deu de ombros. — Como eu deveria saber o que é possível e o que não é? Mas realmente me soa plausível. Não existe alguma espécie de lei dizendo que duas coisas não podem ocupar o mesmo espaço ao mesmo tempo? Inspetor?

Singh franziu o cenho.

— Acredito que isso seja mais um princípio científico do que uma lei jurídica, madame.

— Mas, se este é um processo em andamento — disse Irene —, então o que acontece se...

— *Quando,* querida — corrigiu-a Zayanna. — Do jeito como ele falou, definitivamente é *quando* e não *se.*

— Quando chegar à... total sincronização — terminou Irene. Sua boca estava seca.

— Bem, ele disse que existem duas possibilidades. — Zayanna franziu o cenho, com ares de alguém que estava tentando lembrar-se das palavras exatas. — Ou a esfera instável desviará a Biblioteca do tempo e do espaço, usurpando todas as suas conexões com os outros mundos... O novo domínio de Alberich deixaria a Biblioteca completamente desconectada e impossível de se alcançar, e assim por diante. Ou o processo só explodiria tanto a Biblioteca quanto a esfera instável. Ele estava realmente em conflito em relação a isso, porque a segunda ideia soava mais eficaz... em termos de destruição suprema da Biblioteca, mas isso significaria que ele perderia todos os livros dele.

— Mais algumas perguntas — disse Irene, ainda tentando processar a magnitude desta destruição em potencial. — Alberich disse como o processo poderia ser parado?

— Querida, ele não é tão idiota assim. Certo, todos nós havíamos jurado obedecê-lo e executar o plano dele, e ele nos ameaçou com destinos piores do que a morte se o desobedecêssemos. Também colocou aquele vínculo em mim e em todos os outros, de modo que morreríamos se fôssemos capturados ou se o traíssemos, e assim por diante... Mas, mesmo assim, ele não ia nos contar *tudo*.

Irene assentiu, com ares de arrependimento.

— E o fato de ter quebrado o vínculo em você quer dizer que agora está livre para desobedecê-lo?

— Ou você está tentando ganhar tempo — sugeriu Kai.

— Admito que resolveria todos os meus problemas se ele detonasse a Biblioteca aqui e agora. Seria o fim dos conflitos de interesse! — Zayanna sorriu animada para Irene.

Irene sentiu seu estômago se revirar só de pensar.

— Quanto tempo nós temos? — perguntou ela, sem rodeios.

— Eu não sei — disse Zayanna. — Eu honestamente não

sei... Dou-lhe minha palavra quanto a isso. Mas não acho que você tenha muito tempo. — A expressão dela era amigável, até mesmo empática, mas não havia nenhum entendimento genuíno das emoções de Irene.

Ela consegue entender que me machucaria se a Biblioteca fosse destruída, pensou Irene. *Só que não percebe por que isso me machucaria nem o quanto.*

O fogo ali perto já havia sido apagado, e os sons tanto do incêndio quanto dos caminhões dos bombeiros tinham esvanecido. A rua ainda não havia começado a ficar agitada com as atividades matinais. No momento, tudo estava silencioso, enquanto Irene considerava como formular sua próxima pergunta.

— Você consegue levar pessoas até essa esfera instável? — perguntou ela por fim.

O sorriso de Zayanna desapareceu.

— Querida, essa é uma ideia muito ruim, terrível mesmo.

— Mas você não está dizendo que não consegue.

Zayanna mascou o lábio inferior.

— Estou dizendo para pensar a respeito. Não estou tentando ganhar tempo. Imagino que poderia ser possível...

Irene assentiu.

— Ótimo. — Eles poderiam entrar lá com uma equipe de ataque de Bibliotecários, desabilitar o que quer que Alberich tivesse feito, e tinha esperanças de livrar-se dele enquanto estivessem fazendo isso. Problema resolvido. Admitia ser um plano bem superficial, um esboço, mas era cem por cento melhor do que qualquer ideia que Irene tivera na última meia hora. Ela virou-se para Li Ming. — Eu peço desculpas pela demora. Você tem uma mensagem para Kai?

— Para Sua Alteza e para você, por tabela. Meu lorde sabia que Sua Alteza lhe passaria as informações de qualquer forma — Li Ming voltou um rápido e compreensivo sorriso para Irene. Ele colocou a pasta em cima da mesa surrada, abrindo-a e expondo os documentos escritos que estavam ali dentro. A tinta preta da escrita parecia atrair a luz, como se o fato de que eles podiam ver isso agora desse a isso um significado insalubre. — Nós temos uma proposta...

Então o ar pulsou como se fosse a superfície de um tambor atingida por uma descuidada mão, e o zumbido de poder da Biblioteca maculado pelo caos inundou a sala.

CAPÍTULO 23

A pasta de Li Ming abriu-se por completo, como se alguma mão invisível tivesse virado a tampa. A escrita nos papéis dentro dela contorceu-se e mesclou-se, mudando e reformando-se em padrões instáveis. Li Ming afastou-se horrorizado, e, atrás dele, Kai estava fazendo o mesmo, os dois com expressões similares de pura repulsa estampadas em suas faces. Os papéis farfalhavam uns contra os outros, zunindo como um ninho de vespas.

Irene conhecia o gosto do poder de Alberich a essa altura, e ele estava chegando a níveis perigosos.

— *Abram uma janela!* — gritou ela.

Isso havia acontecido nas cavernas dos lobisomens, quando três ingredientes estavam presentes: alguma forma de escrita, uma Bibliotecária e a vontade de Alberich em ação. Alberich tinha novamente localizado onde ela estava e, dessa vez, os documentos de Li Ming haviam dado um foco à corrupção dele. Se fosse uma mensagem, seria do tipo para deixar pessoas mortas.

Vale tateou, tentando abrir o trinco da janela, mas ela estava enferrujada.

— Está presa no lugar — ele relatou, com calma. Mas não conseguia sentir o poder que se acumulava da forma como

Irene podia sentir, e não tinha a mesma repulsa a isso que os dragões tinham. — Singh, tente a sua...

— Não dá tempo. Vão para trás, cavalheiros. **Janelas, abram-se!**

As duas janelas da sala abriram-se com tudo, arrancando os trincos de seus soquetes. Eram janelas com vidraças do tipo vertical, que sobe e desce, e elas ergueram-se até em cima, batendo na moldura com força o bastante para fazer racharem os painéis. O vidro caiu ressoando nos peitoris e na sala, enquanto a névoa fria da manhã entrava.

A escrita nos papéis havia se dissolvido e formado uma inundação constante de palavras na Linguagem: um vocabulário sem sentido e emaranhado, mas nenhuma sentença de verdade, nem mesmo frases coerentes. A pasta estava tremendo em cima da mesa, convulsionando por parecer eletrificada, e o crescente zunido de poder era claro o bastante, a ponto de até mesmo Vale e Singh conseguirem ouvi-lo.

Irene colocou as mãos nas dobras surradas de sua saia em uma tentativa de protegê-las, e fechou a tampa da pasta. Houve um choque quando ela a tocou, uma vibração dolorosa que ecoou em seus ossos e que fez com que se sentisse grata pelo contato ter sido apenas momentâneo.

— Kai — ordenou — ajude-me com a mesa!

Felizmente, Kai captou o que ela quis dizer instantaneamente. Cerrando os dentes, ele segurou em um dos lados enquanto ela pegava no outro. Eles foram correndo até a janela juntos, lançando a pasta e seus papéis para fora na rua vazia.

A explosão estilhaçou o vidro remanescente nas janelas e chamuscou o ar em uma onda de calor causticante. Todos na sala abaixaram-se, até mesmo Li Ming. Então se seguiu o silêncio, exceto pelos tinidos de vidro quebrado caindo ao chão.

Gritos abafados começaram a surgir lá fora, com os sons ocos de pessoas abrindo suas janelas fortemente e inclinando-se para fora a fim de ver o que estava acontecendo, reclamar, ou ambos.

Irene balançou a cabeça em negativa, tentando tirar a vibração dela.

— Eu sinto muito mesmo pelos seus papéis — disse ela, de forma inadequada, para Li Ming. — Eu espero que não houvesse nada significativo demais ali dentro...

Li Ming olhou com melancolia na direção de sua pasta, e depois deu de ombros.

— Nada muito importante — disse ele, e Irene não conseguiu discernir se ele estava ou não sendo irônico. Ele prosseguiu: — Apenas alguns possíveis rascunhos para um tratado, no caso da Biblioteca poder desejar pedir proteção a meu lorde e aos irmãos dele. Presumo que tenha sido interferência de Alberich agora mesmo?

— Foi sim — concordou Irene, uma parte dela respondendo automaticamente enquanto o resto de sua mente registrava que haviam atingido poderosas águas políticas. Lançar-se à mercê dos reis dragões era mesmo uma opção para a Biblioteca, em termos de pura sobrevivência. Mas isso significaria que perderiam a tão importante neutralidade. Por melhor que os reis dragões apresentassem as coisas, daquele ponto em diante a Biblioteca dependeria deles. E por mais autonomia que pudesse ser prometida naqueles tratados, em algum ponto a Biblioteca acabaria recebendo ordens.

Irene olhou de relance para o outro lado e viu Kai franzindo o cenho, claramente repassando os mesmos cálculos mentais. Ela não podia *culpar* os reis dragões por se aproveitarem da situação. Provavelmente seria a coisa prática e politicamente sensata a se fazer. Era assim que regentes reagiam quando viam uma oportunidade. Porém, isso também colocava limites no que ela poderia esperar de Li Ming, aqui e agora, em termos de ajuda contra Alberich...

Além disso, quanto Alberich havia acabado de ver? Ela não sabia o que a pessoa na outra extremidade desse tipo de conexão, fosse a Biblioteca ou Alberich, poderia captar. Talvez Alberich pudesse meramente sentir que ela estava ali, e as ações dele seriam o equivalente metafísico a jogar uma granada dentro da sala. Ou talvez Alberich fosse capaz de, na verdade, ver quem mais estava presente ali. Como, por exemplo, Zayanna. E nesse caso...

Irene soltou um xingamento, ignorando os olhares de choque de todos os homens na sala, que aparentemente ou a consideravam acima de tais coisas ou se recusavam a admitir que tais palavras existiam. Ela segurou no ombro de Zayanna.

— Zayanna. Você consegue me levar até a esfera de Alberich? Exatamente neste minuto?

Zayanna piscou, confusa.

— Bem, possivelmente sim, querida, mas por que a pressa?

— Porque eu não sei se Alberich tem ou não como saber que você estava aqui. Eu fui o alvo daquele efeito. — Irene apontou para a janela pela qual ela havia jogado os papéis. — Se ele sabe que você está aqui também, se ele se der conta de que você está dividindo conosco os planos dele...

— Mas tive que fazer isso, você ameaçou me matar... — protestou Zayanna.

— Que seja. Você de fato contou para nós quais são os planos dele, e ele não vai se importar com o *porquê*. Agora sabemos o que está acontecendo, e se ele descobrir, encontrará alguma maneira de nos impedir. E sua vida provavelmente será curta e interessante, mas, principalmente, muito, muito

curta. — Irene voltou-se para os outros. — Eu sinto muito, mas não acho que nós temos uma escolha aqui. Zayanna vai ter que nos levar para lá agora mesmo.
— Irene — disse Zayanna baixinho. — Eu acho que essa é uma ideia muito emocionante, querida. E você tem toda a razão, Alberich me matará de uma forma horrível se perceber que eu falei... ou até mesmo que eu *poderia* falar alguma coisa, assim que se der conta de que não estou morta ainda. Mas há um minúsculo probleminha com o seu plano.
— Qual...? — disse Irene entredentes.
— É a ideia do *nós*. Eu posso chegar até a esfera de Alberich, e é bem provável que possa levar uma pessoa comigo, mas isso é tudo. — Ela esticou as mãos em um pedido de desculpas. — Querida, eu não sou Lorde Guantes nem Lorde Silver, nem nada assim tão poderoso. — *Se fosse, eu não estaria nesta situação* ficou sem ser dito, mas foi entendido.
— Então você me leva — disse Kai, dando um passo à frente.
O "Não, Sua Alteza!" de Li Ming colidiu com o "Claro que não!" de Irene e com o próprio "Impossível" de Zayanna.
Irene fez um gesto para que Kai parasse de protestar, e disse para Zayanna:
— Por que impossível?
— Ele é um dragão — disse Zayanna. — Ele é mais difícil de mover. Eu nem mesmo sei se conseguiria levá-lo. E não acho que, de qualquer forma, ele ia gostar do nível de caos de lá. — O sorriso dela não era agradável.
— Então vou para lá por mim mesmo... — começou a dizer Kai, mas parou. Irene lembrou-se de como ele havia viajado entre mundos. O jeito dele era totalmente diferente da forma como haviam viajado com os feéricos antes, e ele sabia disso. Como o seu método de viagem se mesclaria com a téc-

nica de Zayanna... e como ele saberia para onde ir sem ela para guiá-lo no caminho?
— Kai e Vale trocaram olhares de relance. Singh viu e disse:
— Sr. Vale, certamente você não pode estar considerando...
— Ele não irá — disse Irene. — Vale, valorizo suas habilidades, mas se apenas um de nós pode chegar até a esfera de Alberich, eu serei capaz de fazer mais lá do que vocês. Sou eu que vou. — Ela ofereceu a mão a Zayanna. — E é melhor irmos agora, em vez de ficarmos aqui conversando.

Kai ficou ali parado, morrendo de raiva, e obviamente considerando a ideia de acertar a cabeça de Irene ou segurá-la em vez de deixá-la sair valsando com aquela proposta suicida.

— Isso é possivelmente um truque, para que ela possa atrair você para lá e reivindicar os créditos por sua captura — disse ele, com um surpreendente controle.

— É? — perguntou Irene a Zayanna.

— Não vou negar que pensei nisso — disse Zayanna. — Mas será que Alberich acreditaria mesmo em mim ou será que ele simplesmente nos mataria com base em princípios gerais? Querida... queridos... — O gesto dela abrangeu toda a sala. — Juro que só vou levar a Irene até a esfera de Alberich e que não estou planejando vendê-la a ele, nem nada do gênero.

A palavra *vender* fez com que Kai se contorcesse, o que não era nenhuma surpresa, considerando-se como isso quase tinha acontecido com ele.

— E você está dizendo a verdade em relação a ser capaz de levar uma pessoa? — perguntou ele, exigente.

Zayanna colocou uma das mãos no coração e pegou a de Irene na outra.

— Estou. Eu juro.

Enquanto os dois se olhavam feio, Irene havia formulado um plano. Não era lá muito um plano, mas teria que servir.

— Kai, tem algo específico que eu preciso que você faça.
— O quê? — perguntou Kai com ares de suspeita.
— Saiba que não estou tentando tirá-lo do caminho para poder sair correndo em direção ao perigo — disse Irene. A forma como ele evitou os olhos dela entregou que estava supondo exatamente isso. — Preciso que essas informações sejam passadas aos outros Bibliotecários. Você pode fazer isso para mim.
— Mas não consigo chegar até a Biblioteca — ele ressaltou.
— Você precisa me levar até lá.
— Kai, você está se fazendo de burro — Irene podia ouvir a raiva em sua voz e forçou-se a se acalmar. Não foi fácil. O pânico sobre o que ela estava prestes a fazer mascara as bordas de seu controle. — Alguns dias atrás, você disse que era capaz de *me* encontrar em diferentes mundos alternativos. Pois bem, você conhece Coppelia, e Bradamant nos disse que ela estava fora em uma missão. Encontre *Coppelia*. Vá e encontre todos os Bibliotecários possíveis, sejam eles estudantes ou Bibliotecários plenos.
— Eu conheço você melhor do que os conheço, então é mais fácil encontrar você — disse Kai sem emoção na voz.
— Você *está* deliberadamente tentando fazer com que eu fique fora do caminho. Não vou aceitar isso.
— Você tem uma ideia melhor?
— Tenho certeza de que ela tem como arrumar um jeito de me levar junto. — O olhar de relance de Kai para Zayanna era quase tão não amigável quanto o olhar que ela desferiu para ele em resposta. — Só porque ela disse que é mais difícil me mover, não quer dizer que seja impossível. O importante é chegar até a esfera de Alberich.
— Que é de alto caos por *natureza* — Irene soltou, exasperada. — Você não estava ouvindo? Kai, você é um dragão, e esse é o *último* lugar para onde você poderia ir.

— A senhorita Winters está certa. — Li Ming se manifestou em apoio. — Sua Alteza, certamente você é capaz de ver o que aconteceria se a senhorita Winters o levasse para um mundo de alto caos. Você mal conseguiria manter sua forma verdadeira lá, e muito menos teria como ajudá-la. Pior ainda, ela estaria fazendo isso puramente para apoiar a própria facção dela. Algo que seu tio desaprovaria. Que seu *pai* condenaria.

Kai abriu a boca e então a fechou novamente. Vale e Singh estavam conversando no canto, com as vozes baixas, e mesmo que ela não conseguisse discernir o que estavam dizendo, era bem óbvio que Singh fazia o seu melhor para convencer Vale a desistir de uma proposta, e não era difícil adivinhar qual seria.

Sinto muito, Vale. Esta é uma viagem em que você não pode se infiltrar disfarçado.

— Temos que ir — disse Irene.

Estava tentando não pensar no motivo principal para que se apressasse: quanto mais demorasse, encontraria ainda mais motivos de ser uma ideia *ruim*. Todas as palavras que ela havia jogado para cima de Bradamant mais cedo voltavam e ecoavam para ela agora. *Impulsivo. Tolice. Perigoso.* Sair correndo sozinha com uma feérica que ela *sabia* não ser confiável, pelo caminho até a área de influência do pior inimigo da Biblioteca, que já tinha um ressentimento contra ela... Possivelmente dois ressentimentos, dependendo de como Alberich se sentiria em relação ao que acontecera no Palácio de Inverno. Dificilmente poderia ficar pior.

Não, a frase precisava ser reformulada. *Poderia* ficar pior. Essa era uma chance, uma oportunidade, mas apenas se Irene a aproveitasse agora. Ela esticou a mão para pegar na de Kai e apertá-la.

— Eu confio em você. Avise Coppelia, avise os outros. Quando eu chegar à esfera de Alberich, ou forçarei uma passagem para a Biblioteca de modo a podermos levar reforços, ou descobrirei alguma outra forma de marcá-la e levar as pessoas para lá. — Estava ciente de que poderia ser impossível chegar até a Biblioteca a partir de mundos de alto caos, mas essa era apenas mais uma das coisas em que estava tentando não pensar. Outra era se ela mesma conseguiria funcionar lá, o que logo haveria de descobrir.

Ele retribuiu o aperto na mão.

— Irene, faça uma coisa por mim.

— O quê?

— Diga-me na Linguagem que você voltará.

Oh, maldade. Ela olhou feio para ele, mas ele não soltou a mão dela.

— Isso é realmente necessário?

— Faria com que me sentisse melhor.

— Quando foi que você se tornou tão manipulador?

— Sem dúvida, ao observar sua professora — comentou Vale. — Winters, esta é uma empreitada temerária, mas entendo que você não tem escolha. Dizer que você pretende voltar me parece o mínimo que pode fazer para nos tranquilizar.

— **Eu realmente pretendo voltar para vocês.** Pronto, está satisfeito?

As palavras na Linguagem eram uma promessa para ela mesma tanto quanto para eles. Ela teria gostado de reclamar que não sabia por que eles estavam tão irritados, pois era *ela* que estava indo em direção ao perigo. Porém, a honestidade a compelia a reconhecer que se eles estivessem indo, ela teria feito o máximo para acompanhá-los. Honestidade não era muito útil: ela ficava no caminho, impedindo-a de fazer um choramingo gratificante com o excesso de atitudes protetoras deles e fazia com que *ela* sentisse como se *ela* fosse culpada.

— Nem um pouco — Kai puxou-a em um abraço, seu aperto era quase doloroso. — Sei que não temos como convencer você a não fazer isso — ele murmurou ao ouvido dela. — Mas, quando você voltar, nós vamos ter uma conversa sobre o futuro.

Irene soltou um suspiro, retribuindo o abraço dele, tentando convencer-se de que só estava fazendo isso por hábito e não por precisar de verdade do conforto.

— Apenas certifique-se de que tenha brandy — ela murmurou em resposta.

Kai soltou-a, mas Li Ming estava dando um passo à frente, com seu rosto marcado por linhas austeras, o que não lhe era costumeiro. Normalmente ele estava contente, ou pelo menos parecia, em ser uma figura de fundo, oferecendo seus conselhos a Kai. Talvez ele tivesse alguma sugestão vital a oferecer?

— Isso é impensável, senhorita Winters — disse ele. A sala ficou abruptamente mais fria, e as lâmpadas de éter choramingavam em seus soquetes como moscas morrendo enquanto brilhavam incandescentes e fulgurantes. — Você não pode ir.

Esta não era uma sugestão útil.

— Parece-me a melhor opção... — começou a dizer Irene.

Li Ming fez um breve gesto cortante com uma das mãos, que teria sido adequado em um pronunciamento de veredito de culpa de um juiz.

— A feérica não é confiável. Mesmo que ela jure que está dizendo a verdade, não tem credibilidade. Você está se arriscando e a todos que contam com você. Meu lorde não aprovaria este passo que está tomando. *Eu* não o aprovo.

— Eu sinto muito — disse Irene. — Eu aprecio sua opinião, mas...

— Esta não é mais a hora para cortesias. — Os familiares padrões de escamas fluíam pela pele de Li Ming como gelo na superfície de um rio. As janelas trepidavam enquanto o vento se erguia lá fora. Ele era belo, remoto, intocável e estava totalmente certo do que fazia. — Eu não permitirei que essa loucura seja feita.

— Não cabe *a você* tomar essa decisão — disse Irene, irritada.

— Qualquer ser racional tem o direito e o dever de impedi-la de cometer suicídio. — O vento frio tinha um quê de cortante, duro com o gosto do inverno por vir e de riachos congelados. Irene nunca havia se perguntado o quão poderoso poderia ser Li Ming. Ele sempre havia agido como o criado ou o conselheiro, permanecendo nas sombras. Isso pode ter sido um sério erro da parte dela. — Você é uma serviçal júnior da Biblioteca. Esse dever deveria ser deixado para outros. Meu lorde a proibiria de tomar essa atitude. Sua Alteza, ajude-me a amarrá-la.

Zayanna estava tremendo, cruzando os braços em volta de si mesma. A fúria aquecia Irene: ela olhou de esguelha para Kai, esperando que ele respondesse.

No entanto, Kai hesitou.

Irene se deu conta do quão claras as coisas pareciam aos olhos dele. A lógica seria belamente tentadora. Irene estava se colocando em perigo: seu julgamento estava falho; sua avaliação da situação, incorreta. Ele deveria impedi-la de agir para seu próprio bem. Estaria servindo à Biblioteca ao manter Irene em segurança. Tudo fazia sentido, e, ainda assim, era o mais profundo tipo de traição se ele sequer estivesse *pensando* nisso, se ele pudesse olhar para ela e ter tais pensamentos e não ficar com vergonha.

Irene voltou-se para Li Ming.

— Você pode tentar me amarrar — disse ela, a voz tão fria quanto o vento que se erguia. — Mas não vai conseguir. Eu devo seguir meu caminho. *Zayanna.* — Ela segurou o pulso da feérica.

Li Ming assentiu, como se não estivesse surpreso, e estendeu uma das mãos para segurar no ombro de Irene.

Kai segurou o pulso de Li Ming um instante antes que ele tocasse em Irene. O frio que cobria a mão de Li Ming raspou a pele de Irene como neve recém caída, e ela foi para trás, arrastando Zayanna consigo.

— Espere — disse Kai, e todos os subtons de hierarquia e comando estavam repentinamente em sua voz. Mas ele falava com Li Ming e não com ela. — Ela tem minha permissão para fazer isso.

— Sua Alteza, isso é loucura... — protestou Li Ming.

Irene olhou de relance por cima do ombro enquanto ela e Zayanna se apressavam em direção à porta e viam que mesmo que nenhum dos dois dragões estivesse se movendo, estavam travados em suas posições, como se lutassem um contra o outro. Isso não era mera cortesia. Eram duas forças da natureza, ambos parecendo menos humanos a cada segundo, conforme as escamas marcavam suas peles e seus olhos reluziam em um vermelho dragônico. O vento lá fora uivava, por terem lhe negado seu alvo.

Irene não perdeu mais tempo. Com um assentir de despedida para Vale e Singh, estava fora da sala e descendo ruidosamente as escadas, com Zayanna bem atrás.

A rua estava cheia de vento: este rolava como se fosse uma coisa física, fazendo janelas trepidarem e persianas baterem, fazendo ondular a neblina ao longe para mostrar o céu que se iluminava. Irene não havia soltado Zayanna, por medo de que ela pudesse desaparecer em uma esquina e nunca mais voltar.

— Então, como chegamos lá? — ela quis saber.

Zayanna soltou um suspiro.

— Você segura a minha mão e vamos andando, querida. Ou talvez continuemos correndo. Eu não consigo levar um cavalo, menos ainda uma carruagem. Receio que isso vá ser entediante.

— Você pode me contar sobre a esfera de Alberich enquanto isso — sugeriu Irene.

Elas viraram à esquerda em um beco lateral escuro. Era o tipo de lugar que Irene normalmente evitaria, mas Zayanna correu por ali sem hesitar nem por um instante.

— O lugar se parece muito com uma biblioteca — disse Zayanna, ofegante. — Eu não sei ao certo se originalmente era essa a aparência, se ele fez com que ficasse assim, ou se o lugar está ficando daquele jeito por estar tomando o lugar da sua Biblioteca. Eu disse a você que a metafísica não era meu lance. Isso é tão confuso. — Ela virou à esquerda e entrou em outra ruazinha. Essa tinha paredes lisas de concreto cinza que iam bem acima das cabeças delas do que deveria ser possível naquela área de Londres. O vento se fora, e o ar estava parado e quente, fedendo a óleo.

— Bem, Alberich tem guardas? — perguntou-lhe Irene.

— Eu não vi nenhum — Zayanna franziu o cenho um pouco, uma linha fina entre suas sobrancelhas elegantes. Ela havia diminuído seu ritmo de uma corrida para uma caminhada rápida. — Quero dizer, havia umas poucas pessoas lá, mas eram apenas pessoas. *Você* sabe... ou nunca esteve tão fundo no caos antes? Quando se avança demais, humanos normais não têm muita personalidade. Eles são terrivelmente responsivos quando necessários para papéis de fundo, mas não têm muita capacidade de resistência, se você entende o que estou dizendo. Não é tão significativo trabalhar com eles quanto com outros feéricos, ou até mesmo com dragões ou Bibliotecários como você.

Irene estremeceu mentalmente com esse pensamento. Pessoas sem nenhuma personalidade própria, simplesmente partes do cenário ou personagens para os psicodramas dos feéricos.

— Você deveria tomar cuidado — disse ela, em um tom sardônico. — Desse jeito, acabará se convencendo de que se os feéricos vencerem, e o caos dominar todos os mundos, você ainda terá perdido, deixando de ter todas as interações interessantes com outras pessoas. Isso soa um tanto autodestrutivo.

— Talvez, querida, mas nós dificilmente somos os únicos contraditórios. — Zayanna virou à esquerda novamente, franzindo ainda mais o cenho. Estavam caminhando entre paredes de pedra cor de cinza, com os paralelepípedos sob seus pés molhados com o orvalho da manhã. Havia lilases penduradas nas paredes, com seu cheiro doce no ar matinal. — O que era aquilo que Li Ming estava dizendo sobre lugares que são tão ordenados e mecânicos em que nem mesmo dragões ou humanos podem existir? As pessoas vivem falando sobre quererem uma guerra, para que o lado delas ganhe. Porém, no fim das contas, tudo que buscam *de verdade* é que seu lado fique em uma situação um pouco melhor, ninguém deseja que triunfe por completo. — Ela fez uma pausa, considerando essa declaração, e esclareceu-a. — Ninguém *com sanidade mental*, quero dizer.

— Sim, aí está a dificuldade — murmurou Irene. Ela tentou se lembrar de qual das obras de Shakespeare era essa citação. Esperava que não fosse de uma das tragédias. — Eu só queria estar de novo entre os livros.

— Podemos ir caçar livros depois — sugeriu Zayanna. — Nós vamos roubá-los da biblioteca particular daquele dragão prateado...

— Ah, não, não vamos não — apressou-se a dizer Irene, antes que Zayanna pudesse tornar aquela ideia ainda pior. — Além do mais, você não pode ser uma Bibliotecária.

— Acho isso muito preconceito da parte de todos vocês.

— A passagem era tão estreita que foram forçadas a caminharem em uma única fila, embora Irene mantivesse sua mão agarrada na de Zayanna. — Por que eu não posso roubar livros também?

Irene considerou a pergunta e rejeitou todos os argumentos que começavam com *"Tem mais coisas envolvidas nisso do que simplesmente roubar livros".*

— Porque você teria que jurar servir à Biblioteca — disse ela. — Permanentemente, em tempo integral, vida e morte. Você faria isso, Zayanna?

Zayanna riu, mas havia algo um pouco forçado no som, e Irene não podia ver o rosto dela.

— É verdade, querida! Eu sou apenas uma mosquinha frívola e obcecada comigo mesma. O quão bem você me conhece.

Parte de Irene queria se chutar por dizer a coisa errada enquanto dependia de Zayanna para guiá-la até a esfera de Alberich. Outra parte dela sentia-se culpada de um jeito irracional. *Ela admitiu que estava trabalhando para Alberich e contra nós, admitiu ter tentado matar a mim e a Kai, e estou envergonhada porque feri os sentimentos dela. Isso não é nem lógico nem inteligente.*

— Eu sinto muito — disse ela. Quer Zayanna merecesse ou não um pedido de desculpas, parecia uma boa ideia apresentar um. Irene não podia se dar ao luxo de ter a outra mulher se virando contra ela agora. — Sei que você só estava fazendo o seu trabalho. E sinto muito por deixá-la marcada. Foi a única maneira em que consegui pensar para salvar sua vida.

Zayanna esfregou a queimadura inflamada em seu pescoço.

— Tente ser mais artística em relação a isso da próxima vez, querida. É tudo que eu lhe peço.

Caminharam em silêncio por um tempo. Irene queria ir mais rápido, mas era Zayanna quem ditava o ritmo. Os passos da feérica tinham ficado cada vez mais lentos, e ela se forçava a ir para a frente como se estivesse lutando contra vento forte. O ar estava denso e cerrado, como no fim do verão, cheio de poeira e cheirando a grama seca e frutas maduras demais. O suor marcava o rosto de Zayanna, e ela puxou os cabelos para trás, afastando-os com a mão livre, murmurando um palavrão.

— Posso ajudar? — quis saber Irene, quebrando o silêncio.

— Não — Zayanna soava como se estivesse no meio de uma maratona. — Eu disse a você que ia ser difícil levar outra pessoa junto. É só seguir andando. Continue.

As paredes dos dois lados eram de tijolo vermelho, e as duas mulheres tiveram que se virar de lado para passarem espremidas entre elas. Além das paredes, Irene achou que pudesse ouvir os sons de maquinário, grandes prensas sendo bombeadas e engrenagens girando.

Zayanna parou e Irene ficou na ponta dos pés, espiando por cima do ombro dela para ver o que havia pela frente. Viu uma pequena porta na parede, inconspícua e construída de metal liso, parecendo positivamente desimportante. Havia uma incongruente abertura para se colocar cartas na porta.

— Ah — disse Zayanna. — Aqui estamos.

Ela abriu a porta antes que Irene pudesse impedi-la.

CAPÍTULO 24

Foi um tanto anticlimático ver o espaço além da parede totalmente isolado com tijolos. Eles estavam cimentados no lugar, e tinha até teias de aranha em alguns pontos. Por tudo que Irene podia ver, a entrada havia estado assim fechada com tijolos por décadas.

— Não estava assim antes — disse Zayanna.

Ela inclinou a cabeça para olhar a entrada por outro ângulo, mas isso não fez com que os tijolos milagrosamente desaparecessem.

— Este é o lugar onde qualquer um que estivesse tentando chegar nesta esfera chegaria? — quis saber Irene. — Ou você usou essa porta da última vez e veio para cá de novo?

— Não exatamente, querida. — Zayanna esfregou o nariz, pensativa. — É mais como se essa esfera fosse uma carruagem em movimento, e estivéssemos correndo ao longo do caminho, tentando pular para dentro dela, e este é o ponto em que dá para subir na carruagem pela estrada. Eu sei que esta é uma comparação realmente ruim... ou seria uma metáfora?

— É uma comparação — disse Irene, feliz com uma pergunta que ela pudesse responder. — Você disse "como".

— Comparação, certo — disse Zayanna. — Mas isso é basicamente como as coisas são. É assim que qualquer um entraria, se tentassem chegar até lá do jeito como acabei de fazer. Parece mais como se Alberich não quisesse visitantes.

— Estava implícito no tom dela que ela e Irene tinham feito o esforço, que poderiam dar a volta e irem embora, com a honra satisfeita.

— E a abertura para se jogar cartas lá dentro? Ela estava ali antes?

Zayanna assentiu.

— Ela estava ali para que pudéssemos repassar informações urgentes para ele.

— Como o que eu estava fazendo... Sim, bem isso. E é razoável supor que ele não fosse querer que Bibliotecários entrassem aqui também — disse Irene, pensando alto. — Então, se eu fosse ele, colocaria armadilhas aqui contra alguém que pudesse usar a Linguagem, para o caso de um de nós mandar os tijolos saírem do caminho.

— Ele não está nos dando muito uma chance — disse Zayanna, o que não ajudava em nada. — Como vamos entrar aí?

— Mas ele não *quer* que entremos aí... — começou a dizer Irene, e então fez uma pausa. Alberich havia sequestrado um mundo de alto caos. Em mundos de alto caos, as histórias tornavam-se realidade. Nenhuma narrativa jamais terminaria com "E o protagonista trancou-se em um conveniente castelo até que seu plano desse frutos... fim da história". Ele poderia colocar tijolos até em cima de portas e colocar armadilhas, mas, em qualquer história clássica, o intruso acabaria entrando no castelo. — Nós estamos em uma área de alto caos no momento?

Zayanna moveu a mão no ar de um lado para o outro.

— Mais ou menos. Um tanto. Não tanto quanto aquela Veneza, porém mais do que aquele mundo em que você estava vivendo. Existe um forte gradiente entre essa esfera em que estamos no momento e a do outro lado daquela porta.

— Você acha que conseguiríamos passar pela parede em qualquer ponto que não fosse a porta? — perguntou-lhe Irene.

— Não. — Zayanna foi bem definitiva em sua resposta. — Pelo menos, não que eu saiba.

Irene assentiu.

— Certo. Precisamos ficar bem para trás.

Zayanna pareceu alarmada, porém, interessada.

— O que você vai fazer, querida?

— Substituir força bruta por cautela. — Irene tinha uma sensação horrível de que se tentasse usar a Linguagem *diretamente* na barreira, isso poderia fazer com que algum tipo de armadilha fosse disparada. Seria a coisa lógica a se armar, se estivessem esperando intrusões por parte de Bibliotecários. E sem dúvida haveria alarmes. Mas se conseguisse atacar rápido o bastante, e forte o bastante, talvez aquilo fosse funcionar. Ela recuou um passo e focou-se. — **Tijolos das paredes a cada lado de mim, esmaguem e quebrem até abrir a parede de tijolos que está bloqueando esta entrada!**

Usar a Linguagem em um mundo de alto caos tinha suas vantagens e desvantagens. Pelo lado positivo, ela funcionava com mais facilidade e mais potência. Porém, pelo lado negativo, Irene tinha que sacrificar uma quantia de energia correspondente. Era como empurrar um pesado carrinho de mão por uma colina abaixo: assim que ele começasse a rolar, ele realmente *rolaria*. Porém, era bem mais difícil guiá-lo ou fazê-lo parar, e o primeiro empurrão cobrava um custo.

As paredes gemeram. Musgo e poeira caíram enquanto elas estremeciam em seus lugares, caindo na passagem estreita em que Irene e Zayanna estavam. Então, com um ribombante trovejar de colisões, tijolos saíram voando pelos ares como balas, batendo com tudo na parede que preenchia a entrada. Os primeiros tijolos estilhaçaram-se, mas os impactos das batidas sucessivas de um tijolo atrás do outro causaram rachaduras na parede. Pó de cimento escorria para baixo e misturava-se com o de tijolo vermelho em uma nuvem sufocante que levou tanto Irene quanto Zayanna a cobrirem seus rostos.

Foi preciso meio minuto de tijolos esmagando-a para que a parede que preenchia a porta viesse abaixo em pedacinhos. Por fim, um tijolo passou por ela como uma bala atravessando um painel de vidro, deixando rachaduras em todas as direções; outros se seguiram, alargando o buraco e indo parar do outro lado da entrada com sons ocos bem altos que ecoavam acima da colisão dos tijolos e cimento. Cada vez mais tijolos passavam zumbindo, até a entrada estar desprovida de sua barreira, com apenas fragmentos de cimento e tijolos quebrados alinhando-a como a beira de um quebra-cabeças. Por fim eles pararam.

— Agora! — Irene tossiu, sua voz traindo-a no ar empoeirado. Ela pegou no braço de Zayanna e arrastou-a para a frente, tropeçando por cima de fragmentos de tijolos até a entrada. O medo tomou conta dela, tentando diminuir seu ritmo. E se ela tivesse cometido um erro? E se passar por ali fosse sinônimo de uma morte instantânea e horrível? E se Alberich estivesse esperando do outro lado?

Bem, se ele estivesse esperando do outro lado, tinha acabado de receber uns tijolos na cara. Ela cerrou os dentes e puxou Zayanna consigo, cruzando a entrada.

Nada explodiu nem se partiu. Irene ainda estava viva e se movia livremente. Ela decidiu considerar sua missão um sucesso total até o momento.

A sala do outro lado era inesperadamente grande. Globos de cristal nas paredes distantes lançavam uma luz pálida, filtrada pelas nuvens de poeira e iluminando prateleiras de livros. O piso sob os pés de Irene era de madeira escura, envelhecido e polido. O lugar poderia facilmente ter sido uma sala da própria Biblioteca. Ela achava que esse era o ponto. Ao longe, um relógio estava fazendo tique-taque, uma lenta pulsação constante no pesado silêncio.

Havia três passagens que davam para fora da sala.

— Qual nós queremos? — perguntou Irene a Zayanna.

— Não faço ideia, querida — disse Zayanna. — Vamos escolher uma aleatoriamente?

Irene jogou uma moeda mentalmente e escolheu a passagem à direita. Ela abria-se quase de imediato para uma sala menor: esta tinha saídas no nível do chão, mas também possuía uma escadaria de carvalho que se curvava e subia pelo teto e descia passando pelo chão. Novamente, as paredes estavam repletas de estantes de livros.

Ela conseguiu resistir à tentação de examiná-los, lembrando-se de que a prioridade era ir para longe da entrada antes que a segurança viesse. Porém, várias salas depois (duas à esquerda, uma acima, três à direita, duas à frente), ela finalmente cedeu e fez uma pausa por apenas um instante para olhar os títulos. Ela franziu o cenho para o que viu.

— Isso não faz sentido. Eles não estão em nenhum idioma que eu conheço. Estão no alfabeto latino, mas não identifico o idioma. Zayanna, você sabe qual é esse?

Irene sacou um dos pesados volumes para que Zayanna o inspecionasse. Ele tinha encadernação em couro azul escuro e era pesado em suas mãos, e embora as páginas parecessem limpas e estáveis o bastante, havia um cheiro residual que fez com que Irene torcesse o nariz. Não se tratava exatamente de um fedor que poderia ser apontado e do qual se reclamaria. Era o tipo de odor fraco que poderia vir de um pedaço de comida em decomposição em algum lugar na casa de alguém, cuja origem não poderia ser rastreada com precisão, mas que lentamente se infiltraria no lugar todo. Sugeria insalubridade.

Zayanna voltou para o livro um breve olhar de relance.

— Nada que eu conheça, querida. Talvez esteja em código?

Irene analisou mais alguns livros, mas todos eles continham as mesmas confusões de letras. Não estavam na Linguagem. Também não estavam em nenhum idioma que Irene conhecesse. Ela nem mesmo sabia ao certo se eles estavam em alguma língua propriamente dita.

— Isso é uma biblioteca de verdade... — disse ela, com a voz baixa na sala em que ecoava —, ou se trata de um cenário de uma biblioteca?

— Isso faz alguma diferença?

— Eu não sei. — Porém, um pensamento preocupante incomodava Irene. Se não fosse uma biblioteca *de verdade,* se todos os livros que contivesse fossem simplesmente lixo, então será que ela seria capaz de criar uma passagem dali para a Biblioteca a fim de buscar ajuda? Seria muito pouco útil.

— Este lugar é como uma colmeia de abelhas — disse ela. — É tridimensional.

— Edifícios geralmente são — ressaltou Zayanna.

— Quero dizer no sentido de que todas as salas em que passamos até agora têm saídas para cima e para baixo, assim como saídas no mesmo nível delas — explicou Irene. — E todas as salas por que passamos até agora são mais ou menos parecidas. Isso estava assim quando esteve aqui antes?

— As coisas importantes ficavam mais adiante — disse Zayanna. — Eu não vi muito do lugar, mas havia uma grande área aberta, imensa, e um padrão no centro com um relógio, e muitas escadas. Um dos outros fez perguntas sobre isso, mas nunca conseguiu uma resposta. Porém, esse pedaço aqui, onde estamos no momento, era diferente. Não era tão... — Ela acenou com uma das mãos. — Tão *definitivo.*

Irene tentou entender o que aquilo queria dizer.

— Este lugar tornou-se menos caótico desde que você esteve aqui pela última vez?

— Sim, é exatamente isso! — disse Zayanna. — Está bem mais estável agora. Eu me pergunto por quê.

Irene também estava se perguntando isso, em meio a inúmeras outras coisas: sendo a mais importante e enigmática delas por que elas ainda estavam em segurança. Não havia sinal de que alguém as estava perseguindo, e a falta de alarmes ou perseguições instigava nervos dela. Não fazia sentido que tivessem conseguido penetrar ali com tanta facilidade. A paranoia sugeria que Alberich estava observando o lugar como um todo, que podia ver todos os movimentos delas, e que só estava esperando o momento certo para atacar.

O problema com a paranoia era que se a pessoa deixasse que ela regesse todas as suas decisões, perderia algumas oportunidades boas. Irene reviu suas prioridades. Ela havia identificado o esconderijo de Alberich, e sabia qual era o plano dele. O próximo passo era abrir uma passagem para chegar à Biblioteca e trazer consigo a metafórica artilharia pesada.

— Isso servirá tão bem quanto qualquer outro lugar — disse ela, mais para si mesma do que para Zayanna. Ela foi caminhando até a porta mais próxima para tocar na maçaneta, focando sua vontade. Era neste momento em que as coisas sairiam perfeitamente certas ou horrivelmente erradas. — **Abra-se para a Biblioteca.**

As palavras na Linguagem sacudiram o ar, e a porta tremeu em suas dobradiças. A madeira do batente rangeu, curvando-se e forçando-se em si mesma, e Irene sentiu a conexão se formando. Ela sugava a força dela como uma ferida aberta, mas estava *lá*, praticamente a seu alcance. Só um pouco mais adiante, apenas um pouco mais perto...

Todas as portas na sala abriram-se com tudo. A maçaneta que Irene estava segurando soltou-se bruscamente de sua mão. Zayanna puxou Irene para trás logo antes que a porta pudesse atingi-la. A conexão em formação estava quebrada, partida como um pedaço de fio esticado demais. Todas as luzes na sala ficaram intensas e em seguida flutuaram e enfraqueceram até um brilho fraco. Irene teve a impressão de que havia uma dúzia de olhos virando-se na direção dela.

Ninguém mais havia entrado na sala. Ninguém mesmo. Porém, uma sombra adiantou-se pela parede em uma faixa escura de braços e pernas longos demais e um pescoço torto, uma sombra lançada por uma pessoa que não estava ali, e o som de pés ecoava de muito longe. Onde a sombra os havia tocado, os livros ficaram brancos e verdes pela decomposição, apodrecendo onde estavam nas prateleiras.

— Ahhhhhhh... — sussurrou uma voz, espessa e úmida. — Agora me diga, Ray, por que é que uma coisa sempre está no último lugar em que a gente olha?

— A malícia dos objetos inanimados — foi a resposta de Irene. Sua boca estava seca e as palavras, presas em sua garganta. Do melhor resultado possível para o pior cenário possível, tudo no espaço de alguns poucos segundos. Ela queria gritar como uma criança, dizendo que isso não era *justo*. — Alberich?

— Quem mais seria?

A sombra foi na direção dela, bidimensional, cruzando o chão, seus dedos virando garras. Irene e Zayanna afastaram-se rapidamente dela. Quando a sombra foi para trás de novo, a madeira no chão estava carregada de mofo.

— Você poderia ser um dos criados dele. — A boca de Irene estava funcionando no modo automático enquanto tentava pensar em um próximo e produtivo passo. Sempre havia a opção testada e aprovada de *sair correndo em qualquer direção conveniente*, mas o bom senso indicava que seria uma solução a curto prazo. Ela precisava de algo melhor.

— Mas se você é Alberich, então onde está? Onde está seu corpo?

— Sempre tantas perguntas, Ray. — A risada de Alberich escorria pela sala como se fosse uma entidade física, mesclando-se com o tique-taque do relógio ao longe. — Essa é uma das coisas de que eu gosto em você.

— E, ainda assim, você quase nunca as responde.

— Posso me colocar em todos os tipos de recipientes. Peles, corpos, bibliotecas... — A sombra inclinou-se para longe da parede, estirando seus braços pelo chão em direção a Irene e Zayanna. Os escuros braços e pernas curvaram-se em volta delas no chão para juntar-se no lado mais afastado, fazendo um círculo com poucos metros de diâmetro, com Zayanna e Irene no meio.

— Você demorou para responder quando bati na porta.

— Irene revisou mentalmente todas as palavras na Linguagem que ela conhecia para *sombra*. Embora... será que Alberich teria assumido essa forma se ela fosse capaz de afetá-la? Ele conhecia as capacidades da Linguagem tão bem quanto ela. Provavelmente melhor do que ela.

— Pode demorar um pouco para me focar. Já é quase meia-noite, mal resta tempo para jogos. Vocês duas são como minúsculas mariposas, tremeluzindo pela minha biblioteca e tão difíceis de pegar. — As sombras no chão ficaram mais densas, girando em espirais cada vez mais perto dos pés delas. — Mas isso termina aqui...

Irene vinha esperando por isso.

— **Luz, forte e clara!** — ela gritou, protegendo os olhos com a mão do repentino brilho intenso e cegante da luz, quando todas as lâmpadas na parede instantaneamente ardiam, tão brilhantes quanto o sol do meio-dia.

No entanto, a sombra não desapareceu. Era uma mancha preta na parede e no chão, tão plana e bidimensional quanto tinta seca, e ainda estava ali, até mesmo sob o multidirecional e intenso brilho das lâmpadas. E ainda estava vazando na direção delas, apenas a menos de meio metro delas agora. A risada viscosa de Alberich escoava pelas paredes novamente.

— Criança tola. Você realmente acha que eu não teria pensado nisso?

O pânico colocou a imaginação de Irene em movimento. E daí que ela estava prestes a exigir algo impossível? Aquela sombra já era impossível para começo de conversa. Ela realmente esperava que o universo concordasse com ela.

— **Chão, segure aquela sombra sem corpo!**

A sala inteira estremeceu, e o tique-taque do relógio ao longe trepidou por um momento, como um disco arranhado. Livros caíram das prateleiras em uma cascata de colisões. Uma pontada de dor contorcia-se na cabeça de Irene, a premonição do que claramente seria uma terrível dor de cabeça, presumindo que ela sobrevivesse aos próximos minutos. Um filete de sangue escorria de seu nariz, mas a sombra havia parado onde estava. Recompondo-se, ela jogou-se em um pulo por cima da escuridão. O salto de seu sapato afundou na beirada e a madeira desfez-se em uma poeira mofada sob seus pés.

Irene deslizou e caiu de quatro no chão, mas conseguiu se pôr de pé novamente enquanto sentia tudo tremer sob seus dedos. Ela poderia ter contido a sombra por um instante, mas de jeito nenhum aquilo duraria. Zayanna havia saltado com mais elegância do que Irene, e já estava quase passando pela porta mais próxima. Irene saiu correndo atrás dela.

— Por qual caminho? — perguntou Zayanna, os olhos arregalados com o pânico. A sala era como aquela que haviam acabado de deixar para trás, exceto que os livros tinham encadernações de couro púrpura. Havia uma porta em cada ponto cardeal, e uma escadaria se curvando que dava para cima e para baixo. — Isso é culpa sua!

Irene realmente não tinha como discutir com essa declaração. Ela vinha se perguntando quanto tempo demoraria antes que Zayanna trouxesse isso à tona. Ela decidiu focar-se na primeira pergunta, mesmo que não tivesse uma resposta para ela.

— Tente ir para cima — sugeriu ela, indo na frente e dirigindo-se escada acima.

Seus pés martelavam pesadamente as escadas de madeira: nenhuma das duas estava disposta a sacrificar a velocidade pela furtividade.

No piso acima, a sala seguia exatamente o mesmo padrão, mas as estantes estavam cheias de livros com encadernações verdes. Livros cujas capas pareciam zombar delas com seu tom doentio, o esmeralda reluzente do corpo de uma mosca. Zayanna olhou ao seu redor e soltou um xingamento.

— Você deveria simplesmente ter apagado as luzes — disse ela, acusando Irene. — Ele não poderia *ter* uma sombra na escuridão...

— E nós estaríamos tentando encontrar nosso caminho por aqui em meio a um completo breu — disse Irene, irritada, em resposta a ela. — É ruim o bastante tentar encontrar nosso caminho por aqui com as luzes *acesas*.

— Querida, ele vai me matar. — Zayanna estava aparentemente calma agora, mas Irene teve a impressão de que uma tampa fora colocada às pressas em cima de um caldeirão fervente de pânico. — E vai matar você também, mas, francamente, eu estou mais preocupada comigo. *Faça* alguma coisa!

Não precisava ser nenhum grande detetive para ver que Zayanna estava duvidando muito que tinha sido uma boa ideia fazer essa expedição.

— Nós continuamos nos movendo — disse Irene, soando mais calma do que se sentia. — Se ele tem que nos encontrar primeiro, então vamos fazer com que tenha trabalho para acompanhar nossos passos. — Ela apontou para mais acima na escada.

— E depois?

Essa era a questão. Como poderia lutar com Alberich em uma biblioteca em que ele controlava o ambiente? Este lugar inteiro era uma perversão da verdadeira Biblioteca, com livros que continham apenas coisas sem sentido, com salas indistinguíveis uma da outra, sem sequer um índice...

A voz de Alberich ergueu-se das profundezas em direção a elas enquanto corriam para cima nas escadas.

— Estou impressionado — murmurou ele.

— Realmente está? — quis saber Zayanna.

— Não — disse Irene.

— Por que eu não deveria estar impressionado? Você encontrou seu caminho até aqui. Persuadiu sua companheira a ajudá-la. Eu achei que você fosse competente, mas não sabia que era *tão* competente assim.

Irene estava ouvindo as palavras pela metade. Ou elas eram meramente mais uma tentativa por parte de Alberich de persuadi-la a juntar-se a ele, ou estava simplesmente brincando com as duas e algo horrível haveria de acontecer no momento em que baixassem a guarda. Nenhuma das duas opções era útil. Então, enquanto ela e Zayanna saíam aos tropeços e entravam na próxima sala, Irene avistou o rosto da outra. Um pensamento desagradável fez com que Irene se endireitasse, como se alguém tivesse puxado seus cabelos. *Qual de nós duas ele está tentando convencer? E se Zayanna der ouvidos a ele?*

Ela precisava encontrar o centro desse lugar, e rápido. Ela necessitava de um mapa. Mas tudo que Irene tinha eram livros de coisas sem sentido... Que, pensando nisso, eram uma parte essencial deste lugar. Ela poderia *usar* isso.

Zayanna gritou e apontou. A sombra estava vindo escada acima. Longos dedos que pareciam gravetos estiravam-se pelo chão, tentando pegá-las. Elas saíram correndo.

Irene apanhou um livro da estante na próxima sala quando entraram nela cambaleando. Ele parecia latejar em suas mãos, com seu embotado couro cor de laranja do tom de folhas de outono podres. Ela abriu e folheou o livro, mas seu conteúdo era tão sem sentido quanto o dos outros que havia visto antes.

— Isso é hora para leitura? — disse Zayanna, irritada.

— Depende do livro. — Irene firmou sua pegada no que estava em suas mãos. — **Livro que estou segurando, conduza-me em direção ao centro desta biblioteca!**

Ele tremeu como se estivesse tentando se libertar, e então deu um puxão inconfundível em direção à entrada à esquerda delas, porém, ao mesmo tempo, a sombra estava dentro da sala, estirando-se do chão até o teto. Ela tentava pegar Irene.

— **Luzes, apaguem-se!** — gritou Irene o mais alto quanto lhe era possível.

Todas as luzes apagaram-se, naquela sala, e em todas as salas adjacentes onde sua voz alcançou. Uma mortalha de total escuridão a cercava. Ela esticou a mão para pegar na de Zayanna, e sentiu-a quente e tremendo na sua.

E então alguma coisa tocou seu ombro.

— É mesmo, Ray? — dizia a voz de Alberich em um tom baixíssimo logo atrás dela. — Você achou que isso ia me parar?

Irene foi com tudo na direção da entrada, conduzida pelo livro que ela segurava firmemente. Sua voz havia ido bem longe: ela e Zayanna andaram, trôpegas e às cegas, por duas salas escurecidas antes de chegarem a uma sala em que as luzes estavam acesas. O livro puxava-a na direção da escada e para baixo. Atrás dela, ela ouvia Zayanna, ofegante, chocada, e virou-se para ver o que havia acontecido.

— Tire isso, querida! — Zayanna apontou para o casaco de Irene. — *Rápido!* Tem alguma coisa nas suas costas...

Onde Alberich tocou em mim... Com a velocidade de puro pânico, Irene mexeu os ombros para livrar-se do casaco e deixou-o cair no chão. Havia um trecho de mofo no ombro, na forma de alguma coisa como a marca da palma de uma mão, que estava se espalhando visivelmente. Ela estremeceu com repulsa, e então tentou apertar os olhos e enxergar por cima do ombro para ver suas costas.

— Ainda está aí? Vazou pelo casaco?

— Eu acho que passou um pouco para esse robe — disse Zayanna, inspecionando-o. Ela franziu os lábios enquanto Irene descartava o robe também. — Certo, querida. Eu acho que você está limpa. Que bom que você está usando tantas camadas de roupas.

O mofo estava aumentando mais rápido agora, colonizando o sobretudo com vis faixas de cinza e branco, do mesmo tom dos livros com cor de ossos que estavam nas prateleiras dessa sala.

— Nós temos que continuar nos movendo — disse Irene. — Se eu não usar a Linguagem e não ficarmos em um lugar só, vai levar mais tempo para que ele nos encontre. Eu acho. Eu espero.

— Eu não consigo pensar no por que de ele estar levando tanto tempo para nos encontrar no estado atual das coisas — disse Zayanna, enquanto desciam correndo as escadas, seguindo os puxões do livro. O relógio ao longe parecia estar soando como um contraponto para os passos corridos delas, com seu tique-taque como uma perseguição constante. — Se ele consegue ver tudo aqui dentro, por que ele simplesmente não estica a mão e nos esmaga?

— Eu não sei ao certo, mas não vou reclamar. — O livro conduziu-as à direita, depois, três salas direto em linha reta, e então para baixo de novo. O puxão era mais forte agora. — Eu acho que estamos mais perto.

— Você se deu conta de que pode ser uma armadilha, não? — O tom de Zayanna estava mais para especulativo do que nervoso.

— Por algumas coisas, vale o risco de cair em uma armadilha.

— Para você, querida. — Zayanna olhou de relance para os livros com encadernação violeta pelos quais estavam passando, e deu de ombros. — Eu sou uma pessoa que gosta de pessoas, não sou uma caçadora de livros.

— Seria tão bom se eu pudesse ser apenas uma caçadora de livros. — Irene estava no limite, contorcendo-se a cada rangido ou gemido de uma estante carregada demais de livros, olhando para as sombras, nervosa, a cada nova sala. O relógio parecia mais alto agora, cada tique separado um passo da maldição por vir. — Estava feliz quando eram *apenas livros!*

— Estava? — Zayanna deu de ombros. — Eu não julgo, querida, mas, para mim, você parecia estar se divertindo perfeita e esplendidamente em sua convivência com aqueles seus amigos lá. Eu me pergunto se nós os veremos de novo algum dia... — A pergunta era casual em vez de séria, ela estava brincando com a ideia em vez de realmente se preocupar com ela.

— Eu passei a maior parte da minha vida preferindo livros a pessoas — disse Irene, com pungência. — Só porque eu gosto de umas pessoas específicas, isso não muda nada.

— Você gosta de mim?

O bom senso urgia para que Irene dissesse "*é claro*" e confortasse Zayanna, mas ela estava amargurada por causa das múltiplas tentativas de assassinato, o que era justificável, e com o fato de Zayanna ser uma cúmplice na tentativa de Alberich de destruir a Biblioteca. Toda a razão apoiava uma resposta amarga: *Por que diabos eu deveria gostar de alguém que faz uma coisa dessas?* Por fim, Irene disse:

— Mais do que eu deveria.

A próxima sala era agourenta: até agora, era a primeira em que elas chegavam onde todos os livros tinham encadernações negras. A sala não possuía nenhuma escada e apenas duas entradas: aquela pela qual elas haviam passado e uma outra, do lado oposto.

— Isso parece terrivelmente empolgante — disse Zayanna.

— Não é o adjetivo que eu escolheria. — Irene foi andando em direção à porta afastada. — Esteja preparada para qualquer coisa.

Ela cutucou-a com o livro laranja que ainda estava segurando.

Para sua relativa surpresa, a porta abriu-se imediatamente. Havia um espaço aberto e amplo adiante, um terreno lotado de estantes de livros livres e soltas, que variavam em altura, algumas iam até a cintura dela, e outras tinham a altura de múltiplos andares. Ao longe, talvez a um quilometro e meio de distância, podia ver um emaranhado de escadas e pontos de luz. O espaço como um todo era imenso, maior do que pensara poder ser contido dentro da rede de colmeia de abelhas pela qual haviam passado. Ele estendia-se para ambos os lados. E, quando olhou para cima, ela pensou que podia ver estantes de livros pendendo do teto incrivelmente alto. Uma luz vermelha cor de sangue de alguma fonte de iluminação invisível enchia o lugar, reluzindo no escuro piso de madeira. O tique-taque do relógio soava nos fundos, imperceptivelmente mais rápido.

— De jeito nenhum que não haverá nenhum tipo de alarme aqui — disse Irene baixinho. — Nós teremos que ir rápido e em silêncio.

— Aonde?

— Até o centro, aonde mais?

— Ele estará esperando por isso.

— Esse é nosso infortúnio — Irene inspirou fundo, enfiou o livro debaixo do braço e cruzou o limiar. O som era como de mil brocas de dentistas em mil inocentes dentes. Chacoalhava a área toda, e fazia vibrar dolorosamente os ouvidos. Livros caíram ruidosamente de suas prateleiras: os de altura maior vinham esbarrando nas coisas, como pássaros alarmados, em uma confusão de cores brilhantes e páginas pálidas que terminavam em uma repentina queda no chão. Relutante, Irene desistiu de qualquer esperança de furtividade, e simplesmente saiu correndo.

— Surpresa — disse Alberich de atrás dela.

Irene virou-se bem a tempo de ver estantes tão altas quanto uma mansão georgiana caindo em sua direção. A estante não se movia com a velocidade da gravidade normal, mas sim como o dedo da mão de alguém sendo dobrado para tocar a palma dessa mesma mão. Sua sombra bloqueava a luz vermelha, e não havia tempo para se esquivar, nem para usar a Linguagem...

Zayanna empurrou-a por trás, jogando-a para a frente. Irene perdeu o equilíbrio e foi rolando freneticamente, em uma tentativa de continuar se movendo e evitar aquele terrível impacto. Então a estante atingiu o chão, e o choque do golpe jogou-a uns três metros para longe dali. Ela parou dolorosamente junto à base de uma outra estante. Livros inclinaram-se e caíram, e vieram parar em cima dela como abalos sísmicos secundários, caindo em meio a sons ocos em cima do braço que ela havia, automaticamente, erguido para proteger sua cabeça.

Silêncio.

Ela olhou para cima.

Zayanna estava debaixo da beirada da estante caída, com metade de seu corpo preso debaixo dela, em uma poça de sangue que se espalhava.

CAPÍTULO 25

Irene arrastou-se até onde Zayanna permanecia caída. Tudo estava silencioso, além da contagem sem remorso dos segundos pelo relógio. Não caíram mais estantes. O chão não se abriu sob os pés dela. Nada tentou matá-la.

É claro que isso não vai acontecer, pensou ela, em algum lugar nas profundezas de sua fúria e de seu pesar. *Ainda não. Não até depois que Alberich tenha me visto assistir a Zayanna morrer.*

— Zayanna — sussurrou ela, tocando no pulso da outra mulher. Ainda havia pulsação ali, mas a poça de sangue estava se espalhando, preta na luz vermelha. — Zayanna, aguente, deixe-me tirar isso de cima de você. Vou puxá-la para fora e então... — E então, o quê? A Linguagem podia temporariamente fechar um machucado ou consertar um osso, mas não podia curar, e não podia trazer os mortos de volta.

— Querida? — Os olhos de Zayanna tremeram, abrindo-se, mas seu olhar estava sem foco. Ela tossiu um pouco, tentando respirar, e esticou a mão para pegar na de Irene.

— Sim, eu estou aqui. — Irene tentou manter o tom de sua voz reconfortante. — Eu sinto muito por tê-la arrastado para isso. Apenas aguente. Deixe-me...

— Não desperdice sua energia — murmurou Zayanna. — Você precisará dela. — A mão dela apertou-se na de Irene, um silencioso *nós duas sabemos que eu estou morrendo.* — Sabe o que é engraçado?

— Sim? — prontificou-se a dizer Irene, enquanto a voz de Zayanna ia sumindo por um momento. Seus olhos estavam secos. A fúria aumentava dentro dela, quente como lava, e não deixava nenhum espaço para nada que fosse borrar sua visão nem a distrair de seu alvo.

— Eu não precisava empurrar você. — Zayanna piscou, como uma criança indo dormir. — Poderia estar mentindo para você o tempo todo. Eu poderia ter deixado que ele te matasse. — A voz dela mal era audível agora, um fiozinho de som. — Eu não entendo...

Ela parou de respirar. O relógio continuou com seu tique- -taque.

— Que curioso. — Era a voz de Alberich. Irene ergueu o olhar e deparou-se com a sombra estirada pelas estantes arruinadas acima dela. Ela tinha uns dez metros de altura, contorcida e encurvada de modo que a cabeça estava inclinada para baixo, na direção dela. — Eu recrutei feéricos que tinham todos os motivos do mundo para odiarem a Biblioteca, que haviam sofrido por causa de coisas que Bibliotecários haviam feito. Quando Zayanna pediu por você em particular, isso me pareceu ideal. Por que ela mudou de ideia?

Irene soltou a mão de Zayanna.

— Erro humano? — sugeriu Irene. Suas saias estavam manchadas com o sangue de Zayanna, embora, na luz escarlate, ele fosse preto em vez de vermelho.

— Dela?

— Seu. Ela realmente não era o tipo de pessoa capaz de odiar ninguém. — Alguma coisa se contorcia nas entranhas de Irene enquanto ela pensava nisso. — Ela era uma pessoa muito melhor do que eu.

379

— *Era* sendo a palavra de ordem. — Ela podia sentir a sombra observando-a. Não, não era apenas a sombra, era todo o lugar, Alberich havia, de alguma forma, se embrenhado nele. — Imagino que eu deveria lhe dar uma chance, Ray. Nós ainda temos alguns minutos antes que o relógio chegue à meia-noite e a Biblioteca... pare. Você veio até aqui para se juntar a mim? É por isso que você está aqui?

— Eu... — Irene deixou sua voz falhar, engolindo um soluço audível. Isso teria que soar realista. Ela só teria uma chance. — Eu achei que nós pudéssemos impedir você. Eu achei... Oh, Zayanna... — Ela mordeu a língua com força o suficiente para que tivesse lágrimas nos olhos, e curvou-se para aninhar a mulher morta em seus braços. Sua mão, protegida pelo corpo de Zayanna e pelas próprias saias, moveu-se furtivamente pelo chão, até que ela sentiu a umidade da poça de sangue. Trabalhando por toque e memória, começou a traçar com os dedos pelo chão. Era um truque que já havia usado antes, e ela sabia disso. Se Alberich prestasse atenção no que ela estava fazendo, em vez de estar atento em suas lágrimas, ele também poderia se dar conta, mas era o único truque que lhe restava...

O tique-taque do relógio parecia crítico, fazendo a contagem regressiva para um veredito.

— Estou decepcionado, Ray. — A voz de Alberich vinha sussurrada de todos os lugares ao seu redor. — Eu achei que você tivesse visão. Achei que eu poderia fazer alguma coisa de você. Mas não aprende com seus erros. Você os repete. Você foi medida e vi que lhe falta algo... Tem algo a dizer antes de seu fim?

Essa era uma abertura óbvia para que Irene tentasse dizer alguma coisa na Linguagem. Ela podia sentir o piso tremer debaixo dela, não mais tão sólido quanto parecia, apenas esperando para engoli-la antes que pudesse terminar de falar uma palavra que fosse. As estantes de livros agigantavam-se, preparadas para caírem em cima dela e reduzi-la a uma polpa esmagada. O ar zunia com a expectativa.

E tudo em que Irene conseguia pensar era: *Posso demorar um pouco para aprender com meus erros, mas chego lá em algum momento. No entanto, Alberich não aprendeu nada com os dele.* Às cegas, ela traçou uma curva final pelo chão com dedos ensanguentados, terminando duas palavras na Linguagem.

Não Alberich.

O poder explodiu para fora em um choque sem som que tirou o ar de Irene com tudo e jogou-a de volta para junto da estante onde ela estivera deitada apenas uns minutos antes. Ela ficou caída com a mão zunindo, tentando conjurar pensamento consciente e levantar-se e *mover-se.* Aquele tipo de presença, sugerindo um movimento iminente, havia sido retirada do chão e das estantes ao redor dela. Ela havia adivinhado certo... pelo menos esperava que sim. Alberich estava possuindo a biblioteca inteira e, já que aquilo era um todo metafísico, se fosse trancado fora por meio da Linguagem, isso se daria como um todo. Pelo menos por um tempinho. Fazia sentido, ou ela desesperadamente queria que fizesse, especialmente quando energizada pelo pânico e estonteada por uma leve concussão.

Alguma coisa molhada escorria por seu rosto. Ela ergueu a mão direita para tocá-lo, mas se lembrou de que ainda estava com o sangue de Zayanna nos dedos, e usou a mão esquerda em vez disso. Não era surpreendente que seu nariz estivesse sangrando.

Seguiu-se um ruído ao longe, algo menos uniforme e preciso do que o profundo pulsar do relógio. Eram passos.

O pânico tomou conta do coração dela e torceu-o. Irene lutou novamente para ficar de pé. Sua cabeça ainda estava vazia e zunindo com os efeitos colaterais de ter-se forçado demais. Ela teve que se apoiar na estante para se recompor, e até mesmo isso foi uma luta.

Aquele seria ou o próprio Alberich, em carne e osso, ou algum criado de confiança dele. Ela teria que alcançar o centro deste labirinto antes que chegassem até onde ela estava, ou antes que Alberich pudesse encher a Biblioteca com sua presença novamente e esmagá-la.

Irene arrastou-se entre duas estantes, tentando manter os passos o mais silenciosos possível. Ela não voltou a olhar para Zayanna. Não havia tempo para despedidas tocantes dos mortos nem para últimas promessas de vingança. *Eu sinto muito, Zayanna,* pensou ela. *Você teria querido isso como um fim para sua história? Ou teria preferido ficar viva? Este é o problema em entrar demais no personagem...*

Com um tranco, puxou sua mente para longe daquela permissividade mórbida e voltou à situação atual. Sua concentração e seu senso de equilíbrio estavam voltando agora que se movia. Ela havia conseguido chegar assim tão longe. Zayanna havia morrido para fazer com que isso acontecesse. Irene não ia deixar que Alberich vencesse agora.

Embora ela não fosse alta o bastante nem estivesse situada suficientemente no alto para ter um panorama geral da biblioteca entre ela e o ponto central, podia deduzir. Estradas principais de espaço vazio irradiavam para fora do centro como os raios de uma teia de aranha, e havia lacunas menores entre estantes em distâncias irregulares.

Os passos atrás dela haviam parado. Ela pensou ter ouvido uma voz falando, muito ao longe e bem baixinho, mas não clara o bastante para que discernisse as palavras.

Então, o que eu faria se eu fosse Alberich? Eu saberia que eu estaria indo para o centro daqui. Então, ou eu iria na minha frente – danem-se os pronomes! – e esperaria para me prender em uma emboscada. Ou eu ficaria em algum lugar bem alto, onde eu pudesse olhar para baixo e me avistar vindo...

Ela parou para olhar as estantes à sua volta. Eram tão altas quanto blocos de torres, impossivelmente altas para o tamanho delas, instáveis em termos estruturais, construções que deveriam ter caído até mesmo antes que estivessem carregadas de livros. Mas ninguém estava em pé em cima delas e olhando para baixo, não que ela pudesse ver. Ainda.

Irene foi em ziguezague em direção ao centro, pegando viradas laterais e evitando seguir em uma única faixa aberta entre as prateleiras. Ela tentou combinar o silêncio com o máximo de velocidade quanto era humanamente possível. Alberich poderia ser capaz de entrar no ambiente físico de novo em breve. Ponto em que ela seria uma mancha sujando a paisagem.

Ela virou em um canto, espreitando na sombra e olhando para a esquerda e para a direita. Nenhum sinal de Alberich. Mas alguma coisa estava errada. Seus instintos estavam gritando com ela.

Espere. Pelo ângulo das estantes, não deveria haver uma sombra ali. O que queria dizer que ela estava sendo lançada por alguma coisa irregular acima dela. O que significava que...

— **Livros, formem um escudo acima de mim!** — ela gritou, ao mesmo tempo que uma voz vinda de cima.

— **Estantes, esmaguem aquela mulher!**

Livros e estantes colidiram acima da cabeça dela. Irene correu para se proteger em uma chuva de madeira e páginas e pó, mentalmente xingando a estratégia tática de seu oponente. O que ela poderia fazer para impedi-lo? Ela precisava ou estar no mesmo nível que ele, ou encontrar alguma maneira de esconder-se

Ergueu o olhar para as altas estantes novamente. Ela *realmente* tinha uma vantagem. Estava no chão. *Gravidade* era sua vantagem.

— Pronta para render-se, Ray? — disse Alberich para ela.

Irene pressionou as costas junto a seu abrigo atual. Os cantos de metal de um livro desconhecido esmagavam seus ombros, e ela se mexeu de lado para tirá-lo de seu lugar na prateleira. Isso serviria.

— Você vai gritar: "Saia, saia, de onde você estiver?" — foi a resposta dela.

— Se você fizer disso uma história infantil, então eu farei dela uma história admonitória — disse ele, provocando-a. Não havia sinal de movimento nas sombras que a cercavam. Ela não conseguia saber onde ele estava. Mas a sombra que Irene tinha visto acima de sua cabeça era lançada por algo real, e a voz que estava falando com ela era uma voz humana. A *criatura* anterior tinha soado como qualquer coisa, menos humana... Sendo assim, Alberich estava de volta em forma humana de novo. Menos perigoso de alguns jeitos, mais perigoso de outros. — Você já leu seu *Struwwelpeter*?

A porta abriu-se com tudo, ele entrou correndo, o grande e longo homem-tesoura de pernas vermelhas!

— Meus pais nunca gostaram que eu ficasse lendo histórias de terror. — Irene foi avançando para a frente, de lado, apertando os olhos para enxergar os topos das estantes que a cercavam.

O relógio soava mais alto agora. Ela rezou para que isso não significasse nada de ominoso para ela ou para a Biblioteca.

— Então é claro que eu as li assim mesmo.

— Você me parece o tipo desobediente. Eu deveria tê-la recrutado antes. — E ali estava ele, apenas a beirada de uma curva de uma sombra na estante à esquerda dela, o equivalente a dois andares acima. Ele havia ficado de quatro, fazendo com que sua sombra ficasse menor, mas agora que ela o havia avistado, podia rastrear onde ele estava. — A oferta ainda está valendo.

Irene levou o livro que ela estava segurando junto a seus lábios.

— Eu ainda não entendo o que você quer de mim — disse ela, tentando fazer com que isso soasse como uma negociação. — Eu não sou a única Bibliotecária por aí. Certamente não sou a única que já foi rebaixada. Convença-me de que você não vai me matar no minuto em que sair do meu esconderijo.

— Você é a única que encontrei que leu aquela história no livro dos irmãos Grimm.

— Isso é tão importante assim para você?

— É. Veja, Ray, eu preciso encontrar o meu filho.

As palavras *meu filho* não fizeram sentido a princípio. A história no livro dos irmãos Grimm havia mencionado o filho da irmã dele, não o filho dele, e o primeiro pensamento de Irene foi que Alberich devia ter lido errado, mas então os conceitos entraram nos lugares em sua mente, e ela sentiu o gosto da bílis em sua boca. *Filho dele. Filho da irmã dele. O que ele tinha feito com a própria irmã...*

Talvez Alberich esperasse essa reação dela, pois ele fez uma pausa somente por um instante antes de prosseguir.

— A Biblioteca manteve-o afastado de mim, Ray. Eu não tenho o direito ao sangue do meu sangue?

Havia tantas coisas erradas com essa declaração que Irene se viu incapaz de responder. Ela saiu de seu estado de choque momentâneo e sussurrou para o livro que tinha em mãos:

— **Livro que eu estou segurando, voe e derrube aquele homem de onde ele está!**

O livro foi para cima como um cometa, arranhando os dedos dela com a força de sua subida. Um grito de "**Pratelei-**

ras, protejam-me!" e o som oco e forte de um impacto veio de cima dela.

Mas Irene já estava correndo:

— **Poeira, esconda-me!** — ela gritou, segurando um pedaço do tule surrado em cima do nariz e da boca para se proteger das nuvens de poeira que subiam.

Ela passou a mão livre ao longo das estantes que ladeavam a passagem de modo a não colidir com elas. Lágrimas escorreram de seus olhos enquanto ela piscava freneticamente, tentando enxergar aonde estava indo. Havia alguns problemas associados a esse método de se esconder. Mas pelo menos, a ocultara de Alberich.

Até que ele perca a paciência e simplesmente derrube todas as estantes na área, seu senso de fatalidade ressaltou. *Continue correndo.*

A coisa surpreendente foi que não tinha feito o que ele fizera uma vez antes, afundá-la no chão e chamar por todos os tipos de forças caóticas para destruí-la. Se fosse Irene tentando destruir *a ele,* teria usado o que tivesse disponível.

A menos que... Será que ela poderia estar deixando de notar alguma coisa aqui? Alberich havia criado este lugar, ou pelo menos o forjara a partir de um mundo feérico tão afundado no caos que não tinha lhe restado mais nenhuma realidade firme. Ele o havia estabelecido de um jeito muito específico. Será que isso significava que não poderia sair por aí soltando o poder caótico nele aleatoriamente, não mais do que um cientista louco detonaria dinamite no meio de seu próprio laboratório? Isso explicaria algumas coisas.

Embora isso não fosse salvá-la, se Alberich a alcançasse. Mesmo se ele a deixasse viva em resposta a ela contar sobre seu... filho. Ela não conseguiu evitar e repassou uma lista mental de Bibliotecários que ela conhecia, se perguntando se eles poderiam ser o filho em questão. Irene tinha que admitir ser melhor em discutir os gostos literários deles do que seus históricos anteriores à Biblioteca, mas não achava que algum deles pudesse ter tido *esse* tipo de histórico.

A névoa de poeira cegava Irene quase tanto quanto cegava Alberich, e ela havia sido tomada pela surpresa enquanto seguia cambaleando para a área central. Estava consciente de que havia um espaço amplo e aberto na sua frente, mesmo que ainda não pudesse vê-lo claramente, e algum tipo de emaranhado massivo de escadas escuras abertas e luzes resplandecentes.

— **Estantes!** — disse um grito guinchado vindo de cima dela. — **Bloqueiem o caminho dela!**

As duas estantes altas em cada lado de Irene curvaram-se para baixo e caíram em um grande desmoronamento de prateleiras e livros. Páginas enchiam o ar, mesclando-se com a poeira e vindo abaixo como se fossem imensos flocos de neve. Irene teve que desviar para trás para evitar ser atingida pelas estantes que caíam, e seu caminho ficou bem bloqueado. Ela precisaria subir de quatro e passar por cima das estantes caídas ou dar a volta, e qualquer dessas opções faria com que perdesse tempo, além de serem óbvias demais.

Alguma coisa que a estivera incomodando em segundo plano em sua mente finalmente veio à tona. *Este é um mundo de alto caos. Alberich está usando a Linguagem mais para moldar sua intenção do que em termos de descrição precisa. E estou fazendo o mesmo. Exatamente até onde eu posso forçar isso?*

Ela cerrou os dentes e preparou-se.

— **Chão! Abra-se debaixo da barreira e permita que eu passe!**

O chão grunhiu, e depois se partiu com rangidos e rachaduras doloridos, com seus dois lados se separando como as beiradas de uma ferida. O buraco resultante disso percorria a parte embaixo das estantes que tinham caído, estreito, irregular, escuro e cheio de lascas... Mas parecia grande o bastante para que Irene passasse por ele. Com uma prece silenciosa de que Alberich não pudesse vê-la e para que as próximas palavras dele não envolvessem verbos como *fechar, esmagar* ou *estilhaçar,* Irene passou espremendo-se pela abertura. Ela teve que abaixar a cabeça e retorcer-se de lado, e, com todos os seus ofegos, parecia que o chão dividido estava se pressionando junto ao corpo dela e prestes a fechar-se.

Ela irrompeu do outro lado com um ofego de alívio. A poeira não era tão densa nem tão venenosa agora, talvez a barreira de livros a houvesse bloqueado, ou estivesse simplesmente se assentando por si mesma, e ela podia ver a construção no coração da biblioteca de Alberich.

Tratava-se de um emaranhado de escadas de metal e livros, talvez com um quilômetro de extensão em um primeiro olhar. As escadas contorciam-se em volta umas das outras, ignorando pequenas restrições como corrimões ou suportes e erguendo-se vários andares acima nos cantos. Os livros reluziam em meio ao metal escuro, espalhados pela rede em algum tipo de padrão e reluzindo com sua própria luz. E, no meio do padrão de livros e escadas estava o relógio, ainda com seu tique-taque. Era um analógico coberto pelas sombras e pendendo no ar, com ponteiros de marfim pálidos que se moviam, chegando cada vez mais em direção à meia-noite. Ele não lançava nenhuma cintilação ou brilho. Se tratava de um ponto de imensa escuridão, o tipo de coisa que Irene imaginava que poderia ser a aparência de um buraco negro se ele tivesse forma física e fosse encolhido a uma escala tão minúscula. E *não* era coisa da imaginação de Irene que o tique-taque do relógio estava mais rápido.

"Antes que o relógio chegue à meia-noite", Alberich tinha dito. Ela estava quase sem tempo.

Todos os tipos de opções apresentaram-se. Fazer com que o relógio parasse ou mover os livros eram as mais óbvias. Irene correu em direção ao mais próximo lance de escadas. Seus pés ressoavam nos degraus de metal enquanto ela subia correndo. A fadiga havia desaparecido agora que estava tão próxima do sucesso.

Ela tinha conseguido chegar ao primeiro patamar, onde um dos livros esperava, em exibição. A parte de sua mente que ficava distraída durante momentos de perigo mortal não conseguia ficar sem fazer perguntas sobre este livro. Devia ser um dos espécimes únicos que Alberich havia roubado. De onde seria, quem era seu autor, qual o seu título... e se e quando isso tudo estivesse acabado, será que em algum momento ela teria a oportunidade de lê-lo?

E então ela viu que havia uma bela gaiola ali em volta dele. O enredado de aço era largo o bastante para que ela examinasse o livro e permitia que seu brilho escapasse, mas certamente não era largo o bastante para que ela deslizasse o livro para fora. Não havia nem mesmo uma tranca óbvia, quem dirá uma chave. Palavras na Linguagem estavam trabalhadas no metal, mas ela não as reconhecia: eram um vocabulário que nunca tinha aprendido.

— Ray! — gritou Alberich.

Irene olhou para cima e o viu andando em direção às escadas abertas que se integravam, caminhando pelo ar em uma ponte de livros que caíam no chão conforme ele passava por eles.

Era a primeira vez em que ela o via em carne e osso durante toda essa louca caçada selvagem. Ele era alto, e dolorosamente magro, presumindo que este fosse um corpo que se parecesse com o original dele, e não apenas mais uma pele roubada. O robe preto com capuz que ele usava (sério, que clichê!) estava jogado por sua estrutura esquelética, oscilando para a frente e para trás ao vento que soprava tanto páginas quanto poeira pela paisagem de estantes de livros. Os cabelos castanhos dele tinham mechas grisalhas, e afinavam-se como a tonsura de um monge, mas ele caminhava com o passo firme de um homem jovem.

Ela considerou usar a Linguagem para arrastar aqueles livros debaixo dele e fazer com que ele caísse, mas era óbvio demais. Além do mais, ele poderia simplesmente ordenar que os livros voltassem. Ela nunca havia duelado desse jeito antes. Era preciso atacar de um modo que o oponente não tivesse como reverter.

O livro estava lá em sua gaiola como se zombasse dela.

— Sim? — disse ela em resposta.

Será que ela conseguiria ordenar que os livros saíssem voando para fora? Porém, a demora para dar tal ordem daria a Alberich uma sentença completa em que ele poderia contra-atacar.

Ele deu um passo para fora da ponte de livros e foi para uma das escadarias mais adiante, uns bons vinte metros longe dela e uns cinco mais acima.

— Sua rebelião adolescente já terminou?

— Não — retorquiu Irene. Ela esticou a mão para tocar na gaiola, mas puxou com tudo os dedos de volta quando sentiu o formigamento do poder caótico no ferro desta. — Chegue mais perto de mim e demonstrarei. — Será que ela poderia ordenar que as escadas de metal o atassem? O que ela poderia dizer para Alberich não ter como contra-atacar?

— Eu quero lhe dizer uma coisa. — As sentenças dele eram mais curtas agora, mais cortadas. Seria para o caso de ela o contra-atacar no meio da metáfora? — O mundo onde você nasceu? Seus pais? Eu *vou* encontrá-los. Você foi um inconveniente para mim. Eles pagarão por isso.

Era uma ameaça mesquinha e maliciosa, porém, essa pura malícia contida nela, a total crueldade do tom dele, feriu Irene, e fez com que ela recuasse alguns centímetros.

— Você não tem a menor chance — ela retaliou, avançando por uma faixa horizontal do passadiço. Talvez ela pudesse conseguir alguma coisa se chegasse perto do relógio.

— Ah? É mesmo? Eu tive séculos de vida. Sou bom no que faço. — Alberich manteve sua distância, mas começou a traçar um curso paralelo ao dela, claramente planejando se manter entre ela e o relógio.

Irene riu. Não foi uma risada muito boa, mas elevou seu ânimo.

— Você não está entendendo. Meus pais são *Bibliotecários*. Eles podem correr de você para sempre!

Para sua surpresa, Alberich parou de andar.

— Eles são o quê? — disse ele.

— Bibliotecários. Como você e eu. — Ela se perguntava o que teria dito que havia conseguido perturbá-lo. — Então, veja...

Ela viu claramente o rosto dele, e suas palavras ficaram secas em sua boca. Ele não estava chocado nem perturbado. Estava achando divertido. O rosto dele *mostrava* os séculos de idade, e tinham deixado linhas de crueldade entalhadas em volta da boca e dos olhos que eram tão claros como a própria Linguagem. A voz dele estava repleta de um horrível bom humor enquanto falava.

— Ray, minha querida, minha menininha muito querida. Isso simplesmente não é possível. Eu bem sei. Dois Bibliotecários *não podem ter filhos.*

Irene piscou. Essa declaração não fazia nenhum sentido.

— Mas você disse que tem um filho...

— É assim que eu *sei*. — Ele começou a andar de novo. — Você não faz a mínima ideia do que foi necessário. Eu tive que a levar para caos profundo para tornar isso possível. Tudo isso por um filho que vocês estão escondendo de mim. — A boca dele se abriu de um jeito impossivelmente largo e o tom dele ficou mais grave, chegando a um rugido. — *Então não me insulte* com tais histórias.

— Acredite você no que quiser — disse Irene, irritada. Ela estava mais perto do relógio central. Infelizmente, essa proximidade envolvia uma queda vertical de cerca de cinco metros antes que ela pudesse avançar mais horizontalmente. O que daria para ser feito com cautela e com a Linguagem, mas que era menos acolhedor com Alberich lá para bagunçar as coisas. — Eu sei...

— Você obviamente não sabe de nada — ele disse, cortando-a. — E ninguém nunca contou a você. Sem sombra de dúvida para poupar seus sentimentos e mantê-la leal a eles. Você é alguma fedelha de orfanato, Ray? Ou foi roubada de um berço? — Ele estava andando mais rápido agora, seus passos acompanhando o tique-taque do relógio. — Se não fosse pela inconveniência que causou, eu poderia até mesmo sentir pena de você. Eu sei tudo sobre como é a sensação de descobrir que sua vida toda foi baseada em uma mentira.

— É mesmo? E qual foi a sua?

Uma réplica fraca, mas era o melhor que Irene conseguiria fazer. O restante de sua mente estava inundado com o conceito de que ela não era quem achava que fosse. Para toda objeção sensata de *ele está mentindo* e *por que eu deveria acreditar nele* e *ele está tentando confundir você*, havia um contra-argumento, no jeito como ele pareceu genuinamente surpreso quando ela disse que é filha de dois Bibliotecários. Ela jurava que aquilo não tinha sido fingido.

Fazia alguma diferença o fato de que ela não era filha das pessoas que chamava de pais? Se seu nascimento era uma mentira, então seria uma mentira tão importante assim?

— A Biblioteca clama que ela preserva o equilibro entre o caos e a ordem. Mas isso é mentira. Isso é o que dizem às crianças para mantê-las quietas e obedientes. — Eles estavam no mesmo nível um do outro agora, e ele parou para olhar para ela do outro lado. — Se você se juntar a mim, contarei a verdade a você.

Irene lembrou-se de uma linha daquele conto de fadas dos irmãos Grimm que ela havia lido meses atrás, sobre Alberich e sua irmã.

— Isso tem alguma coisa a ver com "o segredo da Biblioteca"? — ela quis saber. — Um que "todos nós usaremos em nossas costas..."

Porém, até mesmo se houvesse um segredo, por que isso faria da Biblioteca uma mentira?

— A fé cega é apenas outro termo para escravidão — disse Alberich. — Você *diz* que está preservando algum tipo de equilíbrio, mas, na verdade, está perpetuando a estagnação. Acorde, Ray! Abra os *olhos*. E se você for cega demais para enxergar qualquer coisa em uma escala maior, você não sente *nada* pelos livros que entrega à Biblioteca? Ela os engole e os mantém consigo e nunca vai se desfazer deles. Olhe para o livro que está ao seu lado. — Ele apontou para a gaiola de metal mais próxima, que continha um pergaminho atado com fitas douradas e púrpuras. A voz dele estava cheia de orgulho e ganância, a cobiça de um colecionador manifestada em todas as palavras. Mas falava como se esperasse que ela entendesse seu desejo, a prazerosa posse daqueles livros de um valor inestimável. E talvez ela entendesse. — O Mabinogion completo — ele continuou a dizer —, com a história completa de Culhwch e Olwen. *Todas* as aventuras! E aquele... — Ele apontou para sua esquerda. — *La Quiquengrogne*, de Hugo, a sequência de *O corcunda de Notre Dame*... Outros livros aqui, centenas deles, são *únicos*. Livros que você nunca verá em nenhum outro lugar. Livros que seriam o orgulho de qualquer coleção.

— Livros que você roubou.

— Só porque a Biblioteca não os roubou primeiro. **Metal, prenda os pés dela!**

O uso dele da Linguagem tinha vindo sem nenhuma mudança em tom ou expressão, e Irene foi pega de surpresa quando o degrau da escada em que ela estava foi para cima e envolveu seus sapatos, contorcendo-se até seus tornozelos. Ela foi mordida pelo constrangimento quando se deu conta de que tinha sido distraída pela conversa. *Pela promessa de livros e segredos. Que isca seria melhor que isso?* Sem dúvida seria capaz de soltar as coisas que a atavam com tanta facilidade quanto Alberich as havia invocado, mas isso daria a ele tempo para fazer algo pior.

O relógio martelava o tempo que passava e o ar parecia estremecer com um poder e uma tensão crescentes. Mais páginas arrancadas eram carregadas pelo ar, flutuando como se fossem mariposas gigantescas.

— Não vai doer — disse Alberich, em um tom que fingia conforto, mas seus olhos estavam cheios da diversão cruel que ela havia visto antes.

— O que não vai doer?

Tinha que haver uma resposta. Irene tinha que salvar a Biblioteca. Salvar os livros. Salvar a si mesma.

— O caos. Existe um ponto em que o corpo ou aceita o caos ou destrói a si mesmo. O meu o aceitou. E olha o que eu posso fazer! — Ele estirou os braços em um gesto que abraçava o relógio, as escadarias retorcidas, a biblioteca louca. — Você vai se juntar a mim ou vai morrer. Diga-me, Ray, não é um alívio chegar ao fim das escolhas? Saber que o jogo acabou? Você pode relaxar agora. Parar de ser a ferramenta de seus pais.

Ele falava com fluidez, com a grande indulgência de um homem que está desfrutando suas palavras, mas seus olhos estavam nela o tempo todo. Esperava que ela usasse a Linguagem para tentar se libertar ou para tentar matá-lo.

Irene inspirou fundo. *Por que não simplesmente dizer sim pelo momento?*, sugeriu o bom senso. *Ganhar tempo. Dizer a Alberich algumas das coisas que ele quer saber. Conseguir a confiança dele. Você disse a Bradamant mais cedo que não existe nenhum propósito em simplesmente ser morta.*

E os livros aqui eram únicos, fruto de todos os anos de roubo de Alberich. Certamente que alguma coisa era válida para salvá-los, não? Mesmo que isso significasse vender-se à escravidão e trair a Biblioteca...

Não. Irene se deu conta de que isso era uma questão de prioridades. Esses livros eram uma prioridade. Sua própria vida era uma prioridade. Mas a Biblioteca, todos os outros Bibliotecários, assim como todos os livros *ali*, tudo isso era a maior prioridade de todas.

— Você está certo — disse ela. — É um alívio. **Papel! QUEIME!**

CAPÍTULO 26

O grito de Irene ecoou pelo labirinto de escadarias. Os livros foram para cima como minúsculas novas, ardendo em chamas como os corações de estrelas. Não houve nenhuma hesitação, nem um lento pegar fogo nas bordas ou aos poucos. Os livros queimavam como se estivessem felizes em serem queimados. As páginas que flutuavam pegaram fogo também, pairando no ar com uma repentina nova energia, e as estantes que a cercavam tremiam com a força da queda enquanto seus conteúdos subiam em chamas pelo ar onde estavam.

O relógio fez um último e discordante tique-taque e parou.

— Não! — gritou Alberich, em um guinchado. Ele a estava olhando como se *ela* fosse a criminosa, a aberração, a lunática. — **Fogo, apague-se!**

Por um instante, Irene temeu que conseguisse apagar as chamas. Mas pareciam erguer-se com uma fúria renovada enquanto ele as nomeava na Linguagem. Ela lembrou-se de suas próprias tentativas de apagar fogo quando ela e Kai haviam ficado aprisionados pelo portal quebrado. Talvez isso fosse devido à mistura de caos e da Linguagem. Talvez fosse o poder do próprio trabalho de Alberich que estava se virando contra ele.

Talvez ela devesse sair do alcance antes que ele voltasse sua atenção para *ela*.

— **Metal, solte os meus sapatos!** — disse ela, sibilante, e libertou-se quando o degrau soltou seus pés.

O pergaminho que estava ao lado dela se contorcia e virava cinzas dentro de sua gaiola. Aquele tinha sido um documento único, a cópia solitária de uma história que existia apenas em um mundo. E agora ela a havia destruído, assim como destruíra centenas de outras também. Já tinha sentido vergonha antes em sua vida em relação a uma boa quantidade de coisas, coisas pequenas, erros sociais, falta de cortesia, momentos de idiotice, mas ela raramente havia conhecido a verdadeira vergonha até agora.

Tentou empurrar isso para um segundo plano em sua mente, e conseguiu fazê-lo em parte, olhando ao seu redor, procurando por onde correr. As possibilidades eram mínimas, e estavam ficando piores. O fogo estava espalhando-se em um grande círculo, pulando de estante para estante. Páginas pegando fogo carregavam as chamas consigo, como se fosse um contágio. As altas estantes estavam começando a inclinar-se e tombar enquanto seus suportes eram queimados e desfaziam-se, tostados.

Por ora, ela havia se fixado na ideia de fugir de Alberich. Ele ainda estava gritando com as chamas e com o relógio, como se o puro volume de sua voz pudesse, de alguma forma, compeli-los a obedecerem. Ela passou correndo pelo passadiço, o que restara de suas saias ondulando no calor crescente. Escolhendo escadas aleatoriamente, ela foi correndo em volta do lado de fora da rede de degraus, procurando por uma saída.

O relógio estava em silêncio agora, assim como Alberich. O único barulho era o crescente rugir das chamas, e o ressoar de passos nas escadas de metal. A fumaça seguia pelo ar em espirais brancas, ralas no momento, mas crescendo.

— Queimadora de livros! — A fúria e traição puras contidas na voz de Alberich fizeram Irene se encolher com uma vergonha renovada. Não era o fato de que *ele* estava dizendo isso, mas sim o fato de que ecoava seus próprios pensamentos. Uma parte dela, uma parte idiota e insensata, sentia que a morte seria uma punição apropriada para o que ela havia acabado de fazer. — Ray, você vai *sofrer* por isso!

Em relação a ameaças, essa não era a mais específica nem a mais congelante dentre as que Irene já recebera, no entanto, a fúria e a malícia por trás dela incentivavam-na ainda mais a correr. Infelizmente, ela havia chegado em um canto da estrutura, e as únicas opções agora eram para cima ou para baixo. Descer a colocaria no térreo, e talvez lhe desse uma chance de escapar, se pudesse encontrar uma maneira de sair em meio às estantes em chamas que caíam. Isso também daria a Alberich uma clara vantagem de altura, para invocar obstruções e maldições com a Linguagem. Para cima... bem, não haveria nenhum lugar em particular para onde ir uma vez que ela tivesse se dirigido "para cima". Estaria aprisionada. A menos que pudesse formar uma ponte de livros da forma como Alberich havia feito antes?

E cair do alto é uma das formas mais rápidas e fáceis de morrer, ressaltou um fiozinho frio de desespero. *Só para constar.*

Ela não perderia a esperança. Ela não desistiria.

— **Fumaça, sufoque aquela mulher!** — ressoou a voz de Alberich.

Os pálidos fiozinhos de fumaça solidificaram-se, juntando-se em massa enquanto seguiam em direção ao rosto de Irene.

— **Ar, sopre essa fumaça para longe de mim!** — disse ela rapidamente.

O primeiro fio de fumaça tocou sua face e passou tremeluzindo por seus lábios, e mais fumaça se reuniu atrás desta, enchendo os arredores dela e subindo até sua boca. Uma rápida rajada de vento espalhou a fumaça e permitiu que ela respirasse, mas não havia nenhuma definição ou permanência real no ar que se movia. Os fios de fumaça e névoa começaram a se reunir novamente, e Irene subiu voando pela escada, segurando um detonado pedaço do pano de sua saia junto a seu nariz e sua boca.

Ela passou por mais um dos livros engaiolados. Ele tinha virado cinzas e uma espessa coluna de fumaça escura e oleosa erguia-se de seu cadáver. Estava ficando cada vez mais difícil respirar, não somente por causa da fumaça que Alberich havia comandado contra ela, mas por causa de toda a *outra* fumaça no ar, que serpeava pelas escadas de metal como se fossem fitas, e erguia-se em nuvens que subiam em ondas em direção ao céu distante e alto. Era impossível ver Alberich agora.

Certamente esse seria o inferno de qualquer Bibliotecário, cheio de livros sendo queimados, e fumaça e fogo. Ela teria corrido em frente, mas não havia para *onde* ir agora.

Irene tossiu, os pulmões ardendo e a boca cheia do gosto de cinzas. Teria que tomar a ofensiva.

— **Escadas, abram-se debaixo dos pés daquele homem** — ela gritou.

O clangor das escadas de metal caindo foram a resposta, mas não havia nenhum som humano de quedas nem gritos. *Droga*. Ela correu ao longo de uma faixa aberta de passadiço, passando por mais gaiolas com livros, e depois parou quando a forma de Alberich agigantou-se em meio à fumaça diante dela.

Ele estava abrindo a boca para falar, quando um gigantesco rugir rangente veio das estantes do lado de fora e uma sombra caiu entre eles dois. Tanto ele quanto Irene viraram-se para olhar. Uma das mais altas estantes havia começado a cair e estava se inclinando em direção ao arranjo central de escadas, quase em câmera lenta. Livros escorregavam dela, caindo e espalhando-se em todas as direções, enquanto a estante desabava na direção deles.

Não havia tempo para mais ataques recíprocos, e até mesmo a Linguagem não poderia ter feito com que aquele colosso parasse em meio à queda. Eles viraram-se e saíram correndo em direções opostas.

Então a estante atingiu o chão.

O baque fez estremecer a estrutura emaranhada de escadas, enquanto a madeira da estante passava cortante em meio ao metal e fazia caírem os andaimes sob seu peso. Irene desequilibrou-se e segurou-se no passadiço com a força do desespero enquanto ele estremecia e inclinava-se para o lado. Ela foi rastejando, tossindo em meio à fumaça, até estar mais equilibrada e voltar a ficar de pé. Olhou para trás.

Até mesmo em meio à nuvem de fumaça, podia ver que a estante caída havia quebrado a construção central no meio. Restos emaranhados de escadas e passadiços ainda estavam de pé, bem, apoiados, em cada um dos lados, mas o centro, onde antes estava o relógio, era uma massa de madeira e papéis. As estantes arruinadas pareciam uma fogueira rugindo que aumentava em tamanho e que ardia mais alta a cada momento que se passava.

— Ray! — A voz de Alberich foi carregada acima do crepitar das chamas. — Você não venceu!

— Para mim parece que *sim* — ela gritou em resposta. Era idiotice sem sentido ficar trocando provocações a essa altura do campeonato, quando ambos provavelmente estavam prestes a morrer de um jeito horrível, mas a sensação de ter a última palavra era boa.

— Nem que eu tenha que esperar mil anos, vou encontrar meu filho. — Por um momento ela podia ver a silhueta dele em contraste com as chamas, seu robe erguendo-se em ondas no vento quente. — Ele haverá de me vingar. E você perecerá comigo.

— Você não pode ter todos os três — disse Irene, mais para si mesma do que para Alberich. Estava zonza por causa do calor e da fumaça, e tinha que se apoiar no corrimão para se manter em pé. Talvez fosse mais fácil simplesmente se soltar e se permitir cair. Não ia sair dali. Ela bem que poderia aceitar esse fato e pôr um fim rápido às coisas. — Eu não acho que isso funcione...

Uma sombra caiu sobre ela, e ela ergueu o olhar para ver se um outro edifício estava prestes a desabar.

Mas não era um edifício. Era um dragão. Era Kai. A luz carmesim tingia as asas azuis dele com um tom de ametista. Uma sombra, indistinta na fumaça e no brilho cegante do fogo, segurava-se nas costas dele. Vale? Ela não tinha como ter certeza.

O choque de ver Kai foi como uma onda de água fria em seu rosto, impelindo para longe todo seu desespero. Primeiro, o mais importante. Irene tinha que distrair Alberich.

— **Metal, pegue Alberich!** — ela guinchou, colocando toda sua vontade nessa ordem. — **Corrimões, perfurem Alberich, fumaça, cegue Alberich...**

Enquanto ela gritava, já estava correndo até o próximo ponto mais alto. Ela não conseguiria chegar ao térreo, e não havia espaço livre para que Kai aterrissasse de qualquer forma, então ela teria que subir até o mais alto que conseguisse, e rezar. Atrás dela, ela podia ouvir Alberich gritando negações raivosas e protegendo-se. A fumaça girava em espirais em volta de onde ele estivera, por um breve momento tão densa quanto a poluída névoa londrina.

401

Havia um ponto alto conveniente logo à esquerda dela, que antes fora uma semitorre de escadas e agora era uma massa parcialmente caída que estava inclinada em um ângulo perigoso. Irene foi avançando para cima aos poucos, segurando-se com uma das mãos e acenando freneticamente com a outra. Ela desejava ter uma bandeira com a qual pudesse sinalizar, mas não havia sobrado o bastante de seu vestido para que valesse a pena rasgá-lo e acenar com o pedaço de pano.

Bem no alto, o dragão mergulhava para baixo e girava em um rodopio, dirigindo-se à semitorre onde Irene estava. Ele parecia se mover devagar, quase preguiçosamente, com as asas estendidas para que deslizassem, mas já estava na metade do caminho de onde Irene se encontrava antes que ela pudesse piscar.

— **Degraus, soltem-se dos outros degraus.** — A voz de Alberich ressoava pelo fogo, e os degraus debaixo de Irene estremeceram-se. Parafusos soltaram-se bruscamente e juntas se desataram. Ela sentiu o metal tremendo embaixo dela, apenas mantido na posição pelo fato de que a escada estava em sua maior parte estilhaçada e apoiando-se em suas partes de qualquer forma. Alguma coisa se soltou, com uma colisão de finalidade temerosa, e a semitorre deslizou para o lado.

Ela começou a cair.

Kai girou de lado, com uma das asas voltada para o chão e a outra voltada para os céus, e, enquanto ele cortava o ar e passava pela semitorre, Vale segurou no pulso de Irene.

Ela bateu com tudo nas costas de Kai, cujas escamas rasparam sua bochecha, e seu braço e seu ombro gritavam com o esforço. Vale berrava para que ela se segurasse, mas não havia nada *em que* se segurar. Ela afundou os dedos nele enquanto o vento passava por ela. Kai inclinou-se novamente, voltando a uma inclinação horizontal, e ela deslizou mais para o meio de suas costas. Vale estava empoleirado bem atrás do pescoço dele, onde ela estivera sentada antes, e estava se segurando com uma das mãos enquanto agarrava o pulso de Irene com a outra.

— **Corrimões, *estripem* aquele dragão!** — gritou Alberich, cuja voz foi fracamente carregada em meio à rajada de vento.

Irene tentou gritar alguma coisa na Linguagem em defesa, mas ela não tinha fôlego a perder e nem tempo para falar. Pedaços de metal soltaram-se à força das escadas quebradas e jogaram-se para cima em direção a Kai, que contorceu o corpo, deslizando pelo ar em uma guinada fluida que desviou de vários deles, mas um cortou a parte inferior de seu corpo, e outro atravessou sua asa esquerda. Ele gritou de dor, e o som fez o ar tremer como uma trovoada.

— Tire-nos daqui, Strongrock — gritou Vale. — *Peguei Irene.*

Kai lutava para ganhar altura, afastando-se das chamas centrais onde estava Alberich, mas seus movimentos eram lentos e trabalhosos.

— Há muito caos neste lugar — ele gemeu. — Eu preciso de mais tempo...

Um outro grupo de lanças improvisadas veio em arco na direção deles. Kai jogou-se sob elas enquanto passavam rapidamente por ele, acima dele, mergulhando entre algumas estantes que ainda estavam de pé, e que eram tão altas quanto condomínios. As pontas de suas asas roçaram em cada lado das estantes, fazendo com que fossem chacoalhadas e derrubassem uma chuva de livros. O sangue escorria de sua asa ferida e Irene podia ver que ele estava tendo que mantê-la estendida e deslizando no ar em vez de usá-la com a fluidez de sua outra asa.

Ele não estava recobrando altura. Ele mal conseguia manter sua altitude atual. Ela podia sentir seus músculos trabalhando debaixo de seu corpo e sua longa e tremida respiração dificultada. Será que ele conseguiria levá-los voando para fora dali?

Porém, se Kai havia conseguido chegar ali, e se mantinha consciente e funcionando, isso significava que este lugar não estava tão nas profundezas do caos como havia pensado. Irene podia tentar chegar à Biblioteca novamente. Sem que Alberich estivesse possuindo este lugar e sem sua intervenção, ela poderia simplesmente conseguir passar para a Biblioteca. E Vale... bem, eles não tinham na verdade *tentado* fazer com que ele entrasse na Biblioteca antes. Eles simplesmente teriam que ser bem-sucedidos agora. Ela o arrastaria lá para dentro, nem que tivesse que rasgar e abrir um caminho entre os mundos com suas próprias mãos.

— Kai! — ela gritou. — Para a esquerda, ali! Perto da parede mais afastada! Você está vendo aquela porta? Consegue nos levar até lá?

— Sim — disse ele em um som retumbante.

Kai conseguiu voar até o ponto que ela havia indicado, sendo mais rápido do que o fogo crescente. Quando Irene olhou para baixo, viu as chamas tomarem conta das estantes que haviam caído onde Zayanna jazia.

— Você conseguiu, Winters? — demandou saber Vale.

— Eu sinceramente espero que sim... — Irene teve que cortar o que estava dizendo enquanto Kai aterrissava, com suas asas curvando-se para fora e para trás enquanto ele se assentava no chão. Sua asa esquerda não se movia com tanta facilidade quanto deveria, e ele gemia de dor novamente, batendo no chão com um som pesado o bastante para fazer trepidarem os dentes de Irene. Ela apressou-se a deslizar para fora das costas dele e ir para o chão. Depois se agarrou à estante mais próxima enquanto o solo tremia debaixo dela.

Vale deu uma olhadela de relance para ela.

— Nenhum machucado sério? — ele quis saber. Atrás dele, a luz flexionava-se e ia sumindo em volta de Kai enquanto ele mudava de forma.

Irene balançou a cabeça em negativa.

— Não, nada sério. Deixe-me...

O chão estremeceu novamente, dessa vez de um jeito mais direto e preciso, como se alguma grande minhoca estivesse se movendo por ele. E Irene percebeu, com aquele tipo de terror que varria uma pessoa da cabeça aos pés e por todos os pontos entre eles, que se a área em que Zayanna jazia estava queimando, então o sigilo que ela havia marcado no chão poderia também ser queimado e apagado. O que queria dizer que Alberich poderia habitar o chão e os móveis de sua biblioteca novamente.

Sem nem mesmo esperar para verificar as feridas de Kai, ela virou-se para a porta.

— **Abra-se para a Biblioteca** — disse ela em um tom de demanda e com uma pressa frenética, lançando toda sua força nas palavras enquanto segurava na maçaneta.

O frio metal emitiu um som sibilante sob a mão dela, zumbindo com uma energia que parecia eletricidade estática, apenas mais potente e bem mais perigosa. A porta não *queria* se abrir para a Biblioteca, ou talvez a Biblioteca não quisesse deixar que a porta se abrisse para ela. Ou ainda, talvez Irene estivesse sendo irracional ao imaginar personalidades aqui, e se tratasse simplesmente da dificuldade de chegar de um mundo de alto caos até a Biblioteca.

A porta tentou prender-se à parte de cima do batente, ficando fechada enquanto Irene lutava para abri-la. Ela podia sentir a conexão, sabia que havia alcançado a Biblioteca de novo, mas a porta continuava fechada. Estantes tombavam e livros caíam enquanto o chão se mexia ondeando na direção deles, erguendo-se lentamente como uma onda excepcionalmente grande e destrutiva.

Ela havia falhado em sua tentativa anterior de abrir a porta para a Biblioteca, mas não perderia agora, não ao custo dos dois amigos que haviam arriscado suas vidas para virem salvá-la.

— **Abra!** — ordenou.

A porta abriu-se à força, puxando-se contra suas dobradiças com um grito rangente de madeira audível acima das chamas que rugiam e das estantes que caíam. Além dela havia um corredor escuro ladeado com livros, dolorosamente familiar.

Vale empurrou Kai, que cambaleava, pela entrada, e depois parou no degrau. Sua expressão era de pura incompreensão enquanto empurrava o ar vazio, as mãos pressionando a lacuna da entrada como se houvesse uma lâmina invisível de vidro entre ele e a segurança do outro lado.

Ele ainda está contaminado pelo caos, percebeu Irene, como se ela estivesse lendo isso em um intertítulo de um filme mudo. *A Biblioteca não deixará que ele entre.* Ela havia pensado, ela havia nutrido esperanças, mas não tinha sido o bastante. Teria que fazer alguma coisa em relação a isso.

Uma vez antes, ela expelira o caos nomeando a si mesma e forçando tudo que *não era* Irene a sair dela. "Eu sou Irene, eu sirvo à Biblioteca", disse na Linguagem, e isso agiu para remover qualquer coisa que refutasse aquelas palavras. Ela havia ficado hesitante a tentar isso em Vale porque ficara preocupada demais com a possibilidade de feri-lo ou até mesmo destruí-lo, caso não fosse capaz de descrevê-lo de forma precisa. Afinal de contas, ele não era um Bibliotecário.

Mas não havia mais tempo. E, neste lugar, a Linguagem havia respondido à intenção dela mais do que a suas palavras exatas. Ela poderia apenas tentar e rezar para que desse certo. Em toda sua vida, havia sido ensinado a Irene que a Linguagem permitia que seus usuários moldassem a realidade. Mas se a realidade dizia que Vale não podia entrar na Biblioteca, então ela a *mudaria*.

Ela segurou Vale pela mão.

— **Seu nome é Peregrine Vale** — disse ela, a voz audível acima da colisão de livros caindo e do ribombo do piso que tremia. — **Você é um ser humano, e é o maior detetive de Londres!**

O choque foi como uma nota grave de um órgão, zunindo em seus ossos e fazendo com que ela tropeçasse. Vale foi para trás como se tivesse sido atingido por uma rajada de vento. O poder caótico foi expelido à sua volta, fazendo com que o piso embaixo de Vale se transformasse em fragmentos soprados de papel em cinzas. Ele caiu com um dos joelhos no chão e o rosto branco sob as manchas de poeira que marcavam a ambos, sua respiração vinha em grandes ofegos que faziam seu peito subir e descer.

Ela segurou na mão de Vale, puxando-o para a frente enquanto se lançava pela entrada. E ele foi atrás dela.

O mundo estava borrado na frente dos seus olhos, e ela mal se mantinha em pé. Tanto Vale quanto Kai estavam gritando com ela, segurando-a e mantendo-a em pé enquanto quase caía, com o mundo girando em sua volta em imensos arcos de revirar o estômago. Ela piscou para ver a entrada aberta à sua frente, olhando para fora, para uma paisagem que era totalmente um inferno, onde chamas devoravam livros e estantes e o chão e o céu, e o vento gritava clamando vingança.

Ainda havia uma coisa que teria que fazer. Era isso.

— **Porta, feche-se...**

A porta fechou-se com tudo, um som pesado que ecoou pelo corredor ladeado de livros, cortando o barulho das chamas e da fúria, e deixando eles três no silêncio e na escuridão.

Então, lentamente, uma por uma, as luzes voltaram a acender-se.

CAPÍTULO 27

— Coloque suas mãos ali, Winters. — Vale posicionou as mãos dela para segurar o curativo enquanto ele colocava uma bandagem no talho da barriga de Kai.

Irene tentou focar, mas era esforço demais. Simplesmente se ajoelhou e deixou-se ser usada como um conveniente apoio cirúrgico, enquanto Vale aplicava faixas de camisa rasgada em Kai, que sangrava. Os talhos não ameaçavam a vida dele, mas eram bem feios e poderiam deixar cicatrizes.

— Espero que seu tio não esteja muito irritado porque você veio até aqui — disse ela, vagamente acompanhando o pensamento e chegando a um destino lógico.

— E obrigado por sua atenção, Winters — disse Vale, sentando-se de joelhos e limpando as mãos nos trapos que haviam sobrado. Ele parecia ter se recomposto com um mero momento de pausa, todo seu autocontrole e serenidade mais uma vez de volta. — Eu imagino que aquele inferno tenha sido um sucesso?

— Aquilo me pareceu um sucesso — disse Kai, que tentou mover seu braço coberto por uma bandagem, e se encolheu de dor. — Irene, sinto muito. Eu deveria ter tido mais fé em você.

— Aquilo não foi bem como eu havia planejado — admitiu Irene.

409

Ela estava se sentindo mais coerente, embora terrivelmente exausta. Saber o que fez com os livros era algo como chumbo nos fundos de sua mente, arrastando todos os seus outros feitos para baixo. Ela os havia queimado. Livros únicos, histórias que nunca seriam encontradas novamente, e ela os havia queimado a todos. Deveria ter havido alguma outra maneira. Se ela tivesse se esforçado mais em sua tentativa, se tivesse sido mais inteligente, então talvez pudesse ter encontrado uma forma de salvar os livros, e parar Alberich.

Ela percebeu que Kai merecia uma resposta melhor por seu pedido de desculpas, e forçou um sorriso.

— Eu quase morri. Várias vezes — disse ela. — Li Ming estava bem certo. Aquilo foi impulsivo. Não estava esperando por vocês dois. Eu realmente não estava. Obrigada. — A voz dela tremia, e ela teve que morder o lábio para não chorar.

Para a surpresa de Irene, o braço que circundou seus ombros e que lhe deu um apertão reconfortante era de Vale. Ela se permitiu relaxar, garantindo a si mesma de que seria apenas por um instante. *Só estou me apoiando nele por um momento, até recuperar força.*

— Nós deveríamos ter ido para lá mais cedo — disse Kai com firmeza.

— O que aconteceu com a feérica? — quis saber Vale, em tons de interesse acadêmico.

Irene sentiu um nó na garganta.

— Ela está morta — respondeu, sem olhar para nenhum dos dois. — Ela me empurrou para longe de uma estante que estava caindo. Se não fosse por ela, eu teria morrido. Ela me levou lá em segurança, mas...

— Guarde sua empatia para alguém que não tenha tentado matar você várias vezes — foi o conselho pungente de Vale. — Ela sabia perfeitamente o que estava fazendo. Se não saiu de lá viva, então não tem ninguém a quem culpar exceto ela mesma por ter se colocado nessa situação para começo de conversa.

Irene passou os braços por seus olhos que ardiam. Seu rosto estava manchado de cinzas.

— Acredite ou não, isso também não ajuda muito. — Ela sabia que deveria tentar ser mais gentil, mas seu estoque de paciência tinha acabado. — Eu teria gostado que ela saísse dessa viva. Mesmo que você não ache que ela "merecesse".

— E seu Alberich? Morto, imagino? — quis saber Vale.

— Espero que sim. Espero que ele tenha *queimado*. — Irene ficou surpresa com seu desejo de vingança.

— Junto com os livros dele. É uma pena que não puderam ser salvos — disse Kai.

Ela teria que confessar mais cedo ou mais tarde. Ela poderia muito bem praticar um pouco agora.

— Aquilo foi culpa minha — disse Irene. — Fui eu que iniciei o fogo. Eu ordenei que os livros se queimassem. — Ela podia sentir o cheiro das cinzas por toda parte, enquanto se perguntava, morbidamente, se alguma delas vinha dos livros únicos que estavam nas gaiolas. Parecia que estavam embrenhadas em sua pele, marcas de um pecado irredimível mais permanente do que qualquer letra escarlate.

Vale deu de ombros.

— Uma pena, mas claramente funcionou.

— Sim, mas... eram livros *únicos* — protestou Irene, que não estava tendo o tipo de desaprovação que havia esperado. — E eu *os queimei*.

Vale e Kai trocaram olhares de relance. Kai deu de ombros.

— Eu me solidarizo com você — disse ele. — Até mesmo se eu não estivesse treinando para Bibliotecário, eu me sentiria assim. Eram livros. Eram únicos. Mas eu conheço você,

Irene. Você não teria feito isso se pudesse ter encontrado alguma outra maneira de impedi-lo. Isso *não é culpa sua*. Se você estiver colocando a culpa em qualquer outro que não seja Alberich, então está errada.

Irene lutou contra a urgência de dizer que ele tinha entendido tudo errado e que ela *deveria* ser culpada, mas a total falta de condenação por parte de um ou de outro tornava isso difícil.

— Como foi que vocês chegaram até aqui? — perguntou ela, mudando de assunto.

Kai estirou-se e olhou para o teto.

— Encontrei Madame Coppelia e transmiti a ela sua mensagem — disse ele. — Então eu e Vale decidimos ir atrás de você.

— Isso é suspeitamente vago — disse Irene. — E meio que sem muitos detalhes.

— Mas é substancialmente correto. Além do mais, desse jeito você não pode dizer que foi culpa sua e que você deveria ser punida por me meter em encrenca. — Kai soava explicitamente presunçoso.

— É verdade — concordou Vale. — Strongrock pode pedir desculpas por tudo isso, junto com quaisquer reparações que precise fazer para o criado do tio dele.

— Ah, meu Deus. — Irene não tinha certeza de que ela queria realmente saber o que havia acontecido com Li Ming. Ela finalmente estava começando a relaxar. Ajudaria se não pensasse em algumas das coisas que Alberich havia dito. — Estou tendo dificuldades em acreditar que tudo isso acabou. Uma parte minha está com medo de que as luzes vão começar a se apagar de novo, ou que eu abrirei a porta e... — Ela deixou a sentença não terminada.

Será que Alberich realmente está morto?, sussurrava a paranoia de Irene. *Eu vi a pele dele arrancada de seu corpo, eu o vi imerso em caos, e agora eu o vi preso em um inferno, em um mundo que está caindo aos pedaços. Isso deveria ser o suficiente para matar alguém, humano, feérico, dragão ou Bibliotecário. Mas como posso ter certeza disso?*

Por um instante, reinou o silêncio. Então ela se sacudiu e, embora com dificuldade, ficou em pé.

— Certo — disse ela em um tom firme. — Está na hora de nos mexermos.

Era como se o tempo tivesse recomeçado. Esse pequeno momento de imobilidade não poderia durar. O relógio pessoal dela estava em andamento. Havia coisas a fazer, pessoas a ver, perguntas a serem feitas. Livros a serem lidos.

— Nós não poderíamos esperar um pouco mais? — perguntou-lhe Kai, soando patético. Mas ele deixou que ela e Vale o levantassem.

— Absurdo, tem muitas coisas a serem feitas.

Irene finalmente deu um nome à sensação que ela podia sentir erguendo-se nela, como uma pipa subindo com o vento. *Possibilidade.* Qualquer coisa parecia possível agora.

Ela alternou o olhar entre os dois homens. Seus dois *amigos,* aqui em seu *lar,* na Biblioteca. Era isso o que a definia, bem mais do que qualquer aniversário ou linhagem de sangue. Talvez Alberich estivesse certo, ou talvez ele estivesse mentindo, ou era possível que ele estivesse simplesmente enganado.

Ela poderia perguntar a seus pais depois. Não, ela *perguntaria* a seus pais depois. Isso era uma promessa. Mas seria o pior tipo de imbecil se permitisse que Alberich envenenasse o que ela tinha, aqui e agora.

— Provavelmente deveria voltar para Londres — disse Vale, um pouco relutante. — Há muita coisa a ser feita. Eu não posso deixar o lugar sem que uma onda de crime acabe irrompendo, e dessa vez fiquei fora mais tempo do que o de costume.

— Ele olhou a seu redor. — Então esta é sua Biblioteca. Não posso dizer que este corredor é muito impressionante.

Kai riu, e Irene se pegou sorrindo.

— É maior do que você pensa — disse ela delicadamente.

— Eu não posso prometer que tenhamos registros criminais, mas tenho certeza de que nós podemos encontrar alguma coisa que lhe interesse. Eu preciso me reportar a Coppelia e descobrir se houve algum dano à Biblioteca por causa do que Alberich fez. Então essa é nossa primeira prioridade, mas, depois disso... — Ela deu de ombros.

— E eu estou livre daquela mácula? — Vale inspecionou seus dedos como se ele fosse ser capaz de ver alguma espécie de contaminação visível, ou a falta dela.

— Creio que sim, ou não teria conseguido entrar na Biblioteca.

— Então você está totalmente certa, Winters. Nós temos trabalho a fazer. — Vale começou a andar a passos largos pelo corredor, e Irene e Kai tiveram que acompanhar o ritmo dele. — Por que caminho seguimos daqui?

— Nós procuramos por uma sala com um computador nela, e Irene pode verificar o mapa quando entrar em contato com Coppelia — disse Kai. — Você vai *gostar* de computadores, Vale.

Vale franziu o cenho.

— Você está me dizendo que este lugar não é organizado adequadamente?

— Este lugar é extremamente organizado — disse Irene na defensiva. — Só que não é organizado de um jeito muito *útil*, não do nosso ponto de vista. Não se preocupe. Ninguém nunca se perdeu aqui. Bem, não permanentemente.

— Você está me confortando muito — disse Vale em um tom seco. — É melhor você ir na frente, Winters. Nós vamos atrás de você.

Irene desceu na frente pelo corredor sob as claras luzes acima, deixando para trás o cheiro de cinzas e corrupção. Novos horizontes pareciam estender-se à frente dela. Não vinha ao caso se a Biblioteca ainda quisesse insistir que ela estava "sob condicional". Sabia o que havia feito e as pessoas cujas opiniões importavam também sabiam. Até mesmo se houvesse novas montanhas à sua frente, Irene tinha a energia para encará-las e vencê-las com perseverança.

E tinha amigos para ajudá-la.

Essa sensação de possibilidades poderia não durar, é claro. Nada durava. Mas ela não haveria de estragá-la procurando coisas adiante demais. Eles estavam a salvo ali, e a Biblioteca seguiria em frente.

1ª REIMPRESSÃO

Esta obra foi composta pela Desenho Editorial em
Essonnes e impressa em papel Pólen Soft 70g com capa
em Cartão Trip Suzano 250g pela Corprint para
Editora Morro Branco em outubro de 2019